古典文藝研究輯刊

八　編

曾　永　義　主編

第1冊

〈八　編〉總目

編　輯　部　編

〈離騷〉意象組織論

詹　詠　翔　著

國家圖書館出版品預行編目資料

〈離騷〉意象組織論／詹詠翔 著 — 初版 — 新北市：花木蘭文
化出版社，2013〔民 102〕
目 4+254 面；19×26 公分
（古典文學研究輯刊　八編：第 1 冊）
ISBN：978-986-322-365-8（精裝）
1. 離騷　2. 研究考訂
820.8　　　　　　　　　　　　　　　102014571

ISBN-978-986-322-365-8

古典文學研究輯刊
八　編　第　一　冊　　　　　ISBN：978-986-322-365-8

〈離騷〉意象組織論

作　　者　詹詠翔
主　　編　曾永義
總 編 輯　杜潔祥
出　　版　花木蘭文化出版社
發 行 所　花木蘭文化出版社
發 行 人　高小娟
聯絡地址　235 新北市中和區中安街七二號十三樓
　　　　　電話：02-2923-1455／傳眞：02-2923-1452
網　　址　http://www.huamulan.tw 信箱 sut81518@gmail.com
印　　刷　普羅文化出版廣告事業
初　　版　2013 年 9 月
定　　價　八編 24 冊（精裝）新台幣 42,000 元

〈八 編〉總 目

編輯部 編

《古典文學研究輯刊》八編　書目

《古典文學研究輯刊》八編
各書作者簡介‧提要‧目次

第一冊　〈離騷〉意象組織論

作者簡介

　　詹詠翔，畢業於國立高雄師範大學國文學系，任教於國立臺南家齊女中。其後於國立成功大學中國文學系碩士班畢業，現於成功大學攻讀博士學位。研究方向以「楚辭」、「楚辭學」爲主，同時兼及美學、章法學等領域，著有碩論《〈離騷〉意象論》，發表單篇論文〈從章法設計角度論《楚辭．招魂》的美成效應〉、〈《楚辭‧招魂》之「恐懼意象」探討〉等。

提　要

　　作爲自傳體長詩，屈原之〈離騷〉，眞實地反映出作者內心激盪不已的情感；其中對於意象的設計與經營，屢次成爲後人探究的對象。本論文以〈離騷〉意象爲研究主軸，從意象的起源，以及〈離騷〉主要意象的形成、組織與統合等角度，探討屈原作爲創作主體，如何藉由〈離騷〉意象的設計，創造出獨特的情感與技巧，期待能爲〈離騷〉意象的探討，發掘出不同以往的觀點來。本文共分七章，大要如後：

　　第一章〈緒論〉，說明研究動機，以及文獻回顧、研究方法與預定成果。

　　第二章〈意象理論探索〉，探討「意」與「象」各自生發的歷史軌跡，並揭示意象與語文能力的關係，以及意象的形成、組織與統合的理論。

　　第三章〈離騷主要意象的形成（一）——以「象」區分〉，依第二章所述，

將〈離騷〉全文之意象分為「實」與「虛」兩個層面，各別探討其意象的形成特色，並著重討論如此「實」、「虛」的對應，所展現的技巧。

第四章〈離騷主要意象的形成（二）──以「意」區分〉，依第二章所述，從「情」與「理」的角度，剖析〈離騷〉意象形成的核心，並從而討論〈離騷〉意象群的呈現手法。

第五章〈離騷意象的組織〉，結合形象思維與邏輯思維，並配合章法學原理，分析〈離騷〉一文的意象架構，並指出此一架構所具備的種種特點。

第六章〈離騷意象的統合〉，揭示〈離騷〉創作的主旨與綱領之美，以及深入分析〈離騷〉的風格美學。

第七章〈結論〉，總結前述成果，說明本論文的研究重點。

就上述研究過程而論，可以發現屈原之〈離騷〉，作為最能凸出屈原情感的偉大創作，不但在意象的形成上，有其豐富且多樣的經營，更能在意象的組織與統合上，呈現其精緻且巧妙的創作心思，誠然具有研究與討論的價值。

目　次

第二冊　《文心雕龍・辨騷》研究

作者簡介

　　施筱雲，一九五五年生，國立台灣師範大學、玄奘大學碩士班、博士班畢業。任教於台師大、逢甲大學、玄奘大學等校。

　　生平好臨池揮毫，在各書藝中心指導書法，並參與各書會活動，包含磐石書會、中國標準草書學會、台灣女書法家學會、十秀雅集等。

　　深感藝文相通，爲深耕藝術，遂又投身美學研究，以《文心雕龍》爲研究美學理論之起點，進而探討詩畫美學，完成《六朝詩畫美學研究》。美學研究與書藝創作並進，乃生平夙願。

提　要

　　《文心雕龍》是魏晉南北朝文學批評集大成者，不論對文學源流、文體分類、文學創作或批評原理，都有極精闢的見解，五十篇的論述體大思精，一面繼承了周秦兩漢的文學批評成果，明確提出宗經六義爲批評標準，一面又以開創性的見解論文章的寫作技巧和藝術之美，在繼承與創新之間，掌握了一個關鍵之鑰，那就是在以儒家思想爲主軸的〈原道〉、〈徵聖〉、〈宗經〉、〈正緯〉之後，又安排了〈辨騷〉一篇，指出文學「由經入文」的軌跡。

　　〈辨騷〉篇以儒家經典來判別屈騷之文，以爲屈騷合經者有四，不合經者亦有四，不合經的部分恰是屈騷在文學史上所開創出的文學美學理想，其華茂的辭采，感傷的情調，浪漫的想像，宏博的體製，正是文學「由正轉奇」的關鍵。

楚文化受中原文化影響，又與本土、四方百族文化相互滲透的結果，而產生《楚辭》這樣的文化結晶。在儒家所標榜的《詩經》逐漸失去影響力時，《楚辭》繼而代之，開展了辭賦的發展。劉勰將〈辨騷〉一篇置諸文原論之末，緊接〈辨騷〉之後的是二十篇的文體論，看出了《楚辭》正是「由詩而賦」的轉折。

本論文以《文心雕龍》文學評論為框架，探討《楚辭》美學內涵，而架構出八章：

第一章　緒論：概敘本文之要。

第二章　辨騷在文心雕龍一書中的地位：屈騷是由經入文、由詩而賦、由正轉奇的關鍵樞紐，為文原論重要的一篇。

第三章　屈騷體憲於三代：「典誥之體、規諷之旨、比興之義、忠怨之辭」見屈騷所繼承文學傳統的價值。

第四章　屈騷風雜於戰國：以〈辨騷〉所稱「詭異之辭、譎怪之談、狷狹之志、荒淫之意」見屈騷所開創的文學新意和文學典範。

第五章　屈騷是楚文化的結晶：屈騷的抒憤、祭歌、山水的描寫、神話的保存，呈現了楚文學的浪漫情致，是價值珍貴的鄉土文學。

第六章　屈騷在文學史的關鍵地位：屈騷融合了南北文學民歌，開展了文學新體製，為七言詩、長篇詩、駢文、漢賦之源，也是山水文學、浪漫文學、遊仙文學的源頭，情采兼備的創作意識，影響至深遠。

第七章　屈騷之美學探討：劉勰乃融合了詩言志與詩緣情之說，建立其博大的美學理想，〈辨騷〉理論與《楚辭》美學內涵多所對應。

第八章　結論：《文心雕龍》體大慮周，從文原論、文體論、創作論到批評論，全書理論體系均可尋根索源，找出屈騷美學內涵的對應，而得劉勰將屈騷置美學理想中至高地位之結論。

目　次

第三冊　漢代文學的審美研究

作者簡介

　　劉歡，女，1955 年出生於上海，祖籍浙江遂昌。1963 年在支援大西北背景下隨父母所在工廠遷至陝西西安。祖父係辛亥革命志士，參與浙東起義失敗後熱衷興辦義學，係遂昌歷史十大名士之一。文革期間本人正值少年，受前輩影響，雖飽經顛沛沉潦於社會底層從事艱苦勞作，然亦一心向學，堅持自學。恢復高考後進入大學學習。獲漢語言本科、古典文學碩士、中國思想史博士學歷。留校長年從事教學與學報編輯工作，進行古典文學與古代思想史研究，曾參與《唐代文學大辭典》的編撰工作，在各學術期刊發表專業論文 40 餘篇、學術專著、譯著、文學作品等多部。2006 年晉升教授。

提　要

　　長期以來學界對漢代文學的研究上都存有一種悖論：一方面認為漢代是一個政教文學佔統治地位，是一個文學不自覺的時代，這個觀點影響深巨，近幾十年大陸地區文學史、文藝理論、美學史等領域都沿襲這一觀點，認為文學好看是經由曹丕等人努力的結果；而另一方面又對漢代人所呈現的創作實績津津樂道，對《古詩十九首》、漢樂府詩、漢大賦等漢代人所建立的文學豐碑驚歎不已。仔細考察漢人的寫作意識，漢人在繼承先秦的文化遺產中已確立了對文學特質的基本認識，從先秦儒家繼承的關乎社會意志的「情志」，到了漢人之手卻把它變通為既關係國家之治亂，又懷一己之窮通的「情志」。他們從楚辭、諸子散文、《詩經》、先秦歷史散文中汲取藝術營養，在對文學審美刻意追求意識下去作創作審美上多元突破的探索。改造舊賦體，在追求「道」與「藝」合璧的中和之美境界上作努力。有漢四百餘年，漢代文人們在文學領域的文（怎麼說）與質（說什麼）這一對審美範疇的耕耘上產生了無愧於偉大時代的建樹，並對後世文學產生了母源性的影響。劉師境「文章各體至東漢而大備，漢魏各家承其體式」的評論道出了漢代文學崇高的歷史地位。漢代人不僅在文學體裁形式上有所開拓，而且在體材內容上也有新的拓展。所以，我認為漢代已進入了一個文學自覺的時代，正因為有了這種自覺，才有漢朝文壇上的百花齊放、豔麗多姿的繁榮局面。可也應看到一些漢代文人在這方面的追求過了頭，將筆墨投諸於遊戲文字，抽空或淡化了文學內質性的要求。

目　次

第四冊　兩漢遠遊文學研究

作者簡介

　　唐景，女，2003 至 2006 年於湖北大學師從陳桐生教授攻讀中國古代文學專業先唐文學方向研究生，獲文學碩士學位，2006 年至 2009 年於北京語言大學師從方銘教授攻讀中國古代文學專業先秦兩漢文學與文獻方向研究生，獲文學博士學位。曾任職於北京師範大學珠海分校，現任職於陝西省安康學院。近年來，已在《人文中國學報》、《濟南大學學報》、《安康學院學報》等刊物發表學術論文十餘篇。主要研究方向爲先秦兩漢文學與文獻、陝南地方文化。

提　要

　　兩漢遠遊文學，是指兩漢之際以遠方遊歷爲創作主題的文學作品，可分爲三種類型，其中紀行賦爲兩漢遠遊文學之大宗，它通過記敘旅途所見抒發自己的感慨。借神遊以抒情的神遊賦是兩漢遠遊文學的另一種。最後，兩漢遠遊文學還應包含遊仙類作品。本文力圖以「紀遊」、「神遊」、「仙遊」爲主線，對兩漢遠遊文學作一透徹的分析，在此基礎上，探討兩漢遠遊文學對楚辭遠遊主題的繼承與創新，探討道家思想對兩漢遠遊文學帶來的超越性。

　　緒論部分：先秦時期的遠遊有四種，一種爲主體在現實世界裏的實地之旅，第二即爲哲學層面上的想象之旅，三、四是兩種較爲特殊的遊歷，即巫遊與仙遊。這四種遊歷形式在兩漢開出三種類型的遠遊作品，一爲紀行之作，二爲神遊之作，三爲仙遊之作。考察《遠遊》與《離騷》的關係，我們發現「仙遊」文學是從「神遊」文學發展而來的。而兩漢遠遊文學也是在先秦遠遊文學的基礎上發展起來的，正是在以《離騷》爲代表的楚辭遠遊主題文學的基礎上，兩漢遠遊文學才得以發展並呈現出五彩紛呈的面貌。道家哲學上的「想象之旅」沒有象「仙遊」一樣開出一種遠遊文學樣式，但是卻通過影響士人的心態對兩漢遠遊文學帶來超越精神。

　　文章主體部分將分三章對兩漢遠遊文學進行探討。先來看第一部分，本章討論兩漢紀行文學，主要是紀行賦，分爲三節。第一節將結合文本及兩漢文獻，深入研討劉歆《遂初賦》、馮衍《顯志賦》、班彪《北征賦》、班昭《東征賦》、蔡邕《述行賦》、葛龔《遂初賦》、劉楨《遂志賦》、崔琰《述初賦》及漢末建安時期的軍旅紀行賦。第二節在第一節的基礎上，梳理從楚辭到兩漢紀行賦的演變。本小節分爲四個部分。一是：《涉江》、《哀郢》爲漢代紀行賦之濫觴。

二：兩漢紀行賦對《離騷》憤世嫉俗精神的沿革。三：兩漢紀行賦對《楚辭》抒情手法的繼承與發展。四：兩漢紀行賦對楚辭結構形式的繼承。第一小部分將首先解讀兩漢紀行賦的濫觴《涉江》、《哀郢》，探討其作爲紀行之作所具備的條件及不成熟之處。除了《涉江》、《哀郢》外，《離騷》對兩漢紀行賦的影響似乎更爲廣泛，無論是借古以諷今的抒情手法、憤世嫉俗的創作緣起還是在結構形式上都對後者有影響。第三節將討論道家思想與兩漢紀行賦的關係。兩漢紀行賦體現著儒道互補的特點，但總體上來說，述志類紀行賦主要是受道家思想的影響。

再來看第二部分，本章討論兩漢神遊文學，即兩漢神遊賦，分爲三節。第一節將結合文本及兩漢文獻，深入研討揚雄《太玄賦》、班固《幽通賦》、張衡《思玄賦》的創作背景，並對文本進行研讀。第二節在第一節的基礎上，梳理從《離騷》到兩漢神遊賦作的演變。本小節分爲四個小部分，一：《離騷》神遊抒情模式。二：《離騷》憤世嫉俗思想在兩漢神遊賦中的沿革。三：從詩人氣質到哲人思辨。四：《遠遊》與兩漢神遊賦。在第一小部分裏將首先對《離騷》中的「神遊」文本進行分析，並探討《離騷》遠遊抒情模式形成的文化背景，探析《離騷》遠遊抒情模式的開創性意義。與《離騷》遠遊抒情模式相比，由於時代背景及創作主體的變化，兩漢神遊賦的神遊模式有了新的內容，兩漢神遊賦呈現出新的面貌。如憤世嫉俗思想的漸趨淡化，越來越濃厚的理性思辨等。另外，兩漢神遊賦不僅對《離騷》有眾多諸如行文結構或者語句上的模仿，與《遠遊》亦有許多繼承。第三節探討道家思想與兩漢神遊賦的關係。

最後來看第三部分，本章討論兩漢遊仙文學，即兩漢遊仙詩賦，分爲四節。第一節將結合文本及兩漢文獻，研讀兩漢遊仙詩賦文本，主要包括漢樂府遊仙詩，劉安、曹操的遊仙詩，《大人賦》、《覽海賦》、《仙賦》三篇遊仙賦，以及《楚辭》中漢人擬騷之作。第二節重點探討兩漢遊仙詩賦對楚辭，特別是《遠遊》的繼承。作爲遊仙詩之祖，《遠遊》不僅在思想上有開創性意義，在藝術形式上也多爲兩漢遊仙詩賦所繼承，如憤世嫉俗的遊仙動機，「忽臨睨夫故鄉」情節的設置、意象類型，空間建構方式、受道家思想的影響等方面。但兩漢遊仙詩賦對楚辭《遠遊》又有了許多創新，不僅出現了眾多的純粹吟誦「列仙之趣」的遊仙詩賦，那些「坎壈詠懷」之作也表現出愈來愈濃厚的遊仙色彩，新的神仙、方術意象，全新的仙界創造等等，這都是兩漢神仙思想興盛發展的結果。第四節，將探討道家思想與兩漢遊仙賦的關係。

　　余論部分主要對前文所探討的楚辭與兩漢遠遊文學的關係、道家思想與兩漢遠遊文學的關係進行總結與補充。在楚辭方面主要探討了屈原的人格魅力、屈辭的文體感、楚辭的超越意識對兩漢遠遊文學的影響，在道家思想方面，主要以時間爲線索探討道家思想在漢代的發展，及對同時期遠遊作家及作品的影響，力爭清晰地展現道家思想影響下兩漢遠遊文學演變軌跡。

目　次

第五冊　西漢後期制度與文學

作者簡介

　　魏榮，1980 年生於北京，2009 畢業於北京師範大學文學院，獲文學博士

學位。曾發表《〈搜神記〉中的韻文研究》,《論六朝志怪小說婚戀故事的分離原則》等論文。現任教於北京四中。

提　要

　　西漢後期至兩漢之際,經學的發展,使得國家制度建設在「尊經崇禮」思想的影響下,以復古為主。從漢元帝啓用儒生稽古改制,到王莽全面復興周禮,儒學復古思潮愈演愈烈,文學思想和文學創作在這樣的制度背景下,呈現出復古與革新兩端。本文立足於此期各項政治制度和文化制度的變遷,結合此期的制度思想與文學觀念,探討儒學獨尊、經學主導和禮制復古背景下制度與文學的關係。

目　次

第六冊　魏晉南北朝文學對音樂的接受

作者簡介

　　羅世琴，1976 年生，甘肅白銀人，中國人民大學文學博士，中國政法大學人文學院中文系教師，主要從事中國古代文學與傳統文化研究。

提　要

　　本書從對音樂的接受視角研究魏晉南北朝時期的文學，考察文學在接受觀念的轉變、審美與欣賞視野、創作生發以及主體精神探尋等方面對音樂的接受。

　　音樂與文學在上古時期密不可分，是樸素審美的一部分，各自內部存有一定不平衡。相通是彼此借鑒的潛在條件。因禮樂遺失與審美觀念的變化，魏晉南北朝時期文學與音樂接受觀念發生了轉向，引發了審美的多元與對個體的關注，文學不再是音樂的附庸，二者呈游離表象下的黏著關係。文學的審美過程中音樂是期待的焦點，以女樂為主的文學意象由審美轉向「審色」，「悲」與「艷」兩種獨特的審美風向受到清商樂的影響，艷由民間音樂歌舞轉為文人筆下的文學創作特色。兼修文學與音樂的創作者在文學創作過程中，受到了新聲和女樂的薰染，同時，音樂純粹的奢靡享受與程序化又造成了文人精神的分裂。在表現審美主體精神層次上的契合，是文學接受音樂的最高表現形式，嵇康《聲無哀樂論》表面上強調聲與情感的剝離狀態，實際上陳述審美主體的平和審美心靈所提供的預備狀態與審美客體的自然平和狀態之間絕對契合的理想境界。陶淵明用實踐為魏晉文士找到了心靈上的治愈良方與精神家園，找到了文學與音樂契合的至高點與和諧之音。

目　次

第七冊　佛教地獄觀念與中古敘事文學

作者簡介

　　范軍，男，1972 年出生，山東兗州人。2004 年畢業於南開大學文學院，獲文學博士學位。現執教於國立華僑大學與泰國華僑崇聖大學，致力於宗教文化與中國古典文學的教學與研究工作。

提　要

　　本書是作者的博士學位論文，是一部系統研究中國佛教地獄觀念與中古敘事文學的專著。

　　中國地獄觀念是在印度佛教地獄觀念的影響下形成的。本書首先致力於中國地獄觀念形成歷史的研究，在大量的歷史文獻中爬梳出中國固有的冥界思想與印度佛教地獄觀念融合而形成具有中國特色的地獄觀念的歷史發展軌。

　　其次，在對地獄觀念形成發展的歷史軌充分把握的基礎上探討一些文化方面的問題。比如探討因果報應、罪惡懲罰以及目連救母故事等反映的孝道觀在中國倫理思想史上的價值與作用；通過對「十王齋」等喪葬民俗和盂蘭盆節等地獄觀念對中國家庭日常節日民俗影響滲透的研究，解釋佛教之所以中國化的深層原因。

　　第三，深入分析地獄觀念對中古敘事文學的影響。地獄幻想對中古虛構敘事文學有諸多啓發，佛教地獄觀念爲中國小說的發展提供了新的敘事時空、人物形象、結構模式和美學風格。本書著重論述分析了佛道地獄觀念對六朝的「地獄巡遊」故事母題的影響和中國化的閻羅地獄在隋唐小說中的種種表現。

目　次

第八冊　乾嘉時期文學爭論的研究

作者簡介

　　梁結玲，1972 年 11 月生，廣西大新縣人，文學博士，副教授。2005 年畢業於深圳大學文學院文藝學專業，獲文學碩士學位，2012 年畢業於北京師範大學文學院文藝學專業，獲文學博士學位。在國內期刊上發表論文 20 餘篇，研究方向：中國文化與詩學。

提　要

　　乾嘉時期是清王朝由盛而衰的時期，相對穩定的社會環境與物質財富的迅速增長爲學術與文學創作的繁榮創造了難得的歷史條件。這一時期的文學論爭主要來源於三股勢力：考據陣營、文學陣營、理學陣營。這三股力量既立足於歷史，又放眼於當代，都對文學進行了價值的判斷並由此而引發了爭論。乾嘉時期的漢學與宋學之爭是學術研究的熱點，而關於考據與文學的爭論，雖然不少學人有所提及，但大多是湮沒在漢宋之爭的大話題之下。本書第一章就考據與文學之爭作專題研究，對爭論的源起、演變以及爭論的內容進行分析。清學自身的面目──考據學到了乾嘉才成熟，清代文學思想的總結與集成的特徵在乾嘉時期最爲突出，而這一點並沒有引起研究者的充分關注，總結與集成的特點在唐宋之爭上得到了明顯的反映。本書第二章主要論及乾嘉時期主要學人在對待唐詩與宋詩上的態度。清代駢文創作再度中興，乾嘉最爲興盛，不少考據

學者加入了創作的隊伍。駢散之爭的焦點集中在擅長駢文創作的考據學者與桐城派之間，他們之間的爭論實則是漢宋之爭在文學上的反映。

目 次

第九、十冊　「文備眾體」與唐五代小說的生成

作者簡介

　　何亮（1980～），女，湖南沅江人。2011 年畢業於華南師範大學，獲文學博士學位。2011～2013 年，在暨南大學中國語言文學系從事博士後研究工作。現任職於重慶師範大學文學院。主要研究方向為中國古代小說、中國古代文體學等。

提　要

　　本課題從事學與文體學交融的視閾，把唐五代小說「文備眾體」中的「體」理解為「廣義文本」，在對唐五代小說進行文本分類統計的基礎上，從話語、文本間性、文體建構三個層面，以共時性和歷時性相結合的視角，解析諸「文本」之間的相互關聯，探討各文本在唐五代小說事過程中所承擔的功能和作用，進而探究「眾文本」的組合方式及其規律，揭示唐五代小說的文體生成。

　　本文認為：第一，唐五代小說吸收了史傳、詩歌、辭賦、駢文等文體或文體組成要素，同時又吸收了祭誄文、碑銘文、公牘文、書牘文等其他文體或文體組成要素有機組合述一個故事。本文將這些「文體或文體組成要素」視為一

個個「文本」;第二,唐五代小說中的史傳文本,有干預的功能;第三,唐五代小說是由多種「廣義文本」會通而生成的「文本共同體」。

　　要之,「文備眾體」的「體」包含「內容」和「形式」兩方面的「文本」:「內容」方面的「文本」指唐五代小說吸取前代作品為題材;「形式」方面的「文本」指其運用某一文體、某種文體元素或表現手法。唐五代小說是由諸多「內容」和「形式」方面的文本組合而成的「文本共同體」。每一種文本根據事的需要在小說的敘事流中承擔不同的功能和作用。唐五代小說作者的「詩筆、史才、議論」均通過這些文本的個性化組合得以展現。這些文本的不同組合呈現為不同的述模式,孕育著唐五代小說的審美生成。

目　次

第十一冊　明代章回小說文體研究

作者簡介

　　劉曉軍，男，1975 年 5 月出生，湖南新化人。2007 年 6 月畢業於華東師範大學中文系，獲博士學位；2009 年 6 月從中山大學中文系博士後流動站出站。現任華東師範大學中文系古代文學教研室副教授，研究方向為中國古代小說文體與小說批評。已發表專著《章回小說文體研究》、《歸有光與昆山》及論

文二十餘篇。主持博士後科學基金項目「中國古代小說圖像敘事研究」（2007）、教育部人文社科基金項目「空間敘事與立體傳播——中國古代小說圖像研究」（2010）、國家社科基金一般項目「中國小說文體古今演變研究」（2012）。

提　要

　　章回小說與話本小說、傳奇小說、筆記小說一塊構成了中國古代小說文體的類型體系。元末明初《三國演義》、《水滸傳》等小說的問世宣告這種小說文體的產生，明末清初「四大奇書」文人評點本的出現則標誌著章回小說文體的成熟。本文選取明代章回小說爲對象對這種影響深遠的小說文體作斷代研究，試圖深入細緻地揭示此一階段章回小說的文體全貌。論文主體分上、下兩部分，上篇爲總體研究，對明代章回小說文體從名稱、淵源、流變等方面作宏觀的把握；下篇爲專題研究，分別選取三個比較重要而前人涉獵不深的話題作微觀的探討。附錄一篇：「明代章回小說編年敘錄」，是論文主體得以產生的基礎。本文原則上將文體視爲一個關乎形式的概念，章回小說的文體形態及敘事方式是本文研究的重點；但本文並沒有對這種文體作純形式的分析，與文體相關的各種外部因素也是本文關注的對象。本文認爲章回小說文體是一種「有意味的形式」，我們在分析其形式的同時還應關注其獨特的意蘊與內涵。

目　次

第十二冊　《繡榻野史》研究

作者簡介

　　陳秉楠，臺灣政治大學中國文學系博士候選人。出生於高雄，定居桃園。已婚，育有一子。醉心於中國敘事文學，主要以明清小說為研究對象。博士論文處理明清小說中的「情」、「欲」論述。

提　要

　　本書是針對晚明情慾小說《繡榻野史》的研究專著，是作者的碩士學位論文。本書以《繡榻野史》為中心，從近來中國情慾小說的研究現況的探討為起點，提出「情慾小說」的術語，作為研究晚明小說當中的情欲論述的核心，揮別過往以市民文學、資本主義萌芽、反程朱理學的研究框架，進行晚明情慾小說的外緣研究，探討了當時的社會風氣與相關思想，而在第三章，以《繡榻野

史》與《浪史》的相關比較，呈現晚明情慾小說文獻遞嬗與傳播的情況，並指出二者情節文字高度雷同，而類型相異的事實。在第四章，針對晚明情慾小說作者多數無可考的現況，對相傳爲《繡榻野史》作者的「呂天成」，進行詳細的考論。此外，在內部研究中，建立以情慾文本爲中心的角色美學、時空型；在第六章，以當時各種文本中的譬喻爲基礎，探究晚明情欲文化的深層意涵，比較晚明情慾小說與醫學文本中的譬喻意涵，說明了縱欲亡身的道德話語的起源與運作模式。第七章爲結論，歸納各章大旨，總結成果，指出下一階段研究的方向。

目　次

第十三冊 《儒林外史》語言藝術探賾

作者簡介

　　王能杰，一九五三年生於臺北市，政治大學中國文學系畢業，一九八一年以著作「班固生平及其學術成就」升等講師，二○○九年取得廈門大學中文系漢語言文字學博士學位。曾任致理商專教務處註冊組、課務組組長，致理技術學院課務組、綜合組（現更名為「校際合作中心」）組長，現專職致理技術學院通識教育中心基礎通識國文組教師。

提 要

　　《儒林外史》為我國古典小說的重要代表，在文學語言藝術上，有著極為崇高的成就。出神入化的語言運用，使得這部小說具有歷久彌新的藝術生命，也對我國小說傳統以及後世其他小說產生了重要影響。本書係從語辭運作的藝術、人物形象塑造的藝術、述手法的藝術和諷刺的藝術四個方面加以探討其文學語言的運作技巧。

　　在語辭運作藝術方面，本書著重對《儒林外史》的色彩詞、數字詞、方言詞、典故詞和創新詞進行分析和探討，用以了解《儒林外史》中語辭運作的特色和作用。

　　在人物形象塑造的藝術方面，本書著重對《儒林外史》中慳吝人物、名士碩儒、舉業中人、市井細民和女性形象進行分析，用以探討《儒林外史》人物

形象塑造的藝術，也觸及吳敬梓在書中所呈現的主題意識。

在述形式的藝術方面，藉由《儒林外史》正筆直書和對比襯托兩種述手法、行雲流水和曲折迴環兩種述特點以及預敘插分敘等手法的運用，來說明《儒林外史》是如何組織情節、描摹人物的。

在諷刺藝術方面，本書乃就《儒林外史》中開門見山、避重就輕、畫龍點睛、兩相對照、側面烘托等諷刺手法作深入分析，以探討其諷刺手法的運作和藝術層面。

最後，則就以上四個面向，簡單論述了《儒林外史》的成就和影響。

目　次

第十四冊　中國古典戲曲的悲劇性研究

作者簡介

　　楊再紅，女，漢族，1972 年生，新疆烏魯木齊市人。2006 年畢業於華東師範大學，獲文學博士學位。2006 年 7 月至 2011 年 1 月，任教於廈門集美大學文學院，2009 年晉升爲副教授。2011 年初，因家庭原因重返大漠，現任教於新疆財經大學新聞與傳媒學院。研究方向爲中國古代戲曲與戲曲批評，曾在《文藝理論研究》等刊物發表學術論文十餘篇。

提　要

　　本書從悲劇的視角來觀照古代戲曲，梳理出古代戲曲對悲劇性意蘊的表達方式及其演化軌跡，論述其在審美風格形成過程中的作用，並努力探討形式背

後的意義及成因。作者認爲，悲情苦境是古代戲曲表達悲劇性意蘊最重要的方式，隨著文人化進程的加深，悲情悲緒的客體化走向也愈益明顯，突出表現在悲劇性境遇的營造上，標誌著悲劇意識在戲曲文學中的成熟。古代文人強烈的救世理想使大團圓模式成爲中國戲曲用以拯救苦難，彌合痛苦最重要的方式，劇作家總會設計一兩個人物形象充當苦難的見證者和挽救者，大團圓結局則標誌著拯救的成功。然而，寫意抒情的創作原則使大團圓的內涵與形式之間發生了分裂，從而出現團圓主義背後的悲劇性問題。古代戲曲在話語類型、結構方式以及文本交流系統等方面有著迥異於西方戲劇的特點，在悲劇性意蘊的表達中形成了陰柔、婉約、感傷、淒美、悲涼等風格特色，導致了文本存在形態的複雜性和多種可能性。中國古典悲劇觀的最終形成大致可從三個層面來看：「怨譜」說與「苦境」論繼承了悲怨傳統及詩歌意境理論；卓人月、金聖歎等人的悲觀主義審美趣味自覺以痛苦作爲審美觀照對象，使戲曲批評上升至對人生本質的哲理思考層面；而王國維借助西方理論對傳統文化中的悲劇意識作了初步總結，推動了古典悲劇觀的最終形成。

目 次

第十五冊　宋代傀儡戲研究

作者簡介

劉琳琳，晉北人氏。承黍薯之養，閱風沙之景，外形粗獷，行事慷慨，然累於嬌嬌之名，堂堂鬚眉屢被誤作女子。父母皆以教書爲業，無暇寵溺，幼時散養於校園。日日薰染書聲書香，竟自識文墨，五歲虛齡即「非正式」入學。少雖穎慧，卻有仲永之歎；不惑無成，總疑人生多舛。敏於文而誤習理科，性喜靜而錯爲記者。及至爲方寸之博士帽再度負笈，始有志於學術。然亦不諧，竟成爲人作嫁之編輯。既無容穎之囊，人又惰怠，立言大計遙遙無期。荏苒數載，只有散稿半篋，論文一冊。才淺筆弱，不期匡世風，傳薪火，惟不汙人耳目，余意足矣。

提　要

傀儡，是指以具有可塑性的材質製作而成，可以被外力操控而動的擬人形物。傀儡戲，是指傀儡師操縱傀儡，使之做出的體現他預定意圖的表演。廣義的傀儡戲包括以傀儡進行的歌舞、戲曲、百戲、儀式戲劇等。本書更多地採用其狹義的內涵，即以傀儡代言角色，進行一個既定故事的表演。

中國的傀儡戲自漢代初現端倪，唐代漸趨完善，至宋代則呈現出大盛的局面。宋後，在戲曲的強勢衝擊下，傀儡戲盛景不再，但它並沒有絕對地衰落，甚至消亡，而是依附於戲曲、民俗等載體之上，頑強地生存至今。

本書研究的對象是宋代傀儡戲。全書分五章：

第一章討論傀儡戲的源流。辨析前人幾種傀儡戲起源觀，提出自己的「民間遊戲說」；並指出其形成於南北朝時期；以時間爲序，簡述中國傀儡戲由隋唐至今的發展歷程。

第二章梳理有關宋代傀儡戲的文獻及文物資料，並逐條加以簡評。揀摘相關史籍筆記資料二十九條；對十一種傀儡戲文物進行述評。

第三章研究宋代傀儡戲的物理形態，論證杖頭傀儡是由唐宋時的「磨合羅」

演化而來；藥發傀儡是以某種機械裝置提供動力，在預設的軌道上表演預定動作的傀儡形態；肉傀儡是以小兒後生模仿杖頭、懸絲傀儡而來，所以具有兩種形態；影戲的本質是一種動畫戲。

第四章分析宋代傀儡戲的藝術形態以及繁盛原因。考證宋代傀儡戲可能採用的器樂、歌唱及劇本的文學形態；逐一分析政治、經濟等可能造就宋代傀儡戲盛景的因素。

第五章探討宋代傀儡戲與中國古典戲曲發生之間的關係，對孫楷第先生所提出的「傀儡說」進行闡述、辨訛以及補正。並在此基礎上，對中國戲曲發生的時間和構成要素分別展開論述。

目 次

第十六冊　虛幻與現實之間——元雜劇「神佛道化」戲論稿

作者簡介

　　毛小雨，河南開封人。1981 年起，先後就讀於鄭州大學和中國藝術研究院，博士學位。現任中國藝術研究院戲曲研究所研究員、戲曲史研究室主任。編著出版有：《胡連翠導演藝術》、《中國戲曲臉譜藝術》（獲國家級最高圖書獎中國圖書獎和國家圖書獎提名），《北京戲劇通史》和《中國近代戲曲史》。主持國家課題《粵劇神功戲與嶺南民間信仰》。譯著有《古代印度戲劇》、《印度現代戲劇簡述》、《巴西 20 世紀戲劇概說》、《中國共產黨與中國戲劇》、《喬治‧格什溫傳》、《張協狀元》、《漫畫漢英語言精華——唐宋詩》、《漫畫漢英語言精華——唐宋詞》、《商代文明》、《空軍戰士》及《梅蘭芳訪美京劇圖譜》等。

　　1996 年～1997 年度作爲中印兩國雙邊文化交流項目的訪問學者赴印度普那大學學習，對印度藝術進行了深入的研究，考察了印度許多重要的文化遺址，拍攝了大量的圖片。回國後出版專著《印度雕塑》、《印度壁畫》、《印度藝術》和攝影作品《印度建築藝術》、《中國人眼中的印度》。

提　要

　　元朝是由起於漠北高原的蒙古貴族建立起來的，它版圖遼闊，通過滾滾鐵騎，殺伐征戰，成爲一個橫跨亞、歐的統一大國。蒙古族人入主中原之後，一方面保持著傳統的薩滿教信仰，另一方面也在征服西藏的過程中接受了藏傳佛教。爲了管理和穩定以漢族爲多數的多民族組成的社會，蒙古貴族在宗教信仰上實行承認現狀和相容並包的政策，對佛教、道教、伊斯蘭教、基督教以及其他信仰都給予寬容，形成元代宗教文化多元並存、同時發展的局面。

　　儘管元朝國祚不長，但其對宗教相容並蓄的態度，使元朝的各種宗教都有相當多的信眾，進而影響到社會生活和文學藝術的方面。

　　元雜劇的宗教戲劇是元雜劇的重要組成部分，本文通過對全部宗教劇目爬梳整理，並經過詳細考查和辨析，提出了有別於「神仙道化戲」的新的概念。

　　另外，本文也論及了元雜劇宗教戲劇的模式，宗教與戲劇的有機結合，以及「八仙戲」這一特殊的戲劇現象。同時，作者在對《西遊記》雜劇研究時，發現它是介於原生的西遊故事和小說《西遊記》之間的重要橋樑，因爲它有別於小說《西遊記》，其一些特徵更能證明前輩學者關於《西遊記》和印度史詩

《羅摩衍那》之間的因緣。

通過對元雜劇宗教戲劇的研究，可以發現，任何文學作品都不是向壁虛構的，宗教戲劇也是社會現實的反映，從中可以看出世態炎涼、官場傾軋、妓女苦況和高利貸制度等，使我們對元代社會有一個更深入的認識。

目　次

第十七冊　丁耀亢劇作之傳承與創新

作者簡介

賴慧娟，國立台灣大學中國文學系畢業，國立中山大學中國文學系碩士。目前任職於中央研究院歷史語言研究所傅斯年圖書館。

提　要

明末清初之際，正值易代鼎革、戰亂頻仍的動盪時代，因此不少戲曲作品帶有明清易祚所引發的悲涼哀嘆之感，此種黍離哀嘆主要來自於劇作家們對於歷史興亡的悲劇性體驗。丁耀亢即是身處於家國劇烈變動之際的劇作家，其戲曲作品通過對於劇中人物、情節的描寫，不僅寄寓了作者的情志思想，亦生動豐富地展現出當時文人一些重要的精神側面及其心理體驗。

本論文除首章緒論及末章結論之外，第二章總述丁耀亢生平經歷，並對其戲曲、小說、詩文等著作做一概要介紹。第三至六章則對丁耀亢現存的四部戲曲作品：《化人遊》、《赤松記》、《西湖扇》、《表忠記》，依其創作年代先後加以分析探論。本文撰作非只就單一劇本進行平面式的討論，而是採用縱向的，以文學傳承與創新的角度切入，將其他相關的戲曲作品如《張子房圯橋進履》、《赤松記》、《鳴鳳記》、《桃花扇》等劇作一併含括進來進行析論與比較，希望透過

如此的觀照，可以更具體地突顯出丁耀亢現存四部戲曲作品對於前人劇作的傳承、轉化與再開創的企圖。最後，有關四部劇作在題材內容、藝術技巧與主題思想的綜合分析，則於結論一章進行整理歸納。

目　次

第十八冊　明清女劇作家研究

作者簡介

　　鄧丹，女，1979 年生，湖北通山人。曾師從首都師範大學張燕瑾教授攻讀碩士、博士學位，2008 年進入華南師範大學中國語言文學博士後流動站工作，合作導師為左鵬軍教授。現任華南師範大學文學院副教授。有論文發表於《戲劇》、《戲劇藝術》、《戲曲藝術》、《紅樓夢學刊》、《文化遺產》和《華南師範大學學報》等學術刊物，獨立主持兩項省部級課題和一項省教育廳課題，參與「中國近代文體觀念與文體演變研究」等課題。

提　要

　　我國明清兩代至少有二十九位女作家從事過戲曲創作，創作的戲曲作品在六十八種以上（今存全本三十三種、殘本三種）。明清婦女的戲曲創作是明清才女文化的重要一翼，同時，也是明清繁盛的戲曲文化中不容忽視的組成部分，第一章從明清才女文化和戲曲文化的主要特徵和發展歷程入手，對女劇作家生活和創作的文化空間做總體觀照。第二、三章對現知全部明清婦女劇作進行分主題系統研究，「私情」書寫、「情」之重寫、性別思索和社會關懷是婦女劇作四項重要的主題，通過多角度的比較研究，揭櫫這些主題劇中女性特殊的書寫心態、各個不同的婚戀理想、鮮明的女性意識和對社會政治、時事的深切關懷。第四、五、六章結合新發現的資料對清代三位重要的女劇作家王筠、吳蘭征、劉清韻的生平及戲曲創作進行新的闡釋和評價。最後，總結明清婦女戲曲創作的特點及意義，認為她們的戲曲創作有著迥異於男作家的視角和表現方式，有著對戲曲文類的嫻熟駕馭，在戲曲史上具有不可替代的價值。附錄對明清女劇作家生平及創作情況做全面、細緻的整理和考訂工作，對前人研究中的訛誤和疏漏之處進行考辨、補充，同時吸收最新的研究成果，輯錄女劇作家作品的著錄情況及其同時代或後人對其作品的評價。

目　次

第十九、二十冊　清代桐城派古文之研究

作者簡介

　　陳桂雲，1957 年生，台北市人，中國文化大學中國文學研究所博士，現職為國立故宮博物院圖書文獻處編審，並自 1986 年任中國文化大學兼任講師。主要研究領域為清代散文、唐代文學、民俗學。另有專著《楊妃故事之研究》，相關論著有〈宋　李公麟　麗人行〉、〈艷質豐肌說楊妃〉、〈《論語》中顏回形象的現代闡釋〉、〈清宮的年貨大街〉等。

提　要

　　清代桐城派具有「冠蓋滿京華，文章甲天下」的美譽，於中國文學發展史

中，褒貶不一，仁智互見；就文學觀點而言，實則有回顧與重新檢視之價值。本研究專事於探討桐城派代表作家的文論體系與創作，對桐城派之緣起、師承、傳衍、發展、遞變與式微進行系統性之考察及闡述。

首先廣蒐先驅戴名世、桐城三祖、湘鄉派曾國藩、陽湖派張惠言、惲敬等諸家之論著爲研究之基礎資料，再旁徵其門人弟子之論述，及廣引後世文人之相關著作，以爲佐證。除古籍之探索，亦採輯清國史館所留之豐碩清人傳記資料，及民國以來的大量研究結果，分別加以評述、歸納與比較分析。研究中各論點均採專題討論方式深入剖析，並涵蓋彼此間之密切關聯性。

同時，亦從回顧中國歷代古文開始，勾劃古文體裁發展軌跡的轉變歷程，以探本溯源；次則梳理桐城文派之發展過程與諸家文論，取「其言論足以支配一代者」予以評析，並釐清其間繼承發展的關係脈絡，及其特色所在；再次則剖析桐城派學術思潮的演進，及其對西學東漸之態度和貢獻；末則探究桐城文學之書院傳播及其論著之精要。希冀客觀而準確地檢視桐城派古文的起伏、變遷，及其在中國文學史上的地位，給予系統性的正確認識與評價。

目　次

上　冊

第二一冊　甲骨文與神話傳說

作者簡介

　　胡振宇。1957 年出生於北京。1983 年獲北京師範大學歷史學學士。1987 年到中國社會科學院歷史研究所，先在先秦史研究室，後轉文化史研究室。

　　研究方向為古文字、古代史、文化史。著有：《殷商史》（合著），上海人民出版社，2003 年。《中國三千年氣象記錄總集》，（合著），第 1 冊（全四冊），甲骨文、遠古至元時期，鳳凰出版社，2004 年。

　　整理：《甲骨續存補編》（甲編），三冊，天津古籍出版社，1996 年。《甲骨學商史論叢初集》（外一種）上下，二十世紀中國史學名著，河北教育出版

社，2002 年。

提　要

　　中國古史研究有悠久的歷史，豐富的傳承。任何一古代文明，其遠古定與神話傳說結合。二十世紀初，有批學者對一些過去的記載統統產生懷疑，繼而對千百年來一直流傳的中國古代歷史及神話傳說進行批判，這批學者及理論稱作「疑古派」。他們把古書的真偽與古書中所記載的史實的真偽等同，認為偽書中不可能有真史料，在這種懷疑的精神下，必須要用考古學的方法，來確立科學的史學。

　　十九世紀末二十世紀初的中國學術界，經歷著一場重大的變革。這一時期，學界發生了幾件大事：殷墟甲骨、敦煌經卷、流沙墜簡、明清檔案等發現，猶如石破天驚，其中殷墟甲骨文的發現，則是最早打開中國近代學術史的序幕。

　　甲骨文的發現導致日後的殷墟發掘，殷墟發現的甲骨文及其他文物又印證了三千年前商代的歷史；殷墟發掘的成就使中國信而可徵的歷史拓展了一千多年，並且把歷史期間的史料和先史時代的地下材料作了強有力的鏈環。

　　甲骨文的發現，使得學者得以用三千年前的可信資料來探究中國的古史。由甲骨文的記載，可以知道《山海經》、《堯典》及其他古書中的一些古史資料，與甲骨文字完全相合；可以知道《詩經》、《楚辭》、《呂氏春秋》、《史記》關於玄鳥生商的傳說，在甲骨文中也可以找出遺。

　　甲骨文的發現為中國古代神話的研究闢出一片新天地。

目　次

第二二冊　聖婚與聖宴：〈高唐賦〉的民俗神話底蘊研究

作者簡介

　　魯瑞菁，臺灣大學中國文學研究所博士，靜宜大學中國文學系專任教授。主要研究領域為楚辭、神話，近五年的研究課題聚焦於出土古代墓葬隨葬文物圖像的神話、宗教與文化等問題。迄今為止，發表學術論文三十餘篇、會議論文三十餘篇，著有《楚辭文心論》一書。

提　要

　　本書的研究主題集中在高唐巫山神女的神話與文化底蘊。高唐巫山神女的神話與文化研究既為上古神話、宗教、習俗、文化研究的核心課題；高唐巫山神女的典故亦是後世文學作品因藉發揮的重要範式。本書受到（英）弗雷澤

（James Frazer）大著《金枝》的啓發，嘗試從上古「聖婚」與「聖宴」兩種
習俗儀式的角度，結合中國古代的文獻典籍資料、新近出土的考古文物文獻、
中西民俗人類學家的田野調查報告，以及中西方文化人類學家所建構的理論
等；廣泛運用文獻學、神話學、考古學、人類學、民俗學、心理學和社會學等
跨學科、多維度、多視角的方法，掘發冥晦難曉的中國上古時代神話、風俗與
宗教底蘊。

目　次

第二三、二四冊　林文寶古典文學研究文存

作者簡介

　　林文寶，輔仁大學中文系碩士、曾任台東師範學院語教系主任、學務長、教務長、台東師院語教系教授兼所長、台東大學兒童文學研究所所長、台東大學人文學院院長、毛毛蟲兒童哲學基金會董事長，現爲台東大學榮譽教授兼台東大學兒童文學研究所教授、兒童文化藝術基金會董事長。

　　專長於新文學、兒童文學、台灣兒童文學、語文教學、曾獲五四兒童文學教育獎、中國文藝協會文藝獎章（兒童文學獎）、信誼特殊貢獻獎等。編著作品四十來冊、定期發表期刊論文不輟，現在仍致力於兒童文學研究。

提　要

　　本文存有兩冊，收林文寶已正式發表過有關古典文學研究九篇，其寫作年代自 70 年代初至 90 年代中期。前後長達 24 年。依其屬性可分爲三類。

　　第一類是研究生時期作品：《段氏六書音均表》，《牛僧孺與「玄怪錄」》。

　　第二類是狹義的古典文學論文：《吳梅村及其文學批評》，《顏之推著作考》，《顏之推及其思想述要》，《柳宗元「永州八記」之研究》。

　　第三類是有關民俗的論述：《笑話研究》，《謎語研究》，《元宵夜炸寒單爺迎財神──台東民俗之一》。

　　綜觀文存九篇，雖長短不一，亦可見作者之毅力與用心，更見作者創新與卓見。

目　次

上　冊

下　冊

〈離騷〉意象組織論

詹詠翔　著

作者簡介

詹詠翔，畢業於國立高雄師範大學國文學系，任教於國立臺南家齊女中。其後於國立成功大學中國文學系碩士班畢業，現於成功大學攻讀博士學位。研究方向以「楚辭」、「楚辭學」為主，同時兼及美學、章法學等領域，著有碩論《〈離騷〉意象論》，發表單篇論文〈從章法設計角度論《楚辭 . 招魂》的美成效應〉、〈《楚辭‧招魂》之「恐懼意象」探討〉等。

提　要

　　作為自傳體長詩，屈原之〈離騷〉，真實地反映出作者內心激盪不已的情感；其中對於意象的設計與經營，屢次成為後人探究的對象。本論文以〈離騷〉意象為研究主軸，從意象的起源，以及〈離騷〉主要意象的形成、組織與統合等角度，探討屈原作為創作主體，如何藉由〈離騷〉意象的設計，創造出獨特的情感與技巧，期待能為〈離騷〉意象的探討，發掘出不同以往的觀點來。本文共分七章，大要如後：

　　第一章〈緒論〉，說明研究動機，以及文獻回顧、研究方法與預定成果。

　　第二章〈意象理論探索〉，探討「意」與「象」各自生發的歷史軌跡，並揭示意象與語文能力的關係，以及意象的形成、組織與統合的理論。

　　第三章〈離騷主要意象的形成（一）——以「象」區分〉，依第二章所述，將〈離騷〉全文之意象分為「實」與「虛」兩個層面，各別探討其意象的形成特色，並著重討論如此「實」、「虛」的對應，所展現的技巧。

　　第四章〈離騷主要意象的形成（二）——以「意」區分〉，依第二章所述，從「情」與「理」的角度，剖析〈離騷〉意象形成的核心，並從而討論〈離騷〉意象群的呈現手法。

　　第五章〈離騷意象的組織〉，結合形象思維與邏輯思維，並配合章法學原理，分析〈離騷〉一文的意象架構，並指出此一架構所具備的種種特點。

　　第六章〈離騷意象的統合〉，揭示〈離騷〉創作的主旨與綱領之美，以及深入分析〈離騷〉的風格美學。

　　第七章〈結論〉，總結前述成果，說明本論文的研究重點。

　　就上述研究過程而論，可以發現屈原之〈離騷〉，作為最能凸出屈原情感的偉大創作，不但在意象的形成上，有其豐富且多樣的經營，更能在意象的組織與統合上，呈現其精緻且巧妙的創作心思，誠然具有研究與討論的價值。

目次

第一章 緒 論

第一節 寫作動機與目的

　　本論文題爲「〈離騷〉意象論」，旨在從「廣義意象」〔註1〕的角度，剖析屈原〈離騷〉一文中，關於意象的「形成」與「組織」，最終探究〈離騷〉意象的「統合」，期待能夠藉徹底的分析，開創不同以往的〈離騷〉評鑑視角，進而對於屈原其人，及其作品〈離騷〉有更深入的瞭解。

　　屈原，生當戰國晚期（西元前 340 年〔註2〕），處於列國「并大兼小，暴師經歲，流血滿野」〔註3〕的動盪時代。其時，「楚強則秦弱，楚弱則秦強，

〔註 1〕 陳滿銘：「所謂的『意象』，乃合『意』與『象』來說……而它是有廣義與狹義之別的：廣義者指全篇，屬於整體，可以析分爲『意』與『象』；狹義者指個別，屬於局部，往往合『意』與『象』爲一來稱呼。」也因此本文所提及的「狹義意象」，即是指「個別意象」；而「廣義意象」乃指「篇章意象」或「辭章意象」。陳滿銘，《意象學廣論・自序》（臺北：萬卷樓圖書公司，2006 年 11 月），頁 1。

〔註 2〕 關於屈原的生年說法，自古以來，莫衷一是。主要原因在於對「攝提」的解釋，以及後人推算上的不同所致。屈原〈離騷〉自序「攝提貞于孟陬兮，惟庚寅吾以降」，而西漢劉安在《淮南子・天文訓》中解釋道「太歲在寅，歲名曰攝提格。」其後東漢王逸《楚辭章句》則直接認爲屈原生於寅年寅月寅日。宋洪興祖《楚辭補注》也承襲此說。清代開始，學者對於此點討論愈多。大抵而言，屈原生年橫跨西元前 366 至 335 年。本文採用郭沫若在《屈原研究》中考證結果，認爲屈原生於楚宣王 30 年，即西元前 340 年的辛巳夏曆正月初七庚寅日。詳見郭沫若，《屈原研究》（成都：群益出版社，1942 年 5 月），頁 14～16。

〔註 3〕 溫洪隆注譯，《新譯戰國策》（臺北：三民書局，2004 年 8 月），頁 24。

此其勢不兩立」〔註4〕，處在野心日益明顯的秦國旁，楚國政治清平與否，關係著國家強弱及存亡。而屈原承繼自遠祖優秀之血脈，逢天時之善以降，長成以來，「博聞強志，明於治亂，嫻於辭令」〔註5〕；天生內美，加諸楚國靈秀山川之薰陶，屈原對於自身以及楚國，始終懷有一份眷戀與使命感〔註6〕。惜當鴻圖展翅之際，詭譎的國際政治，以及充滿猜忌的國內政局〔註7〕，終於使屈原被逐出權力核心，流放於漢北，終放逐於江南一帶。而〈離騷〉巨作，正是屈原於此段時期，爲抒發愁苦幽思，宣洩忠憤而作。

　　〈離騷〉被視爲屈原的自敘體抒情長詩，長久以來，便是後世仰慕者，得以深入屈原那芳潔行志，以及高尚人格的一條研究進路。《文心雕龍》言：「自風雅寢聲，莫或抽緒，奇文郁起，其〈離騷〉哉！」〔註8〕〈離騷〉除承繼《國風》、《小雅》「好色而不淫，怨誹而不亂」〔註9〕的傳統特色外，在題材的選擇，以及表現的手法方面，又具有超越傳統的特異之處，如此確實可稱之爲「奇文」〔註10〕。陳怡良師曾如此評賞：「在屈原所有的文學創作中，最具創造性，辭藻最激揚哀麗，結構最翻騰出奇，文筆最浪漫鋪張，韻律最鏗鏘婉轉，情懷最哀感悱惻，最能窺知屈原感情世界的，我想莫過於他的自敘體抒情長詩離騷了。」〔註11〕〈離騷〉正因具有種種藝術特色，在後代學

〔註4〕溫洪隆注譯，《新譯戰國策》，頁400。

〔註5〕日・瀧川龜太郎，《史記會註考證・屈原賈生列傳》（臺北：宏業書局，1994年9月），頁983。

〔註6〕屈原頗有自信，於〈離騷〉曾言：「紛吾既有此內美兮，又重之以脩能」；〈懷沙〉曰：「文質疏內兮，眾不知余之異采。」此外，屈原熱愛楚國，對楚國內政有獨到見解，冀希楚國有朝一日，能夠再造唐虞盛世。詳見陳怡良師，〈楚歌巨星，悲壯一生〉，《屈原文學論集》（臺北：文津出版社，2002年9月），頁4～5。

〔註7〕陳怡良師，〈楚歌巨星，悲壯一生〉，《屈原文學論集》，頁8～9。陳怡良師歸納，屈原之所以漸受楚王冷落，主要是受到小人的挑撥，而這又可溯因數點：（1）屈原的受寵，至權臣的嫉妒；（2）屈原主張政治改革，衝擊當權派；（3）秦國勢力的介入挑撥；（4）屈原個性因素。

〔註8〕梁・劉勰著，周振甫注，《文心雕龍注釋》（臺北：里仁書局，2001年9月），頁63。

〔註9〕梁・劉勰著，周振甫注，《文心雕龍注釋》，頁63。

〔註10〕清・吳景旭，《歷代詩話》引高似孫文曰：「楚山川奇，草木奇，原更奇。」收錄於蔡守湘主編，《歷代詩話論詩經楚辭》（武漢：武漢出版社，1991年6月），頁259。

〔註11〕陳怡良師，〈離騷的建築結構及其藝術成就〉，《屈原文學論集》（臺北：文津出版社，2002年9月），頁96。

者不斷地努力下，開展了眾多相關的學門：從探究作者屈原的生平、思想時代背景及對後世的影響，到創作的體例、結構、音讀及眞僞、訓詁等研究，蔚爲大觀〔註12〕；也因爲如此，林雲銘評論〈離騷〉言曰：「三閭大夫是古今第一等人物，其文章亦古今第一等手筆，最難讀者莫如〈離騷〉一篇，以其變幻瑰異，眩其重複。」〔註13〕此「難讀」之說，即著眼於〈離騷〉豐富的內容以及技巧，予人目不暇給，端緒難尋的感受。

　　面對〈離騷〉此一意蘊豐富的作品，前人已開拓出眾多研究方向，並累積許多成果。今筆者不揣翦陋，欲採用近年來，發展已臻完備之「廣義意象」等相關理論分析〈離騷〉，求索其中意象之特色。誠然，前輩專家們對於〈離騷〉意象方面的研究，具有不可抹滅之貢獻，然而文學鑑賞的技巧沒有窮盡的時候，當研究方法與時俱進，伴隨而來的必定是研究視角的突破，尤其對〈離騷〉此一具有「奇」、「豔」〔註14〕之美的作品，更應如此看待。

　　而關於「意象」的探究，長期以來著重在「單一（個別）意象」方面：或是針對文本中的各種「象」，從情、理的角度切入分析；或針對文本中的「意」，由景、事等不同的屬性進行探討〔註15〕；又或是綜合性質的討論〔註16〕。而往

〔註12〕 據姜亮夫所列，對於研究《楚辭》而言，即可分爲「輯注類」、「音義類」、「論評類」、「考證類」，其下又各有千秋，足證〈離騷〉研究亦因如此。詳見姜亮夫，《楚辭書目五種・總目》（臺北：明倫出版社，1971 年），頁 1～10。

〔註13〕 林雲銘，《楚辭燈》，收錄於《楚辭文獻集成》卷 11（揚州：廣陵書社，2008 年 8 月），頁 7408。

〔註14〕 陳怡良師認爲，〈離騷〉一文的特色，可以「奇」、「豔」二字籠括。「奇」乃著眼於〈離騷〉的體裁、立意、結構與情節、手法之奇；「豔」則著眼於〈離騷〉具有的心靈、語言、感情、想像與意象之美。詳見陳怡良師，〈屈原的審美觀及《離騷》的「奇」、「豔」之美〉，收錄於《屈騷審美與修辭》（臺北：國立編譯館，2008 年 10 月），頁 60～120。

〔註15〕 陳滿銘注意到：研究文本的「單一（個別）意象」時，雖然是以「意象」一詞來指涉，但卻多用其「偏義」。如提到草木等「象」，多探討其背後所代表的「意」；而談到「團圓」或「流浪」等「象」，多分析其背後所代表的「象」。詳見陳滿銘，《意象學廣論・自序》，頁 25。

〔註16〕 陳佳君分析認爲：「近年來，將研究視角直接聚焦於個別意象的文獻也越來越多，大體說來，有結合主題學進行偏於「象」的探討者，如離別意象、隱逸意象、孤寂意象、流浪意象、閨怨意象等，更多的是偏於「意」方面的研究，如植物意象、動物意象、季節意象、色彩意象、山水意象、登臨意象、夢意象等，當然也不乏綜論型態的意象學專著。」其中偏於「象」的探討方式，是以「意」的類別處理；而偏於「意」的探討方式，則從「象」的分類下手，正說明「狹義（個別）意象」常見的研究方式。詳見陳佳君博士學位論文，《辭章意象形成論》，（臺北：國立臺灣師範大學，2004 年），頁 2～3。

昔學者研究屈原作品之意象，無論是《楚辭》、《屈賦》等總集，或單篇文本如
〈離騷〉、〈招魂〉，大率由「單一意象」的角度出發，而對於「意象的組織」、「意
象的統合」等問題則往往付之闕如。此皆說明，對於〈離騷〉文本「意象」之
研究，尚有值得探索的空間。故期待以此拋磚之作，能夠爲未來《楚辭》意象
研究，發掘出新的視界，同時也冀望博雅諸君，能夠不吝指教。

第二節　文獻探討

　　對於〈離騷〉意象之研究與評論，可謂源遠流長；最早可追溯至西漢淮
南王劉安所寫之《離騷傳》〔註17〕，文中已注意到〈離騷〉中，「意念」與「物
象」之間的關聯：其「稱文小」與「舉類邇」之說，代表〈離騷〉中種種「物象」
的「文」與「類」；「其指」與「見義」便是此一「物象」背後所代表的
「意念」。雖然未使用「意」與「象」，但實已反映「意」、「象」之間的關係。

　　其後，則有王逸對〈離騷〉在「意象」方面的評析，除了理論上的說明，
亦標舉各種實例證之。理論上，王逸以「譬諭」來說明「意」與「象」之間
的聯繫原理，並且直指《詩》作爲此一原理的源頭；實證上，則以「善鳥香
草」、「惡禽臭物」、「靈修美人」、「宓妃佚女」、「虬龍鸞鳳」、「飄風雲霓」等
等爲「象」，依次與「忠貞」、「讒佞」、「聖君」、「賢臣」、「君子」、「小人」之
「意」，相互搭配、說明。這段序文因爲闡釋地十分清楚，被後代許多學者引
以爲說明〈離騷〉意象的學理與表現。〔註18〕

　　再次，如摯虞的《文章流別論》，亦約略論及賦體的特色，可視爲對〈離
騷〉意象的間接說明。〔註19〕而南朝梁的顏延之，在其〈祭屈原文〉中，亦

〔註17〕劉安《離騷傳》：「其文約，其辭微，其志潔，其行廉，其稱文小而其指極大，
　　　　舉類邇而見義遠。其志潔，故其稱物芳；其行廉，故死而不容自疏。」此一
　　　　引文摘自司馬遷〈屈原列傳〉，但實爲西漢淮南王劉安之作。湯炳正認爲，西
　　　　漢淮南王劉安曾著《離騷傳》，其後部分文字被纂入司馬遷《史記》中，故今
　　　　日所見《史記・屈原列傳》實雜有劉安作品。詳見湯炳正，〈屈原列傳理惑〉，
　　　　收入《屈賦新探》（臺北：貫雅文化，1991年2月），頁1～10。
〔註18〕王逸曰：「〈離騷〉之文，依《詩》取義，引類譬諭，故善鳥香草，以配忠貞；
　　　　惡禽臭物，以比讒佞；靈修美人，以媲於君；宓妃佚女，以譬賢臣；虬龍鸞
　　　　鳳，以托君子；飄風雲霓，以爲小人。其詞溫而雅，其義皎而朗。」詳見宋・
　　　　洪興祖，《楚辭章句》（臺北：臺灣學生書局，2004年1月），頁3。
〔註19〕摯虞於《文章流別志論》云：「賦者，敷陳之稱，古詩之流也。古之作詩者，
　　　　發乎情，止乎禮義。情之發，因辭以形之，禮義之旨，須事以明之，故有賦
　　　　焉。所以假象盡辭，敷陳其志。前世爲賦者，有孫卿、屈原，尚頗有古詩之

論及屈原創作時，在意象方面的經營。〔註 20〕至於劉勰，亦提出對〈離騷〉
的看法：

> 故其陳堯舜之耿介，稱湯武之祗敬，典誥之體也；譏桀紂之猖披，
> 傷羿澆之顛隕，規諷之旨也；虬龍以喻君子，雲蜺以譬讒邪，比興
> 之義也；每一顧而掩涕，嘆君門之九重，忠怨之辭也。觀茲四事，
> 同於《風》、《雅》者也。〔註 21〕

劉勰在《文心雕龍・物色》文中，雖然創造性地使用了「意象」一詞，但尚
未將之與〈離騷〉結合。在〈辨騷〉中，劉勰從〈離騷〉文風與內容入手，
分析如何可謂「合乎經典」與「異乎經典」者。上述所引即是由「合乎經典」
的角度闡發〈離騷〉為文特色，而過程中也反映出，劉勰如何認知〈離騷〉
在「象」與「意」兩者間的關聯。文中認為，屈原引用「堯舜」乃有意於表
達「耿介」之情志；而稱「湯武」乃反映出屈原對於「明君」的尊敬與嚮往；
反過來說，談到「桀紂」，則是語帶譏諷地表現出個人好惡，而選擇「羿」與
「澆」，則象徵著屈原對於人才的隕落的悲傷。再者，如屈原以「虬龍」喻君
子、「雲蜺」譬「讒邪」等等，此皆說明劉勰對於〈離騷〉在「意象」觀念的
掌握與認知。

　　普遍來說，對屈原〈離騷〉的意象探析，多出現於魏晉南北朝階段，實
與當時文學理論的發達有關；其後，由唐宋至元明時期，則較少有創新的說
法。如白居易的〈與元九書〉，其中言及〈騷〉辭，仍掌握到「比」、「喻」的

義。」摯虞首先定義「賦」即是承繼古詩而來，所以「賦」是詩的一種。而
作詩之人，乃因有其不得不表現的「情」，透過合禮的方式表現為「辭」；然
而所謂「合禮」，必須藉由適當的「事」來表明。經過此一心理過程而傳達出
來的「辭」便是「賦」。摯虞認為如荀子、屈原等賦家，尚且能夠遵循古詩要
求，進而「假象盡辭，敷陳其志」，將個人情志以合乎禮義的方式呈現，至於
其後的作家，如宋玉，則多「淫浮之病」。所謂「象」與「志」，在此反映了
摯虞對於屈原寫作過程中，「物象」與「情志」的交感，從而建構出文學作品，
這當然包含著〈離騷〉在內。詳見晉・摯虞，《文章流別志論》，嚴一萍編，《叢
書集成續編》影印本第 16 冊（臺北：藝文出版，1970 年）。

〔註 20〕　南朝・梁・顏延之謂：「謀折儀尚，貞篾椒蘭。身絕郢關，亦遍湘干。比物荃
蓀，連類龍鸞。」以「比物」、「連類」說明屈原創作時所運用的「意象」技
巧。此論乃承襲自東漢王逸在〈離騷〉序中所言之「引類譬諭」之說。雖然
「比物荃蓀，連類龍鸞」顯得簡略，但仍然掌握了「意」與「象」之間的理
論關係。選錄自梁・蕭統撰，唐・李善注，《昭明文選》卷 60（臺北：文化圖
書公司，1975 年）。

〔註 21〕　梁・劉勰著，周振甫注，《文心雕龍注釋》，頁 63。

技巧，用以聯接「君子小人」之「意」與「香草惡草」之「象」。理論上並未脫離前人王逸、劉勰所言。〔註22〕又或如宋人晁補之的〈離騷新序〉，同樣注意到屈原對於「意象」經營的特色，發出「托譎詭」之「象」，目的在於「論志」之「意」。簡要地說明「意」與「象」的關係，並且說明此種「譎詭」手法，反而使後人難以解讀〈離騷〉。〔註23〕再者，如朱熹，於〈離騷序〉中亦有言：

> 不特《詩》也，楚人之詞，亦以是而求之：則其寓情草木，托意男女，以極游觀之適者，變《風》之流也；其敘事陳情，感今懷古，以不忘乎君臣之義者，變《雅》之類也。至於語冥婚而越禮，攄怨憤而失中，則又《風》《雅》之再變矣。……其爲賦，則如〈騷經〉首章之也；比，則香草惡物之類也；興，則托物興詞……然《詩》之興多而比、賦少；〈騷〉則興少而比、賦多。〔註24〕

朱熹在〈離騷序〉中，對於〈離騷〉意象有較創新的說法：同王逸、劉勰，朱熹注意到屈原以「象」表「意」的手法，但更進一步地溯其源頭，明白指出〈離騷〉文中之「草木」與「男女」之「象」，乃淵源於《風》而加以變化手法；而〈離騷〉中的「敘事」與「陳情」，用以表現「君臣之義」者，乃淵源於《雅》而加以變化。並且運用《詩》所有的「賦比興」手法於〈騷〉，一一指出〈離騷〉一文中，何處乃「賦」，何處爲「比」，又何處是「興」；最終並比較《詩》與〈騷〉兩者運用「賦比興」上的不同之處。在〈離騷〉意象的理論上，朱熹開創了較爲深入的論述，較諸前人僅溯源至《詩》，而無法就「賦、比、興」三者析而論之，確實有所突破。

此外，吳仁傑《離騷草木疏》，亦曾論及〈離騷〉意象方面的表現：

> 〈離騷〉之文，多怪怪奇奇，亦非鑿空置辭，實本之《山經》。其言鷖、鸞皇、鳩鳥，與《詩》麟、虞、鳳凰何異？鯢又何足以知之！

〔註22〕〈與元九書〉云：「國風變爲騷辭，五言始於蘇李。……故興離別，則引雙鳧一雁爲喻；諷君子小人，則引香草惡草爲比。雖義類不具，猶得風人之什二三焉。」詳見唐·白居易，《白氏長慶集》，收入王雲五主編，《四部叢刊初編》（臺北：臺灣商務，1967年）卷45。

〔註23〕晁補之云：「……稱開天門，駕飛龍，驅雲役神，周流乎天而來下，其誕如此。正爾托譎詭以論志，使世俗不得以其淺議已。」詳見宋·晁補之，《雞肋集》卷36，任繼愈、傅璇琮主編，《文津閣四庫全書》（北京：商務印書館，2005年）第373冊。

〔註24〕宋·朱熹，《楚辭集注》卷一（臺北：藝文出版社，1983年）。

　　〈離騷〉以薌草爲忠正，猶草爲小人。蓀、芙蓉以下凡四十有四種，

　猶青史忠義獨行之有全傳也。蕡菉葹之類十一種，傳著卷末，猶佞

　幸奸臣傳也。彼既不能流芳後世，姑使之遺臭萬載云。〔註25〕

吳仁傑之《離騷草木疏》，一般被認爲是「能補王逸訓詁所未及」〔註26〕之考
證著作，但事實上，是可以將之視作同朱熹注〈騷〉般的注疏作品〔註27〕。
由後序可知，吳仁傑是抱著將〈離騷〉草木視爲「青史忠義」、「佞幸奸臣」
來看待的，基於此一對「意象」的認知，廣泛針對〈離騷〉中，計55種草木，
一一予以梳理，故此書乃是〈離騷〉意象理論發展以來，頗具規模與深度的
作品。

　　繼宋人吳仁傑著《離騷草木疏》之後，直至明代初期，在〈離騷〉意象
的探討上，主要是對前人理論的承繼，發展上著實緩慢。諸如史繩祖《學齋
佔畢》再次論及「以香草而比君子」〔註28〕，又明人宋濂於〈雙桂軒記〉中
提及「古人立言而比興爲多」，並認爲《楚辭》之中，除申椒、木蘭外，「無
芳香之物足以取譬君子」〔註29〕；又如凌雲翰〈蘭晼說〉〔註30〕、鄭眞〈友
蘭齋記〉〔註31〕以及方孝孺〈艾庵記〉〔註32〕、朱澗〈蘭室記〉〔註33〕等等，
或因「蘭」、「艾」之稱，直接或間接地聯想到原作品中的「蘭草」、「艾草」
意象特色，實非專門探討〈離騷〉意象論述；至於明人屠本畯，針對宋人吳
仁傑之《離騷草木疏》有所補充，但基本上仍舊以「薌草比君子」、「惡草比

〔註25〕宋‧吳仁傑，《離騷草木疏》（臺北：臺灣商務，1979 年）。

〔註26〕詳見清‧紀昀等，《集部‧楚辭類》，《武英殿本四庫全書總目提要》（臺北：
　　　　台灣商務，1983 年 10 月），頁 5。

〔註27〕《四庫全書總目提要》總評吳仁傑《離騷草本疏》，認爲「徵引宏博，考辨典
　　　　核」、「亦考證之林也」，這是從考證學的角度來說明本書；但事實上，在胡玉
　　　　縉的《四庫全書總目提要補正》中，引鮑廷博所言「是書也，可謂先得朱子
　　　　之心」，則說明此書除廣徵博引外，亦有所寄託，故具有注疏之功。

〔註28〕宋‧史繩祖，《學齋佔畢》（北京：中華書局，1985 年）。

〔註29〕明‧宋濂，《文憲集》卷3，收入《明代基本史料叢刊‧奏摺卷》（北京：中華
　　　　書局，2004 年）。

〔註30〕明‧凌雲翰，《柘軒集》卷4，收入王雲五主編，《四庫全書珍本》（臺北：臺
　　　　灣商務，1981 年）。

〔註31〕明‧鄭眞，《滎陽外史集》卷12，收入《景印文淵閣四庫全書‧集部》第173
　　　　冊（臺北：臺灣商務，1983 年）。

〔註32〕明‧方孝孺，《遜志齋集》卷15，王雲五主編，《四部叢刊初編縮本》（臺北：
　　　　臺灣商務，1963 年）。

〔註33〕明‧朱澗，《天馬山房遺稿》，收入王雲五主編，《四庫全書珍本》（臺北：臺
　　　　灣商務，1973 年）。

小人」爲論，故在此不一一列述。

　　至於明末以來至今，對〈離騷〉意象方面的討論亦多：如黃文煥的《楚辭聽直》〔註34〕、梁啓超的〈屈原文學的想像〉〔註35〕。梁氏從〈離騷〉意象的「表現」角度出發，開啓不同於以往「比興」之說的「意象」理論論述。他注意到〈離騷〉中，各種神話人物、動物或是植物等所展現的人物性格，並且注意到神話地理方面的意象手法。雖然在內容上沒有較爲嚴謹的論證，但亦使後人留意到此一研究方向與材料，並將此歸因於屈原的「想像能力」，探討了人類思維領域的現象。再者如姜亮夫的《楚辭通故》，則全以個別意象爲研究對象，分爲「天部」、「地部」、「人部」、「史部」、「意識部」、「制度部」、「文物部」、「博物部」、「書篇部」與「詞部」等十個門類，雖然在分類上尚有討論的空間，但已清楚地認識到「意象」可分爲「意」（意識、制度部）與「象」（天、地、人、史、文物、博物、書篇與詞部）。〔註36〕

　　其後較有創造性者，如游國恩的「楚辭女性中心論」，認爲屈原在《楚辭》中，是將自己比喻成一位被冷落的婦人，從而普遍地在文字敘述上，以女性被妒，或者求索通君側的女子等，來強化此一意象。此說誠然有其可論之處，而就〈離騷〉意象研究歷史而言，確實開啓近代研究者一扇新的視野。〔註37〕

〔註34〕《楚辭聽直》言：「屈子以眾芳比古后，其所立意，則求芳不一地，與用芳不一法，盡之矣！字句屬同，意義疊異。不深窮物理，不遍合章法，烏知原之苦心哉？」在意象表現上，注意到「求芳」與「用芳」時，字句雖同，但意義疊異，有其「不一」之處，故主張「深窮物理」並「遍合章法」。在〈離騷〉意象研究上有提點之功，認爲研究不應只是單純地泛論「香草君子」、「惡草小人」，而應留意於其中的細微差異。

〔註35〕梁啓超於《要籍題解及其讀法》一書中論道：「至如〈離騷〉，什麼靈氛，什麼巫咸，什麼豐隆、望舒，寒修、飛廉、雷師，這些鬼神都拉來對而談話，或指派差事；什麼宓妃，什麼有娀佚女，什麼有虞二姚，都和他商量愛情。鳳凰、鳩鳥、鴆鳥都聽他使喚，或者和他答話；虯龍、虹霓、鸞，或是替他拉車，或是替他打傘，或是替他搭橋，蘭、茝、桂、椒、芰荷、芙蓉……無數芳草都做了他的服飾，崑崙、懸圃、咸池、扶桑、蒼梧、崦嵫、閶闔、閬風、窮石、洧盤、天津、赤水、不周……種種題名或建築物，都是他腦海裡頭的國土。」詳見清・梁啓超，《要集題解及其讀法・楚辭》，收入《飲冰室合集》（上海：中華書局，1941 年）。

〔註36〕詳見姜亮夫，《楚辭通故》，收入《姜亮夫全集》（昆明：雲南人民出版社，2002年 10 月）第一冊——第四冊。

〔註37〕游國恩云：「文學用『女人』來做『比興』的材料，最早是《楚辭》。他的『比興』材料雖不限於『女人』，但『女人』至少是其中重要材料之一。……而這『女人』是象徵他自己（按：屈原），象徵他自己的遭遇好比一個見棄於因的

　　至於近年以來，在研究論文方面，討論〈離騷〉之意象方面的作品並不多見。時間較早者，有國立臺灣大學中文系的宣釘奎先生，其所撰寫之論文：《楚辭神話之分類及其相關神話研究》，乃是由「神話」角度切入，進而深入探討諸多「屈賦」的神話意象；又國立中山大學中文系的陳秋吟先生，其所撰寫之《屈賦意象研究》論文，是少數直接就「屈賦意象」命題者，然其探討角度，在層次上至多達到「意象群」的概念，如分諸多意象為「天文意象」、「地理意象」、「植物意象」與「動物意象」等等，並未呈現「意象群」彼此間的互動與呼應、以及更高層次的「意象架構」等問題。至於近年來，新近論文作品有關「屈賦」意象研究的者，則是玄奘大學中文系的游麗芳先生，其所撰寫之《屈賦草木研究》，乃是由「屈賦」中的「草木」為切入點，除了「取樣對象過於集中」的問題外，在研究手法上，則與陳秋吟先生者相同，僅細分為「香花」、「香草」、「香木」三類，在「意象群」的聯繫上仍然欠缺。

第三節　研究方法與預期成果

　　誠如前述，〈離騷〉意象研究的步伐是由「點」而「線」終成「面」。在深度與廣度兼具的歷史發展軌跡下，啟發本文在研究方法上的思考：在以意象之「組織」為探究方向上，必須「化零為整」，由個別而基本的意象觀念談起，逐步建構起具規模的〈離騷〉意象組織，如此方能掌握細部，並統攝全局。吳曉說道：

> 單個意象具有明顯的侷限性非獨立性，它無法展現情感複雜變化的進程，也無法將一件事實產生的前因後果和它發展的可能性表述清楚。要達到以上目的，就必須借助於意象符號的組接，以展示情感活動的相互作用及其發展變化等複雜關係。〔註38〕

吳曉所展示地即是「單一意象」（或「個別意象」）逐步「組接」成為「整體意象」（或「篇章意象」）的認識過程。「單一意象」誠然涉及作者創作時的個人情志，然而，欲了解作者情感活動的交互聯結，必須更宏觀地看待眾多「單

婦人。」詳見游國恩，〈楚辭女性中心論〉，收入《游國恩學術論文集》（北京：中華書局，1989年1月），頁151～161。

〔註38〕吳曉，《詩歌與人生——意象符與情感空間》（臺北：書林出版，1995年3月），頁32。

一意象」如何「組織」爲整體，形成「整體意象」。同理，面對〈離騷〉中的「單一意象」，如蘭、茝等的抉擇與運用，當有其探究的必要；然而這些「單一意象」彼此架構時，其表現方式又是如何？而眾多「單一意象」組合成「章」，其間是依據何種邏輯？甚或眾多「章」組合成〈離騷〉之「文」的過程中，創作者的情感呈現何種變化？全文的風格如何解釋？此皆值得一一剖析討論。以下擬分爲「文本分析」以及「文獻分析」兩個層面，說明本論文之研究方法。

一、文本分析

針對〈離騷〉此一長篇自傳體韻文，本論文採用以下幾種分析方法：個別意象分析、章法結構分析、主題與風格分析。

「意象分析」首重在「個別意象」的形成，及其在〈離騷〉文本中的可能詮釋。從創作的角度來看，「個別意象」乃是文學創作者所取擇之「材料」，此一「材料」可分爲「意」與「象」兩個面向：「意」者包含創作主體的「情」與「理」，是文學創作的核心成分；而「象」者，則著眼於「景」與「事」，乃是圍繞核心成分的外圍成分。〔註39〕本文在解析上，採「先外圍，後核心」的邏輯，由「象」至「意」，逐一討論，藉由此種方式，凸出〈離騷〉象、意的詮釋；其後則著重「意象群」的說明，藉此說明「象」與「意」之間，是如何繫聯、呼應，以形成〈離騷〉獨特的意象群現象。

「章法結構分析」，乃建立在「個別意象」的基礎上而來。倘若「個別意象」是文學創作之「材料」，則「材料」與「材料」之間的組織、架構，則必須藉由「章法結構分析」來呈現。「章法結構」的對象乃是「篇」、「章」，結合前述「個別意象」之「材料」，探求「材料」彼此以何種「邏輯」組織、架構成篇、成章；換言之，「章法結構分析」是在「形象思維」（個別意象）的基礎上，研究「邏輯思維」的組織方式，以及其組織架構的過程中，所具有的「調和」、「對比」等美感效果，以作爲「主題與風格分析」的基礎。

〔註39〕陳滿銘以王國維所謂「一切景語皆情語」，來說明「核心成分」與「外圍成分」的關聯。即 一切 < 景／事 > 語皆 < 情／理 > 語 ，作者用「景」（物）、「事」——「象」來寫，是手段，而藉以充分凸顯「情」與「理」——「意」，才是目的。詳見陳滿銘，〈意、象互動論〉，收入《文與哲》第11期，2007年12月，頁435～480。

「主題與風格分析」，實乃綜合前述由「個別意象分析」到「章法結構分析」等諸多元素而來。從人的思維來看，「個別意象」立基於「形象思維」；而「章法結構」則立基於「邏輯思維」，則「主題與風格分析」屬於「綜合思維」。所謂「主題」，是關乎一篇作品之主旨（含綱領）與材料（廣義意象）；至於「風格」，則主要著眼於「章法風格」〔註40〕，其乃建立在「陰陽二元對待」，即「剛」、「柔」互動的基礎上而來，因為所有章法，無論是「調和」或是「對比」，都以「一陰一陽」形成，故每一章法自身即具有「陰陽」、「剛柔」；當然，每一章法自身亦有著「調和」、「對比」的現象，並且牽涉到章法單元上的「移位」與「轉位」等美感，進而指向「多、二、一（○）」螺旋理論。

二、文獻分析

〈離騷〉自戰國問世以來，經過眾多學者之研究，產生龐大的文獻資料。本文以〈離騷〉為主體，以宋人洪興祖之《楚辭補注》為參考，結合自東漢以降，王逸諸家之說，復參考宋人朱熹之《楚辭集注》、吳仁傑之《楚辭補注》，以及明人汪瑗之《楚辭集解》、《楚辭蒙引》，與明人黃文煥之《楚辭聽直》、王夫之《楚辭通釋》、王邦采《離騷彙引》，並王樹柟《離騷注》、王闓運《楚辭釋》、朱冀《離騷辯》、朱駿聲《楚辭賦補注》、《離騷賦》、李陳玉《楚辭箋注》，以及周拱辰《離騷拾細》、林雲銘《楚辭燈》、俞樾《讀楚辭》、陳本禮《屈辭精義》、陳遠新《屈子說志》、蔣驥《山帶閣注楚辭》等注疏說解書籍，並結合近代以來，如姜亮夫、郭沫若、游國恩、湯炳正、王泗原、蘇雪林、陳怡良師等學者對〈離騷〉、《楚辭》之相關研究，以爬梳〈離騷〉文本中諸字句等詮釋，並深入屈原個人創作意旨。至於諸子百家，經子史集等文獻，亦是作為研究之佐證，以強化本文論述依據。

〔註40〕「風格」，作為一般術語，是指「作風、風貌、格調，是各種特點的綜合表現」，而這種表現是多方面的，有建築風格、雕塑風格、音樂風格、服裝設計風格、藝術風格、文學風格等等。而陳滿銘認為，就文學風格來看，自曹丕〈典論論文〉與劉勰《文心雕龍》開始，即有著不錯的發展，但大體而言，不外乎作家、作品或辭章風格。即便論及「作品風格」，多就整體探討，較少就內容與形式析論，故甚少，或是完全沒有從「文法」、「修辭」和「章法」角度來推求風格者。本論文所要提示的「風格」，即是「章法風格」，是建立在「陰陽二元對待」的基礎而來的一種風格。詳見黎運漢，《漢語風格學》（廣州：廣東教育出版社，2000年2月），頁3。陳滿銘，〈篇章風格論——以直觀表現與模式探索作對應考察〉，《中國學術年刊》第32期，2010年3月，頁135。

三、預期成果

總結而言，本論文以〈離騷〉為研究對象，探討其文本中「意象」的「形成」、「架構」與「統合」等層面。預期可達成以下成果：

（一）解析屈原創作〈離騷〉之際，對於「象」的設計與經營，反映出屈原「博聞強誌」的淵博學識，並總結出其中獨特之「虛——實」文學手法。

（二）釐清〈離騷〉之「象」與「意」間的關連，以了解屈原取象的原則，而以「一意多象」乃是其中最凸出的設計。

（三）藉由結構分析表，得出屈原創作〈離騷〉時，所運用的思維邏輯，以及此等邏輯所隱含的創作特點。

（四）由〈離騷〉意象的架構，進而分析「力度」（勢）的變化，以說明〈離騷〉作為「奇」、「豔」美文，在情感的傳達上縱有激昂與低沉，終究歸於平穩，以「哀而不怨」、「怨而不怒」之「剛柔互陳」的風格，成就屈原處於時代困境下，所表現的偉大精神。

第二章　意象理論探索

　　「意象」一詞，作為審美主體與客體交流中的產物，是人類生存於自然世界中，對周遭紛呈萬象的情感表現。然而，對「意象」理論的確立，則是經過了漫長的探索歷程。遠古時期的先民，賦予「象」一字豐富的內涵；其後則發掘出「象」背後深刻的「意」，從而結合為「意象」；但對「意象」背後，主體與客體的交流過程，要到晚近心理學、生理學的發展基礎下，學者們才得以深入研究。

　　故以下首節，擬由晚近學者們對於「意象」背後，主體與客體的討論開展；繼而於第二節溯源，追溯「象」一字的發展，進而與「意」結合的歷史，並定義出本文所處理的「意象」；第三節則由「意象」與「語文能力」的角度切入，以說明「狹義意象」與「廣義意象」等相關理論；最後第四、五節，則著重於「意象的形成與表現」，以及「意象的組織與統合」兩個層面，揭示本文擬運用的研究方法。

第一節　意象：主體與客體的互動

　　學者對「意象」的重視，反映在藝術活動中對於「意象」的認識與分析；以下臚列數家之說，以對「意象」有初步的了解。首先，黃永武認為：

> 「意象」是作者的意識與外界的物象相交會，經過觀察、審思與美的釀造，成為有意境的景象。〔註1〕

黃氏此處並未界定「意識」與「物象」的內涵為何，但提出兩者交會之後，尚須經過「觀察、審思與美的釀造」，這顯然是主體內在的審美行為，此後方

〔註1〕黃永武，《中國詩學——設計篇》（臺北：巨流圖書公司，1999 年 9 月），頁 3。

能蘊釀出「有意境的景象」，即作者認定的「意象」。此處將「意象」解釋為
「有意境的景象」，是非常合理的，「意象」產生過程中，主體情志的主導作
用的確非常強烈；但是此一說法仍未明確，一來，何謂「意識」與「物象」？
其次，所謂「交會」與「觀察、審思與美的釀造」，仍屬於美感文字的傳達。
其後，李元洛認為：

> 意象，如同詩歌創作與批評中的興象、氣象、情景、意境等詞一樣，
> 在漢語的構詞法中，都是先抽象後具象的複合名詞，它包括抽象的
> 主體的「意」與具體的客觀的「象」兩個方面，是「意」（詩人主觀
> 的審美思想與審美感情）與「象」（作為審美客體的現實生活的景物、
> 事象與場景）在文學的第一要素——語言中的和諧交融和辯證統
> 一，這種交融和統一，就是意象美所誕生的搖籃。〔註2〕

李元洛注意到「意」與「象」乃是抽象與具象的差異，且一屬「主體」，一屬
「客體」；此外，李氏試圖賦予兩者定義：「意」是審美主體的「思想」與「感
情」；而「象」是審美客體的「景物」、「事象與場景」，這種說法是頗有見地
的。縱觀黃氏與李氏之說，對於「意象」的主客體交流，已提出了相當有啟
發性的說法。至於其後亦有學者探討「意象」，如吳曉提出「主觀感受」與「客
觀真理」，彼此交感「遇合」而形成意象：

> 一個意象既非單純的主觀感受，又非單純客觀真理。它是二者在一瞬
> 間突然遇合而成的綜合物，始終伴隨著詩人內心精神的體驗。〔註3〕

這種說法，基本上符合意象形成於「主體」與「客體」的互動交流中，但對
於「主體」與「客體」仍覺籠統，且所謂「一瞬間突然遇合」的過程，並未
加以說明。又莊嚴、章鑄則認為：

> 由於主客觀契合而產生意象，即先有情思在胸，後召表象於前，以
> 單個表象為對象，使其裂變為意象……。〔註4〕

莊、章二氏認為，「意象」的產生是由於主體本身先有某種情感，然後在紛繁
的世界中，尋找到「契合」的客體，並將客體進一步改造成為合適的「意象」。
這說法基本上是對的，但仍有討論的空間。諸如吳曉與莊、章二氏之說，較

〔註2〕 李元洛，《詩美學》（臺北：東大圖書公司，2007年7月），頁141。
〔註3〕 吳曉，《意象符號與情感空間——詩學新解》（北京：中國社會科學出版社，
1993年4月），頁8。
〔註4〕 莊嚴、章鑄，《中國詩歌美學史》（長春：吉林大學出版社，1994年10月），
頁69。

屬於泛論性質，突破點較少。其後，則有陳銘：

> 意象是中國古典詩詞中的一個獨特的概念，通常指創作主體通過藝
> 術思維所創作的包融主體思緒意蘊的藝術形象。因此，意象並不是
> 單純的自然物象，而是詩人腦子中經過加工的自然物象。它既有第
> 一自然物象的個別特徵和屬性，更有創作主體賦予特殊內涵的特徵
> 和屬性。〔註5〕

陳氏對於「意象」主客體交流，並未有詳細的說明；但在「意象」的內涵與
定義上，則特別注意到「意象」不可單純視為「自然物象」，而是「經過人腦
加工的自然物象」，這種說法已切合晚近神經學的分析。

　　綜合前述說法，有幾個特點可以說明：一、學者們論及「意象」中「主體」
與「客體」的對待，大致承認「主體」對「客體」有重要影響〔註6〕。但其中
仍不否認「客體」存有的必要，畢竟「客體」是「主體」賴以作用的對象，失
卻「客體」，「主體」亦無從發揮；二、對於「主體」或「客體」，或說「意」與
「象」，諸家仍然未能詳細定義，李元洛雖然試圖界定，但其緣由則不夠明確；
三、以上說法皆未能切確的說明「主體」與「客體」互動、交流的「歷程」為
何，但這缺失是難以苛責的，因為對於「意象」的研究，多數是文學、藝術領
域的學者就審美角度出發而論；自然難以掌握心理學或是醫學層面的理論。

　　討論至此，或有以下一問：今日對「意象」之「主體」與「客體」研究
確實興盛，但中國古代文人學者，難道未曾在文學創作或藝術鑑賞中注意過
此一論題？其實是有的，如吳功正注意到「中國文學美學用『主賓』來說明
『主客』體關係，表明了它對於審美關係中「主體」功能的強調和重視。」
〔註7〕此即證明，「主、客體」之說，在中國古代早已受到學者的重視。陳慶
輝歸納中國古代對「意象」的相關看法，分為四種類型，並且認為現今許多
對「意象」的討論，其實早已若干契合古人所謂的「意象」〔註8〕：一、意
象指意中之象。劉勰、司空圖主之〔註9〕；二、意象指意和象。王昌齡、何

〔註5〕陳銘，《說詩：中國古典詩詞美學三味》（臺北：未來書城公司，2004年2月），
　　　　頁43。
〔註6〕部分學者強調「客體」決定論，如張紅雨認為：「情緒（按：主體）波動的
　　　　性質是由客觀存在決定的。」但畢竟這種說法較極端，也較少人如此認定。
　　　　見張紅雨，《寫作美學》（高雄：麗文文化事業公司，1996年10月），頁117。
〔註7〕吳功正，《中國文學美學》（南京：江蘇教育出版社，2001年9月），頁199。
〔註8〕陳慶輝，《中國詩學》（臺北：文史哲出版社，1994年12月），頁62。
〔註9〕劉勰：「使玄解之宰，尋聲律而定墨；獨照之匠，窺意象而運斤。」司空圖則

景明主之〔註10〕；三、意象指客觀物境。姜夔主之〔註11〕；四、意象指作品中的形象。方東樹與沈德潛主之〔註12〕。這四種說法，各有其理論支持，但誠如陳慶輝所言，「這些理解都有合理之處，但又似乎語猶未的，需要進一步的分析」〔註13〕。所謂「進一步分析」，實指追溯剝離「審美角度」與「文藝觀點」後，「意」、「象」彼此間的關係與互動；亦即探求視爲「主體」的「意」與「客體」的「象」〔註14〕，彼此間是如何對待與生發的科學。因此陳慶輝從醫學與心理學的角度，對「意」與「象」的交流成形，作了如下的描述：

> 以視覺知覺爲例，客體的光學信息首先成爲視網膜上的光學像；在光感受細胞內，它被轉換成爲神經衝動信號；然後傳入大腦皮層的「視區」，在那裡經過壓縮和「特徵抽提」，形成視知覺；視覺與其他各種感官知覺在大腦皮層的更高級部分綜合，最後才達到對客體的較完整的知覺。〔註15〕

說：「是有眞迹，如不可知。意象欲生，造化已奇。」分別見南朝・梁・劉勰著，周振甫注，《文心雕龍注釋・神思》（臺北：里仁書局，2001 年 9 月），頁515～517；唐・司空圖著，翁寧娜編，《二十四詩品・縝密》（臺北：金楓出版公司，1987 年 6 月），頁 83～85。

〔註10〕王昌齡《詩格》說：「久用精思，未契意象，力疲智竭，放安神思，心偶照境，卒然而生，曰生思。」何景明《與李空同論詩書》說：「意象應曰合，意象乖曰離。」分別見清・顧龍振，《詩學指南》卷 3（臺北：廣文書局，1973 年）；蔡景康編選，《明代文論選》（北京：人民文學出版社，1993 年 9 月），頁 114。

〔註11〕姜夔《念奴嬌序》：「予與二三友日蕩舟其間，薄荷花而飲。意象幽閒，不類人境。」詳見唐圭璋，《唐宋辭鑑賞集成》（臺北：五南圖書出版公司，1991年 6 月），頁 204。

〔註12〕方東樹《昭昧詹言》說：「意象大小遠近，皆令逼眞。」沈德潛《說詩晬語》說：「孟東野詩，亦從風騷中出，特意象孤峻，元氣不無所削耳。」分別見清・方東樹，《昭昧詹言》（臺北：漢京文化事業，1985 年 9 月）；清・沈德潛，《說詩晬語》，收錄於《續修四庫全書・集部・詩文評類》1701 冊（上海：上海古籍出版社，2002 年 3 月），頁 9。

〔註13〕陳慶輝，《中國詩學》，頁 62。

〔註14〕在此之所以將「意」與「象」抽離審美因素或文藝觀點來論，主因於「意象」一詞是結合「意」與「象」的互動而產生，而文學家、藝術家再進一步賦予更高層次的文藝、審美意涵。換言之，「意」與「象」的互動是文藝、審美的基礎，因此，只有從未包含審美、文藝因素的「意」與「象」來討論，方能對「意象」以及其後的審美、文藝活動有眞實的了解。

〔註15〕陳慶輝將這一過程簡化爲「物理──神經生理──感覺心理──知覺心理」四個階段，並認爲每一個階段和每次轉換，都包含了主體對客體信息的選擇，

這裡雖然就「視覺」出發，但其間的生理歷程，是可以運用在其他感官上的。首先注意到此段敘述中，肯定有所謂的「客體」，即是完全客觀的，沒有任何人爲干涉的「客觀外在體」；而此一「客觀外在體」的光學波長投射入視網膜，形成生理電子訊號，傳送到大腦皮質的「視區」中，在「視區」尚未對此一「客觀外在體」的電子訊號進行處理（即文中所謂的「壓縮」與「特徵抽提」）前，這些「電子訊號」嚴格來說，仍是屬於「客觀外在」的。直到此訊號被大腦皮質「經過壓縮與『特徵提出』」，方使此一「客體」滲入了人類「主體」，形成視知覺。其次，這段敘述將「看」視爲一種「被動」的過程，對應到「意」（主體）與「象」（客體）的互動上，則是當眼睛接收到「象」（客體），然後引發大腦中一連串的「意」（主體）活動；而大腦的「意」活動，反過來改造、重新定義「象」，進而形成「意象」。

　　如此科學性的解說確實爲「意」與「象」的對待與生發，作了詳盡的說明；但是在近年來，神經學持續進步、發展下，應該有以下的修正：人類的「看」，事實上全然是「主動」的過程〔註16〕；也因此，人類是不可能見到真實的「客體」，所謂「客觀外在體」其實是不存在的，因爲「我們能察覺到我們意識得到的事物，但我們察覺不到我們意識不到的事物」〔註17〕，既然人類「察覺」不到我們「意識」不到的事物，則反過來說，只有經過人類主體介入與干涉（即「意識」）的事物，才能進而被「察覺」——即「看見」。這肇因於人類的頭腦的設計，乃是基於探索可見世界的「真相」，故「會對資料進行篩選，將篩選過的資料和儲存的紀錄加以比對，然後在頭腦中產生視覺影像」〔註18〕。如此的修正，提供了我們對「意」與「象」互動時的新觀點：其一，「象」，始終受

和意識自身的「建構」過程，並且以《莊子‧庖丁解牛》中，庖丁面對牛的階段——「所見無非全牛」與「未嘗見全牛」來比喻這一流程中，主體對客體的改造。詳見陳慶學，《中國詩學》，頁62～63。

〔註16〕塞莫‧薩基從晚近的神經學發展得知，人類需要汲取的是具有持續性、獨特性的訊息，因此對於外在世界形形色色的物體，頭腦只偏好持久不變、別具特色的訊息；頭腦即是根據這些特性對物體進行分類。但是外界訊息是不斷變化的，如我們的頭腦辨認葉片是綠色的，但葉子表面反射的光線波長其實不斷在改變，它不但隨著時間變化，也會隨著天候改變。雖然如此，頭腦仍能忽略這些變化，判斷葉子是綠色的。足見，我們所見到的外在事物，哪怕是簡單的影像如樹木，圖形如方形等，視覺的產生都是主體「主動」篩選的結果。詳見塞莫‧薩基著，潘恩典譯，《腦內藝術館——探索大腦的審美功能》（臺北：商周出版社，2001年7月），頁9～11。

〔註17〕塞莫‧薩基著，潘恩典譯，《腦內藝術館——探索大腦的審美功能》，頁82。

〔註18〕塞莫‧薩基著，潘恩典譯，《腦內藝術館——探索大腦的審美功能》，頁30。

到「意」的干涉；其二，「象」始終是「意」介入下的產物；其間的差別在於：「象」受到「意」介入的程度是「多」還是「少」。若「象」受到「意」的介入少，則「象」就越趨於「客觀」；反過來說，當「象」受到「意」的介入越多時，則其中的「客觀」成分就越少，而「主觀」成分則越多。

經過以上對「意」、「象」互動理論的科學解釋後，再回頭來檢視陳氏所言的四種「意象」論點，則明顯地第二、三項的說法事實上是不能成立的，因為它將「象」視為「客觀」景、物；而第四項所謂「作品中的形象」，其實可以併入第一項的「意中之象」說法裡，因為這兩者的「象」，都強調是經過「意」的處理，再賦予審美色彩的。故我們可以清楚地說：所謂「意象」，其實正是在談「意中之象」。有了這層基本的了解後，在著手進行「意」、「象」理論的追索與探索時，便不致於扭曲意象的特性。以下即針對「意象」的溯源與定義進行探討。

第二節　「意象」之溯源與定義

先前之所以探討「意象」形成過程中，「主體」與「客體」的交流與「意」、「象」的對待等問題，一方面是希望就人類生理、心理層面，為傳統以來對於「意」與「象」交流上的盲點進行澄清；另一方面則是要反映：在「意象」一詞的發展過程中，「意」自始自終即內蘊於「象」中。

然而人們總是先發掘最顯而易見的「象」，進而發覺「意」的主導地位。而由「象」至「意」這樣的歷史推進，正好說明「象」與「意」，具有「實——虛」的特殊差異，以及「自然——文化」的交融情形；此外，這樣的歷史推進，也間接提供了足夠的材料，讓我們來界定「象」與「意」的定義，此一定義不但足以概括宇宙萬事萬物，且符合歷史發展的實際狀況。以下即首先就「象」的溯源開始，再進行「意」的探索以及「象」與「意」的結合，並且定義「意象」內涵，以作為研究本文的理論基礎。

一、「象」的起源及發展過程

（一）殷人服象：自然至文化意涵的開展

說文解字釋「象」〔註19〕：「象，南越大獸，長鼻牙，三年一乳，象耳牙

〔註19〕漢・許慎撰，清・段玉裁注，《說文解字注》（臺北：天工書局，1996年9月），頁459。

四足之形。」許慎認爲「象」本指陸上可見的龐大動物，乃象形字，而甲骨文中「象」字作🐘〔註20〕，正是描摹「象」此一動物的外形，足見許慎所言有據。然而問題在於：具有「自然意涵」的「象」字，是如何在歷史發展上被賦予「文化意涵」，不只用以代表自然界的山川地貌、日月星辰，亦包含那幽篁微渺的玄微道理？研究這一變化的關鍵，成了在探索「象」的起源時，必須破解的重點。

首先，我們注意到「象」作爲動物指稱符號，最早出現在「殷人服象」的研究上。羅振玉在研究甲骨文資料時，特別注意到此：

> 象爲南越大獸，此後世事。古代則黃河南北亦有之。「爲」字從手牽象，則象爲尋常服用之物。今殷虛遺物，有鏤象牙禮器，又有象齒，甚多，卜用之骨，有絕大者，殆亦象骨，又卜辭田獵有「獲象」之語，知古者中原至殷世尚盛也。〔註21〕

亦即在殷時代，中原地區的氣候等條件，是有支撐「大象」這自然物生存的可能，且當時中原一帶的民族，已馴服象作爲生產的工具。汪裕雄則據此進一步假設：

> 考《禹貢》豫州之「豫」，爲「象」、「邑」兩字合文（《說文》，言「豫」從象予聲，從予乃從邑之訛），證「豫當以產象得名」；又考「舜耕歷山」之歷山，乃在河東嬀汭，舜「田於歷山，象爲之耕」的傳說，乃由服象之事附會而起，殷商時黃河流域產象，又增添了有力的歷史地理實證。〔註22〕

此外，王宇信、楊寶成根據 1935 年以及 1978 年，在殷墟王陵區發現的「象坑」遺存，並參考甲骨卜辭紀錄等，提出了以下看法：1. 殷商時黃河流域盛產大象；2. 殷王曾用大象爲犧牲，祭祀先王先公；3. 公元前第十世紀的氣候突變，是大象南遷的根本原因。〔註23〕

綜合以上說明，我們可設想：「象」字原本代表生長於中原地區的自然動物，除了作爲生產工具使用外，「象」字還被賦予宗教文化上的意涵，如作爲

〔註20〕孫海波，《甲骨文編》（北京：中華書局，1965 年）

〔註21〕羅振玉，《殷虛書契考釋‧殷中卷》（臺北：藝文印書館，1981 年 3 月），頁116。

〔註22〕汪裕雄，《意象探源》（合肥：安徽教育出版社，1996 年 4 月），頁 30。

〔註23〕王宇信、楊寶成，〈殷墟象坑和「殷人服象」的再探討〉，收錄於胡厚宣等編，《甲骨探史錄》（北京：三聯書店，1982 年 9 月），頁 467～489。

祭祀時的犧牲品，並且出現「帝舜服象」的歷史傳說〔註24〕；就種種資料來看，「象」對殷人而言，非常有可能被視爲「神聖動物」〔註25〕。也因此，回到「象」字的涵意來看，其發展的確從「自然涵義」，漸至具備「文化涵義」。此「文化涵意」的附著，對於其後殷、周時期，將「象」字運用於占卜方面，提供了發展的空間。

（二）殷人龜卜：兆象與文化意涵的強化

殷人重視占卜是顯而易見的，據羅振玉研究，殷人骨卜在工具上實分爲「龜卜」與「骨卜」，兩者的差異在於「凡卜祀者用龜，它事皆以骨。田獵則用脛骨，其用胛骨者，則疆理征伐之事爲多」〔註26〕。今人研究「龜卜」，多是重「卜辭」而輕「卜兆」，所謂「卜兆」，乃是龜卜過程中，「灼龜」後所得的「兆形」，「卜」字原義即是反映此一現象；《說文》釋「卜」字：「剝龜也，象炙龜之形，一曰象龜兆之縱衡也。凡卜之屬皆从卜。」〔註27〕許慎的解釋，說明了爲何論「象」之起源要言及「殷人龜卜」，原因即在於龜卜的「兆形」即是「象」，故可稱「兆形」爲「兆象」。但可惜的是，「兆象」的解讀在今日仍存有很大的困難，原因在於說法過於模糊，難以分析考證。如《尚書》言「卜兆」有「雨」、「霽」、「蒙」、「驛」、「克」等五種常法，而孔安國注解爲「似雨」、「似雨止」、「似陰闇」、「似氣洛驛不連屬」、「兆相交錯」等等，難以落實而論；更何況如《周禮》等經典所言「兆法」〔註28〕，對「兆形」（兆

〔註24〕「帝舜服象」的說法主要記載於《史記‧五帝本紀》中：「舜父瞽叟盲，而舜母死，瞽叟更娶妻而生象。象傲，瞽叟愛後妻子，常欲殺舜。」詳見日本‧瀧川龜太郎，《史記會註考證》（臺北：中新書局，1982年10月），頁34。除此之外，郭沫若繼承王國維說法，認爲殷代神話中的最高人物乃「夒」，即是「帝嚳」，也就是「舜」；周末學者誤解之，而有「帝嚳」、「帝舜」爲二人的說法出現。詳見郭沫若，《卜辭通纂‧世系》（台南：國立成功大學歷史語言研究所，甲骨學研究藏書，無版權、頁碼）。

〔註25〕汪裕雄，《意象探源》，頁34～36。汪裕雄整理出數點，用以證明殷人視「象」這種動物具有「神聖」地位：（1）殷王以象祭祀。此可見於卜辭；（2）殷王以象名號。此經董作賓、唐蘭等考古學者證明；（3）殷商集團中有以象命名的氏族；（4）尊彝之器亦有以象之形爲者。此可見於容庚、張維持著《殷周青銅器通論》證明。上述論點，雖然各有其證明之史實與實物，但仍待考古學的持續進展，以作更爲確定的考據，然就已掌握的資料來看，「象」作爲殷人的「神聖」代表是非常明顯的。

〔註26〕羅振玉，《殷虛書契考釋‧殷中卷》。

〔註27〕漢‧許慎撰，清‧段玉裁注，《說文解字注》，頁127。

〔註28〕《周禮‧太卜》言太卜掌「三兆之法」：玉兆、瓦兆、原兆；〈卜師〉則又言

象）的解說並無太多幫助。汪裕雄推測：「兆象」可能是介於「自然」與「文化」之間的過渡，是一個「半自然、半人為的意指符號系統」〔註29〕，一方面它並不能說是單純的「自然」物象；另一方面，它也不能說是純粹的「文化」意涵，因為詮釋「兆象」，仍需由卜者進行「類比」與「繫辭」的過程，文化意義（吉、凶的預測）才能彰顯。

依據此種說法，我們可以將殷人龜卜的「兆形」（兆象），視為「象」字在歷史進程中的關鍵階段；比之前期「殷人服象」的說法，這階段的「象」，具有更加濃厚的文化意涵；雖然這層文化意涵仍不脫迷信（占卜）層面，但所代表的是遠古人民藉由龜卜，將個人的意志寄託於天；而精神意志的強烈需求，在「兆形」中得到滿足，人文的力量在這過程中，是具有一定的地位。

（三）觀物取象：《周易》與《易傳》

承襲殷人骨卜風氣，周人亦有筮法的習慣，但在技術上有許多不同；在進一步討論《周易》八卦卦象之前，實有必要針對甲骨占卜技術，由殷商之前，至周初的變化作一番整理。

據慧超整理，甲骨占卜的發展分成幾個階段：1. 夏代：主要由動物的肩胛骨為骨料，但普遍而言，這個時期的卜骨整治技術仍不夠成熟；2. 殷商早期：多以牛胛骨為骨料，在技術上多用「鑽」，少用「鑿」，且「鑽鑿」痕跡的排列並不規則，但已比夏代卜骨整治技術進步；3. 晚商殷墟：甲骨占卜興盛，技術手法上有「削」、「切」、「刮」、「磨」以及「穿孔以繫」等，可以說是整治的例行作業；4. 周代：用卜技術與殷商有很大的不同，卜用三龜，兼取夏商周三易為筮，卜亦兼用三兆。〔註30〕

從上述的整理中，可以發現第四期在骨卜的整治技術上，較前代多了「筮」的技術。而這一技術，正是周代人文思想發達的證明。如前文所言，「骨卜」乃是以「龜甲」或「骨」為材料進行占卜，已具有一定的人文精神在內；「筮法」則與此不同，占卜材料為「蓍草」，且「筮」與「數」有十分密切的關係，故兩者常合稱為「筮數」。而論兩者產生的時代來看，汪寧生從中國西南少數

卜師掌「龜之四兆」：方兆、功兆、義兆、弓兆等等，皆無由得知所言何指。
〔註29〕 汪裕雄，《意象探源》，頁41。
〔註30〕 據慧超考證整理，骨卜的源起可追溯至「夏代」，然「夏」是否真有其事，目前仍有爭議。為尊重研究者，在此仍明示「夏代」，以維持資料來源的真實性。詳見慧超，〈論甲骨占卜的發展歷程及卜骨特點〉，《華夏考古》第1期，2006年，頁48～55。

民族數卜習俗的考察中，發現「筮法的開始來說絕不會晚於卜法」〔註31〕，此一推論爲前述骨卜分期中，第 3 與第 4 期在占卜技術上的落差，提供了補充。

而談到占卜與「數」，立即讓人想到「八卦」中「陰爻」與「陽爻」在「奇」、「偶」上的運作，因爲「奇偶」觀念是建立在「數字」之上。要追溯這種占染神祕氣息的「數」，必定言及「安州六器」上的「奇字」。宋徽宗重和元年（1118），在今日湖北孝感一帶，出土了「安州六器」，其中一件「中鼎」銘文末，出現了如後的兩個符號：⚌⚌ ⚌⚌，而類似此種符號的奇字，後亦陸續於河南安陽的殷墟（1950）、西安張家坡（1956）、周原鳳雛村（1956）等地發現。其中，西安張家坡所發現的卜骨上，兩個「奇字」與 12 世紀初出土者形制相近，甲骨文學者如郭沫若認爲「末二奇字殆中之族徽」〔註32〕，唐蘭則認爲「這種文字是用數目字當作字母來組成的」〔註33〕，但皆未有確定的看法。而張政烺則假設「周原卜甲、張家坡卜骨以及一些金文中所見的易卦，同是周代早期之物……這在《周易》以前，而不是《周易》」〔註34〕。此說一出，贊成者如劉張亞初、劉雨等人持續研究證實，但如王宇信等人，則採取保守看法，認爲應當視更多考古資料的發掘與證實〔註35〕，但無論如何，這個假設確實可視爲《周易》八卦的原型。

由此看來，作爲《周易》文本的「八卦」，較之殷商龜卜「兆象」，具有更濃厚的人文意涵，如汪裕雄所言：

第一，憑揲筮得數，數是易象符號中體現宇宙信息（即天意、天啓）的載體。……第二，由數歸結爲「象」，相當於「龜兆」歸結爲自然物象。但「易象」所歸結的，不只是自然物象而已，還包括大量人文事象，舉凡農事、畜牧、畋獵、行旅、征伐、爭訟、婚媾、教化

〔註31〕汪寧生，〈八卦起源〉，收錄於《民族考古學論集》（北京：文物出版社，1989年1月），頁149。

〔註32〕郭沫若，《兩周金文辭大系圖錄考釋》（二），收錄於《郭沫若全集・考古編》第 8 卷（北京：科學出版社，2002 年 10 月），頁 50。

〔註33〕唐蘭，〈在甲骨金文中所見的一種已經遺失的中國古代文字〉圖一，《考古學報》（1957 年，第 2 期），頁 34～36。

〔註34〕張政烺，〈試釋周初青銅器銘文中的易卦〉，《張政烺文史論集》（北京：中華書局，2004 年 4 月），頁 570。

〔註35〕王宇信，〈西周甲骨述論〉，收錄於胡厚宣主編，《甲骨文與殷商史》第二輯（上海：上海古籍出版社，1986 年 6 月），頁 388。

等，莫不多所涉及。……第三，周人十分關注重卦中爻位的變化。……

「易象」在上述三方面人文因素的增長，顯然是和周禮的建立與推

行同步演進的。〔註36〕

《周易》在如此昂揚的人文精神影響下，逐漸脫却宗教意味；在《易傳》誕

生之後，《周易》便完成從占筮之書到哲理之作的轉變，成就「象」一字，由

「自然」向「人文」發展過程中，最重要也是最後的階段〔註37〕。此後，「象」

即具備承載審美意義的功能，也為其後文學「意象」的結合奠定基礎。

二、「意」的揭示與文學「意象」的定義

前文曾言：客體的「象」始終受到主體的「意」干涉與介入；然而，順

著人類認知與歷史發展的軌跡，人們對「象」的發現與了解，是遠早於「意」

的。在「象」發展過程中，「意」無所不隨，但是人們尚不能名之，真正標舉

並詮釋「意」者，乃是《易傳》，並將之與「象」一同討論。《易傳・繫辭上》

云：

> 子曰：「書不盡言，言不盡意。」然則，聖人之意，其不可見乎？子
>
> 曰：「聖人立象以盡意，設卦以盡情偽，繫辭焉以盡其言，變而通之
>
> 以盡利，鼓之舞之以盡神。」〔註38〕

在此「聖人之『意』，其不可見乎」之大問，即是針對「意」的「無形」以及

「主觀」兩項特點而來，而孔子之答，則初步就「象」與「意」進行分析，

承認「意」的「無形」與「主觀」所帶來的侷限性，從而主張「象」即在闡

發「意」，「象」與「意」的客、主觀交流是可以存在的。可以注意到，此段

引文中更進一步地將「情」也納入「意」的內涵中，故「意」可以指涉主觀

成份濃厚的「道理」以及「情感」。王弼將孔子指稱之「言」、「意」、「象」作

了清楚的聯結：

> 夫象者，出意者也；言者，明象者也。盡意莫若象，盡象莫若言。

〔註36〕汪裕雄，《意象探源》，頁 121～125。

〔註37〕余敦康為此下了清晰的註解：「從《易經》到《易傳》的發展過程，實際上是一
幅人類認識發展史的縮影。我們可以從中看到人類的抽象思維，是怎樣逐
步提高的過程，可以看到這種在宗教巫術的基礎上，孕育產生出來的哲學思
想體系，是怎樣揚棄了宗教巫術的內容，同時又利用了它的形式，從而使它
帶上了不同於其他一些哲學思想體系的特點。」詳見余敦康，〈從《易經》到
《易傳》〉，收錄於《中國哲學》第 7 輯（北京：三聯書店，1982 年）。

〔註38〕洛書主編，《周易全書》（北京：團結出版社，1998 年 10 月），頁 78。

言生於象，故可尋言以觀象；象生於意，故可尋象以觀意。意以象
盡，象以言著。〔註39〕

王弼針對「言」、「意」、「象」的層次定義爲「言——象——意」，並且暗示此
種順序是可以反過來看，即呈現「意——象——言」。陳望衡對此闡發：「言
——象——意，這是一個系列，前者均是後者的工具，後者均爲前者的目的。」
〔註40〕所謂「工具」與「目的」說，乃是就文學活動中的「創作」以及「鑑
賞」兩方面而言，陳滿銘將「言——象——意」視爲「逆向的解讀（鑑賞）」，
而「意——象——言」爲「順向的創作」〔註41〕

至此，我們對「意」與「象」的形成，以及「意象」的結合與審美機制
皆有了初步的認識。其後要討論的即是「意」與「象」的定義，以及範圍如
何規定？對此，仇小屏師有清楚的定義：

一般說來，主體情志不是偏於情、就是偏於理，而客觀世界不僅包
括物、也包括事，因此主客體碰撞、交融後所產生的意象，就是由
「情或理」（主體）、「景或事」（客體）組合而成的。〔註42〕

此說可謂精到。如前所言，「象」的發展由「自然」趨向「文化」，間接證實「自
然」包含「景」：可以是天地宇宙之間的實物或東西，或是較大的天、地、山、
山；或是較小的花、草、竹、木。而「文化」則是對發生在天地宇宙間的事件，
包括人事在內的「事」的過程描述。而無論是「景」或「事」，皆是用以承載主
體「情」、「理」的載具，以此界定「象」與「意」，可說是再適切不過。

三、「意象」等相關名詞界定

（一）「意象」與「意境」

「意象」與「意境」是兩個十分容易混淆的概念，從字面而言，兩者皆

〔註39〕《周易明略‧明象》，收錄於《易經集成》第 149 卷（臺北：成文出版社，1976
　　　　年），頁 21～22。

〔註40〕陳望衡，《中國古典美學史》（長沙，湖南教育，1998 年 8 初版），頁 207。

〔註41〕陳滿銘在此認爲「情意」（意）乃透過「言語」（言）、「形象」（象）來表現，
　　　　而「前者（情意）是目的、後者（言語、形象）爲工具。」詳見《意象學廣
　　　　論》（臺北：萬卷樓圖書公司，2006 年 11 月），頁 29～30。

〔註42〕關於「主體」、「客體」，陳滿銘於《章法學綜論》則以「核心成分」以及「外
　　　　圍成分」解釋，並且說明，在文學作品中，「外圍成分」即「客體」必然出現
　　　　於作品內；而「核心成分」即「主體」，則可能出現於作品內，也可能出現於
　　　　作品外。見陳滿銘，《章法學綜論》，頁 159。

強調「意」的貫通：如「意象」，代表「意中之象」，意即所指涉的「象」，已經滲入主體的「意」，誠如前述所言，任何「象」皆有「意」在內，故無所謂「客觀之象」，有的僅是「意」滲入程度較少的「象」。

至於「意境」，則代表「意所構成的境」，「境」一字，實受到魏晉以來，在談玄之風論「有」、「無」，以及「言外之意」等哲學問題，以及佛教經典漸次傳入中土之後，以禪宗爲主體的思想等影響而來。「境界」並不是指可見可感的「景」、「事」，它訴求的是一種「氛圍」，這「氛圍」乃是綜合諸多「意象」，及「意象」間的相互呼應等現象，所形成的心理感受；若表現於藝術文學作品中，便可以「風格」一詞來代表。

「風格」是針對文藝作品各個組成部分，所形成的整體感受而言。然需注意的是：先有「意象」方有「意境」的可能，「意境」乃由「意象」衍化而成，這是毫無疑問的；但並非所有的文藝作品，只要具有「意象」，皆可形成「意境」，這還牽涉到創作主體在「意象」的形成、架構與統合上的能力。

（二）「意象」與「物象」

「意象」一詞的定義，如前所述，乃指「意中之象」，此「象」並無「客觀」之說。然此處所謂的「物象」，則專就「未受意所干涉之物」，此「物」是可感可觸可覺知的具體物，是外在於「主體意志」的自然存在。然而此處產生了矛盾：既然「物」是可感可觸可覺知的具體物，如此的定義便牽涉到「意」，又何有「外在於主體意志」的可能。確實，就人類大腦運作模式來看，任何「自然存在」在被主體覺知（無論主體是否意識到這一過程）的當下，即失去其「客觀」的意義。然既然要界定「意象」與「物象」的不同，就必然產生此種矛盾，這是無可避免的。然「物象」的概念，仍可藉由「眼睛」與「相機」的比較得知。

承前，「眼睛」在接受外界光線之際，即經過「意」的選擇；然而「相機」不同，它接受所由折射入鏡頭的光線。故同樣的場景，在「眼睛」的傳輸之下，人們在「意」的干涉下，對場景中的特定範圍有著清晰的聚焦，焦點之外則較爲模糊，甚至「有看沒有到」；然而「相機」接受所有由「鏡頭」傳入的光線，並完整地顯像於照片上，場景中的一切皆被記錄。

故若說「意象」如「眼睛」所注視的「焦點」；則「物象」是「相機」所拍攝而成的「照片」。前者受到「意」的影響而注意於「焦點」；後者無「意」

的干擾，故光線如何傳遞，照片便完整呈現出影像。所謂「物象」，即是未受任何「意」干涉之自然存在。

第三節　意象與語文能力

　　「語文能力」是人類與其他生物最明顯的區別。「語文」的基礎是「語言」，而「語言」是人類特有的交際、表達工具，是按一定的構成方式，組合文字的形、音、義而成的符號體系；與「言語」不同的是，「語言」的結構是由「語言系統和語義系統構成的音義結合物或統一體」；而「言語」則是「個體借助語言傳遞信息的過程或稱交際的過程」〔註43〕。「語言」最大的功能，既然是在人際交流（無論書面或口頭），則無不希望交流過程（言語活動）中，能更精確、生動地將自己的情志表達出來，「語文」即由此而生。而陳滿銘定義「語文能力」：

> 語文能力可概分爲三個層級來加以認識：即「一般能力」（含思維力、觀察力、記憶力、聯想力、想像力）、「特殊能力」（含立意、運用詞彙、取材、措辭、構詞與組句、運材與佈局，確立風格等能力）、「綜合能力」（含創造力） 等。〔註44〕

這三個層級，是統括在「思維力」之下的，「思維力」是借助語言、表象或動作實現的、對客觀事物的概括和間接的認識〔註45〕。換言之，思維力是語文能力的根本，沒有「思維」，則一切能力無從開展；不只是文學寫作需要思維，從事其他學科學習時，同樣需要思維力的運作。以下即就「一般能力」、「特殊能力」與「綜合能力」討論。

一、一般能力

　　由於「思維力」是一切能力的根本，則如「觀察力」、「記憶力」、「聯想力」、「想像力」等人類基本認知能力，與「思維力」相同，皆是一切活動的基礎，我們將它們視爲語文能力中的「一般能力」。周元認爲：

〔註43〕劉兆吉主編，《文藝心理學綱要》（重慶：西南師範大學出版社，1992 年 7 月），頁 160。

〔註44〕陳滿銘，〈語文能力與辭章研究〉，《辭章學十論》（臺北：里仁書局，2006 年 5 月），頁 2。

〔註45〕彭聃齡，《普通心理學》（北京：北京師範大學出版社，2001 年 5 月），頁 242。

> 語文能力作爲一種特殊能力，它的培養和提高離不開一般能力（即
> 智力或認識能力），聽說讀寫都有賴於觀察能力、思維能力、記憶能
> 力和想像能力。〔註46〕

這種說法是十分正確的。但也引發另一思考：若觀察力、記憶力、聯想力、
想像力等，與思維力同樣屬於「一般能力」，而彼此間的運作又是如何？據仇
小屏師整理，各種「一般能力」的特色有：

> 觀察力就是運用視、聽嗅、味、膚五種外部知覺，以及內部知覺，
> 來獲取外在世界和機體內部訊息的能力；記憶力就是人腦對外界輸
> 入的信息進行編碼、存儲和提取的能力；聯想力主要指人的頭腦中
> 表象的聯繫，即其中一個或一些表象一旦在意識中呈現，就會引起
> 另一些相關的表象；想像力可以區分爲「再造想像」和「創造想
> 像」……。〔註47〕

在這些「一般能力」中，處於重要位置的是「思維力」，其中的運作應是「分析
綜合、抽象概括、判斷推理，需要形象思維和邏輯思維的交替進行」。〔註48〕
故我們可以將「一般能力」以圖示呈現如下：

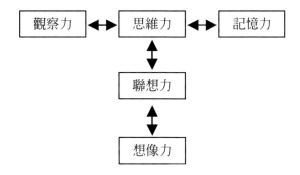

　　「思維力」的思維材料與對象，可以是由「觀察力」得來的內部或外部
訊息，也可以是由經「記憶力」儲存於大腦的各種資訊。而「思維力」運作
的結果，又可以改變我們「觀察」的角度以及調整、修改我們「記憶」的內

〔註46〕周元，《小學語文教育學》（上海：華東師範大學出版社，1992 年 10 月），頁
　　　 26。
〔註47〕仇小屏師，《篇章意象論——以古典詩詞爲考察範圍》（臺北：萬卷樓圖書公
　　　 司，2006 年 10 月），頁 13～14。
〔註48〕周元，《小學語文教育學》（上海：華東師範大學出版社，1992 年 10 月），頁
　　　 26。

容；此外，「思維力」運作的過程中，動用到「聯想」與「想像」。「聯想」有如「觸發」，童慶炳解釋：

> 聯想是人的一種心理機制，主要指人的頭腦中表象的聯繫，即其中一個或一些表象一旦在意識中呈現，就會引起另一些相關的表象。

〔註49〕

形成聯想的客觀基礎是事物間的普遍聯繫，在相應的刺激發生當下，聯想條件成形，聯想活動便開始；而聯想可細分為「接近聯想」、「類似聯想」、「對比聯想」與「關係聯想」。〔註50〕至於「想像」，乃是人對頭腦中原有的材料基礎上，進行加工的過程。也因此，「想像力」若要豐沛，則腦中儲存的材料必須豐富；另外，重組與變造的能力也十分重要。基於此說，想像可以分為「再造性想像」與「創造性想像」。〔註51〕由此回探「思維力」，則「聯想」與「想像」是「思維力」運作用不可獲缺的過程，而運作的成果，又可成為「聯想」與「想像」的材料。「一般能力」即是大腦不斷地在「觀察」、「記憶」、「聯想」、「想像」與「思維」中來回，所形成的基本能力。

二、特殊能力

接著談到「特殊能力」，就「語文」的觀點來看，「特殊能力」承接「一般能力」的「思維力」（含聯想、想像力）而來，開展為「形象思維」與「邏輯思維」以及「綜合思維」三面向。故我們將「特殊能力」以圖表呈現如下：

〔註49〕童慶炳，《中國古代心理詩學與美學》（臺北：萬卷樓圖書公司，1994年8月），頁133。

〔註50〕簡要地說，「接近聯想」是甲、乙兩物由於在時、空條件上的想似，故見甲便聯想到乙，反之亦然；「類似聯想」是由於甲、乙兩物在某一點上有相似之處，因而想到物甲便會聯想到物乙，如中國古代詩歌中的比、興手法；「對比聯想」則是因物甲與物乙的特質完全相反，從而發生的聯想，如傳統詩歌喜好「以動襯靜」，動與靜的相反特質，使彼此成為聯想的對應物；「關係聯想」則類似見「今」想「昔」；見「果」想「因」；見「部分」而想「全體」。詳見楊辛、甘霖，《美學原理新編》（北京：北京大學出版社，1997年5月），頁289～291。

〔註51〕再造性想像的形象並非全然創新的，它是根據頭腦內已有的表象稍加改造而來，與原有形象有些相似，但並非「原創」；創造性想像則是不依據現成的表象，乃是獨立、全新的創造。詳見楊辛、甘霖，《美學原理新編》，頁293。

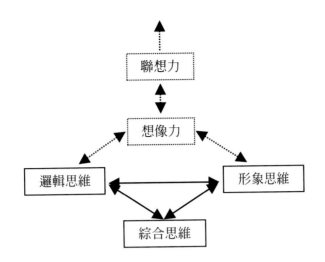

陳滿銘如此說明「形象思維」：

> 如果是將一篇辭章所要表達之「情」或「理」，訴諸各種偏於主觀之
> 聯想、想像，和所選取之「景（物）」或「事」接合在一起，或者是
> 專就個別之「情」、「理」、「景」（物）、「事」等材料本身設計其表現
> 技巧者，皆屬「形象思維」。〔註52〕

陳氏闡明：凡思維焦點落在以客體的「景（物）」或「事」，或者無論主、客
體所涵攝的一切「情」、「理」、「景（物）」、「事」相關的「材料」時，皆需運
用到「形象思維」。對應語文能力，則涉及「取材」與「措詞」，即「狹意意
象學」與「詞彙學」、「修辭學」。至於「邏輯思維」，陳滿銘認爲：

> 如果專就「景（物）或「事」等各種材料，對應於自然規律，結合
> 「情」與「理」，訴諸偏於客觀之聯想、想像，按秩序、變化、聯貫
> 與統一之原則，前後加以安排、佈置，以成條理的，皆屬「邏輯思
> 維」。〔註53〕

換言之，「邏輯思維」著眼於客觀的「規律」，以及以此規律爲原則，將「材
料」加以「安排」、「佈置」等合乎人類語文思考邏輯者，即是「邏輯思維」
的工作。而對應語文學門，則涉及「運材」、「佈局」、「構詞」等，若對象爲
字句，則是「文法學」、「語法學」；對象爲篇章，則是「章法學」。

〔註52〕陳滿銘，〈語文能力與辭章研究〉，《辭章學十論》（臺北：里仁書局，2006 年
　　　 5 月），頁 15。
〔註53〕陳滿銘，〈語文能力與辭章研究〉，《辭章學十論》，頁 16。

三、綜合能力

　　而結合「形象思維」與「邏輯思維」形成的整體性能力〔註54〕，即是「綜合思維」，語文能力唯有在這個階段，才足以培養「創造力」，如文學作品的創作，以及文學理論的發明等，皆根基於此。對應於此的學門，則涉及「立意」、「確立體性」等，如「主體學」、「文體學」、「風格學」等。而若以此作整體研究者，則稱爲「辭章學」或「文章學」。〔註55〕至此，我們可以將語文能力的關係，以完整的圖表呈現如下，代表完整的「辭章學」體系：

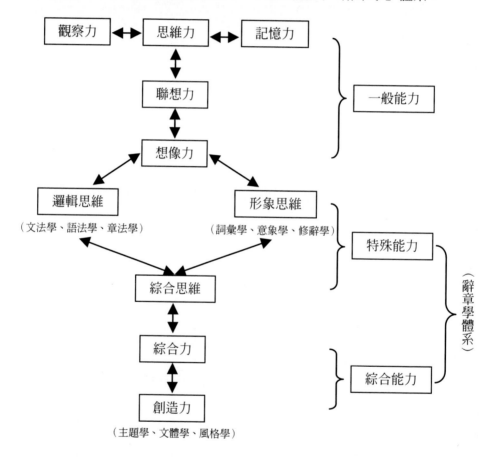

〔註54〕陳望道認爲：「語文的體式很多，……表現上的分類，就是《文心雕龍》所謂的『體性』的分類，如分爲簡約、繁豐、剛健、柔婉、平淡、絢爛、謹嚴、疏放之類。」詳見陳望道，《修辭學發凡》（香港：大光出版社，1961 年 2 月），頁 250。

〔註55〕陳滿銘，〈語文能力與辭章研究〉，《辭章學十論》（臺北：里仁書局，2006 年 5 月），頁 15～20。

　　我們可以從不同的角度，來看上圖所代表的意義。從「語文能力」的觀點出發，則發現「思維力」是徹上徹下的貫串整個架構；從「辭章學」的角度來看，則發現「意象」乃是一切的核心。這正可說明「思維」與「意象」的關係，前文曾表示，「意象」是經過主體介入後的客體，而「介入」過程即是「思維」的展現，藉由此圖，我們可以清楚地了解這一過程與牽涉到的研究學門。

　　最後，來討論「意象」在這個體系中的涵義，以方便接下來的探究。陳滿銘認為：先從「意象」之形成與表現來看，是都與形象思維有關的，因為形象思維所涉及的，是「意」（情、理）與「象」（事、景）之結合及其表現。其中探討「意」（情、理）與「象」（事、景）之結合者，為「狹義意象學」，這是就「意象之形成」來說的。而探討「意」（情、理）與「象」（事、景）本身之表現者，如就原型求其符號化的，是「詞彙學」；如就變型求其生動化的，則為「修辭學」。再從「意象」的組織來看，是與邏輯思維有關的，而邏輯思維所涉及的，則是意象（意與意、象與象、意與象、意象與意象）之排列組合，其中屬篇章者為「章法學」，屬語句者為「文法學」。至於綜合思維所涉及的，乃是核心之「意」（情、理），即一篇之中心意旨——「主旨」與審美風貌——「風格」，討論「主旨」與「風格」即是「廣義意象」的範疇。〔註56〕

　　縱觀本節：從語文能力的分析，確立了「思維力」佔人類思考的主導地位，而思維對象則以「意象」為主，從而建構起完整的「意象」理論，而對「意象」的探討分為「狹義」與「廣義」二個層面：傳統「狹義意象」理論，雖合「意」與「象」一同稱呼，但多用其偏義，探討範圍屬於局部的「個別意象」，重視的是「意象」的形成與表現；而「廣義意象」理論，則結合「意」與「象」一同討論，範圍著眼於綜合語文能力中的「形象思維」與「邏輯思維」，屬於篇、章的「整體意象」，重視的是「意象」如何組織、統合等問題。其實，類似的觀念在劉勰《文心雕龍》中早已呈現：

　　　篇之彪炳，章無疵也；章之明靡，句無玷也；句之清英，字不妄也。

―――――――――

〔註56〕陳滿銘將這樣的辭章內涵，對應至「多、二、一（○）」的螺旋結構，完成了「辭章學」的哲學基礎，建立了完整而豐富的「辭章學體系」。詳見陳滿銘，〈語文能力與辭章研究〉，《辭章學十論》，頁21。

（〈章句〉）〔註57〕

劉勰注意到「篇」、「章」、「句」、「字」的層次關聯，關注焦點即由「整體意象」縮小至「個別意象」；而「無疵」、「無玷」、「不妄」的要求，即是注重意象的「形成」、「表現」、「組織」與「統合」。只有如此，方能從字、句的「清英」、「明靡」，最終成就篇、章的「彪炳」。以下則就「形象思維」與「邏輯思維」兩個角度，進一步說明本文所採用的「廣義意象」理論。

第四節　意象的形成——形象思維

先前針對「意」與「象」進行溯源與發展，標示的乃是其哲學源流。而切入文學層面來看「意象」的形成，所要討論的無非是文學「意」與「象」形成的背景原因，以及形成時彼此對應的方式；再者，則是形成後的如何使之生動、精確，最後則是形成後的文學「意象」如何被繼承與被改造。這四個層面都與語文能力中的「形象思維」有關，然因本文所討論之焦點在於意象的組織與統合，故對於如何使意象生動、精確此一面向的討論，便不列入討論。故以下僅論意象的形成——背景、對應、繼承與改造。

一、形成的背景

本章第一節，曾探討「意」與「象」的起源與發展，提到因晚近心理學的發展，對於「意」、「象」的「主體」與「客體」之間的關係，有了全新的看法：即「象中有意」，「象」一開始即受到「意」的介入與干涉，主體佔有絕對的主導地位。而「主體」之「意」介入「客體」之「象」的程度上，普遍是由輕而重的；換言之，客觀成分是越趨　薄的，而主觀成分是越趨濃厚的。這正說明，「主體」的「意」與「客體」的「象」，兩者在發展歷程上，是順著「自然」向「文化」方向逐漸移動的，而「自然」與「文化」兩個面向，就成為此處討論「意象」形成背景的焦點所在。陳慶輝在《中國詩學》中說道：

　　　從意象形成的角度而言，有直覺意象、現成意象、典故意象。〔註58〕

陳慶輝解釋：「直覺意象」是詩人在審美觀照中心物相感、情與景會、思與境接所創造的意象，這種以「即感即物」、「隨感成趣」為特色的意象，具有濃

〔註57〕南朝梁・劉勰著，周振甫注，《文心雕龍注釋・章句》（臺北：里仁書局，2001年9月），頁647。
〔註58〕陳慶輝，《中國詩學》，頁74。

厚的「自然」色彩，是「意象」形成的一種方式。由於文學創作者，「在不同的事物間，把握了外部形態與內在意蘊的相似點」〔註59〕，即「外部形態」的客體與「內在意蘊」的主體具有「相似點」，足以引發更進一步的「聯想」與「想像」能力，進而對「象」注入更多的「意」，形成以「自然」為形成背景的「意象」。最能代表這種「意象」的形成，可以「雨悲晴喜」的例子說明，胡有清舉證道：

> 例如天陰天晴，歷來在文學作品中都是和人物的情緒消沉抑鬱或開朗高昂相聯繫的意象。根據心理學家和生理學家的研究，空氣的潮濕程度和人的情緒之間確實有著一定關係。至於自然界的其他種種物象，諸如日升日落，月圓月缺，夏去秋來，冬盡春回，山岳摩天，江河入海等等，自古至今，人類的情緒無不與之相呼應，構成某種默契，從而形成它們的普遍性美感。這些都是具有榮格所說的原始意象的性質。〔註60〕

胡氏所謂「原始意象的性質」，即是強調此類「直覺意象」，乃是「客觀成分」（自然）大於「主觀成分」（文化）。而在此尚需理解到，人作為意志主體，對外在自然的感受與經驗雖有其相似點，但亦有相異處。如唐詩中的邊塞主題，多會提及「大漠」、「瀚海」，但對於詩人而言，它可能是代表「戰爭」、「死亡」等意涵；也可以代表「建功立業」的雄心壯志。此等針對同一「自然」景事，卻有詩人們大相逕庭的解讀，王長俊稱之「經驗殊異」〔註61〕；但無論如何，不可否認的，這些「直覺意象」確實受到較多「客體」（客觀自然）的影響而成形，縱使受到「主體」（主觀人心）主導，但仍可視為「客觀成分」多於「主觀成分」，即「象」（自然）的影響大於「意」（文化）。

至於另一種形成意象的方式，則是「客觀成分」少而「主觀成分」多，即「象」（自然）少而「意」（文化）多。這類以「文化」背景成形的意象，產生的原因或許是歷史故事的流傳，或是各地風俗所致，甚至可以因為「以自然背景成形」的意象，一再地沿用，久而久之，累積足夠的文化意義，反而成為「以文化背景成形」的意象。在此可以「神話」為例：神話傳說的產

〔註59〕王長俊，《詩歌意象學》（合肥：安徽文藝出版社，2000年8月），頁214。
〔註60〕胡有清，《文藝學論綱》（南京：南京大學出版社，1992年4月），頁90。
〔註61〕王長俊，《詩歌意象學》（合肥：安徽文藝出版社，2000年8月），頁50～52。

生或許是初民對大自然的不解與敬畏，但在流傳久遠後，人們已忘記初民的敬畏，而純以「文化」角度來看待，從而融鑄出如「夸父逐日」的神話，在今日具有「不自量力」或「奮鬥不懈」的涵意，兩者之間，已存有一種近似「象徵」﹝註62﹞的關係存在；楊春時引用學者皮爾士的說法，將符號的型態分成三種類型，其中一種稱之為「象徵」類，即是因傳統文化的約定﹝註63﹞。這些皆說明「意象」形成的背景，除了「自然」因素外，「文化」的積累亦是常見的原因。

二、「意」、「象」的對應

談及「狹義（個別）意象」的成形時，陳滿銘特別提到一個特殊的現象：

> 不過，值得一提的是，狹義之「意象」，亦即個別之「意象」，雖往往合「意」與「象」為一來稱呼，卻大都用其偏義，譬如草木或桃花的意象，用的是偏於「意象」之「意」，因為草木或桃花都偏於「象」；如「桃花」的意象之一為愛情，而愛情是「意」；而團圓或流浪的意象，則用的是偏於「意象」之「象」，因為團圓或流浪，都偏於「意」；如「流浪」的意象之一為浮雲，而浮雲是「象」。因此前者往往是一「象」多「意」，後者則為一「意」多「象」。﹝註64﹞

研究意象的學者雖然未曾如此明確的提及這個現象，但其實在進行探究時，都已反映出此等「意」與「象」的對應。最明顯者如王立的《中國古代文學十大主題——原型與流變》﹝註65﹞以及《心靈的圖景——文學意象的主題史研究》﹝註66﹞兩書，前者以「惜時」、「相思」、「出處」、「懷古」、「悲秋」、「春恨」、「遊仙」、「思鄉」、「黍離」與「生死」十大主題為標題，分別說明歷來

﹝註62﹞黃慶萱對「象徵」定義為：「任何一種抽象的觀念、情感、與看不見的事物，不直接予以指明，而由於理性的關聯、社會的約定，從而透過某種具體形象作媒介，間接加以陳述的表達方式。」其中「社會的約定」即可作為因「文化」背景成形的「意象」，最佳的註腳。詳見黃慶萱，《修辭學》（臺北：三民書局，2002年10月），頁477。

﹝註63﹞楊春時，《藝術符號與解釋》（北京：人民文學出版社，1989年12月），頁38。

﹝註64﹞陳滿銘，〈語文能力與辭章研究——以「多」、「二」、「一（○）」的螺旋結構作考察〉，《台灣師範大學國文學報》第36期，頁88。

﹝註65﹞王立，《中國古代文學十大主題——原型與流變》（臺北：文史哲出版社，1994年7月）。

﹝註66﹞王立，《心靈的圖景——文學意象的主題史研究》（上海：學林出版社，1999年2月）。

文人如何以意象呈現，這種書寫邏輯，即是「一意多象」的手法；而後者以「柳」、「竹」、「雁」、「馬」、「石」、「流水」、「海」、「黃昏」與「夢」等九大主題為標題，細數歷來文人如何創作上述意象，此即「一象多意」的邏輯。除此之外，如李湘著《詩經名物意象探析》〔註67〕一書，亦針對《詩經》中魚、薪、飢、食、風、雨、茅、雉、雁、匏、瓠、狐等字探討，也屬於「一象多意」的溯源手法。這種情形，主要是漢語在「概念」與「詞語」間，本就有「一對多」，或「多對一」的關係，即一個概念由多個詞語來表達；或多個概念由一個詞語來表達〔註68〕。

三、「意象」的繼承與改造

　　「意象」成形之後，隨著歷代文人的運用，朝著兩個方向發展：其一，在後世文學作品中不斷地被使用；而與此同時，被某些創作者賦予新的意涵，從而豐富了該「意象」的內容，這便是第二個方向。胡有清對此闡釋：

> 從縱的方面講，意象有傳承性；從橫的方面講，意象有普遍性。詩
> 人正是在此基礎上，或襲用舊的意象，或創造新的意象，從而表達
> 自己獨特的審美感受和理想。當然，舊的意象會由於種種原因而變
> 得陳舊、趨於僵化和喪失生命力，新的意象也會不斷誕生。〔註69〕

這種現象肇因於人類心理的「經驗定勢和習慣性思維」〔註70〕，而當人類處於平穩狀態時，又會有追逐新奇的心理出現，畢竟重複出現的習慣是會使思維疲勞，進而失去刺激、新鮮感〔註71〕。

〔註67〕李湘，《詩經名物意象探析》（臺北：萬卷樓圖書公司，1999年7月）。
〔註68〕劉雪春，《實用漢語邏輯》（合肥，安徽教育出版社，2003年9月），頁16～17。
〔註69〕胡有清，《文藝學論綱》，頁90。
〔註70〕吳功正說：「由人的知覺經驗來看，存在著經驗定勢和習慣性思維模式，當定勢、模式跟外在現象完全吻合、契應時，其心理以獲得新印驗而愉快。」但當長期面對重複的「印驗」，這種愉快的感覺會遞減。詳見吳功正，《中國文學美學》（南京：江蘇教育出版社，2001年9月），頁275。
〔註71〕班瀾將以「個相」與「共相」來說明「新經驗」與「舊經驗」：「個相主要來自生命感知層面，新鮮而且獨特，但意蘊朦朧晦澀；共相來自文化積澱形成的意義層面，意蘊顯豁且豐富，但難免落入成規，缺乏新鮮感。詳見班瀾，《詩學結構》（呼和浩特：內蒙古大學出版社，1999年6月），頁111。此外，陳植鍔也談到此一現象：「這種意象的純熟化、定型化發展到一定的限度，同時也就開始走向它的反面……這種東西使用多了、久了，它們所具有的感情特點也就慢慢地減薄，一旦被賦有一種固定的公式化的意義，與其所謂概念性

　　但所謂「新奇」，就「意象」而言，應指「創新」，是不同於舊有「意象」的全新創造，即仇小屏師所謂的「新意舊象」、「舊意新象」與「新意新象」〔註72〕，但實際執行文本判別時，這三者的分辨有很大的困難：其一，歷來文學創作者在創造所謂「新奇」意象時，其實仍受到「舊意舊象」的影響；其二，鑑賞者在評賞作品時，也傾向於欣賞富於內涵的「舊意舊象」；其三，除了此種雙向的回饋導致「新意新象」難以產生外，對於「新奇」的認定是有其困難的，因為「新」是相對於「舊」而言，相對的概念彼此牽扯、影響，很難說何謂「新奇」意象，或「創新」意象；故本文擬以「意象的改造」取代「意象的創新」，以化解上述的困擾。

　　綜合以上說法，意象的「繼承」與「改造」乃是探討意象形成時，所必定接觸的課題。然而，其間的美感又是如何發生呢？就「繼承」而言，仇小屏師說：

　　　　文學作品中出現舊象舊意時，由於讀者與作者都對此有著先備的認
　　　　識，其所聯繫起來的，是許許多多的文化積澱，所以就可以用最少
　　　　的字數，喚起最多的情思，因此意味深永，美感綿密。〔註73〕

這種「意象的繼承」所引發的效果，類似於修辭學中的「引用」，即「語文中援用別人的話或典故、俗語等等」〔註74〕。而這還牽涉到一個問題，即是鑑賞者是否能夠識別，或是還原，創作者採用的「舊意舊象」，其背後代表的典故，這點乃是決定鑑賞者欣賞文學作品的美感深度。至於就「意象的改造」而言，李元洛所言：「要能夠悅之於『目』而賞之於『心』，就必須有賴於鮮明生動的創造性的形象。」〔註75〕十分精要的將意象的改造，其背後的美感原理提點出來：唯有「鮮明生動的創造性的形象」，方能不斷給予人們審美刺激，正如同杜甫所言：「語不驚人死不休」，便基於此種道理。

語詞的差距也就逐漸消失了。」此一現象可以現今許多成語，早已失卻其背後的故事與情感基礎，徒剩下簡單的概念性定義。詳見陳植鍔，《詩歌意象論》（秦皇島：中國社會科學出版社，1990 年 8 月），頁 298。

〔註72〕仇小屏師，《篇章意象論──以古典詩詞為考察範圍》（臺北：萬卷樓圖書公司，2006 年 10 月），頁 243～244。

〔註73〕仇小屏師，《篇章意象論──以古典詩詞為考察範圍》，頁 249。

〔註74〕黃慶萱，《修辭學》，頁 99。

〔註75〕李元洛，《詩美學》（臺北：東大圖書公司，2007 年 7 月），頁 147。

第五節　意象的組織與統合──邏輯思維

　　本文第四節談意象的形成與表現，主要是就「狹義（個別）意象」立論。
然而單一意象的美感與價值，終就僅能呈現在隻言片言中。李元洛說：

　　意象，只是一首詩的元件，單一地來看，即使意象本身新穎而內涵
　　豐厚，但如果不是在一個統一的主題和構思之下，巧妙地組合起來，
　　而是各自爲政地處於孤立狀態，或是缺乏內在的有機聯繫，那充其
　　量也只是一些斷金碎玉而已。〔註76〕

確實，若討論「意象」，僅只於單一（個別）者，實難以連貫其間的美感，尤
其當文本對象涉及「章」、「篇」時，此種缺憾更加明顯；畢竟「意象」是經
過主體情感改造的客體，是「意中之象」，著眼「單一（個別）意象」，至多
解析出創作主體某一片段的情、理，而無法看出這「情」與「理」是經歷何
種波動與起伏。故研究意象的學者，多會針對「意象」的組織架構進行分析；
然而經仇小屏師整理，統計各家意象組織的分類情況，發現不但在分類上難
有一定的標準，更無任何一種分類結構是得到所有學者的認同的，〔註77〕這
即說明學者在處理「意象組織」這一領域，尚未有一具客觀標準的分類依據。
所幸，以前文所論「語文能力」中的「邏輯思維」，所建構出來的「章法學」，
提供了意象組織分類的另一種可能。由於此部分之相關討論較爲龐雜，故將
於本論文第五章一併討論。

〔註76〕李元洛，《詩美學》，頁149。
〔註77〕仇小屏統計各家分類情況：（1）陳慶學《中國詩學》分爲並列、敘述、對比、
　　　　述議4種結構；（2）陳植鍔《詩歌意象論》分並置、跳躍、疊加、相交、輻
　　　　合等5種結構；（3）吳曉《詩歌與人生──意象符號與情感空間》則分意象
　　　　疊加、意象群、貫串式、枝叉式輻射、意象跳躍、對比式、復沓式、擴張式、
　　　　荒誕等9種結構；其他如趙山林、班瀾、吳功正、王長俊等分類方法亦各自
　　　　爲政，難有交集。詳見仇小屏師，《篇章意象論──以古典詩詞爲考察對象》
　　　　（臺北：萬卷樓圖書公司，2006年10月），頁277～278。

第三章 〈離騷〉主要意象的形成（一）
——以「象」區分

經過第二章的討論，確認「意象」一詞，可析分為「意」與「象」兩個層面：「意」含攝「情、理」；「象」包括「景、事」。而由歷史發展的角度來看，對「象」的揭示是遠早於「意」的。故以下討論〈離騷〉意象形成之脈絡時，將遵循「由象而意」的次序。

而探求文學作品的「象」，可發現對「景、事」的「實」與「虛」設計，乃是創作主體最常運用的呈顯方式。而分析「實象」與「虛象」，探求的焦點自然落在「原型與變型」的差異上，這是因為牽涉到主體對於「象」的取擇，有偏向「繼承」或是「改造」的兩種方向。藉由不同的取擇，創作主體在觀物敘事時，自然會形成不同的效果與文學風格。此外，無論「象」如何被精心地創造、設計，其核心仍究歸結於「意」的表現，即創作主體背後所欲表現的「情、理」。故在探析〈離騷〉文本中的「象」後，本文將轉而分析其背後傳達的「情、理」，期待藉由如此「意象」的分析，能夠清楚架構出〈離騷〉意象的形成。

然而，在進行「實象」與「虛象」的探討前，尚有幾個問題亟待釐清：首先，所謂「實象與虛象」之「實、虛」，應如何界定？其次，眾所皆知，屈原作品蘊含著許多神話材料，而〈離騷〉一文，是除了〈九歌〉與〈天問〉外，涉及較多神話素材的作品。換言之，當面對〈離騷〉文本中相關意象時，該如何界定何者屬於「歷史」範疇？又何者視為「神話」傳說？兩者關係到此類意象中，「實（歷史）」與「虛（神話）」的不同特性。

事實上，「實」與「虛」兩種相對立的概念，在文學創作中佔有十分重要的地位。張少康總結中國古代文藝理論中，有關「實」與「虛」的討論，得出以下三種類型：一、是指藝術形象塑造中的實的部分和虛的部分，亦即藝術形象中的具體的、有形的描寫，和由它所引起的聯想所構成的虛的、無形的部分。二、是指虛構和眞實的關係，亦即假與眞的關係。三、是指文學作品中的虛字和實字所起的不同作用〔註1〕。本文討論〈離騷〉意象形成的「實、虛」，乃承襲第二種類型而來。意即認定〈離騷〉創作中，屈原有意識地在意象取擇上，有「虛構」與「眞實」的差異。

然而，若就「虛構」與「眞實」的角度切入文本，則當面對〈離騷〉中諸多「神話」或是「歷史」意象時，勢必面對到兩者間的界線問題〔註2〕。爲排除此一困擾，本文擬回歸〈離騷〉文本，從屈原創作的角度，來決定哪些意象可視爲「實」意象，又何者爲「虛」意象。換言之，判斷的標準，乃取決於屈原的「行文意識」。要做到這點當然很不容易，因爲〈離騷〉的解讀眾多紛繁，後世注家各有各的看法，但仍彼此有相同之處。

也因此，本文對於「實」與「虛」等意象的分野，界定如下：〈離騷〉文中，屈原共有三處涉及「幻遊」的描寫，依序爲「扣帝閽」（「跪敷衽以陳辭兮」至「好蔽美而嫉妒」）、「三次求女」（「朝吾將濟於白水兮」至「余焉能忍與此終古」）以及「遠遊之旅」（「靈氛既告余以吉占兮」至「蜷局顧而不行」）三個部分，筆者視之爲「虛」，即「超現實」的部分，凡所論意象出自此處者，皆以「虛意象」視之；而其他描寫，則皆視爲「實」，即「現實」的部分，凡所論意象出自現實部分者，皆以「實意象」視之。

〔註1〕張少康，《中國古代文學創作論》（臺北：文史哲出版社，1991年6月），頁229。

〔註2〕就「神話」（myth）一詞生發的歷史來看，主要分爲「寓意説」、「歷史説」（或稱「歐赫美爾主義」）與「調和説」三大類。「寓意説」的學者認爲：「神話」乃是反映各種自然現象與規律的創作，其中尚反映著人們的思慮、慾望等；而「歷史説」的學者則認爲：神話中諸多角色，特別是其中的神祇角色，乃是曾經立下豐功偉業的人類；至於「調和説」，則主張「神話」的發展，歷經不同的發展階段：起先，受到「自然現象與規律」的影響，人們視之爲擬人、擬神化的對象。其後，人類漸漸征服自然、改造自然，對神話重新進行詮釋，反映人類社會。最後，神被人格化，神話失去大部分寓意性的意義。第三種「調和論」觀點，乃是晚近學者主要的看法。對照本單元的説法，則「寓意説」乃是「虛」、「歷史説」乃是「實」，而「調和説」則是「虛」與「實」的綜合觀念。詳見大林太良著，林相泰、賈福水譯，《神話學入門》（北京：中國民間文藝出版社，1988年），頁217。

　　以下第一節，首先討論「實」意象。「實」意象在〈離騷〉中佔有十分重要的地位，屈原以其淵博學識，廣泛地向人事與自然界取材，建構了完整的世界。次節，則以「實象」的世界為基礎，進一步建構了「虛象」的幻遊世界，將神話傳說的人事、自然納入，並加以改造、運用，形成〈離騷〉獨特的風格。

第一節　「實」意象

　　經歸納，〈離騷〉之「實意象」計可析為「人物」、「器用服飾」、「自然」三者。而「人物」又可析為「君王」、「臣屬」、「屈原自指與自喻」、「親屬」、「常人」與「靈巫」等六子類；「器用服飾」則析為「器用」、「服飾」二子類；「自然意象」又可析為「植物」、「動物」與「曆法、天文與地理」三子類。此等意象的體系，足見屈原創作〈離騷〉之際，運用對古、今歷史豐富之知識，並結合眾多靈感，形成頗具規模的「實」意象體系。以下即分別論之。

一、人物

（一）君王

　　《儀禮》：「君，至尊也。」鄭玄注：「天子、諸侯及卿大夫有地者，皆曰君。」〔註3〕故知「君」乃是據有土地的各級統治者而言。在〈離騷〉中，君王身份分為三大類：其一，乃是一般帝王，或屬於遠古時期者，包括屈原遠祖之「高陽」，即「顓頊」；以及「高辛」，即「帝嚳」。或是屈原不置褒貶者，屬於部族領袖，如「有娀」之君、「有虞」之君。其二，乃是〈離騷〉之中，屈原用以傳達「嚮往與贊許」之「賢君聖王」，依時代排序，計有「三后」、「堯」、「舜」、「禹」、「少康」、「湯」、「文王」、「武王」、「武丁」與「齊桓」。其三，則是行文中，屈原用以傳達「失敗與否定」之「昏君庸主」，依時代排序，計有「啓」、「羿」、「澆」、「桀」與「后辛」（商紂），並延及屈原同時代的「靈脩」（楚懷王）與「哲王」（頃襄王）等。

　　上述諸君王意象，除「楚懷王」、「頃襄王」與屈原同時代外，其餘所言之古代帝王，就屈原行文意識來看，皆屬於「歷史故實」的流傳，故於此並不列入「虛意象」探究。以下依此四大分類一一解析。

〔註3〕清・阮元校勘，《十三經注疏・儀禮》上冊（臺北：大化書局，1982 年 10 月），
　　　　頁 1100。

1. 一般帝王

（1）顓頊

〈離騷〉云：

> 帝 高陽 之苗裔兮，朕皇考曰伯庸。〔註4〕

「高陽」，乃楚之先祖。王逸注引《大戴禮・帝繫德》，從楚國的遠祖，一路介紹至屈原支系：「顓頊」、「老僮」、「熊繹」、「若敖」、「武王」，以及「瑕」，此即「自道本與君共祖，俱出顓頊胤末之子孫，是恩深而義厚也。」（頁4）確實，屈原對於先祖們偉大而崇高的道德、政治功績，是抱著景仰的心來看待的；「高陽」一詞，即「顓頊」有天下後的稱號。

今考《史記・五帝本紀》中，對「高陽」的出生以及其後的發展，有一段簡明的介紹，大致勾勒出這位屈原引以為榮的遠祖風範：

> 嫘祖為黃帝正妃，生二子，其後皆有天下。其一曰玄囂，是為青陽。青陽降居江水；其二曰昌意，降居若水。娶蜀山氏女，曰昌僕，生高陽。高陽有聖惪焉。黃帝崩，葬橋山，其孫昌意之子高陽立，是為帝顓頊也。帝顓頊高陽者……靜淵以有謀、疏通而知事、養材以任地、載時以象天、依鬼神以制義、治氣以教化、絜誠以祭祀。〔註5〕

從《史記》的記錄可知：「高陽」乃「黃帝」直系後裔，在血統上與中原文化是有著承繼的關係。而高陽在成長過程中，即具有「聖德」之資，故當「黃帝」崩逝，直接由孫子「高陽」即位為帝，稱「顓頊」。有天下後的帝顓頊，將其「聖德」發揮地淋漓盡致，《史記》形容他「有謀」、「知事」、「養材」、「象天」、「制義」、「教化」、「絜誠」等，故「顓頊」不只具備高標準的道德觀，在治理國家上，也有一套足稱後世的方法。當然，這段記錄可能受到後世儒者的增添，而有所失真；但對照〈離騷〉全文開首，屈原以「帝高陽之苗裔」起頭，而不言及「黃帝」，則或許對屈原而言，「高陽」曾有過的榮耀與形象，造就其成為楚人尊崇的遠祖。〔註6〕

〔註4〕 宋・洪興祖，《楚辭補注》（臺北：臺灣學生書局，2004年1月），頁4。本文以下所引用之屈原〈離騷〉及〈九歌〉、〈九章〉全文、併王逸注，與洪興祖補注等文字，皆引用自本書。除特殊說明外，餘者僅標頁碼，不另作注。

〔註5〕 日本・瀧川龜太郎，《史記會注考證》（臺北：宏業書局，1994年9月），頁22～23。

〔註6〕 姜亮夫認為：「高陽」乃南楚神話中的地方神，由天神派為地方神，又由地方神變為楚先人。姜氏又考證「顓頊」，乃是蜀山氏女昌僕所生，生於若水；而

（2）高辛

〈離騷〉云：

鳳皇既受詒兮，恐 高辛 之先我。（頁 47）

「高辛」，王逸注「帝嚳有天下號也」（頁 47）。「高辛」是黃帝的曾孫，其父親爲「蟜極」，「蟜極」的父親則是「玄囂」。如此說來，則「高辛」乃是「顓頊」的族子。《史記・五帝本紀》形容「高辛」自幼「神靈」、「自言其名」，則「高辛」與其叔父「高陽」相仿，皆是「有聖德者」：

高辛生而神靈，自言其名。普施利物，不於其身；聰以知遠，明以
察微，順天之義，知民之急。仁而威、惠而信、脩身天下服。取地
之財而節用之、撫教萬民而利誨之、歷日月而迎送之。〔註7〕

從這段敘述來看，「高辛」爲帝後，亦延續「顓頊」的功績，傾其全心來治理百姓與國家。在〈離騷〉中，屈原求索眾女，然在指派鳳凰致禮後，仍不免「高辛」搶先一步；〔註8〕由此來看，在屈原的心目中，「高辛」氏，意即「帝嚳」，其地位雖然未必如「顓頊」般崇高，但亦是有爲之君王。

（3）有娀、有虞

〈離騷〉云：

望瑤臺之偃蹇兮，見 有娀 之佚女。（頁 45）

及少康之未家兮，留 有虞 之二姚。（頁 48）

「有娀」，王逸注「國名」（頁 45）。《淮南子・墜形訓》載「有娀在不周之北」〔註9〕，則「有娀」或許是歷史上某一部落的名字。《呂氏春秋・音初》載：「有娀氏有二佚女，爲之九成之臺，飲食必以鼓。」〔註10〕在此，「有娀」一詞已由部落名稱，轉變爲「帝王」專稱；而所言及之「佚女」，據傳聞乃是「帝嚳」之次妃，即「簡狄」。「簡狄」生子「契」，後來被認爲「殷商」的始祖。〈離騷〉在此所言之「有娀佚女」，即指尚未出嫁的「簡狄」；又或可視爲屈原求

顓頊之妻滕墳氏，本爲西土人士。因「若水」在崑崙之墟，故楚人以爲其祖乃自西方而來。此說可供參考。詳見姜亮夫，《楚辭學論文集》，收入《姜亮夫全集》（昆明：雲南人民出版社，2002 年 10 月）第八冊，頁 91～99。

〔註 7〕日本・瀧川龜太郎，《史記會注考證》，頁 23。

〔註 8〕傳聞高辛氏遣鳳凰致詒于簡狄，故簡狄後來成爲高辛氏次妃。如此則「鳳凰」即是「玄鳥」；然此亦多所爭論。

〔註 9〕何寧撰，《淮南子集釋》（北京：中華書局，1998 年 10 月）上冊，頁 360。

〔註 10〕許維遹撰，《呂氏春秋集釋》（北京：中華書局，2009 年 9 月）上冊，頁 141～142。

索過程中的理想目標。

　　而「有虞」，王逸注「國名」，乃「姚姓，舜後」（頁 48）。繼先前的「有娀之女」後，屈原試圖將理想目標致於「有虞二姚」上。《左傳·哀公元年》載伍員之語：

> 昔有過澆殺斟灌以伐斟鄩，滅夏后相。后緡方娠，逃出自竇，歸于
> 有仍，生少康焉。為仍牧正，惎澆能戒之。澆使椒求之，逃奔有虞，
> 為之庖正，以除其害。虞思於是妻之以二姚，而邑諸綸。有田一成，
> 有眾一旅，能布其德，而兆其謀。〔註11〕

「有虞」與前述「有娀」，在用意上皆相近，皆指「帝王」專稱。單就屈原求索的對象來看，「有娀」出佚女簡狄，開創出殷商之世；而「有虞」出二姚，協助少康復國。「佚女」與「二姚」當可代表屈原追求的理想對象；然而就「有娀」與「有虞」二國的國君來說，能夠培育出如此具有代表性的女性，自然是盡到國君應有的責任。

2. 賢君聖王

（1）三后

〈離騷〉云：

> 昔 三后 之純粹兮，固眾芳之所在。（頁 10）

「三后」，王逸注：「禹、湯、文王也。」（頁 10）關於「三后」，有許多種說法，然大致可分為兩種看法：其一，視之為「三代之王」，然說法各異，或如王逸之說（見前）、朱熹之「少昊、顓頊、高辛」說〔註12〕，又或是朱駿聲所謂「軒轅、顓頊、帝嚳」的說法〔註13〕等等；其二，視之為「楚之先王」，這類說法又相互有異，或汪瑗的「祝融、鬻熊、莊王」〔註14〕，又或是戴震的「熊繹、若敖、蚡冒」〔註15〕的推測等等。

〔註11〕楊伯峻編，《春秋左傳注》下冊（高雄：復文圖書出版社，1991 年 9 月），頁
　　　　1605～1606。

〔註12〕宋·朱熹，《楚辭辯證上》，收入楊家駱主編，《中國學術名著·楚辭注六種》
　　　　（臺北：世界書局，1978 年 3 月），無頁碼。

〔註13〕清·朱駿聲，《離騷賦》，收入吳平、回達強主編，《楚辭文獻集成》第十六冊，
　　　　頁 11636。

〔註14〕明·汪瑗，《楚辭蒙引》，收入吳平、回達強主編，《楚辭文獻集成》第二十六
　　　　冊，頁 18927。

〔註15〕清·戴震，《屈原賦注初稿》，收入吳平、回達強主編，《楚辭文獻集成》第十
　　　　四冊，頁 9602。

　　上述兩種說法各有其原理，主張第一種者，是站在上古帝王的功業來說，認爲這些帝王具有歷史（或傳說）上，不可抹滅的地位，屈原應有意取之爲喻；而持第二種說法者，則認爲屈原以身爲「楚之後人」爲榮，故應上溯至其偉大的先祖。這兩種說法，在「三后」一詞未有定見的情況下，即以王逸之注爲妥。然誠如游國恩所言：「就上下文義而言，『三后』指賢君，『眾芳』喻賢臣，確然無疑。」〔註16〕回歸至屈原行文用意，則在此舉「三后」爲喻，目的在於提出上古帝王爲楷模，以作爲理想君主的效法對象，「三后」皆賢君，則必有「眾芳」之賢臣輔佐，無形間透露屈原期待有德君王在位，使有能之臣能躬逢其盛，戮力爲國。間接也展現屈原放眼天下，冀求楚國能領導天下，回復「三后」往昔的榮耀。

　　（2）堯

〈離騷〉云：

　　彼 堯 舜之耿介兮，既遵道而得路。（頁10）

「堯」，爲遠古時期帝王陶唐氏之號。關於「堯帝」，《易經·繫辭下》載：「神農氏沒，黃帝、堯、舜氏作。」〔註17〕而《史記》中有詳細的紀錄：「帝嚳崩，而摯代立。帝摯立不善，崩。而弟放勳立，是爲帝堯。」〔註18〕由此可見，作爲屈原心理想的國君典型，「堯」是以「善」著稱的，而這一點，正是屈原滿心期待懷王所能達到的，故有「彼堯舜之耿介兮，既遵道而得路」的稱許與期待。

　　（3）舜

〈離騷〉云：

　　彼堯 舜 之耿介兮，既遵道而得路。（頁10）

　　濟沅湘以南征兮，就 重華 而陳詞。（頁28）

「舜」，常和「堯」並稱。舜又稱「虞舜」，爲有虞氏之子。《尚書·堯典》載有相關故事：

　　有鰥在下，曰虞舜。帝曰：「俞，予聞，如何？」岳曰：「瞽子，父頑、母嚚、象傲，克諧以孝，烝烝乂，不格姦。」〔註19〕

〔註16〕游國恩，《離騷纂義》（臺北：新文豐出版公司，1982年3月），頁52。
〔註17〕唐·孔穎達等，《周易正義》，收入清·阮元，《重刊宋本十三經注疏附校勘記》第一冊（臺北：藝文印書館，1993年9月），頁167。
〔註18〕日本·瀧川龜太郎，《史記會注考證》，頁24。
〔註19〕唐·孔穎達等，《尚書正義》，收入清·阮元，《重刊宋本十三經注疏附校勘記》

由此段記錄可知「舜」以「賢明」聞於世，面對處處與之爲敵的父親、後母與兄弟，反而能夠盡孝盡悌，故最終「堯」讓位於「舜」。此外，《史記·五帝本紀》張守節正義：「瞽叟姓嬀。妻曰握登，見大虹意感而生舜於姚墟，故姓姚。目重瞳子，故曰重華。」〔註20〕這段敘述可以見到「舜」的賢明，致使人們予以神化、贊美；而「重華」亦成了舜的別名。

在〈離騷〉中，言及「舜（重華）」者計兩處：其一，「彼堯舜之耿介兮」，乃是強調舜之耿介不苟；其二，「濟沅湘以南征兮，就重華而敶詞」，乃屈原無法接受親姊「女嬃」勸之「與世浮沉以自保」的情形下，遂向「重華」告解，訴說自身的堅持，與不同流合汙的決心。由於「天下明德，皆自虞帝始，其於君臣之際詳矣」（頁29），〈離騷〉中言及「舜」時，主要在表達：一、屈原期待懷王效仿典範；二、屈原期許自己能夠擇善固執。前者意在君，後者意在己。

（4）禹、湯

〈離騷〉云：

> 湯禹儼而祗敬兮，周論道而莫差。（頁32）

> 湯禹嚴而求合兮，摰咎繇而能調。（頁53）

「禹」，傳聞爲鯀之子，又稱爲「大禹」、「夏禹」、「戎禹」。《史記·夏本紀》：「禹於是遂即天子位，南面朝天下，國號曰夏后，姓姒氏。」〔註21〕原爲夏后氏部落領袖，奉舜之命治水，傳說治水達十三年，而三過家門不入。其子啓，而啓子康，皆承祖業而有天下。禹因治水有功，深受百姓愛戴，故舜傳位予之。在〈離騷〉中，「禹」、「湯」二人連稱「湯禹」〔註22〕；「湯」，一名「成湯」、「成商」，是商開國之君，《尚書·仲虺之誥》：「成湯放桀于南巢，惟有慙德。」而注文：「湯伐桀，武功成，故號成湯；一云：成，謚也。」〔註23〕無論禹或湯，

第一冊（臺北：藝文印書館，1993年9月），頁28。

〔註20〕日本·瀧川龜太郎，《史記會注考證》，頁29。

〔註21〕日本·瀧川龜太郎，《史記會注考證》，頁46。

〔註22〕查《楚辭》共三處「湯禹」：「湯禹儼而祗敬兮」、「湯禹嚴而求合兮」（以上〈離騷〉），另一處乃〈懷沙〉：「湯禹久遠兮」）。聞一多疑「湯先禹後」，世次倒植，殊不可解。對此歷代學者大致有二種處理方式：一是認定「湯禹」即「商湯、夏禹」，並認爲此爲「語序倒置」之例（湯炳正語）；二是認定「湯禹」之「湯」訓「大」，故「湯禹」實「大禹」之意（姜亮夫語）。本文在此採第一種說法。

〔註23〕唐·孔穎達等，《尚書正義》，收入清·阮元，《重刊宋本十三經注疏附校勘記》第一冊，頁110。

皆是開國明君，故〈離騷〉著眼於「儼」（嚴），意即「恭敬謹慎」之貌，因為創業惟艱，唯有持著「恭敬謹慎」的態度，才能夠長久不墜。這點可以視為屈原對理想國君的嚮往與要求。

（5）少康

〈離騷〉云：

> 及 少康 之未家兮，留有虞之二姚。（頁 48）

「少康」，王逸注「夏后相之子」（頁 48）。關於「少康中興」的故實，《左傳・哀公元年》傳文有詳細紀錄：

> 昔有過澆殺斟灌以伐斟鄩，滅夏后相。后緡方娠，逃出自竇，歸于
> 有仍，生少康焉。為仍牧正，惎澆能戒之。澆使椒求之，逃奔有虞，
> 為之庖正以除其害。虞思於是妻之以二姚，而邑諸綸。有田一成，
> 有眾一旅，以收夏眾，撫其官職。〔註24〕

因夏初以來，父祖輩不能專心於國政，致國祚中絕。少康背負著家國命脈的存續，能夠自我警惕，而得到有虞氏（舜後代）的肯定，而許之以「二姚」。在條件不利的情形下，「少康」與其妻，憑藉著區區之田地，以及不算多的百姓，修德圖治，終於「收夏眾」，恢復先人的功業，重振中絕的夏祚，貢獻不可謂小。〈離騷〉此處改編故實，雖然重點在於「求女」，然對「少康」的贊許是可以想見的。

（6）文王、武王

〈離騷〉云：

> 湯禹儼而祗敬兮，周 論道而莫差。（頁 32）

> 呂望之鼓刀兮，遭 周文 而得舉。（頁 54）

「周」、「周文」，可視為「周文王」。《詩經・魯頌》有〈閟宮〉篇：「至于文武，纘大王之緒。」〔註25〕意指周朝至文王、武王（詳後），能夠繼承大王（古公亶父）之業而經營國家。足見周文王乃是能承繼家業的賢君。「呂望」指太公望，即姜子牙，據王逸注，時姜子牙避紂王，取於東海之濱，聞文王作興，故往歸之，至朝歌而窮困無以自立，故鼓刀而屠。而周文王恰「夢得聖人」，出獵見之，遂載以歸，舉以為相。（頁 54）

〔註24〕楊伯峻編，《春秋左傳注》下冊，頁 1605～1606。
〔註25〕屈萬里，《詩經詮釋》（臺北：聯經出版公司，1999 年 4 月），頁 609。

　　屈原舉列文王，用意乃在證明「君臣相應」之實有；當然，亦可能以此
一典範，期許懷王能夠效法，將繼承自先祖的美好楚國，經營得更爲理想、
強大，實現屈原「美政」的理想。

　　（7）武丁

〈離騷〉云：

　　說操築於傅巖兮，武丁用而不疑。（頁54）

「武丁」，王逸注「殷高宗」（頁54）。相傳幼年生活於民間，即位之後，重
用「傅說」、「甘盤」等大臣，國家治理得更加清明、強盛。《詩經・商頌》
有〈玄鳥〉篇：「商之先后，受命不殆，在武丁孫子，武丁孫子，武王靡不
勝。」〔註26〕詩中「武王」即「商湯」，而其孫「武丁」能克紹其裘，凡商
湯能做到的，武丁也做得到。武丁以善用人才聞名，《史記・殷本紀》載有
一段「因夢得賢」之事：

　　帝武丁即位，思復興殷，而未得其佐。三年不言，政事決定于冢宰，
　　以觀國風。武丁夜夢得聖人，名曰說。以夢所見視群臣百吏，皆非
　　也。於是乃使百工營求之野。得說於傅險中。是時說爲胥靡，築于
　　傅險。見于武丁，武丁曰：「是也。」得而與之語，果聖人。舉以爲
　　相，殷國大治。〔註27〕

殷高宗因賢臣「傅說」而國大治，對照之下，屈原渴望得遇明君的心情更加
明顯。此二句雖然同在說明「君臣相應」之理，但「用而不疑」的任人態度，
應是屈原舉武丁爲例的另一層用意。蓋屈原其時已見疑於君，故不得重用，
故有此例。

　　（8）齊桓

〈離騷〉云：

　　甯戚之謳歌兮，齊桓聞以該輔。（頁54）

「齊桓」，乃齊桓公。《淮南子・道應訓》曾載齊桓公與甯戚事：

　　甯越（按：甯戚）欲干齊桓公，窮困無以自達。於是爲商旅將任
　　車，以商於齊，暮宿於郭門之外。桓公郊迎客，夜開門，辟任車，
　　燼火甚盛，從者甚眾。甯越飯牛車下，望見桓公而悲，擊牛角而
　　疾商歌。桓公聞之，撫其僕之手曰：「異哉，歌者非常人也。」命

〔註26〕「玄鳥」乃祀高宗意。詳見屈萬里，《詩經詮釋》，頁622。

〔註27〕日本・瀧川龜太郎，《史記會注考證》，頁54。

後車載之。〔註28〕

屈原此段故實，與前述「周文王與太公望」、「殷高宗與傅說」之例同，皆用以表示「君臣相應」的道理。然為人君者，「識人之明」的能力，相信亦是屈原期待懷王能夠做到的。

　　綜觀〈離騷〉中「賢君聖王」，可以得知屈原心目中理想的國君，應有的作為：其一是「賢明公正」，如三后、堯、舜；其二為「恭敬謹慎」，如夏禹、商湯、少康；其三則是「重視人才」，如武丁、周文王、武王，以及齊桓公。而三者之中，以「重視人才」最為重要，蓋「賢明公正」與「恭敬謹慎」兩種美德，乃繫於君王個人學養德行的培養上，雖然屈原期許懷王勉力實踐，但並非屈原所能掌握者；然而，對人才的重視，不只與屈原身為人臣有關，更是與國家的強盛息息相關。換言之，一位「重視人才」的國君，必定是著眼於國家興衰的考量，而能注意此點，必能做到「賢明公正」與「恭敬謹慎」。

　　屈原曾任三閭大夫，主要工作即掌管楚王族三大姓：昭、屈、景之事。而其中對於貴族子弟的培育，正是屈原工作的重心。雖然楚與秦、齊並列戰國三大強國，然自楚威王時時，便注意到國家對外面臨強秦覬覦，對內則亟待革新；〔註29〕到了楚懷王，正視此一問題的政治要求下，屈原便升任左徒，擔負起改革大任。據陳怡良師整理，屈原於任職左徒期間，分別於內政、外交方面，制定一系列周詳而完整的方略。〔註30〕其中特別重視「人才」的培養與舉用。只可惜在改革前夕，受小人讒言，而流放漢北，一切革新的可能化為泡影，此不啻是屈原人生中一次重大的打擊。

〔註28〕集釋引盧文弨云：「此書〈主術〉、〈齊俗〉、〈氾論〉前後皆作宵戚，此『越』字偽」。詳見何寧撰，《淮南子集釋》（北京：中華書局，1998年10月）中冊，頁844～846。

〔註29〕《戰國策・楚策一》載楚威王語：「寡人自料，以楚當秦，未見勝者，內與群臣謀，不足恃也。寡人臥不安席，食不甘味，心搖搖如懸旌，而無所終薄。」此一情勢，至懷王時更加嚴重。詳見漢・高誘注，《戰國策》（臺北：藝文印書館，2009年11月），頁274。

〔註30〕內政方面計有七項：其一，限制貴族特權；其二，澄清吏治，掃除貪污；其三，制定法令，行政制度化；其四，拔舉人才，任用賢能；其五，改善百姓生活；其六，厚植國力，提升生產；其七，栽培各種人才，以為國用。外交方面則主要著眼於聯齊抗秦上。詳見陳怡良師，〈楚歌巨星，悲壯一生——屈原血淚鋪成的生命歷程〉，收入《屈原文學論集》（臺北：文津出版社，2002年9月），頁6～7。

3. 昏君庸主

（1）啓

〈離騷〉云：

> 啓九辯與九歌兮，夏康娛以自縱。不顧難以圖後兮，五子用失乎家
> 巷。（頁 28～30）〔註31〕

「啓」，即「夏啓」，乃大禹之子。漢時因避景帝劉啓諱而改稱「開」。〈離騷〉
敘說夏后啓繼禹帝位後，雖能存續父業，但因過度沉緬於奢靡享受的生活，
終埋下衰敗的種子。儒家學者多將「啓」視爲「承父業」的優良典範；然據
《墨子‧非樂》引逸書《武觀》，則存在不同的記載：「啓乃淫溢康樂，野于
飲食，將將銘莧磬以力，湛濁于酒，渝食于野，萬舞翼翼，章聞于大，天用
弗式。」〔註32〕由此觀之，啓或許在初期「敬承禹道」，然其後縱情恣肆，不
圖國事，最終導致「五子用失乎家巷」，「五子家巷」即家庭內的糾紛，詳後
述。屈原在此選擇「啓」，有告戒懷王「愼守祖業」的用意。

（2）羿

〈離騷〉云：

> 羿淫遊以佚畋兮，又好射夫封狐。固亂流其鮮終兮，浞又貪夫厥家。
> （頁 30）

「羿」，即后羿，有窮氏部落首領，以善射聞名。〔註33〕羿之奪取夏代天下，
乃是趁啓子內鬨（即上述「五子用失乎家巷」）後。《左傳》引《夏訓》，載有
關於羿「得天下」，以及「失天下」的經過：

> 昔有夏之方衰也，后羿自鉏遷於窮石，因夏民以代夏政。恃其射也，

〔註31〕王逸注謂「夏康」乃啓子康，然據姜亮夫考證，〈離騷〉句法，大類有二：一
　　　爲流水句；一爲兩相關合之句。以後者爲例，又大別爲二類：其一，以四句
　　　爲一韻，如「昔三后之純粹兮」四句；其二，以四句一韻分上下兩解，各立
　　　一義，各說一事，如「彼堯舜之耿介兮」四句。如依王逸注，則「就重華而
　　　敶詞」以下云云，即被析爲「啓九辯與九歌兮」一組，與「夏康娛以自縱，
　　　不顧難以圖後兮，五子用失乎家巷。」一組三句，實爲錯誤。近人游國恩亦
　　　比較「夏康娛以自縱」與「羿淫遊以佚畋」、「日康娛而自忘」等句型，確認
　　　此處「夏康」絕非「太康」。詳見姜亮夫，《屈原賦校注》（臺北：華正書局，
　　　1974 年 7 月），頁 58；游國恩，《離騷纂義》，頁 215～216。
〔註32〕清‧孫詒讓，《墨子閒詁》，收入楊家駱主編，《增補中國思想名著》第 16 冊
　　　（臺北：世界書局，1969 年 11 月），頁 161～162。
〔註33〕「羿」乃部族名，其領袖皆曰「后羿」。《山海經‧海內經》中提及之「帝俊
　　　賜羿」一事，乃是經過「神話」化的歷史，與此處有所不同。

不脩民事，而淫于原獸，棄武羅、伯因、熊髡、尨圉，而用寒浞。
寒浞，伯明氏之讒子弟也，伯明后寒棄之，夷羿收之，信而使之，
以為己相。浞行媚于內，而施賂于外，愚弄其民，而虞羿于田。樹
之詐慝，以取其國家，外內咸服。羿猶不悛，將歸自田，家眾殺而
亨之。以食其子，其子不忍食諸，死于窮門。〔註34〕

此段故實，應是屈原用意所在。羿因啟不恤國事，引發家庭內鬨，趁勢而興，
取得天下領袖的地位。然得天下後，竟排斥賢臣，而信任小人「寒浞」，重蹈
啟「不恤國事」的覆轍，鎮日田獵於野，將國事全權委由寒浞。而寒浞最終
收買朝廷內外，致使羿死於家臣手中，而且禍延子孫。屈原選擇「羿」意象，
同樣著眼於「慎守祖業」的目的上。

（3）澆

〈離騷〉云：

> 澆身被服強圉兮，縱欲而不忍。日康娛而自忘兮，厥首用夫顛隕。（頁
> 31）

「澆」，寒浞子。寒浞敗羿之後，取羿妻，生澆。這段故實，已見前論「少康
中興」處，引《左傳‧哀公元年》傳文紀錄，在此不贅述。從《左傳》敘述
來看，雖僅提及澆滅夏后相（相乃啟孫），致后緡出亡而生少康一事，但已可
見「澆」心術不正。故王逸注云：「不忍其慾，以殺夏后相也。」（頁 31）所
謂「不忍其慾」，乃指淫於「女岐」之事。《竹書紀年》載：

> 初，浞娶純狐氏，有子，早死，其婦曰『女岐，寡居』。澆強圉往至
> 其戶，陽有所求，女岐為之縫裳，共舍而宿。汝艾夜使人襲斷其首，
> 乃女岐也。澆既多力，又善走，艾乃田獵，放犬逐獸，因喺澆顛隕，
> 乃斬澆以歸於少康。〔註35〕

這段澆與女岐之傳聞，雖然難辨真假，然大抵反映出澆個性上「不懲其慾」
的缺失。〈離騷〉所言乃屈原有意藉此提醒懷王，切莫流於情欲的渲洩，而失
去控制。

（4）桀、后辛

〈離騷〉云：

〔註34〕楊伯峻編，《春秋左傳注》下冊，頁 936～937。
〔註35〕清‧陳逢衡撰，《竹書紀年集證》卷十，收入《續修四庫全書》第 335 冊（上
海：上海古籍出版社，2002 年 3 月），頁 137。

何 桀紂 之猖披兮，夫唯捷徑以窘步。（頁 10）

夏桀 之常違兮，乃遂焉而逢殃。（頁 32）

后辛 之菹醢兮，殷宗用而不長。（頁 32）

「夏桀」，夏代最後一位君王，名履癸。《史記·夏本紀》載：「夏桀不務德，而武傷百姓。百姓弗堪，迺召湯而囚之夏臺。已而釋之，湯修德，諸侯皆歸湯。湯遂率兵以伐夏桀。桀走鳴條，遂放而死。」〔註36〕桀身爲國君，卻動輒欺侮百姓，《史記》以「不務德」形容之，意指桀於帝德有虧。有關於夏桀的傳聞眾多，大抵皆因其不善，後世猜度附會出許多故事。〔註37〕〈離騷〉兩處言及「桀」者，皆圍繞在桀「不守常道」、「違常道」。而「常道」爲何？自然是前述屈原對於理想帝王之風範。

　　常與夏桀並稱者，乃是「商紂」，在此處一併處理。《史記·殷本紀》裴駰集解，釋「紂」：「殘義損善曰紂。」〔註38〕商紂又稱「帝辛」、「后辛」。《史記》載紂王「資辨捷疾，聞見甚敏，材力過人，手格猛獸。」說明紂王就擔任「國君」的條件來看，是頗能勝任的。惜其未能善加利用，反而將「聰明才智」用來「距諫」、「便給口才」用來「飾非」。探究其因，皆因道德修養不足；況且平素「好酒淫樂，嬖於婦人」，對百姓又是「厚賦稅」，一切皆以滿足個人私欲爲主，故出現「酒池肉林」的傳聞，也不令人驚訝；紂王更寵幸諛臣「費中」，以及其子「惡來」，國政因之每下愈況。凡諫者，如比干、商容所言，紂王皆不予採用。〔註39〕尤有甚者，任意誅殺他人以爲己樂；《呂氏春秋·恃君覽·行論》載紂王無道，「殺梅伯而醢之，殺鬼侯而脯之，以禮諸侯於廟。」〔註40〕等情事，無惡不作。

　　在〈離騷〉中，商紂凡二見：其一，與「夏桀」並稱，詳前所述；其二，所謂「后辛之菹醢兮」一事，其「菹醢」並非指「醬菜」之類的菜肴，而是將人殺死後，再細切搗成醬，其後再以之告宗廟、饗諸侯。〈離騷〉引之爲

〔註36〕日本·瀧川龜太郎，《史記會注考證》，頁47～48。

〔註37〕瀧川龜太郎考證，認爲「古書記桀事，可信者，不過若是。」至於「桀爲酒池」之類者，則似乎太過。然亦反映夏桀作爲君王，於德有虧。詳見日本·瀧川龜太郎，《史記會注考證》，頁48。

〔註38〕日本·瀧川龜太郎，《史記會注考證》，頁55。

〔註39〕關於紂王故實，皆取資《史記》。據《殷本紀》所言，紂王不只荒淫無道，當百姓怨望、諸侯有畔時，竟處以重刑，故終不得民心。詳見日本·瀧川龜太郎，《史記會注考證》，頁55。

〔註40〕許維遹撰，《呂氏春秋集釋》下冊，頁569。

例，意欲勸告爲人君者，切莫放棄正道，否則天地不容，國祚亦將不長。

（5）靈脩

〈離騷〉云：

指九天以爲正兮，夫唯 靈脩 之故也。（頁 13）

余既不難夫離別兮，傷 靈脩 之數化。（頁 13）

怨 靈脩 之浩蕩兮，終不察夫民心。（頁 20）

「靈脩」一詞指「懷王」。諸家在對象的認定上多不出此意，然解釋上，則略有不同：如王逸：「靈，謂神也。脩，遠也。能神明遠見者，君德也，故以喻君。」（頁 13）又朱熹云：「靈脩，言其有明智而善脩飾。蓋婦悅其夫之稱，亦託詞以寓意於君也。」〔註41〕朱氏從「女性」的角度切入，與前述「美人」釋爲「美女」有同樣困擾；又王夫之：「靈，善也；脩，長也。稱君爲靈脩者，祝其所爲善而國祚長也。」〔註42〕從國祚之長遠來指涉國君，雖然用意正確，然稍嫌曲折；此外，如朱冀、王邦采、王樹枏等人〔註 43〕，亦從各種角度解釋「靈脩」之意，雖然皆指涉「懷王」，但說法難以一致。

既然眾說紛云，又該如何取決？胡濬源曾言：「親而媚之，故目以美人；尊而嘉之，故目以靈脩。」〔註 44〕胡氏此說有誤，認爲「美人」與「靈脩」相同，乃指涉「懷王」；然所謂「尊而嘉之，故目以靈脩」的心情，則是可以肯定屈原的用意。屈原言「靈脩」，多是以嚴正的態度，陳述屈原自己對國君的忠誠，或表明對「王之不悟」的痛心，情緒上較爲沉重。故「指九天以爲

〔註41〕宋·朱熹，《楚辭集注》，收入吳平，回達強主編，《楚辭文獻集成》第四冊，頁 1758。

〔註42〕清·王夫之，《楚辭通釋》，收入吳平，回達強主編，《楚辭文獻集成》第十冊，頁 6820。

〔註43〕朱冀認爲「只一靈字耳，有尊之爲神明之意，望君脩其美政，故曰靈脩。」至於王邦采云：「靈脩二字，宜從二字反面會意，蓋懷王爲讒諂所蔽，心不靈敏矣；而方正日疏，政不脩治矣。靈脩者，大夫頌其君之詞，即借以爲稱其君之詞。」此說亦可，但稍嫌曲遠；另王樹枏則認爲「靈脩皆善美之義，稱君爲靈脩猶稱君爲聖明耳。在君曰靈脩，在臣曰好脩，其義一也。」亦可參考。依次詳見清·朱冀，《離騷辯》，收入吳平，回達強主編，《楚辭文獻集成》第十二冊，頁 8059；清·王邦采，《離騷彙訂》，收入吳平，回達強主編，《楚辭文獻集成》第十二冊，頁 8352；清·王樹枏，《離騷注》，收入吳平，回達強主編，《楚辭文獻集成》第十七冊，頁 12357。

〔註44〕筆者認爲，「美人」實爲屈原自喻，並非指涉「懷王」，見後文「屈原自喻意象」。詳見清·胡濬源，《楚辭新註求確》，收入吳平，回達強主編，《楚辭文獻集成》第十七冊，頁 11851。

正兮，夫唯靈脩之故也」句中的「靈脩」，態度上偏向「表明心志」；而「余既不難夫離別兮，傷靈脩之數化。」以及「怨靈脩之浩蕩兮，終不察夫民心。」等句，提及「靈脩」的同時，伴隨著一「傷」與一「怨」，反映的乃是屈原對於懷王終不悔改，一次比一次傷痛的心緒。

（6）哲王

〈離騷〉云：

閨中既以邃遠兮，哲王又不寤。（頁48）

「哲王」，依王逸注，則指「明智之王」（頁 48）。然究是指稱「楚懷王」，抑或是「頃襄王」，則又有諸多說法。然以〈離騷〉行文來看，凡言及「懷王」者，皆以「靈脩」稱之。則此處「哲王」應是「頃襄王」無誤。再者，對照屈原文意來看，先前因「懷王」受讒佞所阻而「數化」，屢次使屈原痛心，故有「求索之旅」；若將「哲王」視為「懷王」，則屈原之「求索」便無法解釋。畢竟屈原並非期待「己之求索」，能夠喚回「懷王」對國事的重視。如此則「哲王」確實為「頃襄王」無誤。王樹枏曰：

（上句）喻懷王，懷王留秦，故曰邃遠。哲王謂太子頃襄王也。子蘭既置懷王於難，而頃襄王又信任子蘭，忘父之仇，賊賢挫國，故曰哲王又不悟也。〔註45〕

王氏此說，「子蘭」一段甚為正確。然前半部以「懷王留秦」解釋「閨中邃遠」，則又明顯不通。此二句緊接在追求「宓妃」、「佚女」、「二姚」之後，眾女求索不成，故喻以「閨中邃遠」，非是指懷王。而「哲王」一詞，尚可見屈原對「頃襄王」的諸多期許；承前，屈原以歷史上聖君賢相為例，冀求開悟「懷王」，則於此言「哲」，或亦有此等期待。然無論「懷王」，抑是「哲王」，不變的是屈原對國事蜩螗的憂慮與苦痛。

縱觀〈離騷〉對「無道之君」的意象取擇，大致可分為兩類：一、戒無守成之心、、識人之明。如「啟」、「羿」、「澆」三者，皆以國君之位，而行佚樂之遊，不恤民意。如「啟」貪圖當下，未能前瞻，終禍延子孫，國之權柄旁落；而「羿」則寵信小人，終死於家臣之手；「澆」則自恃其勇力，沉緬慾念之中，下場道是首身離析。二、違反倫常天理，終至亡國。如「夏桀」與「商紂」皆縱情恣肆、酒池肉林，甚至誅殺賢者，以烹人為樂，自是天地不容。

〔註45〕清・王樹枏，《離騷注》，收入吳平、回達強主編，《楚辭文獻集成》第十七冊，頁 12390。

對照屈原所處時空，懷王、頃襄王雖尚未如「桀」、「紂」如此荒淫無道，但若順任個人欲望氾濫下去，小則身死人手，有如「啟」、「羿」、「澆」；大則國亡族滅，猶如「桀」、「紂」。惜此番肺腑之言，君王卻終未能悟，而楚宗廟不久後亦敗亡。就〈離騷〉文中的四類君臣意象的呈現來看，屈原基本上是從「有道」與「無道」的對比中，試圖提醒君王：積極來看，是期待國君領悟國事日下的事實，效法「三后」、「堯」、「舜」等聖賢的耿介遵道；體會治國必須如「禹」、「湯」、「少康」般祗敬嚴謹；更要重視人才的開發，有「文王」、「武王」的求才若渴，以及「齊桓公」的識人之明。消極而論，切勿放任己慾，不恤國事，輕則如「啟」、「羿」、「澆」般傷身；重則國滅家亡，如「桀」、「紂」獨夫。

（二）臣屬

《易經・蹇卦》：「六二，王臣蹇蹇，匪躬之故。」〔註46〕虞翻注云：「觀乾為王，坤為臣。」〔註47〕自「君」現身，便伴隨著「臣」的輔佐與匹配，故《禮記・樂記》有「宮為君，商為臣」〔註48〕的說法，而班固亦言「日為君，月為臣」〔註49〕，此皆說明「臣」乃佐君之道。然而此道如何，是否能「君明、臣忠，上讓、下競」〔註50〕，除了視國君特質外，亦與為臣風範有關。今查〈離騷〉文中「臣」意象，依性質可分為三類：其一，乃「古之良臣」，如「蹇脩」、「彭咸」、「鯀」、「咎繇」、「傅說」、「呂望」、「甯戚」等；其二，則是「古之亂臣」，如「五子」、「浞」；其三，則是「今之佞臣」，計有「黨人」、「眾女」、「眾（臣）」。以下依次三大類分析。

1. 古之良臣

（1）蹇脩

〈離騷〉云：
解佩纕以結言兮，吾令 蹇脩 以為理。（頁43）

〔註46〕唐・孔穎達等，《周易正義》，收入清・阮元，《重刊宋本十三經注疏附校勘記》
　　　　第一冊，頁92。

〔註47〕唐・李鼎祚輯，《周易集解》（臺北：臺灣商務印書館，2004年10月），頁193。

〔註48〕唐・孔穎達等，《禮記正義》，收入清・阮元，《重刊宋本十三經注疏附校勘記》
　　　　第五冊，頁664。

〔註49〕漢・班固，《白虎通》，收入《百子全書》第14冊（臺北：古今文化出版社，
　　　　1963年9月），頁8200。

〔註50〕楊伯峻編，《春秋左傳注》下冊，頁967。

「蹇脩」，王逸注「伏羲氏之臣」（頁 44）。屈原欲追求「宓妃」，而相傳其爲伏羲氏之女，故派遣「伏羲氏之臣」前往媒合，洪興祖亦言：「宓妃，伏羲氏之女，故使其臣以爲理也。」（頁 44）然而，對於「蹇脩」是否爲「伏羲氏之臣」的說法，在後代的討論中，出現許多歧見。首先，朱熹僅以懷疑的口吻，認爲「蹇脩」應是「下女之能爲媒者」〔註 51〕；再者，汪瑗則認爲應是「泛名」〔註 52〕，言下之意，即否定「伏羲之臣」的看法，「蹇脩」純粹是一個「形容詞」；其後的朱冀則視之爲「古之善爲人作合者」〔註 53〕，「蹇脩」成爲媒人婆的專有名詞。而近世以來，對於「蹇脩」的詮釋呈現多樣之面貌，如章炳麟認爲「蹇脩」乃「以聲樂爲使」，並引《釋樂》之說：「徒鼓鐘謂之修，徒鼓磬謂之蹇。」證之；〔註 54〕再者，聞一多認爲「蹇」乃「謇」，即「口吃之人」，屈原派遣口吃者通媒，當然注定失敗；〔註 55〕其後，姜亮夫認爲章炳麟所引之《釋樂》，未見於其他經典中，故認爲乃「媒人之專詞」。〔註 56〕

上述諸說，或因襲前說，或頗新創見；然而任何一說皆有證據力上的問題，自然難以統合。而考量諸說皆同意「蹇脩」爲「通媒之人」，則不妨依從時代較早的王逸說，視之爲「伏羲之臣」。畢竟此段文字出現在屈原「幻遊」的場景中，乃是屈原透過想像，表達自身情感的部份，故無需精求之。誠如游國恩所言：「蹇脩當爲寓言人名，亦猶靈氛、巫咸之類，無煩深求。」〔註 57〕既然是「寓言人名」，視之爲「伏羲之臣」，於文理並無差錯。〈離騷〉此處，乃屈原爲通求「宓妃」，而使「蹇脩」爲媒。蹇脩帶著屈原的期望前往求合，然而不知何因，竟無法成功；「蹇脩」成爲屈原在寄託理想上，一次重大的「失敗象徵」，反映的是屈原在現實生活中，試圖與君王溝通的挫折與困頓。

〔註 51〕宋・朱熹，《楚辭集注》，收入吳平、回達強主編，《楚辭文獻集成》第三冊，頁 1779。

〔註 52〕明・汪瑗，《楚辭集解》，收入吳平、回達強主編，《楚辭文獻集成》第四冊，頁 2809。

〔註 53〕清・朱冀，《離騷辯》，收入吳平、回達強主編，《楚辭文獻集成》第十二冊，頁 8129。

〔註 54〕章炳麟，《菿漢閒話》，收入《章氏叢書》（臺北：世界書局，1982 年 4 月）。

〔註 55〕聞一多，〈離騷解詁乙〉，收入孫黨伯、袁謇正主編，《聞一多全集》（武漢：湖北人民出版社，1994 年 1 月）第五冊，頁 321。

〔註 56〕姜亮夫，《屈原賦校注》，頁 95。

〔註 57〕游國恩，《離騷纂義》，頁 308。

（2）彭咸

〈離騷〉云：

　　雖不周於今之人兮，願依 彭咸 之遺則。（頁 18）

　　既莫足與爲美政兮，吾將從 彭咸 之所居。（頁 67）

屈原在〈離騷〉中兩次提及「彭咸」，且皆在於文章關鍵處。因此解析時，必須先釐清幾點：其一，「彭咸」究竟何人？其二，「彭咸」事跡爲何？何以屈原兩次表明「願依彭咸」，彭咸之作爲勢必有符合屈原心志處。

　　「彭咸」何人，歷來學者大略分爲七種說法。第一類視之爲「殷之賢人」，王逸〔註58〕首倡，錢杲之〔註59〕贊同。另，如王夫之、朱冀、魯筆、戴震等人就「賢」一字生發〔註60〕，但仍無法確認對象；第二類視之爲「殷之介士」，與第一類相似，但仍有不同，洪興祖〔註61〕主此說；第三類則視之爲「彭祖」，此說以汪瑗主之〔註62〕，其後如俞樾〔註63〕、聞一多〔註64〕、趙逵夫〔註65〕等人

〔註58〕　王逸注：「彭咸，殷賢大夫也，諫其君不聽，自投水而死。」見宋・洪興祖，《楚辭補注》，頁 18。

〔註59〕　錢杲之未置可否，但仍襲王逸、洪興祖舊說而無疑異。詳見清・錢杲之，《離騷集傳》，收入吳平，回達強主編，《楚辭文獻集成》第四冊，頁 2285。

〔註60〕　王夫之云：「君子孤尚婞脩，志異道殊，進不屑與競，退必不能與同，唯誓依彭咸，以死自靖而已。」、朱冀云：「言伉直之性，不能與今人相周旋，而之死靡他，古之人已先我而有遺則，願以爲依歸⋯⋯」、魯筆曰：「固不能容悦曲合今人，猶願效古人盡忠死諫之法，長留一團正氣于天下後世，如彭咸之死且不朽⋯⋯」、戴震曰：「蓋前脩之足爲師法者，書闕不可考矣。」四人皆未觸碰「彭咸」身份，而專就「依彭咸」、「遺則」等字詞發揮，且認爲屈原所效法者乃是「死亡」一途。以上依次參見清・王夫之，《楚辭通釋》，收入吳平，回達強主編，《楚辭文獻集成》第十冊，頁 6825；清・朱冀，《離騷辯》，收入吳平，回達強主編，《楚辭文獻集成》第十二冊，頁 8072；清・魯筆，《楚辭達》，收入吳平，回達強主編，《楚辭文獻集成》第十冊，頁 7252。

〔註61〕　洪興祖贊同王逸所言，謂彭咸乃「殷之介士，不得其志，投江而死。」詳見宋・洪興祖，《楚辭補注》，頁 18。

〔註62〕　汪瑗的認定主要根據有二：其一，參考《史記・世家》，認爲彭祖乃「帝高陽」顓頊氏之玄孫，陸終之第三子。而屈原正以「帝高陽之苗裔」爲榮，因此十分有可能被屈原視爲值得效法之先祖；其二，彭祖之異稱有「彭咸」、「彭鏗」、「彭翦」、「老彭」、「籛鏗」，從音韻考之，實皆一音之轉。故認定「彭祖」乃古之有德有壽之隱君子。詳見清・汪瑗，《楚辭蒙引》，收入吳平，回達強主編，《楚辭文獻集成》第廿六冊，頁 18967〜18973。

〔註63〕　俞樾承繼汪瑗之說，由音韻入手，同樣認爲「彭咸」乃彭祖，但態度上較爲存疑。詳見清・俞樾，《讀楚辭》，收入吳平，回達強主編，《楚辭文獻集成》第卅冊，頁 21652〜21653。

則附合；第四類視之爲「彭祖之後」，清人俞樾〔註66〕主此說；第五類視「彭咸」乃「彭祖」與「巫咸」，王闓運主此說，或曰「彭咸」乃「巫彭」與「巫咸」，蔣天樞主之，無論如何，贊成此說者認爲「彭咸」乃連名之二人〔註67〕；第六類認爲乃「巫咸、巫彭之合稱」；第七類則視之爲「水神」等。〔註68〕

筆者認爲，以屈原〈離騷〉文中，兩次重申「依彭咸之遺則」、「從彭咸之所居」來看，「彭咸」之爲人處世，在屈原心中具有崇高地位，甚至可以超越文中提及之眾多賢臣，如「鯀」、「咎繇」、「傅說」、「呂望」、「甯戚」諸人。不然，何不言「依鯀之遺則」、「依咎繇之所居」？且「彭咸」應如「鯀」、「咎繇」等人，乃是過往歷史中的一位賢者，更可能與屈原同爲「帝高陽」（顓頊）之後裔，所以在眾多賢臣意象中，屈原擇取與己血緣相同、志趣相合者爲效法對象，這是自信「內美」的屈原最有可能的想法〔註69〕。然而「遺則」、「所取」者究竟爲何？此點於史書資料中付之闕如，難以確定。然可以肯定者，即「遺則」非指「投水」一事，應有其他更符合屈原人格特質的意義。

〔註64〕 聞一多同樣由音韻上考察，並認爲彭祖善養生，故屈原亦效法其「遺則」，服食木根薜荔、菌桂胡繩、茝蕙等靈藥。詳見聞一多，〈離騷解詁乙〉，收入孫黨伯、袁謇正主編，《聞一多全集》，頁295。

〔註65〕 趙逵夫認爲「彭咸」可能是「彭祖氏」的子孫，並引用鄧名世《古今姓氏書辯證》卷十六云：「商末，大彭氏失國，子孫處申，楚文王伐申，取彭仲爽以歸，使爲令尹，相楚有功，能滅申、息以爲郡縣，廣楚封畛，至於汝水，而陳、蔡之君皆入朝，故仲爽家世爲大夫。」認爲「彭咸」就是指「彭仲爽」（咸爲名，仲爽爲字），因爲符合屈原「遇不遇皆『好脩以爲常』的美德，以及舉賢授能，振興楚國的願望」，可以參考。詳見趙逵夫，〈《楚辭》中提到的幾個人物與班固、劉勰對屈原的批評〉，收入《屈原與他的時代》（北京：人民文學出版社，1996年8月），頁464。

〔註66〕 清・俞樾認爲：「屈子之從彭咸，止是取法前賢，即夫子竊比老彭之意，乃因屈子是投水而死之人，遂謂其所效法者，亦必投水而死。彭咸疑彭祖之後，與屈子同出高陽，故一再言之，親切而有味也。彭咸或即彭鏗乎？《論語》竊比於老彭，包注，老彭，殷賢大夫。邢疏以爲即彭祖。而王逸解彭咸，亦殷賢大夫……」俞樾說法前後矛盾，難以採信。詳見游國恩，《離騷纂義》，頁126。

〔註67〕 王闓運釋「彭」爲「老彭」；「咸」爲「巫咸」。蔣天樞則藉其友唐立厂蘭所言，認爲屈子文中之「彭咸」實「巫彭」、「巫咸」連名。詳見清・王闓運，《楚辭釋》，收入吳平，回達強主編，《楚辭文獻集成》第十七冊，頁12200；以及蔣天樞，《楚辭校釋》（上海：上海古籍出版社，1989年11月），頁20。

〔註68〕 此七類可詳閱陳怡良師，〈〈離騷〉「落英」、「彭咸」析疑〉，收入《成大中文學報》，第四期，1995年。頁54～61。

〔註69〕 「鯀」同樣傳聞爲「顓頊」之後，然就目前資料來看，可能在功業道德上，「鯀」仍比不上「彭咸」。

　　經統計，「彭咸」此一意象，凡七見於《楚辭》中：除〈悲回風〉中「凌大波而流風兮，託彭咸之所居。」〔註70〕較有「投江」意外，餘者如〈離騷〉二處所言（如前引），以及〈抽思〉：「望三五以爲象兮，指彭咸以爲儀。」（頁201）或是〈思美人〉：「獨煢煢而南行兮，思彭咸之故也。」（頁221）與〈悲回風〉另二處：「夫何彭咸之造思兮，暨志介而不忘。」（頁233）以及「孰能思而不隱兮，昭彭咸之所聞。」（頁238）等皆難以看出有「投水而死」之志。故所謂「遺則」，實非「投水明志」一事；況且《史記・屈原賈生列傳》載原「雖放流，睠顧楚國，繫心懷王，不忘欲反，冀幸君之一悟，俗之一改也。」〔註71〕此刻的屈原尚未放棄拯救懷王，在力挽狂瀾的自我期許下，應不致於聯想到「投水殉道」。

　　清人陳遠新如此看待「彭咸」意象：「大抵咸是處有爲、出不苟、才節兼優，三閭心悦誠服之人。」〔註72〕誠然，彭咸應如屈原般，受君王所疏遠，卻又心繫國事，此番「始終不悔」的美政理想，是無論處於何種境地，皆不能放棄的。故屈原欣賞、追隨此一典範。

　　（3）鯀

〈離騷〉云：

> （按：女嬃）曰鯀婞直以亡身兮，終然殀乎羽之野。汝何博謇而好
> 脩兮，紛獨有此姱節。（頁26）

「鯀」，一作「鯀」，相傳乃「禹」之父親。今日常見鯀之生平，主要集中於「治水失敗」一事，然此事或已受儒家學者改造。《史記・五帝本紀》載「鯀」乃四凶之一，故舜請堯帝除之：

> 於是舜歸而言於帝：「請流共工於幽陵，以變北狄；放驩兜於崇山，
> 以變南蠻；遷三苗於三危，以變西戎；殛鯀於羽山，以變東夷。」
>
> 〔註73〕

〔註70〕宋・洪興祖，《楚辭補注》，頁240。俞樾認爲此説實未有投水意，因其下緊接「上高巖之峭岸兮，處雌蜺之標顚。」既然有意投水，爲何反往山巖處行。詳見清・俞樾，《讀楚辭》，收入吳平，回達強主編，《楚辭文獻集成》第卅冊，頁21654～21655。

〔註71〕日本・瀧川龜太郎，《史記會注考證》，頁984。

〔註72〕清・陳遠新，《屈子説志》，收入文清閣編，《楚辭要籍選刊》（北京：北京燕山出版社，2008年10月）第10冊，頁34。

〔註73〕日本・瀧川龜太郎，《史記會注考證》，頁29。

從以上記載，可知鯀乃有罪之人，其因或是「治水無功」。孔安國云：「殛、竄、放、流皆誅也。」〔註74〕其中「殛」字代表死亡，算是最嚴重的處罰。而在其他典籍，尤其是諸子的作品中，對於鯀的下場，有著不同於此的面貌：如《山海經·海內經》載：「洪水滔天，鯀竊帝之息壤以堙洪水，不待帝命，帝命祝融殺鯀羽郊。」〔註75〕在此，鯀似乎是一位為百姓福祉，而犧牲生命的偉人；《韓非子·外儲說右上》亦載：「堯欲傳天下于舜，鯀諫曰：『不祥哉！孰以天下而傳之於匹夫乎？』堯不聽，舉兵而誅殺鯀於羽山之郊。」〔註76〕此處的鯀，則又是直言敢諫，甘冒不韙而為天下著想的忠臣。

綜合來看，鯀可能於「羽山」一地被殺害，也因為忠直而死，故屈原姐「女嬃」十分反對屈原繼續堅守正道，反而希望其弟與世浮沉，否則必如鯀般不得善終。如此說來，則《史記》所載，鯀與「共工」、「驩兜」、「三苗」併稱的不善形象，與屈原所聽聞而得者，是有很大的差異。在屈原的認知中，鯀應是一位剛直不阿，為人民利益不顧自身安危的人物，如《山海經》與《韓非子》所載般的勇敢人物。也因為屈原欣賞鯀，使得女嬃擔憂其弟之安危，不解為何要獨守美德。

（4）咎繇、摯

〈離騷〉云：

> 湯禹嚴而求合兮，$\boxed{摯咎繇}$而能調。（頁53）

「咎繇」，一作「皋陶」、「皋繇」、「皋繇」，傳說中乃虞舜的刑官，或因舜、禹同時，故亦為「夏禹」之刑官。刑官典獄，與司法工作有關，《尚書·舜典》曰：「帝曰：『皋陶，蠻夷猾夏，寇賊姦宄，汝作士。』」〔註77〕文中的「士」即「刑官」，法度嚴明乃社會穩定的力量，具有導引風氣的效果，《論語·顏淵》有「舉皋陶，不仁者遠矣」〔註78〕的說法，即為明證。

〔註74〕日本·瀧川龜太郎，《史記會注考證》，頁29。
〔註75〕晉·郭璞傳，清·郝懿行箋疏，《清瑯環仙館刻本山海經箋疏》（臺北：漢京文化事業有限公司，1983年1月），頁478～479。
〔註76〕清·王先謙撰，鍾哲點校，《韓非子集解》（北京：中華書局，2009年2月），頁324。
〔註77〕唐·孔穎達等，《尚書正義》，收入清·阮元，《重刊宋本十三經注疏附校勘記》第一冊，頁44。
〔註78〕魏·何晏注，宋·邢昺疏，《論語注疏》，收入清·阮元，《重刊宋本十三經注疏附校勘記》（臺北：藝文印書館股份有限公司，2007年8月）第八冊，頁110。

　　至於「摯」，乃是「伊尹」，商湯的臣子，《孫子·用閒》有言：「昔殷之
興也，伊摯在夏；周之興也，呂牙在殷。」〔註79〕伊尹乃是商代初年頗有建
樹的政治家，此點可以由《尚書·商書》中，伊尹所作〈汝鳩〉等九篇文章，
占《商書》之大半得知〔註80〕；《呂氏春秋·本味》云：「有侁氏女子采桑，
得嬰兒于空桑之中。……長而賢。湯聞伊尹，使人請之有侁氏。有侁氏不可。
伊尹亦欲歸湯，湯於是請取婦爲婚。有侁氏喜，以伊尹爲媵。」〔註81〕這段
敘述除了說明賢明的君王，爲求有道之士，無所不以的態度外，亦間接點出
欲爲人臣者，必須有的熱情與能力。屈原欲藉「咎繇」與「伊尹」，來表達自
身爲君、爲國的熱情與期許。

（5）傅說、呂望、甯戚

〈離騷〉云：

　　說操築於傅巖兮，武丁用而不疑。呂望之鼓刀兮，遭周文而得舉。
甯戚之謳歌兮，齊桓聞以該輔。

「傅說」、「呂望」、「甯戚」諸人，皆是巫咸謂屈原「榘矱同」所引之故實，
以證「君臣相應」之實有。關於三位賢臣，於前論「君意象」時已有所述。
賢者即便一時困頓，卻仍保持信心與熱情，期待有朝一日得明君賞識，一如
「傅說得武丁」、「呂望得周文」、「甯戚得齊桓」。原文除強調「君臣相應」外，
對於國君，亦有期許「識人之明」、「重用賢人」的用意；對於臣者，則欲藉
此強調：縱便遭受挫折，仍不放棄希望。撲之三人，以「呂望」與「甯戚」
的意象表現最爲明顯。前者「聞文王作興，盍往歸之」；後者「桓公夜出，甯
戚方飯牛，叩角而商歌」（頁 54～55），皆是把握時機，以引起明君注意的積
極典範。

　　綜合屈原「古之良臣」意象，可知屈原理想中的賢臣，除具備佐君之能
力外，尚要求「意志堅定」，猶如「彭咸」對於君國的熱情；此外，尚須有「剛
直、不悔」的勇氣，如同「鮌」般，縱便最終不免一死，仍是擇善固執；而

〔註79〕周·孫武注，漢·魏武帝注，《孫子》，收入《叢書集成初編》（北京：中華書
　　　　局，1985 年）第 935 冊，頁 24。

〔註80〕趙逵夫注意到商代卜辭中，多次提及伊尹，或時作「伊」，而《齊侯鎛鐘》則
　　　　作「伊小臣」，先秦文獻中多作「小臣」。此皆說明伊尹身爲重臣，對商湯政
　　　　權的重要性。詳見趙逵夫，《屈騷探幽》（成都：巴蜀書社出版，2004 年 4 月），
　　　　頁 290。

〔註81〕許維遹撰，《呂氏春秋集釋》上冊，頁 310～311。

「咎陶」、「摯」兩人，努力政事，並引領時俗的能力，亦是屈原所贊同與追求者；最終，良臣必須相信自己、把握機會，方能如「傅說」、「呂望」與「甯戚」，得到明君重視。然而，縱使屈原努力效法前賢，但仍無法擺脫小人們的猜忌與陷害，以下即就「古之亂臣」與「今之奸臣」兩方面敘說。

2. 古之亂臣

（1）五子

〈離騷〉云：

> 啟九辯與九歌兮，夏康娛以自縱。不顧難以圖後兮，五子用失乎家巷。（頁29～30）

「五子」一詞爭議頗多，主要圍繞在「五子」爲一人，抑或五人之上。主張前者一人說者，如徐文靖、王引之、游國恩等，徐氏首倡「五子」乃啟之第五子〔註82〕；其後王引之引《逸周書‧嘗麥》，以及《楚語》、《竹書》等，說明「五子」即「五觀」，亦「武觀」，乃啟最小的兒子〔註83〕；游國恩則贊同王說。然反對者如金開誠、王泗原等人則一一辯駁，其中王泗原舉證七事，最爲詳明，最終並且認爲：「五子，啟子太康兄弟五人，包括太康，太康居長。太康失國，五人居留觀地，號五觀。而《武觀》是書篇名，不是五觀。」〔註84〕此說頗有參考價值。然無論何者說法，「五子」作爲啟之子輩，不思維繫政權，反而因個人利益而作亂，圖謀不軌。這一方面當然是爲君者「啟」

〔註82〕 清‧徐文靖，《管城碩記》，收入清‧永瑢、紀昀等編，《景印文淵閣四庫全書》第861冊（臺北：臺灣商務印書館，1986年3月），頁861～201。

〔註83〕 清‧王念孫、王引之，《讀書雜志餘編》，收入吳平，回達強主編，《楚辭文獻集成》第卅冊，頁21472。

〔註84〕 王氏舉出七點來證明之：其一，「五子用夫家閧」，說閧，說家閧，自不是一個人；其二，《國語‧楚上》「啟有五觀」，韋昭注：「五觀，啟子，大康昆弟也。觀，洛汭之地。」說大康昆弟，也不是一個人；其三，《墨子》：「先王之書……於武觀曰……」故「武觀」是書篇名，這裡引「武觀的幾句是「啟乃淫溢康樂……萬舞翼翼，章聞于天。天用弗式。」只說啟的，沒說到五子、五觀；其四，《史記‧夏記》：「帝太康失國，昆弟五人須于洛汭，作五子之歌。」所謂「須于洛汭」，今語在洛汭待著。史文是說太康失國，昆弟五人，即太康與其四弟，一起居留洛汭，不是厥弟五人，也不是僕太康于洛之汭；其五，《漢書‧古今人表》：「太康，啟子，昆弟五人，號五觀。」「五觀」是觀地五昆弟的合稱，包括太康；其六，《逸周書‧嘗麥解》：「其在殷之五子，忘伯禹之命，假國無正，用胥興作亂，遂凶厥國。」按句法，是說啟子五人皆（胥）起而作亂；其七，說「武觀」即「五觀」，是由後世讀「五」與「武」同音而誤解。詳見王泗原，《楚辭校釋》（北京：人民教育出版社，1996年4月），頁36。

的疏失；然身爲兒臣，不能盡心佐政，致使政權旁落，亦是於德有虧。

　　屈原在此拈出「五子」，除有警示懷王勿過分享樂的用意外，亦有告誡諸位王儲，切莫爭奪個人利益，而使楚國受到損害的想法。然對照歷史發展來看，懷王日後被囚，頃襄王繼位，竟不思圖強以報父仇，反而圖求苟安，終使楚國覆亡，此亦屈原所不忍目睹，而自沉汨羅。

（2）浞

〈離騷〉云：

　　羿淫遊以佚畋兮，又好射夫封狐。固亂流其鮮終兮，<u>浞</u>又貪夫厥家。

「浞」即「寒浞」，《左傳》引《夏訓》有其生平，詳前述，此處不贅。羿因夏啓五子之亂，而得夏之政權，然其後卻逸於畋獵遊樂，「浞」身爲羿所重視的臣子，竟不能予以勸戒，反而暗中收買人心，逐步操控國事，最終竟設陷阱殺害羿，烹其肉以食羿子。屈原藉浞之故實，除凸顯爲人君者，勿放任國事，恣意享樂的警惕外；更是譴責爲人臣者，不能盡心爲國，反而紊亂朝政。對照屈原憲令未成、流放漢北，致使楚國國勢日危，其背後的阻礙，皆在於朝中一班佞臣，其心情可以知之。以下即分析〈離騷〉中的「今之佞臣」意象。

3. 今之佞臣

（1）黨人

〈離騷〉云：

　　惟夫<u>黨人</u>之偷樂兮，路幽昧以險隘。（頁11）

　　民好惡其不同兮，惟此<u>黨人</u>其獨異。（頁50）

　　惟此<u>黨人</u>之不諒兮，恐嫉妒而折之。（頁56）

「黨人」，王逸引《論語‧衛靈公》：「群而不黨」〔註85〕解釋，即說明「黨人」實朝中阿比相附、朋黨相讒的小人。屈原在楚國朝廷中，所要面對的一幫小人，包括上官大夫、子蘭、靳尚，與夫人鄭袖；其中特別是上官大夫，在屈原初入仕途之際，即妒忌而欲害之，《史記‧屈原賈生列傳》云：

　　王甚任之，上官大夫與之同列，爭寵而心害其能。懷王使屈原造爲憲令，屈平屬草稿未定，上官大夫見而欲奪之，屈平不與。因讒之

〔註85〕魏‧何晏注，宋‧邢昺疏，《論語注疏》，收入清‧阮元，《重刊宋本十三經注疏附校勘記》第八冊，頁140。

> 曰：「王使屈平爲令，眾莫不知，每一令出，平伐其功曰：『以爲非
> 我莫能爲也。』」〔註86〕

因爭寵而妒害，正是「黨人」發展的溫床。經過此事，屈原的政治前途蒙上
陰影。之後，秦侵楚愈盛，爲此屈原再度受懷王重用，擔任聯齊大使，然黨
人動作頻頻，藉機聯合秦相張儀，共譖屈原，劉向《新序》載：

> 屈原爲楚東使於齊，以結強黨。秦國患之，使張儀之楚，貨楚貴臣
> 上官大夫、靳尚之屬，上及令尹子蘭，司馬子椒，內賂夫人鄭袖，
> 共譖屈原。〔註87〕

張儀爲達目的，以錢幣賄賂上官大夫、靳尚，以及令尹子蘭、子椒與夫人鄭
袖，其中「靳尚之屬」的「屬」字，代表除了上述諸人外，尚有一龐大勢力，
皆是爲求保存個人利益的權貴。也因爲秦國不斷地賄賂，遂使黨人走上「幽
昧險隘」的道路。蘇雪林認爲：「小人朋黨所引導之路，即親秦政策也。此雖
可偷安於一時，而禍患亦不旋踵即至，是亦如桀紂貪邪出之捷徑，而終至於
寸步之難行。」〔註88〕即點出屈原面對黨人，不只是擔憂個人遭遇，而更多
在於國家存亡之上。

　　然而，王尚未悟，而黨人之攻訐不停。屈原有了疑問，是否要繼續留在
這是非之地？故請教靈氛，靈氛見屈原，知其早有定見，故勉其到可以接受
美政理想的地方，畢竟楚國雖然「民好惡有所同」，但「黨人獨異」，留在楚
國勢必繼續遭到迫害。屈原也明白，黨人「恐嫉妒而折之」，自身處境堪憂，
該是離開的時候。

（2）眾女

〈離騷〉云：

> 眾女嫉余之蛾眉兮，謠諑謂余以善淫。（頁20）

「眾女」，指眾多善妒之臣子，與屈原作對者，即前述之「黨人」之流。王逸
注云：「言眾女嫉妒蛾眉美好之人，譖而毀之，謂之美而淫，不可信也。」在
此屈原以女性來譬喻自己和群小，十分形象地刻劃出彼此的鬥爭。「蛾眉」，《詩
經・衛風》有〈碩人〉「螓首蛾眉」句〔註89〕，用以形容女子貌美。其實「眾

〔註86〕日本・瀧川龜太郎，《史記會注考證》，頁983。
〔註87〕漢・劉向撰，石光瑛校釋，《新序校釋》（北京：中華書局，2001年1月），頁
　　　　938～939。
〔註88〕蘇雪林，《楚騷新註》（臺北：合記圖書出版社，1995年1月），頁76。
〔註89〕屈萬里，《詩經詮釋》，頁104～105。

女」並非不美，他們皆是楚國朝廷之權臣，自有美質，只是屈原受懷王重用，使權臣們有嫉妒之心，導致美德喪失，盡爲「謠諑之行」。

（3）眾

〈離騷〉云：

> 眾皆競進以貪婪兮，憑不猒乎求索。（頁15）

「眾」，《說文》釋「多」，小篆字體「𧲨」，乃是「眾人以目視之」，由此引申出「眾多」之意。〔註90〕然從許慎的解釋來看，似不見有任何正面、負面的意涵，純粹指涉「多人」意。然〈離騷〉文中的「眾」字，聯繫上下文來看，則明顯具有「負面」意，即如同前述「黨人」的意涵在內。「眾皆競進以貪婪兮」，意指「人數眾多的這群人，皆貪婪於權勢、富貴，而不斷地追求著」，換言之，屈原是有意以「眾」字與自己對立起來。

其實，「眾」字在楚地是有「平庸之人」、「愚士」的負面意。據趙逵夫研究，就春秋戰國以來，以楚爲中心發展出來的文學、哲學作品，在「眾」字的應用上多帶有此等負面意涵。〔註91〕如《莊子・天地》：「垂衣裳，設采色，動容貌，以媚一世，而不自謂道諛；與夫人之爲徒，通是非，而不自謂眾人，愚之至也。」〔註92〕其中的「眾人」即帶有「庸人」意；而《荀子・修身》：「狹隘偏小，則廓之以廣大；卑濕重遲貪利，則抗之以高志；庸眾駑散，則劫之以師友……」〔註93〕其中的「庸、眾、駑、散」等字皆是「平庸」意。由此等來看，楚人語言的習慣中，確有將「眾」字視爲與「平庸」、「愚陋」等詞相同的用法。〔註94〕由此可見〈離騷〉此處的「眾」字，確實與「黨人」一詞同義，而成爲屈原終身與之對抗的對象。

綜觀屈原「臣意象」，有一特殊之處，即面對「古之良臣、亂臣」時，皆採取「明指」的手法，指名道姓；而述及「今之佞臣」時，則以「暗指」手法表達。「明指」處指名道姓，其褒貶自不待言；然「暗指」者卻多所比喻，引人深思，或有不便張揚之意，此亦可見屈原受到群小攻擊之猛烈。

〔註90〕漢・許慎撰，清・段玉裁注，《說文解字注》，頁387。

〔註91〕趙逵夫，《屈騷探幽》，頁322。

〔註92〕清・王先謙撰，《莊子集解》（北京：中華書局，2008年4月），頁110。

〔註93〕清・王先謙撰，《荀子集解》（濟南：山東友誼書社，1994年6月），頁147～148。

〔註94〕趙逵夫又引賈誼〈鵬鳥賦〉爲例，指證「眾人」同「至人」、「眞人」相對，而與「愚士」、「怵迫之徒」並列，此皆說明楚地有此種習慣意。而荀況在楚數十年，在楚國著述成書；賈誼則被謫長沙王傅，在長沙作〈鵬鳥賦〉，可視之爲「楚人」語言習慣的證明。詳見趙逵夫，《屈騷探幽》，頁322～323。

（三）屈原自指與自喻

屈原創作〈離騷〉，總論古往今來眾多人臣，其中的褒貶愛惡，充分顯現於文中。然而屈原身爲楚國王室，又曾擔任「三閭大夫」、「左徒」等職，自是「楚臣」的一份子。面對古代歷史中，「良臣」與「亂臣」的對抗；又親身體驗當代「佞臣」的暗中打擊，屈原自然對於己身，有極其強烈的要求：要求效法前賢之爲，挺身與小人佞臣對抗。而這份勇氣，乃根植於天生美善的肯定，以及對自我的期許。以下，即探討「屈原自指與自喻」之意象。屈原對於自我天生的美善，乃著眼於承繼遠祖優良的血脈上，具體呈現於其「字」、「號」上；而秉此天性，屈原不斷地修養，造就其「美人」觀。

1. 正則、靈均

〈離騷〉云：

> 皇覽揆余初度兮，肇錫余以嘉名。名余曰 正則 兮，字余曰 靈均 。（頁5）

「正則」、「靈均」，王逸注曰：「正，平也；則，法也。靈，神也；均，調也。言正平可法則者，莫過於天；養物均調者，莫神于地。」（頁5～6）洪興祖對此則補注曰：「『正則』以名『平』之義，『靈均』以釋字『原』之義。」（頁6）則「正則」與「靈均」兩詞，正呼應屈原在歷史上，較爲人知的「平」、「原」名、字。爲何屈原要用兩組名與字？說者認爲：「正則」、「靈均」乃是「小名」、「化名」，如郭沫若，然而據游國恩考證：「小名興於兩漢，盛於六朝，所謂無徵不信者也。」〔註95〕則此類說法確難以成立。如此，則〈離騷〉中的名、字，應當具有其「比喻」的作用存在，其中亦考量到文學創作上，對辭藻變化的要求。

對於此種「比喻」的說法，王逸其實已提供較具「深刻意義」的詮釋，誠如汪瑗所言：「王逸之說，雖議論正大，道理精神，有合於屈原之大義，屈原所以戀戀而不忍去楚者，心事實在於此。」〔註96〕汪瑗雖然不太贊同王逸的「正大議論」，然而肯定此種說法有其「合於屈原之大義」。而湯炳正從屈原的「出生年月日」入手，主張屈原此名、字之來，與其「生於令月吉日有關」：

> 屈原自稱「正則」，而始皇則命名爲「正」，都是從歲星於正月晨出

〔註95〕游國恩，《離騷纂義》，頁23。又司馬遷《史記》中，論屈原名、字，僅有「平」、「原」一組，無他說。

〔註96〕汪瑗認爲：「原作此文之時，而此章之旨恐無此意。」而主張「不爲與楚王同姓而言也明」。此說可供參考。詳見明·汪瑗，《楚辭集解》，收入吳平、回達強主編，《楚辭文獻集成》第四冊，頁2679。

東方，這一有意義的天文現象而來的。這樣來理解〈離騷〉首段的
詩句，則會感到更爲朗澈而親切。〔註97〕
確實，依湯氏所言，就「出生之不凡」來聯結「正則」、「靈均」之不俗名、
字，確實令人產生「巧合」美感的喜悅，亦可視爲「比喻」的喻託所在。
故此說不妨視爲王逸說法外，另一種詮釋的參考。而無論合種「比喻」，反
映的皆是屈原對於自我天生美善的肯定，並從而發展出「美人」觀念。

2. 美人

〈離騷〉云：

> 惟草木之零落兮，恐 美人 之遲暮。（頁8）

「美人」，王逸注「懷王」。而其後洪興祖補注，除同意王逸之說外，也列舉
出屈原文本中，有關「美人」的幾種用法：

> 屈原有以美人喻君者，「恐美人之遲暮」是也；有喻善人者，「滿堂
> 兮美人」是也；有自喻者，「送美人兮南浦」是也。（頁9）

洪興祖乃宋代人，其所拈出對「美人」一詞的不同見解，其實反映了自屈原
〈離騷〉創作後，眾人對「美人」的多種觀點。這亦導因於「美人」一詞出
現的位置，正是在屈原肯定「既有此內美兮」之後，使諸家解釋更爲紛歧。
朱熹解釋：「美人，謂美好之婦人，蓋託詞而寄意于君也……念草木之零落，
而恐美人之遲暮，將不得及其盛年而偶之，以比臣子之心，唯恐其君之遲暮，
將不得及其盛年而事之也。」〔註98〕朱熹在此，誤將「美人」視爲「國君」，
姑且不論；而將「美人」解釋爲「美女」，反而引發後人諸多爭議。如錢澄
之便因「美人」爲「美女」，而將之釋爲屈原「自況」〔註99〕；後來，聞一
多更將「美人」解釋爲「眞人」，且比擬文後提及的「帝女」、「宓妃」、「有
娀」、「二姚」等女性角色，不只過度解釋，亦出現「仙人」意涵〔註100〕。
此後，如劉永濟、游國恩等人，亦各自將「美人」解爲屈原自況。〔註101〕

〔註97〕湯炳正，《屈賦新探》（臺北：貫雅文化事業公司，1991年2月），頁44。

〔註98〕宋·朱熹，《楚辭集注》，收入吳平，回達強主編，《楚辭文獻集成》第四冊（揚州：廣陵書社，2008年8月），頁1754。

〔註99〕清·錢澄之，《屈詁》，收入吳平，回達強主編，《楚辭文獻集成》第九冊，頁6405～6406。

〔註100〕聞一多，〈離騷解詁乙〉，收入孫黨伯、袁騫正主編，《聞一多全集》第五冊，頁286。

〔註101〕劉永濟云：「所恐者，年既老而不得用其所學，如草木之凋落也。」意謂「美人」乃「屈原自況」。詳見劉永濟，《屈賦音注詳解》（臺北，崧高書社，1985

除却較爲不合理的解釋，如「眞人」之說外，對於「美人」的詮釋，主要圍繞在「國君說」或「屈原自喻」上；筆者認爲，「美人」之說，在〈離騷〉文本中，應是借指「屈原」自己。胡濬源認爲：「惟『美人』誤作女解，遂致後求女俱誤解矣。不知臣道、婦道，同屬坤體。君自屬乾，屈子以婦道擬君，豈非不倫乎？」〔註102〕言下之意，胡氏認爲誤解的關鍵，在於將「美人」視爲「美女」，而從「乾坤」比擬「君臣」的觀念來看，「美人」不應指涉「國君」。也許胡氏之說過多轉折，較難說服他人；然回歸〈離騷〉文本來看，屈原於此前言及「朝搴阰之木蘭」、「夕攬洲之宿莽」，又表示「日月忽淹」、「春秋代序」，無一不是深感「時間流逝」的恐懼，而有「自修內美以進用」的意圖；順此之意而來，「恐美人之遲暮」一句，事實上乃是作者明確地點出：「我」深怕這份恐懼。游國恩認爲：

> 此文上云「若將不及」四句，是言歲不我與，故及時而自修；此四
> 句是言日月代遷，欲及時而進用。蓋賢者之持躬自勉，固應及早，
> 而致身有爲，亦不宜遲也。〔註103〕

換言之，從「朝搴木蘭」、「夕攬宿莽」的及時自修，到「恐美人遲暮」的亟求進用，順勢言及「國君」之作爲：「不撫壯而棄穢兮，何不改此度？」（頁9）如此文意既流暢又合理。故「美人」一詞，乃是屈原用以表現對自我「修身」以至「治國」的深切期待。

（四）親屬〔註104〕

1. 伯庸

〈離騷〉云：

年5月），頁2。另，游國恩認爲「此文上云若將不及四句，是言歲不我興，故及時而自修；此四句是言日月代遷，欲及時而進用。蓋賢者之持躬自勉，固應及早，而致身有爲，亦不宜遲也。……美人之喻，當是屈子自指無疑也。」詳見游國恩，《離騷纂義》（臺北：新文豐公司，1982年3月），頁44～45。

〔註102〕清‧胡濬源，《楚辭新註求確》，收入吳平，回達強主編，《楚辭文獻集成》第十七冊，頁11851～11852。

〔註103〕游國恩，《離騷纂義》，頁44。

〔註104〕〈離騷〉文本中提及之親屬意象僅「伯庸」與「女嬃」兩人。而屈原之妻、子等後嗣則未有明言。陳怡良師認爲：屈原必然有妻室兒女，而其後代，或有可能即臺灣彰化市寶廊里附近，三十多戶屈姓人家。詳見陳怡良師，〈鄉野傳奇──屈原后裔出現于臺灣彰化之謎〉，收入《閩台文化交流》（福建：漳州師範學院）總第十九期，2009年3月。

　　帝高陽之苗裔兮，朕皇考曰 伯庸 。（頁4）

「伯庸」，王逸注「屈原父」。所謂「皇考曰伯庸」，即是屈原自述其父之字乃「伯庸」，因「體有美德，以忠輔楚，世有令名，以及於己」故，於〈離騷〉文首特別點出。（頁4）然洪興祖補注有不同的看法，認爲「原爲人子，忍斥父名乎？」（頁4）此說一出，開啓後代對於「伯庸」，究竟爲屈原父與否的爭論。〔註105〕主張「伯庸」爲「原父之名」者，如朱熹、汪瑗、王夫之、郭沫若等〔註106〕；而主張「伯庸」僅是「原之先祖」者，如王闓運、聞一多等〔註107〕。

　　其實聯繫〈離騷〉前後文字來看，此後屈原又謂：「皇覽揆余初度兮，肇錫余以嘉名。」（頁5）「皇覽」乃「皇考觀察」之意，乃直承此處「皇考」而來，就「子生三月，父親命之」的禮俗〔註108〕來看，則「皇考」指「屈原父」是無誤的。姜亮夫曾論：

〔註105〕據譚家斌整理，關於「伯庸」一詞的詮釋，計有十種：「原父說」、「表字說」、「曾祖說」、「太祖說」、「遠祖說」、「屈固說」、「熊通說」、「屈瑕說」、「句亶王說」、「祝融或熊繹說」等。筆者認爲：除掉「表字說」所爭者乃是「伯庸」爲「字」亦或「名」外，餘者可以分爲兩類：即「原父說」與「遠祖說」。詳見譚家斌，《屈原問題綜論》（長沙：湖北人民出版社，2006年5月），頁63～67。

〔註106〕朱熹謂：「屈原自道本與君共祖，世有令名，以至於己，是恩深而義厚也。」其中「君」即指「原父」；汪瑗則曰：「伯庸，屈原父字也。」；王夫之曰：「父曰『皇考』。」；又郭沫若：「他（按：屈原）的父親據〈離騷〉上來說是『伯庸』，那定然是號。古時候子孫稱父祖的字號是常事，金文中這種例子屢見不鮮。」上述依次詳見宋・朱熹，《楚辭集注》，收入吳平、回達強主編，《楚辭文獻集成》第三冊，頁1752。明・汪瑗，《楚辭集解》，收入吳平、回達強主編，《楚辭文獻集成》第四冊，頁2675。清・王夫之，《楚辭通釋》，收入吳平、回達強主編，《楚辭文獻集成》第十冊，頁6814。

〔註107〕王闓運謂：「若以『皇考』爲父，屬辭之例，不得稱父字，且於文無施也。」；聞一多則曰：「『皇考』之稱，稽之經典，本不專屬父廟。《詩・周頌・雝》篇，魯、韓、毛三家皆以爲禘太祖之樂章，而詩曰：『假哉皇考』，此古稱太祖爲『皇考』之明徵。」則聞氏認爲「皇考」一詞乃是屈原稱其「遠祖」。以上依序詳見清・王闓運，《楚辭釋》，收入吳平、回達強主編，《楚辭文獻集成》第十七冊，頁12195。聞一多，〈離騷解詁乙〉，收入孫黨伯、袁謇正主編，《聞一多全集》第五冊，頁280。

〔註108〕《禮記・內則》載：「三月之末，擇日翦髮爲鬌……妻抱子出，自房當楣，立東面……父對曰：『欽有帥。』父執子之右手，咳而名之。」此即「子生三月，父親命之」的禮儀。詳見唐・孔穎達等，《禮記正義》，收入清・阮元，《重刊宋本十三經注疏附校勘記》第五冊，頁535。

此必指原父無疑……戰國之際，固多以皇考稱父者矣，徵之六國金文，則齊侯因資敦「皇考孝武起公」，即因資之父。虢叔旅鐘：「丕顯皇考惠叔」，即「虢叔之父」。頌鼎：「用乍朕皇考龏叔皇母龏姒寶尊鼎」，龏叔即頌之父。齊子仲姜鎛：「用享用孝於皇祖聖叔，皇叔聖母，皇祖又成惠叔，皇妣又成惠姜，皇考遵仲，皇母」，叔夷鐘：「用孝享于皇祖皇妣，皇母皇考」，陳逆簠：「以享考於太宗皇祖皇妣皇考皇母」，皆其證。〔註109〕

姜氏所論，十分清楚地證明了「皇考」一詞，在戰國之時確實指涉「其父」無誤。屈原於〈離騷〉自述其祖、其父之名諱，正如後世司馬遷稱其父「談」、班固稱其父「彪」般，目的皆在於「自序」其源流，於禮無碍。

2. 女嬃

〈離騷〉云：

女嬃之嬋媛兮，申申其詈予。曰鯀婞直以亡身兮，終然殀乎羽之野。

汝何博謇而好脩兮，紛獨有此姱節。（頁26）

關於「女嬃」的討論，主要有四種說法：其一，視之爲「屈原之姐」。王逸、洪興祖、黃文煥、段玉裁、朱琰與朱駿聲等人主之〔註110〕；其二，視之爲黨人之流的「賤妾」。汪瑗、李陳玉等人主之〔註111〕；其三，視之爲「女巫」。

〔註109〕姜亮夫，《屈原賦校注》，頁5～6。

〔註110〕王逸注：「女嬃，屈原姊也。……言嬃見己施行不與眾合，以見流放，故來牽引數怒，重罵我也。」基本上是正確的，唯「嬋媛」一詞解釋爲「牽引」，於義稍晦。洪興祖進一步補充：「觀女嬃之意，蓋欲原爲寧武子之愚，不欲爲史魚之直耳，非責其不能爲上官、椒蘭也。」此說甚爲合理。至於黃文煥則從文章布局來看，認爲「下面陳辭上征、占氛占咸，總從女嬃一詈生出，布陣幻絕。」雖然注意到「女嬃」一段具有「章法轉折」的效果，然未能清楚解釋。段玉裁則引《周易》，證明「須」乃有才智之稱，而「須」又可通「嬃」。朱琰則引孔廣森所言，取《周易·歸妹》一卦，證明「歸妹以須」中，「須」字乃長女之稱，即是姊。朱駿聲則認爲「須之爲原姊，古說相承，不宜立異」含糊帶過。依次詳見宋·洪興祖，《楚辭補注》，頁26。明·黃文煥，《楚辭聽直》，收入吳平，回達強主編，《楚辭文獻集成》第七冊，頁4604。漢·許慎撰，清·段玉裁注，《說文解字注》，頁617。清·朱駿聲，《楚辭賦補注》，收入吳平，回達強主編，《楚辭文獻集成》第十六冊，頁11652。

〔註111〕汪瑗認爲：「屈原以蛾眉自比，故前言眾之嫉，指其黨之盛也；此言女須之詈，斥其德之賤也。」並引《天官書》證其說。李陳玉則從《周易》之〈歸妹〉卦，認爲「須」爲賤女，及其歸也，反以作娣。詳見明·汪瑗，《楚辭集解》，收入吳平，回達強主編，《楚辭文獻集成》第八冊2743。清·李陳玉，《楚辭箋注》，收入吳平，回達強主編，《楚辭文獻集成》第八冊，頁5189。

周拱辰、劉永濟主之〔註112〕；其四，視之爲「女侍」。郭沫若、陳遠新主之。〔註113〕

本文在此採用第一種說法：一來，此處不宜爲「賤妾」，若視之爲卑賤的「女侍」，則無法理解，在古代封建社會，何以地位低下者，敢於「無端詈罵」上位者；而若視之爲「黨人之流」，則「詈罵」的行爲，亦不符合〈離騷〉文中，擅以「謠啄」等暗中構陷屈原者，如「上官大夫」、「靳尙」、「令尹子蘭」與「鄭袖」等小人手法。其次，「女巫」之說法於此不通，何以女巫汲汲於「詈罵」屈原，屈原之禍、福，與女巫無甚牽連，此說亦難信服。

唯有解釋爲「屈原姊」，行文邏輯方流暢。首先，揆諸文句與語氣，此處前承屈原篤志堅行，後接幻遊場面，倘若其間無一緩衝，則文章脈絡有割裂之感。況且，在文意上，此處誠如洪興祖所言「欲原爲寧武子之愚」，即「稍加改變，不必固執己見而害身」意，以親人言之，情感上的衝激，方才促使屈原就問重華，而有幻遊之旅。

「女嬃」的出現，爲文章掀起波瀾。屈原本已有「體解吾猶未變」的決心，但是在其姊「嬋媛痛心」的疑問下，不由得遲疑了起來。雖然接連舉引古來聖賢、臣子之事以自振，然心神搖蕩，終究進入幻遊的場景，冀希內心的寧靜。〈離騷〉之親人意象雖僅有一例，然而其帶來的力量，是超過前述的「君、臣」意象的，這是「女嬃」一詞最大的特色。

（五）常人

〈離騷〉云：

> 眾不可戶說兮，孰云察余之中情。（頁27）

在此，「眾」字與前論代表「黨人」者不同，此處乃取「其他人」意。「眾不可戶說兮」意謂「其他人」不可能一一被說服，進而了解屈原的用心，故「孰云察余之中情」，又有誰能眞切地明白屈原爲國、爲民的苦心呢？

〔註112〕周拱辰引《漢書・廣陵王胥傳》：「胥迎李巫女須，使下神祝詛，則須乃女巫之稱，與靈氛之詹卜同一流人，以爲原姊繆矣。」認定「女嬃」爲巫女。劉永濟亦贊同。依次詳見清・周拱辰，《離騷拾細》，收入吳平，回達強主編，《楚辭文獻集成》第八冊，頁5854。劉永濟，《屈賦音注詳解》（臺北：崧高書社股份有限公司，1985年5月），頁11。

〔註113〕郭沫若認爲前人說法皆不適當，「姑且」譯爲「女伴」，疑是屈原之侍女。陳遠新從言談態度上探討，認爲是卑微的「女侍」，並隱約指涉「鄭袖」。依次詳見郭沫若，《屈原研究》（重慶：群益出版社，1942年5月），頁18、162。清・陳遠新，《屈子說志》，收入文清閣編，《楚辭要籍選刊》第十冊，頁40。

（六）靈巫

「靈巫」意象，即指〈離騷〉文中的巫覡：「靈氛」與「巫咸」，兩者占卜的技巧與能力有別：然前者使用卜著，藉外物以證人生；後者則是有通靈的能力，可溝通天上與人間，即所謂「降神於己」。而無論是「靈氛」或「巫咸」，皆對屈原「遠遊索求」的決定，有著極大的影響，也爲全文帶來了更多的情感轉折。以下即分析之。

1. 靈氛

〈離騷〉云：

> 索藑茅以筳篿兮，命 靈氛 爲余占之。（頁49）

> 欲從 靈氛 之吉占兮，心猶豫而狐疑。（頁51）

> 靈氛 既告余以吉占兮，歷吉日乎吾將行。（頁60）

「靈氛」，在〈離騷〉文中凡三見。首次提及，乃是屈原詢問前程如何，是遠逝求索，還是留滯楚國，而靈氛爲之剖析楚國現況：小人當道，黃鐘毀棄，不如向外索求相合之君；第二次提及，則是屈原在聽完靈氛建議後，仍究遲疑不定，故向地位更高的「巫咸」確認；最後一次提及，則是在巫咸給予同樣建議後，屈原方才決定聽從靈氛所言，周流觀乎上下。

關於「靈氛」的討論，自〈離騷〉後並不多見。王逸僅注「古明占吉凶者也」，洪興祖則全然無解。汪瑗明白指出：「靈氛，巫祝之稱，或古有是號，或楚俗之言，或屈子設爲此名，今無所考也。」〔註114〕然單就「靈」字來看，《說文》釋之爲「靈巫，以玉事神。」且王逸於《九歌・雲中君》亦言「靈，巫也，楚人名巫爲靈子。」（頁82）似說「靈氛」亦屬巫之一類，姜亮夫、游國恩、湯炳正等贊同此種說法〔註115〕。但由「屈原其後又向巫咸確認」一事來看，「靈氛」與「巫咸」實有身分與能力上的不同。王泗原云：

> 屈原于「巫咸」說靈，是從通稱；別篇裏的巫則說巫，是用楚語。

> 這當因巫咸是古人，習稱己久。但靈氛則並不是巫而是卜。古巫、

〔註114〕詳見清・汪瑗，《楚辭集解》，收入吳平，回達強主編，《楚辭文獻集成》第四冊，頁2832。

〔註115〕姜亮夫由王逸注「巫爲靈」，認爲「靈氛」即「巫氛」，即《九歌》中的「靈保」，因「保」、「氛」古一聲之轉。游國恩與湯炳正皆同意此種看法，前者認爲靈氛應是「女嬃嬃修之類，皆寓言人名」；後者認爲「靈氛」即「巫肦」。詳見清・姜亮夫，《屈原賦校注》，頁106；游國恩，《離騷纂義》，頁353；湯炳正，《楚辭今注》（上海：上海古籍出版社，1996年12月），頁33。

卜與祝所事各不同：巫，「以舞降神者」（《說文》）。卜，專司卜筮。
《左傳·僖十五年》：「卜徒父筮之。」用龜爲卜，用筮爲筮（見《曲
禮》）；龜卜看象，筮筮看數（見《左傳·僖十五年》）……

此說或可解答「靈氛」身份上的疑惑。靈氛與巫咸雖然皆有「解惑斷疑」的
本領，但前者乃「卜」，後者爲「巫」；前者藉屈原提供的「蔓茅」與「筳篿」
占卜，後者則由天而降，完全不需任何外物輔助。

　　就〈離騷〉中屢次提及「靈氛」的語氣來看，可以證明「靈氛」與「巫
咸」縱使有所關聯，在屈原的眼中，仍是同中有異的。誠如蔣天樞所言：「如
以靈氛爲神話中之古巫，則不得曰『命』。」〔註116〕屈原對靈氛所說的話，其
實並不是完全相信的。這也許一方面是個人的遲疑不定，但應該也有受到靈
氛占卜能力的影響，故方有其後再次向巫咸請教的過程。在此可以將「靈氛」
視爲屈原內心的「不確定感」的反射，他的出現，提供屈原一個「自我對話」
的機會，傾聽自己內心眞正的想法。

　　2. 巫咸

　　〈離騷〉云：

　　　囗巫咸囗將夕降兮，懷椒糈而要之。（頁52）

「巫咸」，王逸注「古神巫也，當殷中宗之時。」言下之意，則其時其人皆有
可考處。而洪興祖補注，引《說文》釋「巫」：「巫，祝也……古者巫咸初作
巫。」〔註117〕，遂引發後人聯想〈離騷〉之「巫咸」即如《山海經》所言之
「十巫」。《山海經·大荒西經》有載：「大荒之中有靈山，巫咸、巫即、巫盼、
巫彭、巫姑、巫眞、巫禮、巫抵、巫謝、巫羅十巫，從此升降，百藥爰在。」
〔註118〕此處「巫咸」或可說是「古神巫」，然是否是與〈離騷〉者爲同一人，
郝懿行箋疏則持疑〔註119〕。事實上，《說文》解「巫咸」爲「巫」，乃根據《尚
書》孔穎達正義云：「巫咸者，君奭云：『在太戊時，則有若巫咸乂王家。』
則咸是賢臣，能治王事。」〔註120〕而來。換言之，「巫咸」一詞，在早期可能

〔註116〕蔣天樞，《楚辭校釋》，頁55。

〔註117〕漢·許慎撰，清·段玉裁注，《說文解字注》，頁201。

〔註118〕晉·郭璞傳，清·郝懿行箋疏，《清瑯環仙館刻本山海經箋疏》，頁425～426。

〔註119〕郝懿行云：「王逸此說恐非也，殷中宗之臣雖有巫咸，非必即是巫也。」並提
　　　　及《山海經·海外西經》載有「巫咸國」，乃「特取其同名耳」。同樣認爲〈離
　　　　騷〉之「巫咸」，未必與《山海經》者同一人。

〔註120〕唐·孔穎達等，《尚書正義》，收入清·阮元，《重刊宋本十三經注疏附校勘記》
　　　　第一冊，頁122。

眞有其人，而因功業不凡，在流傳中逐漸具有神話特色。據《史記‧天官書》載：「昔之傳天數者，高辛之前重黎，於唐虞羲和，有夏昆吾、殷商巫咸，周室史佚、萇弘，於宋子韋、鄭則裨竈，在齊甘公、楚唐昧、趙尹皋、魏石申。」〔註121〕則「巫咸」其人，在殷商之時，乃一具有「觀天象以知災禍」能力的賢臣，由於功勞頗大，故後世凡是提及占卜預測的名人，皆曰「巫咸」。

二、器用、服飾

經過統計，〈離騷〉中的「器用」意象有「輿」、「軑」、「軔」、「轡」、「玉鸞」「規矩」、「繩墨」、「鑿」、「枘」；而「服飾」類有「冠」、「袿」等。雖然各類分項至多，然而在〈離騷〉中大多傳達出屈原對美好的嚮往，或是理想的堅持，恰與〈離騷〉創作的精神相應，以下即分爲「器用」、「服飾」二類意象，分別討論之。

（一）器用

1. 輿

〈離騷〉云：

> 豈余身之憚殃兮，恐皇 輿 之敗績。（頁11）

《說文》釋：「車輿也，从車舁聲。」段玉裁注云：「不言爲輿，而言爲車者，輿，爲人所居。」〔註122〕所謂「爲人所居」，即代表「輿」乃分隔開內、外空間的一種車廂，故曰「居」，而人坐其內，外不得見之。從小篆「𦦉」來看，代表四隻手擡著「車」，此「車」即是供人所「居」處，故「車輿」連文，以示其獨特性。〔註123〕

〈離騷〉稱「皇輿」，乃國君所乘的高大車子，在此借喻爲「楚國」。戰國時期，各國普遍推行改革，而改革的成敗關係著國運的興亡。屈原擔憂國事在「黨人」的引導下，將致楚國衰亡；游國恩云：「國步艱難，而黨人惟知樂逸偷安，如此則前路幽險，皇輿必致顚覆。」〔註124〕正是因爲國家多難，故屈原不忍坐觀，然終不得重用，內心之無奈與憂愁難以道盡。

〔註121〕日本‧瀧川龜太郎，《史記會注考證》，頁477～478。

〔註122〕漢‧許愼撰，清‧段玉裁注，《說文解字注》，頁721。

〔註123〕《說文通訓定聲》曰：「輿，車中受物之處，廣六尺六寸，深四尺四寸，大車謂之箱。」所謂「箱」，類似今日之「車廂」，小篆字中，除了四方的「手」外，其中的「車」即是「箱」。詳見朱駿聲，《說文通訓定聲》（臺北：藝文印書館，1966年7月）第三冊，頁1672～1673。

〔註124〕游國恩，《離騷纂義》，頁65。

2. 車

〈離騷〉云：

回朕車以復路兮，及行迷之未遠。（頁23）

說文釋「車」字：「輿輪之總名也，夏后時奚仲所造。象形。凡車之屬皆从車。」〔註125〕而根據段玉裁注所引《左傳》，言及「薛之皇祖奚仲居薛，以爲夏車正」〔註126〕，「車正」一職或有「造車」之職，大概在遠古時代即有「車」的存在，然實未可考。而至少在屈原時代，「車」作爲交通工具應是普遍的現象。據周秉高考證，從《詩經》到《楚辭》，「車」的發展有著長足進步：

如果檢閱《詩經》、《楚辭》中有關車類器物的記述，可以發現，車在《詩經》中出現次數頗多，有六十餘處，但比較籠統，只以「車」名之；以車之構成而言，出現過「輪」、「輻」、「軔」、「軌」、「衡」、「轂」、「彎」等名詞，相比之下，《楚辭》中的就頗爲繁多了，以車之名稱而言，既有「車」，還有「軒」、「輬」、「軸」之別；以車之構成而言，除《詩經》中記載的外，還有「輿」、「蓋」、「軚」、「軛」、「軾」、「軨」、「軔」、「鞭」、「策」、「玉鸞」等名詞……〔註127〕

由周氏所言，「車」相關之字詞的增加，除代表對「車」相關知識的專業外，亦說明屈原所處的戰國時期，「車」作爲交通工具，對人民（至少對貴族）而言，已具有十分重要的地位。由〈離騷〉來看，計有十一處言及「車」與其相關字詞；而特別的是：除「恐皇輿之敗績」與「回朕車以復路兮」等兩例，其餘九處出現的位置，皆在屈原幻遊的場景內。換言之，「車」的交通能力，在〈離騷〉中是被視爲溝通「人」與「上天」的重要憑藉。

3. 規矩、繩墨

〈離騷〉云：

固時俗之工巧兮，偭規矩而改錯。（頁21）

王逸注：「圓曰規，方曰矩。」規與矩作爲方、圓的工具，在古時多連稱之。說文釋「規」：「規巨，有灋度也。」段玉裁注云：「古規矩二字不分用，猶威儀二字不分用也。凡規矩、威儀有分用者，皆互文見意。非圓不必矩，方不必規也。灋者，刑也。度者，灋制也。規矩者，有灋度之謂也。」〔註128〕故

〔註125〕漢・許慎撰，清・段玉裁注，《說文解字注》，頁720。
〔註126〕楊伯峻編，《春秋左傳注》下冊，頁1523～1524。
〔註127〕周秉高，《楚辭原物》（呼和浩特：內蒙古大學出版社，2009年9月），頁218。
〔註128〕漢・許慎撰，清・段玉裁注，《說文解字注》，頁499。

知「規」與「矩」可引申爲「原則」與「標準」之意。〈離騷〉言「偭規矩而改錯」，乃藉以陳述時下風氣多重「工巧」，至使違背「規矩法度」而改變常理。《荀子・王霸》有言：「禮之所以正國也，譬之猶衡之於輕重也，猶繩墨之於曲直也，猶規矩之於方圓也，正錯之而人莫之能誣也。」〔註129〕即是說明：法度原則乃是放諸四海皆準者，無人能置一辭。但屈原當時，朝政日下，一班奸臣巧其簧舌，搬弄是非而不以爲恥。以下談「繩墨」，〈離騷〉云：

　　　背繩墨以追曲兮，競周容以爲度。（頁21）

　　　舉賢而授能兮，循繩墨而不頗。（頁32）

王逸注「繩墨」曰：「所以正其曲直也。」故「繩墨」的用法與「規、矩」相似，皆以日常法度用具來比喻某種事非曲直的標準。在〈離騷〉中，「繩墨」一詞被賦予對立的兩種態度：其一，「背繩墨以追曲」在陳述小人違背眞理而「務爲周旋容悅」〔註130〕，其目的在於一己，而非楚國。這是對「爲臣者」言；其二，「循繩墨而不頗」在提醒「爲君者」，需舉賢才、遵法度，而無偏頗。諄諄之言的背後，隱日透露出楚國朝綱的衰敗。

4. 鑿、枘

　　　不量鑿而正枘兮，固前脩以菹醢。（頁34）

「鑿」，不逸未有解。洪興祖補注「穿孔也」，頗得其義。《周禮・考工記》載：「凡輻，量其鑿深以爲輻廣。」〔註131〕此處雖指處理「車輪」軸心之孔洞，但仍可知「鑿」實爲「榫頭」，供物體如「枘」插入以接合，故王逸云：「枘所以充鑿。」

　　　〈離騷〉此處以「鑿」與「枘」分別比擬「王之器度」與「己之忠心」。「不量鑿」乃指不衡量國君之賢與不賢，胸襟廣或不廣，遂將一己之善告，伴隨對家國興亡的憂慮，一任傾吐。縱使終與「前脩」相同，終至「菹醢」，仍不避之，視死危而無悔。因此，「鑿」與「枘」成爲屈原「直道不悔」的證明；而此亦說明屈原最爲關切者，不只是懷王之賢愚，更在乎楚國的存亡發展，故心中或對懷王不悟早已有定見，但仍「知其不可而爲之」（《論語・

〔註129〕荀況撰，楊倞注，盧文弨、謝墉校，《荀子》，收入《叢書集成初編》（北京：中華書局，1985年？月）第513冊，頁222～223。

〔註130〕清・朱冀，《離騷辯》，收入吳平，回達強主編，《楚辭文獻集成》第十二冊，頁8080。

〔註131〕漢・鄭元注，唐・賈公彥疏，《周禮注疏》，收入清・阮元，《重刊宋本十三經注疏附校勘記》第三冊，頁600。

憲問》）〔註132〕。

5. 筳

〈離騷〉云：

索藑茅以 筳 篿兮，命靈氛爲余占之。（頁49）

「筳」，王逸注曰：「筳，小折竹也。楚人名結草、折竹以卜曰篿。」（頁49）
則「筳」乃占卜用具。

6. 刀

〈離騷〉云：

呂望之鼓 刀 兮，遭周文而得舉。（頁54）

關於「呂望鼓刀」的故實，流傳的面貌十分多樣。在眾多的故事傳聞中，「鼓
刀」似乎是屈原最爲熟知的版本。《戰國策・秦策四》高誘注云：「賣肉於朝
歌，肉上生臭不售，故曰『廢屠』。」〔註133〕則呂望鼓刀賣肉的能力不佳，被
譏爲「廢屠」，狀似無能之人；又屈原〈天問〉亦載：「師望在肆，昌何識？
鼓刀揚聲，后何喜？」王逸於此注云：「呂望對曰：『下屠屠牛，上屠屠國。』」
（頁164）由此看來，呂望鼓刀的故實，有著「待價而沽」的用心與企圖。這
種勇氣，乃根基於個人能力與識見之上。對照屈原此處引用典故的心理，明
顯是自比呂望，期待明主的賞識。

7. 畹、畝、畦

〈離騷〉云：

余既滋蘭之九 畹 兮，又樹蕙之百 畝 。 畦 留夷與揭車兮，雜杜衡與芳
芷。（頁14）

「畹」與「畝」、「畦」，皆丈量土地面積大小的單位。王逸注「十二畝爲畹」
（頁14），則「畝」小而「畹」大；又「五十畝爲畦」（頁14），則「畦」大
於「畹」，「畹」大於「畝」。而洪興祖補注引《說文》：「三十畝曰畹」（頁14），
藉由耕植面積的大小，評斷屈原重視蘭，遠勝於「蕙」；然依此論，則屈原應
該更加重視「留夷」與「揭車」，遠勝於「蘭」、「蕙」，因爲「留夷」與「揭
車」耕植的面積更爲龐大。

〔註132〕魏・何晏注，宋・邢昺疏，《論語注疏》，收入清・阮元，《重刊宋本十三經注
　　　　疏附校勘記》第八冊，頁130。

〔註133〕漢・高誘注，《戰國策》（臺北：藝文印書館公司，2009年11月），頁160～
　　　　161。

事實上，以「畹」、「畝」、「畦」的大小，來衡量屈原重視何種植物，有過於拘泥的問題。游國恩云：「此文蘭九畹與蕙百畝，行文偶而相對耳，其數原不可拘。諸家紛紛考說，且或據此以論蘭蕙之貴賤，殊失之泥。」〔註134〕在〈離騷〉文本中，屈原所表達的，無非在於「對後輩的良好培育」，而有的欣慰之情而已。若依洪興祖之說，則「蘭」貴於「蕙」，然就文後，「蘭」亦變質爲穢，又改如何解釋？故拘泥於此實無益於深化屈原用心。

從屈原擇取之「器用」諸意象來看，主要在於寄託屈原「堅持的是非價值與理想」，反映出屈原根源於「內美」觀念，而訴諸於「美政」的愛國訴求，凸顯屈原對理想的追求〔註135〕。也因爲此種強烈的情感要求，致使屈原自然而然地，將此一情緒寄託於具有「齊一」、「普遍」特性的生活器用，如「規」、「矩」、「繩墨」、「鑿」與「枘」上；又「筳」、「刀」、「畹、畝、畦」等意象，雖然屬於生活化的工具，然在屈原的巧妙運用後，亦能代表屈原生命過程中的諸多情緒，或是迷惘時的占卜，或是表心志的故實象徵，又或是對後輩的殷殷期盼等。此外，諸多意象的取材，主要是生活中隨手可掇的事物，更可見屈原不拘傳統的特色。

（二）服飾

《後漢書・輿服志》云：

> 上古穴居而野處，衣毛而冒皮，未有制度。後世聖人之以絲麻，觀翬翟之文、榮華之色，乃染帛以效之，始作五采，成以爲服；見鳥獸有冠角顐胡之制，遂作冠冕纓蕤以爲首飾。〔註136〕

此段文字說明了人類服飾的演進，是由「無」到「有」、由「粗」至「精」，而啓發的源頭，則來自然界中形形色色的景觀、物彩。而服飾也由單純「保暖禦寒」的功能取向，邁向「賞心悅目」的美感要求。

屈原肯定自身內在美質，自不待言；而對於穿戴於外的衣服、帽飾，更有一分堅持。在《九章・涉江》中，屈原有段對自身服飾的簡要描述：「余

〔註134〕游國恩，《離騷纂義》，頁87。

〔註135〕〈離騷〉開首：「紛吾既有此內美兮，又重之以脩能。」依陳怡良師統整，「內美」含有「血緣的美」、「資質的美」與「品格的美」。因爲這些內在德性的美善，遂使屈原同樣注重「外在脩飾」，而此一對「外在」的要求，亦可衍伸至對政治層面的「美政」理想。詳見陳怡良師，〈屈原的審美觀及〈離騷〉的「奇」、「艷」之美〉，收錄於《屈騷審美與修辭》，頁68～73、83～89。

〔註136〕宋・范曄撰，清・王先謙集解，《後漢書集解》（臺北：新文豐出版公司，1975年3月），頁1343。

幼好此奇服兮，年既老而不衰，帶長鋏之陸離兮，冠切雲之崔嵬，被明月兮
佩寶璐。」（頁183）所謂「奇服」，王逸注爲「好服」，即「美好的服飾」之
謂，對美好事物的追求是屈原一生努力的目標，故至老亦不肯放棄。敘述中
屈原佩戴著長利之劍，頭戴崔嵬高帽，另身披明月寶珠、腰飾以溫潤玉石，
所取用之物，無一不配合著其高潔人格。而在〈離騷〉中，屈原的服飾也是
充滿自然與人文的美，如「製芰荷以爲衣」、「集芙蓉以爲裳」、「高余冠之岌
岌」、「長余佩之陸離」等等，無一不呈現出屈原，或說是楚地特有的服飾風
貌。以下將分爲「冠」、「衣、裳」、「佩、幃」、「衽」、「襟、裾」等五個面向
討論。

1. 冠

〈離騷〉云：

> 高余冠之岌岌兮，長余佩之陸離。（頁24）

此二句句式相似，故除「冠」字乃「帽」之謂外，同時亦討論「佩」所代
表的飾品涵義。「高冠」形象在屈原作品中，共出現二次，除本例外，另在
《九章・涉江》中有「冠切雲之崔嵬」的形容。古人重視「冠」，故《儀禮》
開首即討論「士冠」之禮，清楚地定義「加冠」儀式中的諸多規矩。而其
間亦介紹了許多種類的「冠」，如「冕」、「爵弁」、「皮弁」、「緇布冠」等等。
〔註137〕

　　《說文》釋「冠」：「弁、冕之總名也。」〔註138〕換言之，「冕」、「弁」
與「冠」乃三種不同的帽子，然而差異在哪？段玉裁注「冕」字有言：「冕者，
大夫以上冠。析言之也。大夫以上有冕，則士無冕可知矣。」〔註139〕則很明
顯的，古人的「冠」是依身分、爵位的高低來搭配的。然而無論是「士」、「大
夫」，甚或「諸侯」，皆指有一定權力的上層人士，而屈原在「進不入以離尤
兮，退將復脩吾初服」之後，開始徹頭徹尾地更換服飾穿著，即表示屈原在
一時之間，有著「退隱去官」的念頭，從而改變衣著。如此說來，「高冠」或
許是官場禮制之外，平民百姓的一種穿著。而穿戴「高冠」有何意涵？就屈
原於此段所欲表達的心志來看，應是標舉「人品特異，不同凡俗」，即擇善固
執的心態反映。周秉高先生據《史記・高祖本紀》，分析「高冠」或是楚地的

〔註137〕唐・孔穎達等，《儀禮注疏》，收入清・阮元，《重刊宋本十三經注疏附校勘記》
　　　　第四冊，頁2～38。
〔註138〕漢・許慎撰，清・段玉裁注，《說文解字注》，頁353。
〔註139〕漢・許慎撰，清・段玉裁注，《說文解字注》，頁354。

風俗，皆表現個人獨特風範用，或可參考。〔註140〕

2. 衣、裳

〈離騷〉云：

製芰荷以爲 衣 兮，纂芙蓉以爲 裳 。（頁 24）

3. 佩、幃

〈離騷〉云：

扈江離與辟芷兮，紉秋蘭以爲 佩 。（頁 6）

高余冠之岌岌兮，長余 佩 之陸離。（頁 24）

佩 繽紛其繁飾兮，芳菲菲其彌章。（頁 25）

戶服艾以盈要兮，謂幽蘭其不可 佩 。（頁 51）

何瓊 佩 之偃蹇兮，眾薆然而蔽之。（頁 56）

椒專佞以慢慆兮，榝又欲充夫 佩幃 。（頁 58）

惟茲 佩 之可貴兮，委厥美而歷茲。（頁 59）

「佩」，《說文》釋曰：「大帶佩也，从人凡巾，佩必有巾，故从巾，巾謂之飾。」段玉裁注有言：「从人者，人所以利用也；从凡者，所謂無所不佩也。」〔註141〕由許慎與段玉裁的解釋，可以得知「佩」一詞具有「名詞」與「動詞」詞性；並且「佩」字當動詞時，是以「人」爲本，且任何物品皆可供佩戴。綜合此種說法，又可得出「佩」具備反映「個人情志」的功能。

〈離騷〉文本中，除却「溘吾遊此春宮兮，折瓊枝以繼佩」，以及「解佩纕以結言兮，吾令蹇脩以爲理」，兩者屬於「虛意象」的領域，在此姑且不論外。其餘有關「佩」字的文句共有七處；其中屬於「名詞」性質者計五例：「紉秋蘭以爲佩」、「長余佩之陸離」、「何瓊佩之偃蹇」、「榝又欲充夫佩幃」以及「惟茲佩之可貴」，這五句話除「充夫佩幃」有另外的解釋外，餘者確實反映出屈原「無所不佩」的風格，如佩「秋蘭」，襯托芳潔高尚之意；佩「長劍」，襯托正直不阿的君子之德；佩「瓊玉」，則取玉之溫潤純德之美。故屈原統言之：「茲佩之可貴」，可貴的不是所佩物的價值，而在於背後所呈顯的人格美。

〔註140〕詳見周秉高，《楚辭原物》，頁 258～261。至於屈原的「仕」、「隱」與其「放」、「逐」之間有很大的關聯。然筆者認爲，無論屈原寫作〈離騷〉時的身分爲何，此處的「高冠」，明顯地是屈原「退脩初服」的穿著之一。故「高冠」所呈現的「人品特異，不同凡俗」之情，是不受到「仕」或「隱」的影響。

〔註141〕漢・許慎，清・段玉裁注，《說文解字注》，頁 366。

姜亮夫曾言：

> 考古代佩飾，不外「生產工具」及「藝術愛好」兩端。古代佩制：
> 一爲事佩，佩工具之尚存其用者也；一爲德佩，其使用價值不復存
> 在，僅作爲一種禮制。屈、宋文中，有一種修詞手法，爲歷來註家
> 所未注意，即「雙關語」。〈離騷〉中之佩芳佩玉，往往含有輔佐之
> 義，此「配」字之雙關語也。〔註142〕

姜氏所言，可視爲〈離騷〉中「佩物」行爲的總評。而其所提出之「雙關語」
之說，則可視爲「反映個人情志」的最好詮釋，即屈原生平所作，無非是希
望成爲王之良佐，進而帶領楚國走向康莊大道。

　　然〈離騷〉文本中，尚值得注意者爲「佩幃」一詞：「椒又欲充夫佩幃」。
「幃」，王逸注「盛香之囊」（頁58）。香囊亦是古人佩帶之物，而今香囊竟然
盛放「椒」，一種「似椒而非」的植物。若配合〈離騷〉文旨來看，則此處所
要反映的是「奸佞小人貌似忠良」，意欲欺騙國君，圖謀個人利益，置國家前
途於不顧。在「黃鐘毀棄」的亂世中，不只是國君遭小人矇騙，連一般百姓
也不分是非，故屈原佩戴幽蘭，卻遭他人排斥；佩戴瓊玉，反受他人譏笑，
故屈原嘆息「委厥美而歷茲」，深感「舉世皆濁」、「眾人皆醉」的無奈。

4. 衽

〈離騷〉云：

> 跪敷衽以陳辭兮，耿吾既得此中正。（頁35）

王逸注言之「衣前」，過於模糊不清；洪興祖補注爲「裳際」，則點出「衽」
的位置。《釋名》：「凡服，上曰衣。衣，依也，人所依以芘寒暑也；下曰裳。
裳，障也，所以自障蔽也。」〔註143〕《禮記·深衣》：「續衽鉤邊，要縫半下。」
〔註144〕由此可勾勒出「衽」大致的形制：「衽」，乃用以連綴穿著於下身之「裳」。
「裳」指下身前、後兩片布料，用以遮蔽下肢，而「衽」即是將一前一後之
「裳」連接起來，成爲一「筒狀」的部件。故洪興祖所謂「裳際」之說，是
掌握到「衽」字的功能。

〔註142〕姜亮夫，《楚辭通故》第三輯，收入《姜亮夫全集》（昆明：雲南人民出版社，
　　　　2002年10月）第三冊，頁191。

〔註143〕漢·劉熙，《釋名》，收入《叢書集成初編》（北京：中華書局，1985年）第
　　　　1151冊，頁77。

〔註144〕唐·孔穎達等，《禮記正義》，收入清·阮元，《重刊宋本十三經注疏附校勘記》
　　　　第五冊，頁963。

　　然而需注意的是，前、後之「裳」需要「衽」予以連接，上「衣」亦然。
據沈從文研究得知，由於「衽」與其四周布料連綴處理得非常巧妙：「衣片的
平面縫合却因兩『嵌片』的插入而立體化，並相應地表現出人的形體美。」
在此，「衽」被視爲分別嵌縫在兩腋窩處，即上衣、下裳、袖腋三交界的縫際
間的「兩塊」矩形衣料，又稱「嵌片」。〔註145〕就此說法來看，〈離騷〉所謂
「跪敷衽以陳辭」，實際上乃是屈原在精神異常高亢之際，下肢跪地而上肢高
舉，頭仰向天際，訴說自身的堅持。也只有這個動作才能「敷」衽，即使衣
衽呈現平直無曲折的樣貌。

5. 襟

〈離騷〉云：

　　攬茹蕙以掩涕兮，霑余 襟 之浪浪。（頁34）

「襟」，王逸注「衣眥」（頁 35）。然何謂「衣眥」，並未有詳細介紹。依《說
文》，「襟」字寫作「袊」，段玉裁補注曰：

　　衣眥謂之襟。孫、郭皆曰：「襟，交領也。」《鄭風》：「青青子衿。」

　　《毛》曰：「青衿，青領也。」《方言》：「衿，謂之交。」〔註146〕

依段氏言，則「襟」、「衿」、「袊」皆相通。而「衣眥」句，似王逸「衣眥」之
正確用字。若「衣眥」爲確，則指「衣邊」，汪瑗云：「衣裳之邊際皆謂之襟，
此所謂襟者，蓋指胸前之衣，而泪下垂以濕之耳，俗所謂胸襟是也。」〔註147〕
汪瑗就「衣眥」解釋，「衣裳之邊」或應是「衣領」，但汪氏最終仍認爲「眥」
非是，而認爲應是「衣襟」；若單就《說文》所言，則「衣襟」應是段氏所謂：
「掩裳際之衽，當前幅、後幅相交之處，故曰交衽。袊本衽之稱。」〔註148〕
就〈離騷〉文本所言，「霑余襟之浪浪」若視之爲眼淚滴落衣領，則顯不妥，
故「襟」應是胸前衣衽交接處爲佳。

　　綜觀前述，作爲「客觀物」的存在，「器用服飾」雖然與文學的關係較遠，
但仍是提供今人一窺「創作主體」生活風貌的窗口，而此一風貌，又間接影
響著創作，故「器用服飾」的探討，是有一定的意義。孔子曾言：「詩可以興，

〔註145〕沈從文，《中國古代服飾研究》（上海：上海書店出版社，2005年4月），頁
　　　　100。
〔註146〕漢・許慎撰，清・段玉裁注，《說文解字注》，頁390。
〔註147〕明・汪瑗，《楚辭蒙引》，收入吳平、回達強主編，《楚辭文獻集成》第二十七
　　　　冊，頁19076。
〔註148〕漢・許慎撰，清・段玉裁注，《說文解字注》，頁390。

可以觀，可以群，可以怨，邇之事父，遠之事君，多識於鳥獸草木之名。」
〔註149〕《詩經》作為韻文之祖，除了反映各種創作的精神風采外，亦提供
不少客觀物──鳥獸、草木的知識，因此孔子將之列為讀《詩》的優點之一；
同樣地，《楚辭》作為中國南方的代表文學，有著與《詩經》完全不同的文學
風格，其中的客觀物，亦反映著當時工匠技藝的成就，以及風俗民情的特色。

三、自然

　　自然界的天地、雲霞、動物與植物，皆有其文采與風貌。人雖號為萬物
之靈，創生了語言、文字，然而仍是無法脫離自然而活。《文心雕龍·物色》
有言：「春秋代序，陰陽慘舒，物色之動，心亦搖焉。」〔註150〕天地四時、萬
象物色，皆是足以喚起人們內心的渴望、喜樂與哀慍者。常人如此，更何況
「罹憂」的屈原呢？是故以下將分析〈離騷〉文中的諸多「自然」，擬析之為
「植物」、「動物」與「曆法、天文與地理」三大類。其中「植物」之體系最
為龐大，堪與「人物」比擬。

（一）植物

　　「植物」是〈離騷〉中最具代表性的意象群，王逸注〈離騷〉序文言：「〈離
騷〉之文，依《詩》取義，引類譬諭，故善鳥香草，以配忠貞；惡禽臭物，
以比讒佞。」（頁3）文中以「善鳥」配「惡禽」、「香草」配「臭物」，可謂善
知。所謂「香草」，乃指植物中具有芬芳之美者，而「臭物」則與此相對，不
具有美善者。王逸此言，不但標示「香草」乃〈離騷〉最大的特色，與「美
人」一詞共同形成屈原、屈騷的代名詞；亦指出〈離騷〉植物意象最大的分
野在於「芬芳」、「美善」與否。

　　〈離騷〉植物群體數量龐雜，然依「芬芳」、「美善」的要求，可以分為
三個大類：第一種為「香草、香木」類，包含「蘭」、「芷（茝）」、「椒」、「蕙」、
「荃」等五大主要意象，另尚有「江離」、「留夷」、「揭車」、「杜衡」、「宿莽」、
「秋菊」、「木根」、「薜荔」、「芰荷」、「芙蓉」、「申椒」、「菌桂」等出現次數
較少的次要意象。此類植物在屈原眼中，是具備天生美善的芬芳植物；然而
值得注意者，此類植物多數「芬芳易衰」、「美善易失」，故在〈離騷〉文中，
最初雖然受到屈原青睞，但終究無法自持而變衰、枯萎。第二種類型乃是「惡

〔註149〕魏·何晏注，宋·邢昺疏，《論語注疏》，收入清·阮元，《重刊宋本十三經注
　　　　疏附校勘記》第八冊，頁156。
〔註150〕南朝梁·劉勰著，周振甫注，《文心雕龍注釋》，頁845。

草」類，包含「茅」、「蕭」、「艾」、「薋」、「菉」、「葹」。這些植物雖然未必是天生「惡」、「賤」，但屈原擬以為「離心違德」之香草，褪去其「芬芳」與「美善」後，所呈現低下品質的代表植物。第三類則是不涉及美、惡的「靈草」類，此類意象數量僅有「蕁茅」一項，乃是占卜用的靈草，是〈離騷〉中唯一與「善惡褒貶」無關聯者。以下即分項述之。

1.「香草、香木」類

（1）蘭

甲、草本蘭：「秋蘭」、「幽蘭」、「蘭皋」

〈離騷〉云：

> 扈江離與辟芷兮，紉 秋蘭 以為佩。（頁6）
>
> 余既滋 蘭 之九畹兮，又樹蕙之百畝。（頁14）
>
> 時曖曖其將罷兮，結 幽蘭 而延佇。（頁41）
>
> 戶服艾以盈要兮，謂 幽蘭 其不可佩。（頁51）
>
> 蘭 芷變而不芳兮，荃蕙化而為茅。（頁57）
>
> 余以 蘭 為可恃兮，羌無實而容長。（頁58）
>
> 覽椒 蘭 其若茲兮，又況揭車與江離。（59）

〈離騷〉中，單言「蘭」者四，另尚有「秋蘭」、「幽蘭」與「木蘭」之分。除開單言「蘭」者，就「秋蘭」、「幽蘭」、「木蘭」的差異來看，其實即是「草本蘭」與「木本蘭」兩類；以下先論「草本」之蘭。

據李時珍《本草綱目》有載：

> 蘭有數種，蘭草、澤蘭生水旁，山蘭即蘭草之生山中者。蘭花亦生山中，與三蘭迥別，蘭花生近處者，葉如麥門冬而春花；生福建者，葉如菅茅而秋花。……蘭草與澤蘭同類，故陸璣言：「蘭似澤蘭，但廣而長。」即〈離騷〉言其「綠葉紫莖」。素枝可紉、可佩、可藉、可膏、可浴。……蘭花有葉無枝，可玩而不可紉、佩、藉、浴、秉、握、膏、焚。……今之蘭蕙，但花香而葉乃無氣，質弱易萎，不可刈佩，必非古人所指甚明。古之蘭似澤蘭，而蕙即今之零陵香。
>
> 〔註151〕

〔註151〕明‧李時珍，《本草綱目》卷十四，收入任繼愈、傅璇琮總主編，《文津閣四庫全書》（北京：商務印書館，2005年）第二五六冊，頁336。

依李氏之說，則〈離騷〉所言之「蘭」，並非今日所謂「蘭花」者，因其「花香而葉無氣」，且質地柔弱，不適於佩戴。故屈原所謂的「蘭」，應是「蘭草」，另又有「澤蘭」、「山蘭」，三者實同類，唯產地環境不同故。而無論何種，除其「花」有香味，「葉」亦有香，而質地較爲強韌，故可摘取以爲紉、佩、藉、膏、浴等等，而不傷其質。

至於「秋蘭」一詞，應是「蘭草」或「澤蘭」於秋日所開之花。據宋人吳仁傑考證：「今沅澧所生花，在春則黃，在秋則紫，然而春黃不若秋紫之芳馥也。」〔註152〕以此看待〈離騷〉所言「秋蘭以爲佩」，則「蘭」之花，秋者於「色、香」上略勝春者，因此成爲屈原修飾美德的象徵。「蘭草」的香味獨特，自古以來便是文人雅士喜愛親近的對象。《中國植物圖鑑》云：

> 蘭草，莖高一米半；葉對生，通常三裂，梢葉不分裂，葉面略有光
> 澤，葉緣有鋸齒，乾後發佳香；秋日，梢端生頭狀花，繖房狀排列，
> 管狀花冠，淡紫色，多年生草本。〔註153〕

「蘭草」的香味來源有二：其一是「蘭葉」，由「乾後發佳香」，推知「葉」片即有香味，惟乾燥後更佳；其二則是蘭草之「花」，顏色與「秋蘭」相近，皆爲紫色。〈離騷〉之中，「蘭草」出現在水澤邊，叢生遍野，故有「蘭皐」之稱。〈離騷〉云：

> 步余馬於 蘭皐 兮，馳椒丘且焉止息。（頁23）

屈原面對世道險惡，心有所疑之際，來到「蘭皐」，即長滿蘭草的水岸地，棲遲遊疑，求得止息。則「蘭草」亦是屈原引以寄託己之芳潔的對象，且是提供屈原尋求心靈平靜的場所。或因「策馬蘭皐」的造景美與情感美，致使後人對「蘭皐」、「步蘭皐」產生了興趣，表現在眾多詩歌中。〔註154〕

而「幽蘭」，應指「山蘭」，即「蘭草」生於深山者，似有德君子不受外界之汙染。故「幽蘭」除了在香味上的加持外，更成爲個人精神的寄託。傳聞孔子於周遊列國，未受重用之餘，於幽谷之中見蘭花獨茂，喟然有言：「蘭

〔註152〕宋·吳仁傑著，《離騷草木疏》卷一，收入王雲五主編，《叢書集成初編》（上海：商務印書館，1936年12月）第1352冊，頁6。
〔註153〕貫祖璋、貫祖珊，《中國植物圖鑑》（臺北：開明書局，1937年5月），頁50。
〔註154〕「蘭皐」的芳潔意象，受到後世文人的沿用。經陳怡良師整理，如潘尼〈三月三日洛水作〉：「朱軒蔭蘭皐」、謝靈運〈郡東山望溟海〉：「策馬步蘭皐」等，又如宋人吳錫疇之《蘭皐集》即自號「蘭皐」，引此爲號者尚有宋人范交、明人吳旦、清人康紹鏞與郝懿行、帥念祖等等。詳見陳怡良師，〈屈原的審美觀及〈離騷〉的「奇」、「豔」之美〉，收入《屈騷審美與修辭》，頁109。

當爲王者香，今與眾草爲伍。」〔註155〕從孔子自傷不遇的人生處境來看，雖然屈原初以「佩秋蘭」爲美，但面對日後仕宦的不順與辛苦，在不改其志的原則下，也「結幽蘭」以明志。

此外，由於「蘭」形、味皆佳，故除自比之外，亦喻爲「人才」。如「滋蘭之九畹」句，蘇雪林認爲：「象徵他在左徒及三閭大夫任時之教育人才，培植優良幹部。」〔註156〕然而這批人才，日後卻無法堅持正義，竟一一變節，使屈原傷心萬分，始終無法相信，繼而屢次發出喟嘆：「蘭芷變而不芳兮」、「余以蘭爲可恃兮」，以及「覽椒蘭其若茲兮」等句。而對照歷史，當懷王被囚於秦，楚人立其子爲頃襄王，並且「以其弟子蘭爲令尹」〔註157〕，自此之後，屈原的處境更爲不堪，楚國國勢更爲衰落；故〈離騷〉中對「蘭」的喟嘆，或可說是「雙關」技巧的表現，特別是「余以蘭爲可恃兮」一句，不難想見：屈原本期許頃襄王在令尹子蘭的協助下，能夠一改積弱不振的暮氣，重振楚國的威望，然而終究是徒然；甚至其後「短屈原於頃襄王」〔註158〕，致使屈原「行吟澤畔，游於江潭，顏色憔悴，形容枯槁」（〈漁父〉）〔註159〕，最終自沉於汨羅江。

乙、木本蘭：「木蘭」

〈離騷〉云：

朝搴阰之 木蘭 兮，夕攬洲之宿莽。（頁8）

朝飲 木蘭 之墜露兮，夕餐秋菊之落英。（頁17）

「木蘭」雖有「蘭」字，然而與前述「蘭草」、「蘭花」草本者不同，屬於木本。王逸注言「去皮不死」（頁8），即指「樹皮去之不死」。《本草綱目》載：

〔註155〕清・陳夢雷云：「孔子歷聘，諸侯莫能任，隱谷之中見薌蘭獨茂，喟然嘆曰：『蘭當爲王者香，今與眾草爲伍。』止車援琴鼓之，自傷不逢時，托辭於蘭云：『昔昔谷風，以陰以雨，之子于歸，遠送於野。何彼蒼天，不得其所。逍遙九州，無所定處。時人闇蔽，不知賢者，年紀逝邁，一身將老。』」此謂「猗蘭操」，然而似非孔子之作，故清人方時軒謂之「可疑」。詳見清・方時軒著，羅振常校，《樹蕙編》，收入《叢書集成續編》（臺北：新文豐出版社，1991年6月）第83冊，頁457。

〔註156〕蘇雪林，《楚騷新詁》（臺北：國立編譯館，1995年1月），頁18。

〔註157〕日・瀧川龜太郎，《史記會註考證》，頁984。

〔註158〕日・瀧川龜太郎，《史記會註考證》，頁985。

〔註159〕宋・洪興祖，《楚辭補注》，頁275。

木蘭生零陵山谷及泰山，皮似桂而香，十二月採皮陰乾。……時珍
曰：「木蘭枝葉俱竦，其花內白外紫，亦有四季開者。深山生者尤大，
可以為舟。」按：白樂天集云：「木蓮生巴峽山谷間，民呼為廣心樹，
大者五、六丈，涉冬不凋，身如青楊，有白紋，葉如桂而香，大無
脊，花如蓮花，香色艷膩皆同。〔註160〕

由此可知，「木蘭」具備木本植物高大的特色，至大者可剜而為舟。此外，除
花有香氣外，樹皮亦有香味，故俗有「採皮陰乾」的習慣。又「涉冬不凋」，
故屈原賦予「堅毅不拔」的人格意志。屈原面對奸小的傷害，縱或遭受煎熬，
亦不改心志，故搴木蘭之根根，飲木蘭上之露水，以滋養心靈力量。

（2）芷（茝）：辟芷、芳芷、結茝、攬茝、蘭芷

〈離騷〉云：

扈江離與 辟芷 兮，紉秋蘭以為佩。（頁6）

畦留夷與揭車兮，雜杜衡與芳 芷 。（頁14）

雜申椒與菌桂兮，豈維紉夫蕙 茝 ？（頁10）

擥木根以結 茝 兮，貫薜荔之落蕊。（頁17）

既替余以蕙纕兮，又申之以攬 茝 。（頁19）

蘭芷 變而不芳兮，荃蕙化而為茅。（頁53）

「芷」，王逸注曰「香草」，洪興祖補則云：「白芷，一名白茝，生下澤，春
生，葉相對婆娑，紫色，楚人謂之葯。」（頁6）則「芷」、「茝」似同一物。
段玉裁從音韻角度說明：「茝，本艸經謂之『白芷』。茝、芷同字。臣聲、止
聲同在一部也。《內則》曰：『佩悅茝蘭。』」〔註161〕不但說明「茝」即「芷」，
亦舉《禮記·內則》為例，證明佩戴「帨」、「茝」與「蘭」的習俗，自古已
有。〔註162〕

〔註160〕明·李時珍，《本草綱目》卷三十四，收入任繼愈、傅璇琮總主編，《文津閣
　　　　四庫全書》第二五六冊，頁584。

〔註161〕漢·許慎撰，清·段玉裁注，《說文解字注》，頁25。然若據吳仁傑所考，則
　　　　「芷」與「茝」雖同音，然非屬一物。吳仁傑認為：「按《集韻》，芷，渚市切，
　　　　香草也。同音茝字，草名，蘼蕪也。今〈離騷〉茝多作芷，蓋茝有芷音，讀者
　　　　亂之。茝音芷者，謂蘄茝也。」而此說與《說文》釋「江離」為「蘼蕪」之說
　　　　多所衝突，在此姑以傳統以來，視「芷」、「茝」一物。詳見宋·吳仁傑著，《離
　　　　騷草木疏》卷一，收入王雲五主編，《叢書集成初編》第1352冊，頁9。

〔註162〕《禮記·內則》曰：「子婦無私貨、無私畜、無私器，不敢私假，不敢私與。

「芷」爲香草，屈原取以比附「脩德」之美。「辟芷」，王逸注「芷幽而香」，則此處「辟芷」的取義近於「幽蘭」，因其香味與生長環境而有高潔的精神寄託。此外，「芷」亦可喻爲「人才」，故屈原除「滋蘭」、「樹蕙」外，亦培育了「芳芷」，期待眾多人才，日後能爲國家效勞。這種對「人才」的渴望，乃是著眼於歷史事實，昔日「三后」在朝，而「眾芳」即「人才」，並不限於「蕙」與「茝」，亦雜取「申椒」與「菌桂」（頁6）；「茝」在此乃喻「賢臣」，而「賢臣」是可以培育的。

有趣的是，「茝」雖然與「芷」同實異名，然而〈離騷〉之中，「芷」多用於傳達「美好」、「希望」的正面情緒；「茝」則用於屈原重申一己之堅持，頗有激勵自我的用意。如「擥木根以結茝」、「申之以攬茝」等句，乃是屈原面對「子弟薆穢」，以及小人「興心嫉妒」的種種困頓之下，再次表明對於理想的執著。然不論稱「芷」或「茝」，最終與「蘭」相同，皆紛紛變節，成爲屈原心中的痛。

（3）椒：椒丘、椒糈

〈離騷〉云：

> 步余馬於蘭皋兮，馳 椒 丘且焉止息。（頁23）

> 椒 專佞以慢慆兮，樧又欲充夫佩幃。（頁58）

> 覽 椒 蘭其若茲兮，又況揭車與江離。（頁59）

王逸注：「土高四墮曰椒丘。」（頁23）然此處以「蘭皋」對「椒丘」，則單純以「高丘」釋之不安，宜視爲「丘上有椒」〔註163〕。關於「椒」，可分爲「秦椒」與「蜀椒」兩類；《本草綱目》云：

> 別錄曰：「秦椒生泰山山谷及秦嶺上，或琅琊，八月、九月采實。」……

婦或賜之飲食、衣服、布帛、佩帨、茝蘭，則受，而獻諸舅姑。舅姑受之，則喜如新受賜。若反賜之，則辭不得命；如更受賜，藏以待乏。」此段乃記爲人媳婦，若受娘家親兄弟之飲食、衣服、布帛、佩帨，以及茝蘭等等，則應有何作爲。可見先秦時代，贈人「茝」、「蘭」已是風俗；也代表著「茝」作爲香草，可以象徵情感的傳遞。詳見唐·孔穎達等，《禮記正義》，收入清·阮元，《重刊宋本十三經注疏附校勘記》第五冊，頁522。

〔註163〕 「椒丘」容或爲地名解，如《史記·司馬相如列傳》之「出乎椒丘之闕」與《漢書》武帝〈傷李夫人賦〉中「釋予馬於山椒」等，「椒丘」、「山椒」確可視爲山丘、山巔，然〈離騷〉此處，前有曲澤生蘭草，則後有高丘生椒，亦無不可，如王泗原所言：「蘭皋椒丘並舉，是有蘭之皋，有椒之丘。」又湯炳正言：「蘭皋，長著蘭草的水岸。椒丘，長著椒木的山丘。」亦宜之。

陸璣疏義云：「椒樹似茱萸，有針刺，葉堅而滑澤，味亦辛香，蜀人
作茶，吳人作茗，皆以其葉合煮爲香，今成皋諸山有竹葉椒，其木
亦如蜀椒。」〔註164〕

依李時珍所載，「椒」乃木本，故謂「椒樹」，其葉味辛而香，其俗有入於茶
中。又「秦椒」即「大椒」、「花椒」，今查《中國高等植物圖鑑》，則「花椒」
乃落葉灌木，具有香氣，性喜陽光充足、溫暖之地。其花紅色或紫紅色，有
突起之腺體；又果實可提取香油。〔註165〕綜合上述，可知屈原止馬於「椒丘」，
或因此處瀰漫「辛香」，正可突顯屈原個人不同流俗的特質；又據《荊楚歲時
紀》載「椒」亦可入酒、入藥〔註166〕，則其性或有「養生」用途，此皆可以
滿足屈原潔身自好的人格要求。

　　既然「椒」可用於飲品，如茶、酒之中，則亦可加工於食品中。〈離騷〉
云：

　　　　巫咸將夕降兮，懷椒糈而要之。（頁52）

王逸注「椒糈」：「椒，香物，所以降神；糈，精米，所以享神。」洪興祖補
注引孟康言：「椒糈，以椒香米餌也。」（頁52）則可知「椒」作爲芬芳之物，
亦可獻於神靈，特別是地位崇高的靈巫──巫咸，更顯得「椒」作爲香物的
不凡。

　　與「蘭」相同，「椒」在〈離騷〉中亦被視作「人臣」。〈離騷〉所謂「椒
專佞以慢慆」，即是以人的角度來寫「椒」，如同將「蘭」雙關「令尹子蘭」。
〔註167〕此處的「椒」一改先前的「美善」、「辛香」，反而被視爲衰變、敗節的
象徵；可惜政治的污濁，無法改變這種趨勢，屈原「覽椒蘭其若茲兮」，僅能
將此憤恨化爲文字，一吐心中怨氣：「苟得列乎眾芳」、「又何芳之能祗」！（頁
58）

〔註164〕明・李時珍，《本草綱目》卷三十二，收入任繼愈、傅璇琮總主編，《文津閣
　　　　四庫全書》（北京：商務出版社，2005年）第256冊，頁563。
〔註165〕中國科學院植物研究所主編，《中國高等植物圖鑑》（北京：科學出版社，1976
　　　　年）第二冊，頁539。
〔註166〕董勛言：「俗有歲首酌椒酒而飲之，以椒性芬香又堪爲藥。故此日採椒花，以
　　　　貢尊者飲之，亦一時之禮。」詳見南朝梁・宗懍，《荊楚歲時紀》，收入《叢
　　　　書集成初編》（北京：中華書局，1991年）第3025冊。
〔註167〕關於此處所言之「椒」，是否真如王逸注所言，乃「楚大夫子椒」，眾說紛云。
　　　　然可以確定的是，文學創作者是有可能將一己之憤，寄託於想像之中，或許
　　　　真有「子椒」之流，被屈原「雙關」所指涉。

（4）蕙、荃

〈離騷〉云：

　　雜申椒與菌桂兮，豈維紉夫 蕙茝 ？（頁 10）

　　余既滋蘭之九畹兮，又樹 蕙 之百畝。（頁 14）

　　矯菌桂以紉 蕙 兮，索胡繩之纚纚。（頁 17）

　　既替余以蕙 纕 兮，又申之B攬茝。（頁 19）

　　攬茹 蕙 以掩涕兮，霑余襟之浪浪。（頁 34）

王逸注：「蕙、茝，皆香草，以喻賢者」（頁 10）《本草綱目》釋「薰草」：「一名蕙草，生下濕地，三月采陰乾脫節者良……有草麻葉而方莖，赤花而黑實，氣如蘼蕪，可以已癘。」〔註168〕由此可知，「蕙」乃具有明顯療效的香草；據吳仁傑《離騷草木疏》所言，「蕙」與「蘭」略相似，差異主要在於「所開之花的多寡」，與「香味芬芳的程度」上：「一幹一華而香有餘者，蘭也；一幹五、七華而香不足者，蕙也。」〔註169〕蕙雖然不若蘭之香，然而仍是芬芳之物，且又可「已癘」，有僻邪之藥性，故深受屈原喜愛。

　　此外，除比喻為「賢臣」之外，亦擬為「人才」，故有「樹蕙」之說；又或攬之以為己之飾物，以表高潔。此皆代表「蕙」草具備美善特質。然而令人惋惜的是，「蕙」草縱有如此多樣的美好象徵、比喻，在〈離騷〉之中：「蘭芷變而不芳兮，荃蕙化而為茅。」（頁 57）如同「蘭」、「芷」，「蕙」草終究失去其先天的材質，成為如「茅」般的「賤草」；也正是因為惡黨在朝，原本與屈原同一陣線的眾家君子，信道不篤、隨俗遷貿，朝中無有正人，終使屈原遠去求合。

　　而由於「荃」與「蕙」於此一同出現，故一併介紹。〈離騷〉中計有兩處言及「荃」：一已前見；另一則是：「荃不察余之中情兮，反信讒而齌怒。」（頁 12）王逸釋「荃」為「香草，以喻君也」，而洪興祖進一步指出「荃與蓀同」，《離騷草木疏》則合而言之：「所謂蘭蓀，蓀即今昌蒲是也。」〔註170〕則「荃」與「蓀」應是「菖蒲」一物。《本草綱目》中載：

〔註168〕明・李時珍，《本草綱目》卷十四，收入任繼愈、傅璇琮總主編，《文津閣四庫全書》第二五六冊，頁 335。

〔註169〕宋・吳仁傑著，《離騷草木疏》卷一，收入王雲五主編，《叢書集成初編》第1352 冊，頁 8。

〔註170〕宋・吳仁傑著，《離騷草木疏》卷一，收入王雲五主編，《叢書集成初編》第1352 冊，頁 1。

時珍曰：「菖蒲乃蒲類之昌盛者，故曰菖蒲。」又《呂氏春秋》云：
「冬至後五十七日，菖始生。菖者，百草之先生者，於是始耕，則
菖蒲、菖陽又取此義也。」《典術》云：「堯時天降精於庭爲韭，感
百陰之氣爲菖蒲，故曰堯韭。方士隱爲水劍，因葉形也。」〔註171〕

引文所言或已蒙上神祕不可解的說法，但由「百草之先生者」，以及「天降精
于庭，變而爲菖蒲」的說法來看，「菖蒲」在傳統的觀念中，與「陽氣之生」、
「堯帝之精」有所關聯，作爲「帝王」的象徵是極有可能的。〈離騷〉云：

　　　　荃不察余之中情兮，反信讒而齋怒。（頁 12）

「荃」除了作爲「人才」來看待，較主要的象徵應是指涉君王，即「楚懷王」。
王逸謂：「人君被服芬香，古以香草爲喻。惡數指斥尊者，故變言荃者。」（頁
12）屈原以具有芬芳美善的「荃」比附懷王，然懷王不信屈原之忠言逆耳，
反而任由鄭袖、上官大夫一班人等讒佞之人擺佈，終坐困愁城，被囚秦地；「不
察」一詞眞切地反應屈原的無力。

（5）江離、留夷、揭車、杜衡

〈離騷〉云：

　　　　扈江離與辟芷兮，紉秋蘭以爲佩。（頁 6）

　　　　畦留夷與揭車兮，雜杜衡與芳芷。（頁 14）

　　　　覽椒蘭其若茲兮，又況揭車與江離。（頁 59）

首先釋「江離」。洪興祖補注已點出對此種植物紛歧的見解：如《說文》認爲
「江離」乃「蘪蕪」；而司馬相如於賦中卻析之爲二。〔註172〕據《說文》段注：
「江蘺、蘪蕪，皆芎藭苗也。有二種，似薰本者爲江蘺、似虵床而香者爲蘪
蕪。則芎藭、江蘺、蘪蕪爲一。」〔註173〕換言之，「芎藭」之生類二，其一爲
「江蘺」，似薰；其二爲「蘪蕪」，有香味，而無論何者，其後皆成「芎藭」。
而《本草綱目》載「芎藭」：

　　　　《別錄》曰：「芎藭葉名蘪蕪。」……弘景曰：「今出曆陽，處處亦
　　　　有人家多種之，葉似蛇牀而香……」四、五月生葉，似水芹、胡荽、

〔註171〕明・李時珍，《本草綱目》卷十四，收入任繼愈、傅璇琮總主編，《文津閣四
　　　　庫全書》第二五六冊。
〔註172〕以上說法各參見漢・許愼撰，清・段玉裁注，《說文解字注》，頁25。司馬相
　　　　如，〈上林賦〉，收入日・瀧川龜太郎，《史記會注考證》，頁1215。
〔註173〕漢・許愼撰，清・段玉裁注，《說文解字注》，頁25。

蛇牀輩，作叢而莖細，其葉倍香江東、蜀人采葉作飲，七、八月開
碎白花如蛇牀子。〔註174〕

李時珍已間接點明：「江離」實亦香草之一，由於芬香，故詩人取之爲美善的
代表，如屈原即是。「扈江離與辟芷」，表示屈原秉持天生內在的美好，向外
求取相配的香花香草，而「江離」即是選項之一。

　　至於「留夷」，王逸注僅言之「香草」（頁14），未識何物。至於洪興祖補
注則加注「留夷，藥名」之說。據王引之考證，「留夷」即「辛夷」，亦名「芍
藥」也。〔註175〕據《漢書‧司馬相如傳》顏師古注有言：「芍藥，藥草名。其
根主和五藏，又辟毒氣，故合之於蘭桂五味，以助諸食，因呼『五味之和』
爲『芍藥』耳……今人食馬肝、馬腸者猶合芍藥而煑之，豈非古之遺法乎？」
〔註176〕由此可知，「芍藥」作爲藥草，以「調合」爲功，並可搭配「蘭」、「桂」
等芬芳植物。屈原可能因此而闢地種植，除取其「調養」義，亦因其性可與
屈原最愛的「蘭」等相得益彰。

　　而「揭車」，王逸注亦言「香草」，不知實指爲何。洪興祖則引《爾雅》，
認爲「揭車」乃「藒車」，以及引《本草拾遺》言：「藒車，味辛，生彭城，
高數尺，白花。」（頁14～15）「藒車」似乎亦有藥性，連植物病蟲害皆可醫
治，《齊民要術》有言：「凡諸樹有蛀者，煎此香冷淋之，即辟也。」〔註177〕
由於「揭車」香氣過於辛烈，故又取以爲「藒車香」名，而唐人陳藏器編《本
草拾遺》載：「藒車香，味辛，主鬼氣，去臭及蟲魚蛀蠹。」〔註178〕此皆說明
「揭車」與「留夷」相仿，具備藥性，可去除奸邪之氣，故屈原畦以爲藥草
田，期待眾芳一日長成，成爲排除朝廷惡勢力的君子人才。

　　最後則是「杜衡」。王逸仍以「香草」視之，未知何物。洪興祖引《爾

〔註174〕明‧李時珍，《本草綱目》卷十四，收入任繼愈、傅璇琮總主編，《文津閣四
　　　　庫全書》第二五六冊，頁319。

〔註175〕王引之考釋，認爲《廣雅》所言「攣夷」乃「芍藥」，因「留攣聲之轉也」。
　　　　又張揖注司馬相如〈上林賦〉言：「留夷，新夷也。」則又「新」與「辛」可
　　　　同。如此說來，王逸注《九歌》所云：「辛夷，香草也。」、郭璞注《山海經‧
　　　　西山經》云：「芍藥，一名辛夷，亦香草屬。」則《詩經‧鄭風》之「芍藥」、
　　　　〈離騷〉之「留夷」與《九歌》之「辛夷」乃一物也。

〔註176〕漢‧班固撰，唐‧顏師古注，《漢書補注》（臺北：藝文印書館，1972年）第
　　　　二冊，頁1200。

〔註177〕後魏‧賈思勰，《齊民要術》，收入國悟石主編，《四庫全書精華》（北京：國
　　　　際文化出版公司，1995年4月）第二十三冊。

〔註178〕唐‧陳藏器，《本草拾遺輯釋》（合肥：安徽科學技術社，2002年7月）。

雅》補注言：「似葵而香。」（頁 15）。據趙逵夫考證，「杜衡」亦具備藥性：

> 杜衡即馬蹄香，又名杜葵、土細辛。乃是馬兜鈴科常綠草本植物，
> 全株有辛香味，自上古即作藥用，或作爲衛生保健用品。亦可隨身
> 佩帶作香料。〔註 179〕

由趙氏所言，則「杜衡」在古代應被視爲「衛生保健」植物。又可香人衣體，
則其香味不若「留夷」、「揭車」般辛烈，故〈離騷〉中「杜衡」與「芷茞」
並列一句。

（6）宿莽、秋菊

〈離騷〉云：

> 朝搴阰之木蘭兮，夕攬洲之 宿莽 。（頁 8）

至於「宿莽」。王逸注：「草冬生不死者，楚人名曰宿莽。」洪興祖引《爾雅》
言補注爲「卷施草」。（頁 8）則「宿莽」或爲「卷施草」。〔註 180〕趙逵夫曾經
詳細考證「宿莽」的特色，有以下的說法：

> 宿莽，一種常綠灌木，木蘭科，高丈餘，葉如石南的葉。三、四
> 月間葉腋生短梗，開黃白花，花瓣細長。果實爲菁葵，種子有劇
> 毒，古人用於毒魚。其葉含有香氣，可製木香、綠香，可以祛蟲
> 除蠹。木材可作器具。……又名莽草、芒草，古又叫罔草、葞、
> 春草、水莽、鼠莽。「莽」爲古代楚人開於草的通名，「宿」指其
> 經冬不死。其性辛烈。可以祛蟲防蠹，又有香味，詩人采擷它表
> 示意志的培養（有松柏之節），修潔而不同流合污的本性（香味及
> 去蟲蠹）。又因其與木蘭同科，故詩中曰：「朝搴阰之木蘭兮，夕
> 攬洲之宿莽。」〔註 181〕

趙氏此段考證，可謂詳細備至。依其所言，「宿莽」與「木蘭」同科，故屈
原同處併言，此甚合理。又「宿莽」雖然以其「味辛烈」，而廣泛用於「祛
蟲除蠹」，看似殘忍，然而以屈原其時之楚國來看，國家朝廷正需要如此「貞

〔註 179〕趙逵夫，《屈騷探幽》（成都：巴蜀書社，2004 年 4 月），頁 321。

〔註 180〕關於「宿莽」是否爲「卷施草」，歷來爭議頗多。然而誠如游國恩所言：「王
逸以爲冬生不死之草，郭璞謂〈離騷〉所云宿莽即《爾雅》之卷施草，二說
雖無確據，要皆不背於文義。」所謂「不背文義」，意即「宿莽」是否爲「卷
施草」，對於〈離騷〉此段文字的詮釋，並不構成篇章義涵的錯誤。故於此筆
者從王逸、洪興祖之說，視「宿莽」爲「卷施草」。

〔註 181〕趙逵夫，《屈騷探幽》，頁 308～311。

烈之士」，將黨人奸佞予以「袪除」，此或屈原在內心憤恨之下的意象取擇；又「宿莽」亦有香氣，可製成眾多產品，熏潔衣體，此亦符合屈原對自身美好的一貫追求。集二美於一物，且未有「變衰敗德」的可能，並能「經冬而不凋」，「宿莽」可說是最能代表屈原真心的植物意象之一。

再論〈秋菊〉。〈離騷〉云：

朝飲木蘭之墜露兮，夕餐 秋菊 之落英。（頁 17）

「秋菊」，王逸注說明食用之效：「暮食芳菊之落華，吞正陰之精藥，動以香潔，自潤澤也。」（頁 17）此乃由「乾坤陰陽」的角度說明，較難理解。洪興祖補注則引魏文帝之言：「芳菊含乾坤之純和，體芬芳之淑氣。故屈原悲冉冉之將老，思飧秋菊之落英，輔體延年，莫斯之貴。」（頁 17）洪氏雖然仍延續王逸「陰陽」之說，然而亦稍微提及「延年」的食用效果，不由得使人聯想起「道家養生」之說。《抱朴子·仙藥》載：

南陽酈縣山中，有甘谷水，水所以甘者，谷上左右皆生甘菊。菊花
墜其中，歷世彌久，故水味爲變，其臨此谷中，居民皆不穿井，悉
食甘谷水，食者無不老壽，高者百四、五十歲，下者不失八、九十
無夭年。人得此菊力也。〔註 182〕

從記載所言，食菊之水，尚可長壽至百四、五十歲，則單純食菊，可養生延年之說法，必定盛行一時。吳仁傑《離騷草木疏》引陶隱居之語：「菊有兩種，一種莖紫、氣香而味甘，葉可作羹食；一種青莖而大，作蒿艾氣味，苦不堪食者，名苦薏。」〔註 183〕屈原所食，或應爲第一種，然亦未能確定。而關於屈原所食之菊，究竟是「始生之菊」，抑或是「萎落之菊」，反而成爲歷來研究者關注的焦點，因非本節論點，故在此省略介紹。唯筆者認爲，以屈原芳潔自恃，美善自愛的個性來看，「落英」之「落」，應依《爾雅》所言：「初、哉、首、基、肇、祖、元、胎、俶、落、權輿，始也。」〔註 184〕將「落英」解釋爲「始生之菊花」爲宜。

〔註 182〕晉·葛洪，《抱朴子·內篇》卷十一，收入《四部備要·子部》（臺北：中華書局，1981 年 6 月）第 420 冊，頁 8。

〔註 183〕宋·吳仁傑著，《離騷草木疏》卷一，收入王雲五主編，《叢書集成初編》第 1352 冊，頁 3～4。

〔註 184〕晉·郭璞注，宋·邢昺疏，《爾雅注疏》，收入清·阮元，《重刊宋本十三經注疏附校勘記》第八冊，頁 6。

（7）木根、薜荔

〈離騷〉云：

　　擥 木根 以結茝兮，貫 薜荔 之落蕊。（頁 17）

「木根」，王逸以爲「喻爲根本」（頁 12），然「根本」因何，則未有明說。洪興祖承襲此說，亦言「根與茝皆喻本」（頁 13），則更撲朔迷離。或言「木根」乃「木蘭」之根、「木菌」之根〔註185〕等，然皆無由證明，故在此依汪瑗所謂「泛言香木之根」〔註186〕即可，不必作實說。「木根」在此作爲結茝之憑據，乃是屈原在心意搖蕩之際，藉以宣示自我理想的正確。

　　除木根結茝外，屈原更取薜荔之落蕊增飾，如王逸所言：「累香草之實，執持忠信也。」王逸注「薜荔」爲「緣木而生之香草」，說明其爲蔓生之藤類植物。（頁 18）《山海經・西山經》載：「又西八十里，曰『小華之山』……其草有萆荔，狀如烏韭，而生于石上，亦緣木而生，食之已心痛。」〔註187〕其中「萆荔」應是「薜荔」，可知該草具有藥性。此外，據《管子・地員》載：「薜荔白芷，蘪蕪椒連，五臭所校。」〔註188〕在此「校」通「效」，有「呈顯」義，意即「薜荔」之香味明顯濃烈，與「椒」等植物相當，也因此受到屈原青睞，成爲個人意志堅貞的寄託。

（8）芰荷、芙蓉

〈離騷〉云：

　　製 芰荷 以爲衣兮，集 芙蓉 以爲裳。（頁 24）

「芰」，王逸注：「蔆也，秦人曰薢茩。」洪興祖則補注：「生水中，葉浮水上，花黃白色。」（頁 24）王逸所言「蔆」、「薢茩」，即俗稱之「蔆角」（菱角），似與「荷」爲二物。「蔆角」，《本草綱目》釋：「其葉支散，故字從支；其角棱峭，故謂之蔆。而俗呼爲蔆角也。昔人多不分別，惟王安貧〈武陵記〉以三角、四角者爲芰，兩角者爲蔆。」〔註189〕綜合上述，若視「芰」爲「蔆角」，

〔註185〕清・劉夢鵬，《屈子章句》，收入吳平、回達強主編，《楚辭文獻集成》第二十七冊，頁 19337。

〔註186〕明・汪瑗，《楚辭集解》，收入吳平、回達強主編，《楚辭文獻集成》第四冊，頁 2710。

〔註187〕晉・郭璞傳，清・郝懿行箋疏，《清琅環仙館刻本山海經箋疏》，頁 33～34。

〔註188〕黎翔鳳撰，梁運華整理，《管子校注》（北京：中華書局，2004 年 6 月）第三冊，頁 1101。

〔註189〕明・李時珍，《本草綱目》卷三十三，收入任繼愈、傅璇琮總主編，《文津閣四庫全書》第二五六冊，頁 576。

則其葉似亦平凡無奇，諸家反而多注意到其可食用之「實」，或二角、四角云云。故於此合併「芰、荷」爲一物觀之。

　　胡韞玉有言：「芰荷與芙蓉對舉，當爲一物。」此說可參考，又曰：「荷爲總名，芰荷即亭出水面之荷葉也。芰從支，象葉支散之形，故曰芰荷。」〔註190〕筆者認爲「芰荷」乃著眼於「荷」之「葉」片部分〔註191〕。據王其超整理，「荷葉」分爲三種：

> 以頂芽最初產生的葉，形小柄細，浮于水面，稱爲錢葉，或叫荷錢；最早從藕帶上長的葉略大，也浮于水面，叫浮葉；後來從藕帶上長的挺出水面的葉叫立葉。立葉以生長早晚，其大小、高矮、順序表現出明顯的上升階梯和下降階梯。……葉面深綠色，葉背淡綠，具十四至二十一條輻射狀葉脈，脈隆起，中央有圓柱狀葉柄挺舉荷葉出水。葉柄與地下莖相連處呈白色，水中及水上部分則爲綠色。〔註192〕

由王氏分析，可見單就「芰荷」之「葉」，即有層次美感：水面的荷錢、浮葉，以及在水面以上，呈現高低有序的立葉；又有色彩美感：深綠、淺綠的對比，加上呈放射狀的葉脈，此皆可供重視「美感」的屈原採用，或取其形飾於衣、取其色染於衣。至於「芙蓉」，由「芰荷」的介紹可知，乃專指「荷花」而言。王其超分析：

> 荷花的花原基著生于藕帶處芽內、幼葉基部的背面，花單生，兩性，色有深紅、粉紅、白、淡綠及間色等變化，花期六至九月，單朵花期只三至四天，多晨開午閉，花徑最大可達三十厘米，小者不足十厘米。〔註193〕

〔註190〕胡韞玉，〈離騷補釋〉，收入王雲五主編，《景印國粹學報舊刊全集》（臺北：臺灣商務印書館，1974 年 9 月）第 20 冊，頁 11481。

〔註191〕關於「芰荷」究竟指涉「荷」的何部位？馬茂元認爲：「在文學作品裡，說芰荷，有時是指芰荷的花，有時是指芰荷的葉，各視具體情況而定，讀者自能以意得之。……這裡（按：〈離騷〉）當是指以葉爲衣，以花爲裳。又〈招魂〉：『芙蓉始發，雜芰荷些。』……芙蓉爲別名，專指花而不指葉；芰荷爲共名，但因與花對舉，就惠指葉而不指花。」此說可供參考。詳見馬茂元，《楚辭選》（北京：人民文學出版社，1980 年 4 月），頁 20～21。

〔註192〕張行言、王其超編，《荷花》（上海：上海科學技術出版發行，1999 年 1 月），頁 61～62。

〔註193〕張行言、王其超編，《荷花》（上海：上海科學技術出版發行，1999 年 1 月），頁 26。

由此處對「荷花」的說明，可以知道其色變化多端，單色有紅、粉紅、白、綠，間色則漸層排列；而其形則有大、小之別，此亦「愛美」之屈原所重視者，故取諸爲「裳」之飾，亦爲妥適。

「進不入以離尤兮，退將復脩吾初服。」（頁 23）屈原這一身以「芰荷」爲對象而創製的「初服」或有其幻想的成分，然面對「竭其忠誠，君不肯納」的處境，「隱去」之心復生，故著以「清潔之服」，重申個人「內美」與「外美」的美質。取「出淤泥而不染」的「荷」爲喻，是最適宜不過。

（9）申椒

〈離騷〉云：

雜 申椒 與菌桂兮，豈維紉夫蕙茞？（頁 10）

蘇糞壤以充幃兮，謂 申椒 其不芳。（頁 51）

「申椒」，王逸注「申」爲「重」，意即「眾生茂實」。（頁 10）然而，若「申椒」只單純解釋爲「眾多茂實的椒」，則又無法解釋「申椒」在〈離騷〉中，比之於「椒」的衰變，更有芳潔而忠貞的特質。故「申」應另有所指，姜亮夫認爲「申」乃「大」意，「雜申椒與菌桂」等二句，意指「三后純粹，其於眾芳不僅綴取花葉，亦甚取根株之意，則椒桂大木之間，不宜有小草明矣」〔註194〕，以「取花葉」、「取根株」等說法來詮釋「申」字，似覺牽連。「申」字應是地名，如朱熹、聞一多〔註195〕所言，然是否確定爲春秋時代的「申國」，則待進一步考證。但無論如何，「申椒」作爲植物意象，是與「椒」有層次上的差異，兩者皆有芳美特色，可喻爲「人材」、「賢臣」，但前者並不如後者般，終有「衰變而不能賢貞」的現象。

（10）菌桂

〈離騷〉云：

雜申椒與 菌桂 兮，豈維紉夫蕙茞？（頁 10）

〔註194〕姜亮夫，《屈原賦校註》，頁 13。

〔註195〕朱熹認爲：「申，或地名，或其美名耳。」而聞一多進一步推論，認爲「申」或指春秋時代，楚國所滅之「申國」，其故城在今河南南陽縣一帶。詳見宋・朱熹，《楚辭集注》，收入吳平、回達強主編，《楚辭文獻集成》第三冊，頁 1755。聞一多，〈離騷解詁乙〉，收入孫黨伯、袁謇正主編，《聞一多全集》第五冊，頁 284。

「菌桂」，王逸僅注「香草」，而洪興祖則引《本草》，謂「花白藥黃，正圓如竹」。（頁10）由吳仁傑《離騷草木疏》、李時珍《本草綱目》等考查，「菌桂」即「筒桂」。〔註196〕《重修政和證類本草》載：「菌桂，味辛溫，無毒。主百病，養精神，和顏色，為諸藥先聘通使。久服輕身不老，面生光華，媚好常如童子。生交阯、桂林山谷巖崖間，無骨，正圓如竹，立秋採。」〔註197〕則「菌桂」乃滋補養生之品，除振精神外，亦具有開導作用，為諸藥先使。就「輕身不老，面生光華」等說法來看，「菌桂」之質非常俗之物可比，將之比擬為「三后」時期的「賢臣」，亦十分妥適。

縱觀上述香草，可以發現屈原所取「蘭」、「芷（茝）」、「椒」、「蕙」、「荃」、「江離」、「留夷」、「揭車」與「杜衡」、「宿莽」、「秋菊」、「木根」、「薜荔」、「芰荷」與「芙蓉」、「申椒」與「菌桂」約十七種植物，雖然皆列於「香草、香木」類，具有「良善之質」，然於〈離騷〉行文中，約可分為二個子類：一類雖然以芳香為名，然終有「衰敗」的一日，如「蘭」、「芷」、「椒」、「蕙」、「荃」、「江離」、「揭車」等；另一類則在描述中，未有「衰敗」的情形發生，如「宿莽」、「秋菊」、「木根」、「薜荔」、「芰荷」與「芙蓉」、「申椒」、「菌桂」等，因為始終如一，故屈原或引以為飾，或引以為食。而不論變衰與否，以上植物計有以下幾種特色：其一，皆可比附為「人才」。然人才又有兩種形象，一為「溫文儒雅」者，如「蘭」、「芷」、「椒」等，以芳香襲人而取譬；一為「耿介絕俗」者，如「留夷」、「揭車」、「杜衡」等，以「辛香」著稱，而「辛烈」意或甚於「芳香」。其二，無論是上述何種形象，亦可視為屈原自身「溫和內美」與「直諫不悔」的兩個面向，故此等植物意象，亦可比附為屈原人格特質。其三，在以「人才」為喻的前提下，這些植物或不免變節曲志，象徵為屈原在「人才培育」上的失敗，以及面對「人才墮落」時的痛苦。

〔註196〕吳仁傑於《離騷草木疏》中，引用《蜀本圖經》：「葉似柿葉而尖狹光淨，花白藥黃，四月開，五月結實，木皮青黃伯捲若筒者，名筒桂。」朱季海認為洪注「花白藥黃」即本諸《圖經》。另李時珍《本草綱目》則視「菌桂」一名「筒桂」，又名「小桂」。詳見宋・吳仁傑，《離騷草木疏》，頁32～33。明・李時珍，《本草綱目》卷三十四，收入任繼愈、傅璇琮總主編，《文津閣四庫全書》第二五六冊，頁584。

〔註197〕宋・唐慎微，《重修政和證類本草》，收入王雲五主編，《四部叢刊正編》（臺北：臺灣商務印書館，1979年11月）第二十冊，頁303。

2.「惡草」類

（1）茅

〈離騷〉云：

> 蘭芷變而不芳兮，荃蕙化而為 茅 。（頁 57）

「茅」，王逸注「惡草」，喻為「讒臣」；而洪興祖補注未有所解。（頁 57）然而就古籍來看，「茅」似乎多用於祭祀儀式或是占卜求神等，似非如王逸所謂「惡草」。《周易・繫辭上》載孔子言：「苟錯諸地而可矣，藉之用茅，何咎之有？慎之至也，夫茅之為物薄，而用可重也。慎斯術也以往，其無所失矣！」〔註198〕由此段文字可知，「茅」乃古人用以「藉地」之物，故「為物乃薄」，是地位與價值皆不甚高雅的植物，故屈原取之，藉此諷刺那些「蘭」、「芷」、「荃」、「蕙」等，不能堅持「天生內美」的情操，而趨附於黨人、奸佞之徒。

（2）蕭、艾

〈離騷〉云：

> 何昔日之芳草兮，今直為此 蕭艾 也。（頁 57）

「蕭」、「艾」。洪興祖補注引《淮南》，將之視為「賤草」，並喻不肖者。（頁 57）然誠如姜亮夫所言：「細審洪義，似以蕭艾不類，不能同稱，且蕭亦香蒿，不可視為賤草。」〔註199〕誠然，以洪氏所引，皆是享神、祭祀事，故不宜逕自釋「蕭」、「艾」為「賤草」。而吳仁傑有言：「祭用鬯酒，諸侯以薰，大夫以蘭芷，士以蕭，庶人以艾。」〔註200〕則「蕭」、「艾」縱非「賤草」，亦是地位不高的植物。故於此，屈原取之以表達內心的苦痛。昔日之芳草，今日盡變為蕭艾之賤質；曾經費心栽培者，於今卻拋却教誨，為奸佞之事，豈不令人痛心？

（3）樧

〈離騷〉云：

> 椒專佞以慢慆兮， 樧 又欲充夫佩幃。（頁 58）

「樧」，王逸注為「茱萸」；洪興祖引《爾雅》補注：「樧，似茱萸而小，赤色。」

〔註198〕魏・王弼、晉・韓康伯注，唐・孔穎達疏，《周易正義》，收入清・阮元，《重刊宋本十三經注疏附校勘記》第一冊，頁 151。
〔註199〕姜亮夫，《屈原賦校注》，頁 120。
〔註200〕宋・吳仁傑著，《離騷草木疏》卷四，收入王雲五主編，《叢書集成初編》第1352 冊，頁 42。

（頁58）而吳仁傑引《爾雅》考證，「樧」與「茱萸」雖然形似，然應是二物。
〔註201〕而以「樧」為名者有三類：「茱萸」又名「樧子」、「蕪荑」又名「蒵薽」、
「蔓椒」一名「豨樧」；其中「蔓椒」又俗稱「豨狗」之賤名，形小又不香。
〔註202〕由此可知，「樧」並非「椒」，亦非「茱萸」，由於其形小，且不具芬芳
之質，而欲以此之德「充乎佩幃」，自是於理不容。在此，「價值低下」並非
屈原批判「樧」的原因，所著眼處乃在於「欲」一字上，因為「樧」不忖己
才之能，卻一心「妄想」得高位、享特權，自然是居心回測；此正是蔣驥「罪
在欲耳」之說。〔註203〕

由前述之說，自然引出「樧」是否落實，指涉某位歷史人物的問題。若
回顧「蘭」與「椒」兩類意象，亦可比附「子蘭」等人臣的現象來看〔註204〕，
則此處之「樧」亦可視為比喻，誠如姜亮夫所言：「樧則連類及之，蓋徧指椒
蘭以下諸冑子言，即原所滋樹之蘭也蕙也。」〔註205〕換言之，「樧」或是屈原
用以比擬朝中「讒佞」之黨人。

（4）蒺、菉、葹

〈離騷〉云：

> 蒺菉葹以盈室兮，判獨離而不服。（頁27）

此處所欲解決者，首先是「蒺」字究竟植物與否？依許慎《說文》所言，「蒺」
乃「草多貌」〔註206〕，故〈離騷〉此處應是「多積菉葹而至滿室」解，此說
可通；然若視「蒺」為植物，則依王逸注，乃是「蒺藜」，即洪興祖補注所言：
「布地蔓生，細葉，子有三角，刺人。」（頁27）似是常見之普通植物，故《離
騷》中，被喻為「黨人」之流。

「菉」，王逸注為「王芻」，又言「惡草」；洪興祖進一步補注：「菉作綠。」
並引《本草綱目》：「藎草，葉似竹而細薄，莖亦圓小，生平澤溪澗之側，俗

〔註201〕宋・吳仁傑著，《離騷草木疏》卷四，收入王雲五主編，《叢書集成初編》第
1352 冊，頁 45～46。
〔註202〕宋・吳仁傑著，《離騷草木疏》卷一，收入王雲五主編，《叢書集成初編》第
1352 冊，頁 45。
〔註203〕然蔣驥認為「樧」乃「椒」一類，具辛香之質，此乃與筆者觀點出入處。詳
見清・蔣驥，《山帶閣注楚辭》（臺北：宏業書局，1972 年 11 月），頁 47。
〔註204〕關於「椒」比附「子椒」，筆者存疑。然不否認屈原有坐實邪佞人臣的用意，
詳見前文。
〔註205〕姜亮夫，《屈原賦校註》（臺北：華正書局，1974 年 7 月），頁 123。
〔註206〕漢・許慎撰，清・段玉裁注，《說文解字注》，頁 39。

名菜蓩草。」（頁27）由此所見，似乎「菉」草乃平日溪畔可見之常俗之類。而據《中國高等植物圖鑑》載：「（生長）幾遍及全國，舊大陸溫暖地區廣布。生草坡或陰濕地方。可供放牧；莖葉藥用治久咳、洗瘡；汁液可作黃色染料。本種變異性很大，變種很多。」〔註207〕由「漫生於陰濕之地」，以及「洗瘡」、「變種」等特性來看，〈離騷〉此處取「菉」以喻「平庸之小人」。女嬃所不解者：屈原何不效仿如同「菉」草般平庸的人們，隨俗以避禍，爲何非要「超然獨立」，遭致非難？

至於「葹」，王逸注「枲耳」，亦言「惡草」；洪興祖則言「形似鼠耳，詩人謂之卷耳。」（頁27）由資料來看，「葹」與「菉」相同，皆是用以比喻「庸俗小人」，乃女嬃希望其弟能「與世浮沉」，目的乃在「避禍遠害」。

3.「靈草」類：蔓茅

〈離騷〉云：

　　索蔓茅以筳篿兮，命靈氛爲余占之。（頁49）

「蔓茅」，王逸注爲「靈草」；洪興祖引《爾雅》，認爲「蔓」與「藑」同類。（頁49）《說文》釋「蔓茅」爲「舜」，「舜」又作「薞」，乃木菫類〔註208〕，吳氏認爲木菫之「舜」，與「蔓茅之舜」不同；又引賈思勰語：「藑，一名蔓根，幽、兗謂之燕藑，正白，可蒸以禦饑，漢祭甘泉用之。其華有兩種：一種莖葉細而香，一種莖赤氣臭。」〔註209〕意謂「蔓（或藑）」之花有色有白、赤二色，而郭璞注《爾雅》所謂「花有赤者爲蔓」〔註210〕的說法，吳氏認爲不妥。關於靈草「蔓茅」的占卜，周去非經考證後，認爲：

　　南人茅卜法，卜人信手摘茅，取占者左手，自肘量至中指尖而斷之，以授占者，使禱所求：即中摺之，祝曰：「奉請茅將軍、茅小孃，上知天綱，下知地理。」云云。遂禱所卜之事，口且禱、手且掐，自茅之中，掐至尾；又自茅中掐至首，乃各以四數之，餘一爲料，餘二爲傷，餘三爲疾，餘四爲厚。料者崔也⋯⋯傷者聲也，謂之笑面

〔註207〕中國科學院北京植物所主編，《中國高等植物圖鑑》（北京：科學出版社，1994年）第五冊，頁198。

〔註208〕漢・許慎撰，清・段玉裁注，《說文解字注》，頁29。

〔註209〕宋・吳仁傑著，《離騷草木疏》卷二，收入王雲五主編，《叢書集成初編》第1352冊，頁29～30。

〔註210〕晉・郭璞注，宋・邢昺疏，《爾雅注疏》，收入清・阮元，《重刊宋本十三經注疏附校勘記》第八冊，頁137。

貓……疾者黑面貓也……厚者滯也……余以爲此法即《易卦》之世應揲著也。嘗聞楚人箄卜，今見之。〔註211〕

周氏所敘，應如楚地折草、折竹、折木枝、折炷香等俗，雖然乃近代紀錄，當有其源流；游國恩認爲此說「雖或爲古法之遺，亦僅能據以想其彷彿耳」〔註212〕，此態度亦屬正確，至於胡文英「掐茅卦」亦可參考。〔註213〕以上皆可說明「藑茅」乃是占卜時相關用植物，由於「芬芳」非此類意象所著重處，故歸入此類。

（二）動物

相較於植物意象的紛繁多樣，〈離騷〉中「實意象」的「動物」，數量上明顯不如「植物」。除「步余馬於蘭皋兮」之「馬」字爲泛稱，無實指意義外；較爲特殊的動物計有四：「騏驥」、「鷙鳥」、「封狐」與「鵜鴂」。而四者之中，除卻「封狐」被視爲歷史人物的活動對象，餘三者則各有比附。以下即分析之。

1. 騏驥

〈離騷〉云：

乘 騏驥 以馳騁兮，來吾道夫先路。（頁9）

「騏驥」，王逸注「駿馬」，用以喻賢者。（頁9）《詩經‧魯頌》有〈駉〉篇：「薄言駉者，有驈有騜，有騂有騏。」〔註214〕〈駉〉一詩主要在稱美魯僖公牧馬之盛，計有十六種毛色不同的馬匹，足見「馬」的存在對於當世有極其重要的功能。然〈駉〉詩或單純敘述僖公致力牧產，或如清學者方玉潤所言「喻賢才」的說法，

2. 鷙鳥

〈離騷〉云：

鷙鳥 之不羣兮，自前世而固然。（頁22）

「鷙」，王逸注「鷹鸇之類」，有「執伏眾鳥」的能力。（頁22）或說「執」與

〔註211〕宋‧周去非，《嶺外代答》卷十，收入王雲五主編，《叢書集成初編》第3119冊，頁123。

〔註212〕游國恩，《離騷纂義》，頁353。

〔註213〕清‧胡文英，《屈騷指掌》，收入吳平、回達強主編，《楚辭文獻集成》第十五冊，頁10661～10662。

〔註214〕《魯頌‧駉》據朱熹解釋，乃是「美僖公牧馬之盛」的作品。詳見屈萬里，《詩經詮釋》，頁601。

「摯」為古今字，有誠信忠貞之義。〔註215〕則「鷙鳥」有二涵義：一為特出卓犖，不與流俗者；二為誠信忠貞，剛正君子者。此皆可代表屈原對自身的肯定，非他人可任意讒毀。

3. 封狐

〈離騷〉云：

> 羿淫遊以佚畋兮，又好射夫封狐。（頁30）

「封狐」，王逸注「大狐」（頁30）。時羿為諸侯，不恤國事，終日畋獵，射殺大狐，而犯天孽，終致亡國。羿之亡國，乃因怠乎為君之守，射殺之「封狐」，或說是神怪之物，如〈招魂〉所謂「封狐千里」（頁315），乃具靈性之動物。

4. 鵜鴃

〈離騷〉云：

> 恐鵜鴃之先鳴兮，使夫百草為之不芳。（頁55）

「鵜鴃」，王逸注「買鵕」（頁55）。洪興祖補注引顏師古：「鵜鴃，一名買鵔，一名子規，一名杜鵑，常以立夏鳴，鳴則眾芳皆歇。」又或引服虔之說，認為乃是「伯勞」。（頁56）若是「子規」，則「三月啼叫」；「伯勞」，則「七月鳴」。屬前者則百花正盛；屬後者則入秋花謝，以〈離騷〉此處所言「百草為之不芳」，則以「伯勞」之說為佳，屬原擔心「伯勞」於七月前「先鳴」，使百草提前枯萎。「鵜鴃先鳴」具有「小人得志」之意，小人得志則事不成，更何況具芬芳美德的賢人？

（三）曆法、天文與地理

屬於自傳式長篇詩歌的〈離騷〉，在「實意象」的形塑上，「人物」以及「植物」意象明顯具有較多樣化的表現。然而作為承載這些主要意象的載體——「曆法、天文與地理」意象，雖然與之相比，較為單調，但仍有可觀之處。

曆法、天文與地理，在傳統上似乎無所不包，這正因為「天文」指涉「日月星辰、風雨霜雪」等「縱向」立體分布；而「地理」指涉「原川、山海」等「橫向」平面分布；兩者相交構成了廣大的空間，也予人無盡的想像。再加上「曆法」的時間觀念，共同形成了萬物存在的時空背景。就〈離騷〉文本來看，「實意象」中的「曆法、天文、地理」意象雖然不如想像中的多樣，

〔註215〕姜亮夫，《楚辭通詁》，收入《姜亮夫全集》第三輯，頁528。

但基本上已指涉與屈原生活有密切關係的諸多線索，也反映屈原看待自身生存空間的角度及詮釋。

在「曆法」意象上，此處擬選擇與屈原生辰有關之「攝提」、「庚寅」來介紹；而「天文」意象方面，屈原對時間的恐懼反應在「日月」與「春秋」的流變中，故此亦本單元討論之對象；而「九天」、「皇天」的天文概念，也是屈原所處時代，人們對「天」的普遍認識，故亦予以介紹；至於「地理」意象方面，則聚焦屈原活動地點：大至「九州」、「沅、湘」之域；小至「阰、洲」、「皋、丘」之地形。

1. 曆法

〈離騷〉云：

　　攝提貞于孟陬兮，惟庚寅吾以降。（頁4）

「攝提」，王逸注以爲「攝提格」；至於「庚寅」，王逸則視爲屈原生辰之「日」。（頁5）因爲此處關係到屈原之出生日期，故歷來引發眾多學者討論。而據游國恩統計，〈離騷〉此二句，對於屈原生辰之說，大致可分爲五類：其一，以「攝提」爲歲，「孟陬」爲月，「庚寅」爲日，即謂屈原之生年、月、月皆屬「寅」者，王逸主此說。其二，以「攝提」爲星名，謂屈原之生月、日雖寅，然生年則未必，朱熹主此說。其三，以「攝提」爲星名，而以「庚寅」爲生年，王國維主此說。其四，以「攝提」爲星、「孟」爲孟月，謂屈原生于孟十月之庚寅者，朱冀主此說。其五，「攝提貞于孟陬」句，猶言寅年之正月，歲雖寅而月未必寅；以周正建子，則孟陬或爲子月。餘者，則出入於上述諸說，或有所取捨。

而游國恩在諸家之外，主張回歸王逸之說，認爲賈誼《鵩鳥賦》發端之紀年月日，乃仿自屈原此處所自述生年日辰；至於王逸所謂「得陰陽之正中」等語，失之傅會，可不從。〔註216〕

因此，關於屈原之生年日辰，游氏整理已甚詳細。「孟陬」、「庚寅」乃紀月日之用，並無疑異；然游氏謂「攝提格本又可稱攝提」之說，周秉高認爲不妥。周氏詳考《爾雅》、《淮南子》與《星經》等書，認爲「攝提格」是歲名，其前提是「攝提在寅」，如果僅有「攝提」，而無「在寅」之先決條件，則「攝提格」無從成立。而〈離騷〉此處之「攝提貞」一詞，即是「攝提在寅」之義，「貞」乃「建寅爲正」之「正」。故王逸將「攝提格」釋爲「太歲

────────────

〔註216〕游國恩，《離騷纂義》，頁16～18。

在寅」，即「攝提格」，故「攝提」為星名無誤。〔註217〕此說可補充游氏之言。

2. 天文

《說文》釋「天」：「天，顛也。至高無上，从一大。」〔註218〕由於「天」予人至高無上的實際感受，因此衍申許多意義：從最原始的「自然之天」，如《莊子・大宗師》云：「知天所爲者，知人之所爲者，至矣。」〔註219〕；或是「萬物的主宰」，如《尚書・泰誓上》所謂「天祐下民」〔註220〕是之；又或「無形的精神本體」，如《孟子・盡心》云：「盡其心者，知其性；知其性，則知天也。」〔註221〕在〈離騷〉中，「九天」乃是介於「萬物的主宰」與「無形的精神本體」之間，是承載屈原一己忠貞之志的對象，可具備「人格化」的主宰性，亦可以視之爲「無形的精神本體」，是屈原情感的寄託與意志的呈現；而「皇天」一詞，在〈離騷〉中則屬於「萬物的主宰」，是屈原回顧歷史，放眼楚國現實，而創造的祈求對象。至於「日月」、「春秋」等泛稱意象，對屈原而言，重視者乃其引申之「時間」意義。

（1）日月、春秋

〈離騷〉云：

> 日月忽其不淹兮，春與秋其代序。（頁8）

「日」，《說文》釋：「日，實也。大易之精不虧。从口一，象形。凡日之屬皆从日。☉，古文象形。」〔註222〕則可知「日」字本用以描摹太陽的形狀，古人認爲太陽之中有「烏」鳥，攜帶太陽日出日落。《山海經・大荒東經》載：「有谷曰溫源谷，湯谷上有扶木；一日方至，一日方出，皆載于烏。」〔註223〕由此傳說，「日中有烏」的形象，衍變而爲「時間」的流動，代表著「日出日入」的變化。同樣，《說文》釋「月」：「闕也。大陰之精。象形。凡月之屬皆从月。」之所以選用「不滿之形」來代表「月」，一方面乃與「日」字有別，另一方面則是古人注意到「月有圓缺」的現象，「圓缺」代表著時間的流轉，故與「日

〔註217〕周秉高，《楚辭原物》，頁9～13。

〔註218〕漢・許愼撰，清・段玉裁注，《說文解字注》，頁1。

〔註219〕清・郭慶藩集釋，《莊子集釋》（臺北：貫雅文化公司，1991年9月），頁224。

〔註220〕唐・孔穎達等，《尚書正義》，收入清・阮元，《重刊宋本十三經注疏附校勘記》第一冊，頁153。

〔註221〕漢・趙岐注，宋・孫奭疏，《孟子注疏》，收入清・阮元，《重刊宋本十三經注疏附校勘記》第八冊，頁228。

〔註222〕漢・許愼撰，清・段玉裁注，《說文解字注》，頁302。

〔註223〕晉・郭璞傳，清・郝懿行箋疏，《清瑯環仙館刻本山海經箋疏》，頁404。

中有鳥」用意相同，「缺月」之形亦引申出「對時間流變」的注意。也因此，〈離騷〉之「日月忽其不淹」句，正說明著屈原面對「日月變化」，心生「忽淹」的急迫之感。王逸注「天時易過」，可謂真切反映屈原在國事如麻的壓力下，自然生成的反應。

至於「春、秋」，其用意亦灰。《說文》釋「春」為「推也」，段玉裁注云：「春之為言蠢也」、「萬物之出也」。〔註224〕而「秋」，《說文》釋之「禾穀孰也」，段玉裁注云：「其時萬物皆老，而莫貴於禾穀。」〔註225〕由「萬物之出」到「萬物皆老」，代表著時序的推衍。在〈離騷〉中，「春秋」一詞正反映屈原深恐年歲漸老，而壯心未酬，故發為此言。對「時間」的恐懼是屈原內心主要的情感，詳見第四章說明。

（2）九天

〈離騷〉云：

指九天以為正兮，夫唯靈脩之故也。（頁 12）

「九天」之說，基本上分為三類：「天地對應」說、「九重（層）」說，以及「喻極高」之說。末者乃由「九重（層）」說而來。首先是「天地對應」的說法，王逸注「九天」為「中央八方」（頁 13）即「中央之天」加上「八方之天」而來；而「八方」一詞，乃是以「中央」為觀點，從而指涉東、南、西、北、東南、西南、東北與西北八個方位；如《山海經・海外西經》云：「有神聖乘此以行九野。」〔註226〕其「九野」即是包含「中央」的「九方」之地。這種對應「地理」而產生的「天文」想法，乃是基於傳統「仰觀於天，俯察於地」〔註227〕的天地相應觀，如同《淮南子・原道訓》所謂「上通九天，下貫九野。」〔註228〕

其次是「九重（層）」說。此說乃源自〈天問〉：「圜則九重，孰營度之。」（頁 125）王逸注為「天圓而九重」，似認為天可分為九層，一層高一層，如重疊般，故曰「九重」。其後朱熹亦採此說，謂「九天」乃「天有九重」

〔註224〕漢・許慎撰，清・段玉裁注，《說文解字注》，頁 47。

〔註225〕漢・許慎撰，清・段玉裁注，《說文解字注》，頁 327。

〔註226〕晉・郭璞傳，清・郝懿行箋疏，《清瑯環仙館刻本山海經箋疏》，頁 307。

〔註227〕許慎〈說文解字序〉言：「古者庖犧氏之王天下也，仰則觀象於天，俯則觀法於地。」雖然許慎此處乃是藉此說明文字的派生，然而一仰一觀之間，天地空間的對映概念同時形成。詳見漢・許慎撰，清・段玉裁注，《說文解字注》，頁 753。

〔註228〕何寧撰，《淮南子集釋》（北京：中華書局，1998 年 10 月）上冊，頁 58。

〔註229〕，然未有詳細說明；清人王夫之認爲：「九重」應是「七曜經星及上宗動天」〔註230〕，但語焉未詳。及至朱珔提出「積陽之氣，上升爲天」的說法，從「高度」的縱向層次觀來論「九天」：

> 太陰居諸天最下，其體晦而無光，故謂之幽天。幽天之上爲玄天，水星居之。又其上爲皓天，太白居之。又其上爲炎天，太陽居之。又其上爲朱天，熒惑居之。其又上爲蒼天，歲星居之。玄皓朱蒼，蓋指諸星之色。太陽、太陰，則舉其質性言之。塡星居七政之最上，特取仁覆閔下之義，變文曰旻天。至七政各處一天，恒星則共居一天。區爲四舍，離爲十有二宮，二十八宿。蓋至是始可以立鈞出度，故謂之鈞天。鈞天之上，雲漢居之，以其無星可指，但知爲積陽之氣所凝，故謂之陽天。〔註231〕

朱氏認爲〈離騷〉的「九天」，乃是一自下而上的「九重天」。由低至高依次爲「幽天」、「玄天」、「皓天」、「炎天」、「朱天」、「蒼天」、「旻天」、「鈞天」、「陽天」九層，各層有一主要的代表，依次爲「太陰」、「水星」、「太白」、「太陽」、「熒惑」、「歲星」、「塡星」、「恒星」、「雲漢」等。這種說法，凸顯的是屈原自身忠心於楚王、楚國的強烈意志；但同時也點出「無盡高遠」的特色來，因此引起第三種說法：「喻極高」說。

「喻極高」說的代表人物如汪瑗、胡韞玉、游國恩與湯炳正等人〔註232〕。皆主張「九天」之「九」乃虛指，泛言「天之高」。誠然，屈原當時是否能夠明瞭今日世界的宇宙觀，實在難以肯定，但亦難以否定。筆者認爲，綜合〈離騷〉與〈天問〉中，對於「天」的看法，屈原之「九天」，不妨合併視之。「指

〔註229〕 宋・朱熹，《楚辭集注》，收入吳平、回達強主編，《楚辭文獻集成》第三冊，頁1758。
〔註230〕 清・王夫之，《楚辭通釋》，收入吳平、回達強主編，《楚辭文獻集成》第十冊，頁6820。
〔註231〕 清・朱珔，《文選集釋》卷十八，收入《選學叢書》（臺北：廣文書局，1966年）第三冊，頁3。
〔註232〕 汪瑗認爲：「九天，概舉眾多之詞，以方位言之者，意亦是。」胡韞玉則謂：「今行星繞日之理明，凡此九重、十二重之說，俱不足盡天之大，〈離騷〉之九天，不過極言天之高耳。」而游國恩云：「此處九字並非實指，與下文九畹、九死之九相類，皆取虛義。」湯炳正則云：「古人謂天有九重，以示其高。」依次詳見明・汪瑗，《楚辭集解》，收入吳平、回達強主編，《楚辭文獻集成》第四冊，頁2697～2698。胡韞玉，〈離騷補釋〉，收入黃節編，《景印國粹學報舊刊全集》第二十冊。游國恩，《離騷纂義》，頁76。湯炳正，《楚辭今注》，頁7。

天誓日」，在古代乃是揭示個人情感意志，最強烈的告白手法。此一片忠誠，乃是「廣大之九方」，亦是「高遠之九重」所能同比者，如此亦可襯托出屈原於己、於人的高潔心性。

（3）皇天

〈離騷〉云：

皇天無私阿兮，覽民德焉錯輔。（頁33）

「皇天」，王逸注「皇天神明」（頁33），已備人各化的「主宰意識」。又，「皇天」在〈離騷〉中單稱「皇」，然「陟陞皇之赫戲兮」中，「皇天」的形象又回到「自然天」的背景角色。前者「皇天無私阿」句，乃闡明皇天「神明」，無所偏愛與徇私，選擇德之民爲輔。此說如同《左傳》所謂「皇天無親，惟德是輔」〔註233〕，雖是具有人格化的「主宰性格」，但已滲入了濃濃的人文精神。屈原的忠君愛國，並非不論君主之是非曲直而佐之，其「美政」理想的一大條件，即在於國君的「賢能與否」，故〈離騷〉開首，即引用歷史上眾多賢君聖主；其次則是搭配才德兼備的臣子，如此方能開創盛世，穩固國政。可惜屈原雖「竭忠誠以事君」（〈惜誦〉，頁174），但卻乏見可敬之君主。故此處的「皇天無私」，與其說是天理的肯定，不如說是種「祈求」。

3. 地理

〈離騷〉中之地理實意象，特稱意象如「沅湘」、「九州」、「九疑」與「傅巖」四者；而泛稱意象則有「陂」、「洲」、「皋」、「丘」等。

（1）陂、洲

〈離騷〉云：

朝搴陂之木蘭兮，夕攬洲之宿莽。（頁8）

「陂」，王逸注「山名」，洪興祖補注言此山在「楚南」。（頁8）然「楚南之陂」爲何？則未可知。若依王氏與洪氏之說，則「洲」亦或爲「楚之地名」，屬於專有名詞，然就王逸釋「洲」爲「水中可居者」，以及洪氏補注未置一辭來看，則「陂」是否爲楚之地名，尚有爭議。汪瑗云：

> 陂與坯同，亦作坐，音陛，地之相次而比者也。對下句「洲」字而言。可見楚南之陂山，未考其果有否，設有之，安知其非偶同乎？安知其非陂爲山之通稱乎？又安知其非因屈子之言而襲之者乎？六

〔註233〕楊伯峻編，《春秋左傳注》上冊，頁309。

經之字，往往亦有古書之不能盡解者，讀者當以意會也。〔註234〕
汪氏之說可作以參考。因《說文》未收「阯」字，唯「埼」、「陂」、「阺」等字，
階爲陵阪、山坡之意，與「阯」字音近，義或相類。〔註235〕合併「阯」與「洲」
而言，〈離騷〉此處乃屈原用以表達潔身自愛意，因「阯有木蘭」、「洲有宿莽」
故，皆是芳美之物以自喻。

（2）皋、丘

〈離騷〉云：

　　步余馬於蘭 皋 兮，馳椒 丘 且焉止息。（頁23）

「皋」，王逸注「澤曲」，洪興祖補注爲「九折澤」、「澤中水溢出所爲坎」。（頁
23）則此處「蘭皋」乃是長滿蘭草之芳澤，因滯緩不動，故水淺可供馬行。
至於「丘」，或併「椒丘」而言，王逸注「土高四墮者」，屬於專有名詞。然
前言「蘭澤」，乃「動賓結構」，此處「椒丘」亦應如是，「蘭」與「椒」相對。
則「丘」乃如《說文》釋：「土之高也，非人所爲也。」〔註236〕純粹是一高地。

（3）沅湘

〈離騷〉云：

　　濟沅湘以南征兮，就重華而敶詞。（頁28）

「沅」、「湘」皆水名。洪興祖補注引《山海經》、《後漢書》、《水經》等，說
明兩者之源流。〈離騷〉云「濟沅湘以南征」，則屈原乃由北而南，可能經過
雲夢大澤至沅水上游舜葬之所；但亦有可能此僅是想像之詞。〔註237〕「雲夢」
一帶至「沅湘」等地，在先秦時代，乃是楚王狩獵區，其中有山林、川澤、
原隰等各種地貌形態。〔註238〕

（4）九州

〈離騷〉云：

〔註234〕明・汪瑗，《楚辭蒙引》，收入吳平、回達強主編，《楚辭文獻集成》第廿六冊，
　　　　頁18912～18913。
〔註235〕清・朱珔，《文選集釋》卷十八，收入《選學叢書》（臺北：廣文書局，1966
　　　　年）第三冊，頁2。
〔註236〕漢・許慎撰，清・段玉裁注，《說文解字注》，頁386。
〔註237〕金開誠言認爲「濟沅湘」、「就重華」等詞，可能是詩人想像，未可指爲實事。
　　　　之所以如此，乃因沅湘之上游一帶，傳聞中乃舜葬之所，與楚人關係甚深。
〔註238〕鄒逸麟，《中國歷史地理概述》（上海：上海世紀出版有限公司，2008年1月），
　　　　頁42～43。

息九州之博大兮，豈唯是其有女？（頁49）

「九州」，即「天下」之稱。《尚書・禹貢》載：「禹別九州，隨山濬川，任土作貢。」〔註239〕意指大禹依山川地勢，以及物產差異等條件，畫分天下為九個區塊，依次為：冀、兗、青、徐、揚、荊、豫、梁、雍州。然此非唯一記載「九州」之事的典籍，如《爾雅・釋地》，以及《周禮・職方》以及《呂氏春秋・有始覽》等皆有「九州」的相關記錄〔註240〕；而晚近於上海博物館所收購的一批竹簡中，有〈容成氏〉一篇，其中亦有關於「禹畫九州」的記錄，掀起新一波的討論。

據馬峰燕考證，「九州」說的成形，應是在戰國至西漢時期。〔註241〕而就〈禹貢〉所謂「隨山濬川」、「任土作貢」來看，大禹劃分九州的依據，乃是「山脈」與「水文」的走勢，此外亦注意到物產分配的特性。這種具有宏觀眼界的理想世界觀，對於屈原是有一定的影響的。關於此點，可以從郭沫若對屈原思想的看法談起：

> 屈原懷抱著德政思想，想以德政來讓楚國統一中國，而反對秦國的力征經營。故他的眷愛楚國並不是純全因為是父母之邦，更不是因為自己也是楚國的公族在那兒迷戀「舊時代的魂」。我們要知道，他所稱道的「前王」或「前聖」，並不是楚國的先公先王，除掉〈離騷〉第一句的「帝高陽之苗裔」而外，他絲毫也沒有把楚國的過去的史實來低迴過。〔註242〕

郭氏在引文中點出的，正是扣住屈原的「愛國主義」而來。從屈原的一生來看，他確實是熱愛楚國，願意為他付出自己的生命；然而倘以為屈原的心力，僅僅是「保全楚國」一事上，則未免顯得氣度狹小。郭氏分析，屈原提及楚

〔註239〕唐・孔穎達等，《尚書正義》，收入清・阮元，《重刊宋本十三經注疏附校勘記》第一冊，頁77。

〔註240〕《爾雅・釋地》載九州：冀、兗、徐、揚、荊、豫、雍、幽、營州；《周禮・職方》則是冀、兗、青、揚、荊、豫、雍、幽、并州；《呂氏春秋・有始覽》則為冀、兗、青、徐、揚、荊、豫、雍、幽。詳見晉・郭璞注，宋邢昺疏，《爾雅注疏》，收入清・阮元，《十三經注疏》第八冊，頁110。漢・鄭元注，唐・賈公彥疏，《周禮注疏》，收入清・阮元，《十三經注疏》第八冊，頁498～500。周・呂不韋撰，清・畢沅校正，《呂氏春秋》，收入《諸子集成新編》新編九，頁9之96～9之97。

〔註241〕詳見馬峰燕，〈九州的劃分及其歷史意義〉，《甘肅農業》（2006年12月）第12期，頁188～189。

〔註242〕郭沫若，《屈原研究》（重慶：群益出版社，1942年5月），頁128～129。

國先祖的次數，確實不若中原文化歷史中的「聖君聖王」多，此點可由本文前述所論得知。而這不免引人推測，屈原「美政思想」的最後理想，是立基於楚國，而放眼全中國之上，此可謂之「大一統」思想。趙逵夫認爲，屈原的「大一統」思想，實源自楚悼王：

> 回顧楚悼王之後六十多年的歷史，可以看出三點：一、屈原在楚國
> 實行的經營南方之策，乃是繼承了吳起的路線，體現了他的一統思
> 想。二、列國混戰之中，處於周邊地帶的幾個大國吞併了鄰近的落
> 後部族或小國，體現了一種長遠的戰略，較三晉與北面的燕國，發
> 揮了更大的優勢。三、山東六國逐漸出現聯合之勢，反映了六國遏
> 制秦國的共同願望。〔註243〕

正是在戰國兼併不斷的政治現實下，屈原首要目的是保存、甚至強化楚國實力，而最好的方式，一是併吞東鄰的越國；一是聯齊抗楚。如此方能在長遠的未來，爲楚國一統天下作好準備。也因此，「九州」一詞並非單純只是個「理想地制」，它承載的是屈原對於國家未來的發展方針、目標。正是在這種情感之下，面對懷王、頃襄王的昏庸，思考到自己的「美政」不可能在楚這塊土地上實現，他發出了「豈唯是其有女」的疑問，也開啓了〈離騷〉最後的「上下求索」。

（5）九疑

〈離騷〉云：

> 百神翳其備降兮，[九疑]繽其並迎。（頁52）

「九疑」，王逸注「舜所葬」，洪興祖補注則引《漢紀》張揖言作「九嶷」，在「零陵營道縣」。（頁52～53）傳聞帝舜重華南征三苗時，病死而埋葬於此。《山海經・海內經》載：「南方蒼梧之丘，蒼梧之淵，其中有九嶷山，舜之所葬，在長沙零陵界中。」〔註244〕則「九嶷山」在「蒼梧」一帶，而此一「蒼梧」並非漢時之「蒼梧郡」，亦非沈約《竹書》注中，江蘇一帶之「蒼梧」，更不是《山海經・海內東經》中載：「蒼梧山在白玉山西南，皆在流沙西，昆侖虛東南。」〔註245〕位於西北方遠處。

〔註243〕趙逵夫，〈昭滑滅越與屈原統一南方的政治主張〉，收入《屈原與他的時代》（北京：人民文學出版社，1996年8月），頁207。
〔註244〕晉・郭璞傳，清・郝懿行箋疏，《清瑯環仙館刻本山海經箋疏》，頁470～471。
〔註245〕晉・郭璞傳，清・郝懿行箋疏，《清瑯環仙館刻本山海經箋疏》，頁372。

據蕭兵指出，馬王堆漢墓出土古地圖中，九嶷山左側標有「帝舜」二字，並繪有九條柱狀物；蕭兵引譚其驤之言，認爲「九條柱狀物當系舜廟前的九塊石碑」。古地圖上的九條柱狀物上繪有花紋，顯示此乃人工雕刻，非山峰之自然景象。也因此，「九嶷山」之「嶷」字，乃是形容石碑之「巍然特立」貌。〔註246〕此說或可參考，無妨於〈離騷〉此處將「九疑」與「帝舜」聯結的用意。

（6）傅巖

〈離騷〉云：

> 說操築於傅巖兮，武丁用而不疑。（頁54）

「傅巖」，王逸僅注「地名」，洪興祖補注引《尸子》之言：「傅巖在北海之洲……在虞、虢之界，通道所經，有澗水壞道，常使胥靡刑人築護此道。」（頁54）洪興祖所引之文互相衝突，「北海之洲」與「虞、虢」等中原地區相距甚遠。據朱珔引閻若璩《四書釋地》載：

> 傅巖在平陸縣東三十五里，俗名聖人窟，說所傭隱止息處，非於此築也。巖東北十餘里，即《左傳》之顚軨阪，有東西絕澗，左右幽空，窮深地墊，中則築以成道，謂之軨橋，說爲人執役此地，至今澗猶呼沙澗水，去傅巖一十五里。〔註247〕

據閻氏所考證，傅巖所在確與「北海」無涉。然陵谷變遷，閻氏所見，以至於今日所有，是否爲千載之前，傳說所在之處，仍有疑問。然此仍可備一說。

第二節　「虛」意象

〈離騷〉之「虛意象」可分爲三大類：「人物」與「器用宮室」、「自然」。各大類可以析分如後：「人物」計有「君王」與「后妃」、「神女」與「臣屬」四個小類；「器用宮室」則可分爲「器用」與「宮室」意象；「神話自然」方面則可分爲「植物」、「動物」與「天文地理」三個小類。

倘若與「實」意象一同比較，可以發現〈離騷〉的世界觀，即分爲「現實」與「虛幻」兩個層面，即是本章所謂「實」與「虛」兩類意象。兩者之間，除各自建構「人」與「物」的成分外，容或在分類細緻度上有所差異，

〔註246〕蕭兵，《楚辭新探》（天津：天津古籍出版社，1988年12月），頁21～42。

〔註247〕清・朱珔，《文選集釋》卷十八，收入《選學叢書》（臺北：廣文書局，1966年）第三冊，頁16。

但〈離騷〉所欲傳達的主題，在「實」與「虛」兩者間的呼應，是相當緊密的。如「實」意象中，「人物意象」的角色性質與象徵作用，正可以對應至「虛」意象中「神話人物」的對象上；而「實」意象中「自然意象」，與「虛」意象中「神話自然」相同，皆以「植物」、「動物」與「天文地理」組成，兩者一同形塑出完整的文學世界。以下即依照「虛」意象的架構，逐一解析其中的眾多個別意象。

一、人物

（一）君王

1. 帝

〈離騷〉云：

> 吾令 帝 閽開關兮，倚閶闔而望予。（頁41）

在〈離騷〉中，天界的「帝」並非具有清晰面貌與形象的獨特意象。此一角色的存在，乃是藉由兩種面向而形塑出來：其一，是屈原冀求的聖賢君主。屈原本欲登上天界，向「天帝」訴說一己之衷情，因人間之聖君賢主難以遇合，遂轉而上天。在此時，「天帝」代表著公義、正直，具有與人間聖君賢主同樣的美德；其二，祂亦是受到臣下矇蔽的昏君。由「叩帝閽」而遭拒一事來看，似乎這位天界之「帝」，亦是遭受奸佞矇蔽的昏庸君王，否則如何放任掌管天界大門的守衛，阻止屈原進入？又或者，帝閽的舉動，實際上正是「天帝」的旨意，如此說來，則更加強「天帝」之昏昧的可能。

然無論何種詮釋，求見「天帝」畢竟成空，屈原藉由此一事實的展現，將人間諸多昏昧愚闇的現象，投射至原應光明的天界，所要表達的，大概是對黑暗世局的指控與憤慨。

2. 西皇

〈離騷〉云：

> 麾蛟龍使梁津兮，詔 西皇 使涉予。（頁64）

「西皇」，王逸注「帝少皞」（頁64），然並無更深入的介紹。洪興祖補注時則稍加解釋：「少皞以金德王，白精之君，故曰西皇。」（頁64）此說仍嫌籠統，「白精之君」似已有五行觀念。而「西皇」一詞，亦出現於〈遠遊〉：「鳳皇翼其承旂兮，遇蓐收乎西皇。」（頁259）王逸於此認為：西方「其帝少皓（按：皞）」、「其神蓐收」，是將「少皞」與「蓐收」視為二位神明；而《山海經‧

海外西經》載「蓐收」一詞:「西方蓐收,左耳有蛇,乘兩龍。」郝懿行注云:
「西方之極,自流沙西至三危之野,少皞(按:同皡)神蓐收司之。」〔註248〕
則「少皞」與「蓐收」確實判爲二位不同的神明,「蓐收」爲「少皞」的部屬。
蕭兵認爲「西皇」,即「少皞」,乃是東方夷族的祖先神,在五行之說興盛後,
因爲「太昊」成爲東方的「大日神」,故西方乃安排「少皞」負責,有時派它
做「月亮神」,與「太昊」遙遙相對。〔註249〕此說或可參考。

　　就《淮南子·時則訓》所載,西皇「少皞」與其屬下「蓐收」,乃掌管
極西之地的主要神明:「西方之極,自昆侖絕流沙、沈羽,西至三危之國,
石城金室,飲氣之民,不死之野。少皞、蓐收之所司者萬二千里。」〔註250〕
然尊貴爲神,屈原竟可詔之以爲助,是想像力的極度創造。今日已無法得知
「西皇」樣貌,然而以「西皇」之屬「蓐收」的形象來看:「左耳有蛇,乘
兩龍,人面,白色,有毛,虎爪,執鉞。」(頁259)則「西皇」本身亦應不
甚親切。屈原幻遊之旅,至此已近尾聲,「西方」似乎是屈原一心所嚮往的
地方。

　　在這最末次的幻遊中,相較於屈原在人世間的種種挫折,天上的路途乍
看舒適愉快,然而屈原基本上,仍是抱著失意前行的。就如其後所謂「聊假
日以婾樂」(頁66),便眞切的點出「詔西皇」一事的不可能。在現實人世中,
屈原面對昏庸的懷王、頃襄王,藉由歷史上曾經存在過的「聖君賢主」來寄
託理想,但最終仍是徒勞無功,「王之不悟」彷彿成爲屈原的夢魘。在此情境
下,屈原懷抱著希望,求索上天,極西之地的「西皇」雖然並非屈原的目標,
但似乎暗示不遠的西方之地,應有容身之所,其中必然存在著屈原嚮往的理
想君王。故「西皇」一詞,在此成爲屈原困頓人生的另一種投射,除透露出
內心難以忘卻的苦悶外,也讓我們見到屈原對理想的執著。

(二)后妃

〈離騷〉云:

　　望瑤臺之偃蹇兮,見有娀之 佚女 。(頁45)

　　及少康之未家兮,留有虞之 二姚 。(頁48)

「佚女」之「佚」,王逸注爲「美」(頁45)。《詩經·商頌》有〈長發〉篇曰:

〔註248〕晉·郭璞傳,清·郝懿行箋疏,《清瑯環仙館刻本山海經箋疏》,頁309。
〔註249〕蕭兵,《楚辭新探》(天津:天津古籍出版社,1988年12月),頁103～126。
〔註250〕何寧撰,《淮南子集釋》(北京:中華書局,1998年10月)上冊,頁434～435。

「有娀方將，帝立子生商。」〔註251〕意謂「有娀」國有好女長成，上天順此而使商王降生；則此處的「佚女」乃是開國之母，有吉祥之意。在〈玄鳥〉篇中簡單地紀錄了這段傳聞：「天命玄鳥，降而生商。」〔註252〕則說明「佚女」是被上天所祝福的，故上帝派「玄鳥」遺卵，使「佚女」食之，而生契，成為殷商始祖。至於「二姚」，先前論「有虞」意象處，即有言及。相較「佚女」簡狄創生殷商始祖；「二姚」則成為中興之主「少康」的忠實伴侶。

「佚女」與「二姚」二個意象，因為具有「開創」與「承繼」的象徵意義，故成為屈原追索的對象。聯結現實中的楚國，正處於「無力改革」的窘境中，如此則更遑論要發揚「高陽苗裔」的榮譽。雖然屈原對「佚女」與「二姚」，終究無法把握，徒留嘆息；但仍然表現出屈原對國家前途的重視與擔憂。

（三）神女

〈離騷〉云：

> 吾令豐隆椉雲兮，求宓妃之所在。（頁 43）

「宓妃」，王逸釋為「神女」，而洪興祖則認為乃「宓羲氏」之後，並引曹植〈洛神賦〉詮釋，認為「宓妃」乃「伏犧氏女」，因溺死於洛水，而成為河神。（頁 43）

然而，屈原求索之旅，為何特別關注「宓妃」呢？作為洛水女神，宓妃有何特色？另值得注意者，在〈天問〉中，屈原亦曾提及「宓妃」：「帝降夷羿，革孽夏民。胡躲夫河伯，而妻彼雒嬪？」（頁 142）在此屈原的大哉問，成為探索「宓妃」特質的絕佳出發點。文句中提及幾位與「宓妃」有密切關聯的角色：「羿」與「河伯」。而故事的發生，簡而言之：即是「羿」與「河伯」為了「宓妃」，而雙方有了爭奪；故事的結束則是：「羿」以箭射傷了「河伯」，然後娶了河伯妻，即「宓妃」。

就本文先前所論，「羿」作為部族之名，在歷史上應是存在的。然此處所言及者，則是經過「神話化」後的「羿」，但仍保留著「擅射」的特色。〔註253〕

〔註251〕屈萬里，《詩經詮釋》，頁 624。

〔註252〕屈萬里，《詩經詮釋》，頁 622。

〔註253〕王逸在注「宓妃」時，對於「羿」的介紹即，是無法辨明其「歷史」與「神話」的二重特性，故混而言之：「夷羿，諸侯，弒夏后相者也。……言羿弒夏家，居天子之位，荒淫田獵，變更夏道，為萬民憂患。……河伯化為白龍，遊于水旁，羿見躲之，眇其左目。河伯上訴天帝，曰：『為我殺羿』。天帝曰：『爾何故得見躲？』河伯曰：『我時化為白龍出遊。』天帝曰：『使汝深守神

屈原提出問題的態度，是十分嚴肅的；然而對於此一零星的神話片段，卻甚少在其他典籍中發現。「羿」的妻子，在神話的架構下，乃是「嫦娥」。《淮南子・覽冥訓》載：「羿請不死之藥於西王母，姮娥竊以奔月。悵然有喪，無以續之。」〔註254〕事實上，「嫦娥奔月」的故事在《淮南子》之前便已流傳，如李善注〈月賦〉，引《歸藏》云：「昔常娥以不死之藥奔月。」另於注〈祭顏光祿文〉時，亦引《歸藏》所載：「昔常娥以西王母不恐之藥服之，遂奔月爲月精。」今《歸藏》一書已佚，其中是否有更多嫦娥的故事不可得知，但可以確定「嫦娥」出現的時間，乃在《淮南子》之前無誤。〔註255〕由此傳聞來看，則「羿」奪「河伯妻」——「宓妃」，是否與「嫦娥」的離去有關？亦或「羿」成爲地上的君主之後，日漸昏庸，喜愛上了「宓妃」，導致「嫦娥」的離去？這些都成爲解讀「宓妃」時而有的聯想，雖不可考證，然亦成爲文學創作上的話題。〔註256〕

靈，羿何從得犯？汝今爲虫獸，當爲人所躲，固其宜也。羿何罪歟？』」前半部，王逸是就歷史事實的角度出發；然至其後，忽然出現「化爲白龍」、「上訴天帝」等說法，則明顯是從神話傳說的角度來看待「羿」。詳見宋・洪興祖，《楚辭補注》，頁142～143。

〔註254〕何寧撰，《淮南子集釋》（北京：中華書局，1998年10月）上冊，501～502。

〔註255〕于光華編，《評注昭明文選》（臺北：學海出版社，1981年9月），頁281～282、1138～1139。

〔註256〕「河伯」，乃指「黃河河神」。事實上，「宓妃」在〈天問〉中被稱爲「雒嬪」，即「洛水水神」。就現實河川水文來看，「洛水」確實注入「黃河」，成爲其源頭支流之一；再加上洛水水「清」、黃河水「濁」，先民從而聯想出「雒嬪」配「河伯」的神話來。作爲黃河河神的「河伯」，並非善良友好的人類伙伴，在《山海經・海內北經》中，載有「河伯」的形象：「從極之淵，深三百仞，維冰夷恒都焉。冰夷人面，乘兩龍。」在此，「冰夷」即是「河伯」，又或稱爲「憑夷」，乃「冰」、「憑」音相近所致。而河伯的由來，《抱朴子・釋鬼》云：「馮夷以八月上庚日渡河溺死，天帝署爲河伯。」則「河伯」的前身乃是常人；又《莊子・大宗師》引〈清泠傳〉載：「馮夷，華陰潼鄉隄首人也。服八石，得水仙，是爲河伯。」同樣認爲河伯前身乃凡俗人等。在屈原的理解中，「河伯」彷彿溫柔多情、瀟灑風流的男神：「與女遊兮九河，衝風起兮橫波。乘水車兮荷蓋，駕兩龍兮驂螭。」（頁110）然而在歷史上，「河伯」是令人懼怕的神明，故遠古時期，即有「以人祀河」的祭祀典禮。《莊子・人間世》云：「牛之白顙者，與豚之亢鼻者，與人有痔病者，不可以適河。」所謂「適河」，即是獻人與河以祭之；又《史記・六國年表》中，亦載有秦靈公八年：「初以君主妻河」等事。換言之，直到春秋時期，仍有以活人「獻河」的儀式。這些對河伯的恐懼、獻祭，或許是因爲黃河氾濫，造成國家百姓生活上的極大威脅，故有此迷信之舉動。

綜合所述，可以發現「宓妃」先後被「河伯」、「羿」兩位具有神力與權勢的神明喜愛，想必不只單純外在的美貌所致，應是具有超凡出聖的清新氣質，猶如「洛水」那清澈、溫緩的水勢，涵養著兩岸邊上的居民，猶如母親般的充滿生命的喜悅；事實上，在神話的譜系中，「宓妃」又關聯到「宓羲」，即「開天闢地」的始祖神明。〔註257〕由此點聯繫，更可說明何以屈原要不辭遠索天上，尋找「宓妃」。

（四）臣屬

〈離騷〉云：

> 吾令 義和 弭節兮，望崦嵫而勿迫。（頁37）
>
> 前 望舒 使先驅兮，後 飛廉 使奔屬。（頁39）
>
> 鸞皇為余先戒兮， 雷師 告余以未具。（頁39）
>
> 吾令 帝閽 開關兮，倚閶闔而望予。（頁41）
>
> 吾令 豐隆 乘雲兮，求宓妃之所在。（頁43）
>
> 及榮華之未落兮，相 下女 之可詒。（頁43）

「義和」，王逸注「日御」，意即「載著太陽出入的人」（頁37）。朱熹則落實來說，認為此乃「主四時之官」〔註258〕，但不妨將之視為經過想像改造的角色。《尚書・堯典》孔安國傳云：「（義和）重黎之後，義氏、和氏世掌天地四時之官，故堯命之，使敬順昊天。」〔註259〕則現實中，可能確有「義氏」、「和氏」負責天象觀測、曆法製定等職務。但隨著時間，逐漸借「義和」之名以為「日御」，並生發相關神話傳說。《山海經・海外東經》云：「東南海之外，甘水之間，有義和之國，有女子名曰義和，方日浴于甘淵。義和者，帝俊之妻，生十日。」〔註260〕此處雖賦予「義和」神性，然基本上仍未將「義和」

〔註257〕「宓羲」，或作「宓犧」、「庖犧」、「伏戲」、「包羲」、「伏羲」、「炮犧」、「虙戲」等等，皆是遠古時期近乎半歷史、半神話的「伏羲」。據袁珂考證，傳說中，「伏羲」與「女媧」原為一對兄妹，或說一對夫婦。在西南地區的少數名族所流傳的故事中，兩位兄妹躲過了大洪水，結成夫妻，因著一連串的事件，造就了眾多的人類。因此被歸類為「開闢」的始祖神明。詳見袁珂，《中國神話傳說》（臺北：里仁書局，1987年9月），頁109～117。

〔註258〕宋・朱熹，《楚辭集注》，收入吳平、回達強主編，《楚辭文獻集成》第三冊，頁1776。

〔註259〕唐・孔穎達等，《尚書正義》，收入清・阮元，《重刊宋本十三經注疏附校勘記》第一冊，頁21。

〔註260〕晉・郭璞傳，清・郝懿行箋疏，《清瑯嬛仙館刻本山海經箋疏》，頁419。

視爲「日」；然而在屈原〈天問〉中載：「羲和之未揚，若華何光？」（頁 134），似已有將「羲和」等同「日」的想法。《淮南子・天文訓》對於羲和日御的工作有簡單的描寫：「至于悲泉，爰止其女，爰息其馬，是謂縣車。」〔註 261〕即「日」乘於車，而羲和御六龍，載之歷天，及至於悲泉處則稍事休息；所謂「女」字，即指羲和身爲女子而言。〈離騷〉此處所言，乃是屈原希望羲和御日的速度慢些，切莫讓時光快快流逝。就文本而言，屈原面對現實生活的種種打擊，萌發求索上下的想法；然一向害怕時不我予，理想未達，屈原的心情也緊張起來，故期待時光稍緩，而有此「令羲和」之舉。

　　「望舒」，與「羲和」對舉，王逸注爲「月御」（頁 39）。洪興祖補注，引《淮南子》言：「月御曰望舒，亦曰纖阿。」（頁 39）在此，屈原意欲緩日，然終不得，其時天欲暝，「求索」之事或因此耽擱，故首先派遣「月御」先行，其後又再派遣「飛廉」跟隨。「飛廉」，王逸注「風伯」（頁 39）。《水經注》載有「飛廉」的事蹟：

> 飛廉以善走事紂，惡來多力見知。周王代紂，兼殺惡來。飛廉先爲
> 紂使北方，還無所報，乃壇於霍太山而致命焉。得石棺，銘曰：「帝
> 令處父，不與殷亂，賜汝石棺以葬。」死，遂以葬焉。〔註 262〕

「飛廉」與「惡來」乃紂王身邊「善走」、「多力」的奇士。及紂王朝覆滅，「飛廉」因先前奉命北行，故未遭周武王殺害。然終究順應上天旨意而自裁。這段故事或有其事，「飛廉」原本代表著「擅長行走」的人。死後或因此而被賦予神性，洪興祖補注引應劭語：「飛廉，神禽，能致前驅。」（頁 39）應是此一歷史的轉化。〈離騷〉云：「前望舒使先驅兮，後飛廉使奔屬。」反映的是屈原求索的急切之心，故先後連續指派「望舒」與「飛廉」，皆爲求取理想而有的想像。

　　「雷師」，王逸注其爲「諸侯」（頁 40）。而《穆天子傳》郭璞注有言：「豐隆，筮師，御雲，遂爲雷師。」〔註 263〕致洪興祖補注云：「雷師，豐隆也。」（頁 40）然〈離騷〉此後尚有「吾令豐隆乘雲兮」句，故「雷師」與「豐隆」應爲二物。此前已先後派遣「望舒」、「飛廉」與「鳳凰」前往開道，屈原又

〔註 261〕何寧撰，《淮南子集釋》（北京：中華書局，1998 年 10 月）上冊，頁 236。
〔註 262〕北魏・酈道元，《水經注》，收入《叢書集成初編》（北京：中華書局，1991年）第 3006 冊，頁 346。
〔註 263〕晉・郭璞注，《穆天子傳》卷二，收入《叢書集成初編》（北京：中華書局，1991 年？月）第 3436 冊，頁 7。

欲使「雷師」隨後，以壯聲勢；然「雷師」以準備不及，從而阻礙屈原。何劍勳認爲「雷」字又可作「車」解，則所謂「未具」，則是「雷師」回報因車駕未具而無法配合。〔註264〕屈原上征，本迫於世間無奈，沒想到天上世界同樣有著各種困擾。或許因爲「雷師」的缺席，致使上扣帝關的行動，終告失敗。〔註265〕

至於與「雷師」相混的「豐隆」，王逸注「雲師，一曰雷師。」（頁 43）就〈離騷〉之「豐隆桀雲」句，以及〈思美人〉之「願寄言於浮雲兮，遇豐隆而不將」（頁 216）等句來看，「豐隆」應視爲「雲師」，較爲妥當。畢竟豐隆之行，乃意在「宓妃」，若釋「豐隆」爲「雷師」，則對照前文「雷師告余以未具」句，恐又有差池。

「閽」，王逸注「主門者」，意即「看管天門的衛士」。（頁 41）作爲天上世界的「臣屬」意象，「閽者」的地位並不甚高；然此一意象的焦點，並非在於「閽者」地位的高、低之上，而在於他與屈原的互動上。「吾令帝閽開關」一句，在解釋上較無疑異，即「我（屈原）命令天關衛者開啓大門」；而「倚閶闔而望予」則較令人玩味：若此句的主語確實爲「閽者」，則何以拒絕屈原的要求？若此刻屈原確如陳本禮所謂「形容既已憔悴」、「衣裳又復藍縷」、「無芭苴之獻」，〔註266〕則與前此屈原意氣風發的啓程，有明顯的不合理。以屈原出發時，坐著「玉虬」、「鷖鳥」之車，並乘著「埃風而上」，並無不堪面目，況且其間「前望舒使先驅」、「後飛廉使奔屬」，陣容不可謂小。

故屈原的受挫可謂全然源自「閽者」的阻撓；如此說來，則不只人間有讒佞小人的存在，狀似公義的天界，其實也存在著不友善的阻礙。誠如王逸所言：「言己求賢不得，疾讒惡佞，將上訴天帝，使閽人開關，又倚天門望而距我，使我不得入也。」（頁41）點出了「閽者」與「讒佞」之間的相類處，故朱熹言：「不意天門之下，亦復如此。」〔註267〕

〔註264〕何劍勳，《楚辭新詁》（成都：巴蜀書社出版發行，1994 年 11 月），頁 39。

〔註265〕蘇雪林認爲：「屈原使望舒前驅，飛廉奔屬，鷖皇先戒，欲藉以組成上叩天門的盛大儀仗，實屬未然之詞。雷師既告以籌備不及，惟有一切作罷。」蘇雪林並借西亞神話，佐證「雷師」乃非「成人之美者」，故暗中破壞屈原的行動。詳見蘇雪林，《楚騷新詁》，頁 139。

〔註266〕清·陳本禮，《屈辭精義》，收入吳平、回達強主編，《楚辭文獻集成》第十五冊，頁 10309。

〔註267〕宋·朱熹，《楚辭集注》，收入吳平、回達強主編，《楚辭文獻集成》第三冊，頁 1778。

「下女」，王逸注「天下賢人」，洪興祖則補注「賢人之在下者」。（頁43）
就文理而言，「下女」乃指第二次幻遊中，屈原苦苦追尋之「宓妃」、「有娀佚
女」以及「二姚」三位神女或后妃。而就前此對此三者的詮釋來看，「下女」
不妨以「泛稱」視之，將之視爲「賢者」。畢竟屈原前二次之幻遊，所求者無
非是「天帝」，然天帝之旅受「閽」之阻撓而不可得，故又將目標放在「眾女」
身上，冀求以此而通「天帝」；而「下女」即是求索過程中的一個重要環節。
陳怡良師對此有一番清晰的見解：

> 屈原從舜所在的蒼梧出發，再事上征，想至天閽，謁見上帝，當然
> 是想求見於天。……可是他仍被飄風雲所阻而不得通，只能吟詠「時
> 曖曖其將罷兮，結幽蘭而延佇。世溷濁而不分兮，好蔽美而嫉妒」，
> 這是他用來感嘆濁世蔽美，君門萬里的借喻，文心一層深入一，筆
> 意靈變。既然謁帝沒有結果，只有另轉他途，又想訪覓賢女，即借
> 喻能有親近之重臣，爲自己解說於君前。〔註268〕

這番見解，爲屈原求索背後的心態，一一解釋而明。屈原在現實世界遭受不
公不義之待遇，一片赤心，卻落得放逐的命運。然終於國家生計有所不忍，
而託之於精神上的幻遊來反映：「帝閽」猶如阻撓屈原通君側之佞臣，而「眾
女」猶如苦心栽培之眾多人才，卻一再受到阻礙，正如同屈原生平所培育之
眾多人才，最終不免變節衰敗。

二、器用宮室

（一）器用

1. 車

〈離騷〉云：

　　爲余駕飛龍兮，雜瑤象以爲 $\boxed{車}$ 。（頁61）

　　路修遠以多艱兮，騰眾 $\boxed{車}$ 使徑待。（頁64）

　　屯余 $\boxed{車}$ 其千乘兮，齊玉軑而並馳。（頁65）

此處所論之「車」字，乃是屈原根據生活中的「實意象」轉化而來。承前所
論，車對於古人具有重要的交通工能。而此種空間的交流，不限於「眞實」，
亦可存於「想像」中。

〔註268〕陳怡良師，〈離騷的建築結構乃其藝術成就〉，收入《屈原文學論集》，頁106。

　　而值得注意者，在於此三例涉及「虛意象」的「車」，皆出現在屈原最後一次的遠遊想像中。在經過前此二次失敗且失意的幻遊之旅後，屈原不由得向巫咸、靈氛求教解疑，以確定往後人生的發展。在「靈氛既告余以吉占」之後，屈原展開了盛大的心靈之旅。這趟旅程的規模較前次更加隆重，就交通工具來看，屈原之車駕，乃由飛龍牽引，並飾以精雕之玉石；而更常看到的是，屈原率領著眾多的車騎跟從之，所凸顯的，即是那份「高馳之邈邈」，亦是根源於屈原內心最真誠的理想要求。

2. 軑

〈離騷〉云：

　　屯余車其千乘兮，齊玉 軑 而並馳。（頁 65）

「軑」，王逸注「車轄」，洪興祖引《方言》釋「軑」為「輪」（頁 66），乃是戰國時期，韓、楚一帶的稱呼。《說文》段注云：「王逸釋為車轄，非也。《玉篇》、《廣韻》皆車轄，皆轄之誤也。」〔註269〕而《說文》釋「輨」為「錔」，即車轂端的金屬部分；段注云：「錔者，以金有所冒也。轂孔之裏以金裏之曰釭；轂孔之外以金表之曰輨。」〔註270〕《老子》十一章有言：「三十輻，共一轂。」〔註271〕故知「轂」乃是車輪中心處的圓孔，用以穿「軸」，「轂」孔內面以金屬覆之，則稱之為「釭」；而孔外以金屬覆之，則稱為「輨」。在〈離騷〉中的「轂」可視為「車輪」之代稱，「玉軑」或是「玉輪」。或許在屈原時代，曾經出現過以「玉」飾車輪的工藝；亦有可能此處乃屈原為強化「幻遊」的神性，而有的說法。

3. 軔

〈離騷〉云：

　　朝發 軔 於蒼梧兮，夕余至乎縣圃。（頁 36）

　　朝發 軔 於天津兮，夕余至乎西極。（頁 63）

王逸注「軔」為「搘輪木」（頁 36），即「停車時抵住車輪的木塊」。「發軔」即是除去「木塊」，使車得以出發。〈離騷〉中的幻遊場面中，皆出現屈原「發軔」以求索的過程，故「軔」成為承載屈原「期望」與「失望」的中介物。

〔註269〕漢・許慎撰，清・段玉裁注，《說文解字注》，頁 725。

〔註270〕漢・許慎撰，清・段玉裁注，《說文解字注》，頁 725。

〔註271〕臺灣開明書店編譯部編，《老子正詁》（臺北：臺灣開明書店，1996 年 7 月），頁 26。

4. 轡

〈離騷〉云：

> 飲余馬於咸池兮，總余 轡 乎扶桑。（頁 38）

《說文》釋「轡」爲「轡」，段玉裁注云：「以絲運車，猶以扶輓車。故曰轡。」
〔註272〕換言之，「轡」在此作「繫馬之韁繩」解。〈離騷〉言「總余轡乎扶桑」，
王逸注「總」爲「結」（頁 38），意即屈原將繫馬之韁繩綁在扶桑樹上，稍事
休息，並讓馬兒喝水。

5. 瑤象

〈離騷〉云：

> 爲余駕飛龍兮，雜 瑤象 以爲車。（頁 61）

「瑤象」，王逸注「象玉之車」（頁 61），意指飾以「象牙」、「美玉」之車乘。
此一精雕玉琢之車乘，標示著屈原在經過前此二次幻遊的乖舛遭遇後，屈
原再次振作的心情下，爲遠逝所作的準備。前此，屈原曾言「懷朕情而不
發兮，余焉能忍與此終古」（頁 48）之悲痛語，然一番心理的掙扎，屈原理
解，唯有到極西之地，方有理想的君主可以寄託一己之能。然而以屈原忠
心於楚國的個性而言，此番旅程應是在不斷的悲痛中成行，然屈原仍備妥
「飛龍」之駕、「瑤象」之車以及「玉鸞」之鈴，伴隨著眾多的車乘西行。
此種「反襯」的手法〔註273〕，恰巧爲華麗的遠征之旅，蒙上了一層隱約的
悲傷。

6. 玉鸞

〈離騷〉云：

> 揚雲霓之晻藹兮，鳴玉 鸞 之啾啾。（頁 61）

王逸釋「玉鸞」爲「鸞鳥，以玉爲之」（頁 62），即玉製飾品。《詩經·小雅》
有〈蓼蕭〉篇：「和鸞雝雝，萬福攸同。」注云：「和，鸞，皆鈴也；在軾曰

〔註272〕漢·許慎撰，清·段玉裁注，《說文解字注》，頁 663。
〔註273〕陳怡良師認爲：「屈原遠行是出於不得已，在無可奈何中，氣氛應該瀰漫著愁
　　　　怨悲慨，憂苦悽涼的，但屈原偏以壯盛儀仗做爲前導，表面看來，似乎是極
　　　　不相稱，其實這是一種襯法。」又陳本禮《屈辭精義》引朱天闓之語：「於極
　　　　悽中偏寫得極熱鬧，窮愁中偏寫得極富麗，筆舌之妙，千古無兩。」可作爲
　　　　此處背景說明。詳見陳怡良師，〈離騷的建築結構及其藝術成就〉，收入《屈
　　　　原文學論集》，頁 108～109。陳本禮，《屈辭精義》，收入吳平、回達強主編，
　　　　《楚辭文獻集成》第 14 冊，頁 10219。

和，在鑣曰鸞。」〔註274〕故「鸞」乃是車飾物之一，以玉爲之。〔註275〕〈離騷〉此處乃屈原最末次的遠遊，在經過長時間、遠距離的追尋之後，屈原仍不放棄，打算重新振作，「玉鸞」之鳴，與屈原佩玉相應和，啾啾之聲傳達的是追求美善的理想與氣質。徐煥龍言：「雖遠道周流，而車旗和鈴，備極整暇，揚起雲霓之蓋，則晻靄可觀，鳴此玉鸞之鈴，則啾啾可聽，卒不以行遠而違其調度也。」〔註276〕徐氏所謂「調度」，即是屈原自信之美質。「玉鸞」在〈離騷〉中，有著作者經歷眾多挫折後，仍不改其志的毅力與精神。

7. 佩纕

〈離騷〉云：

　　解佩纕以結言兮，吾令蹇脩以爲理。（頁43）

「佩纕」，王逸釋爲「佩帶」。洪興祖補注引曹植〈洛神賦〉：「願誠素之先達兮，解玉而要之」，證明古人有解飾物以贈人之俗。（頁43）如同「實意象」中，屈原於幻遊場面中，身上亦穿戴著「佩物」。這點乃是屈原「虛意象」對「實意象」的繼承，承所所論，古人「無所不佩」，因「佩物」代表個人理想道德的呈現，故舉凡能夠反映一己之德者，皆成爲佩飾之物。而解所佩以贈人，則代表誠意的傳遞，而在此，何以屈原轉交「佩帶」而非「佩玉」？或許有著文化上的意涵。《左傳·哀公十二年》載：「盟，所以周信也，故心以制之，玉帛以奉之，言以結之，明神以要之。」〔註277〕其「言以結之」，或說是上古「結言以誓」之說，或是「封泥於繩結」者〔註278〕，其本意皆是強調個人言辭之誠心，期待對方能夠接納。

8. 瓊靡

〈離騷〉云：

　　折瓊枝以爲羞兮，精瓊靡以爲粻。（頁60）

〔註274〕屈萬里，《詩經詮釋》，頁311。

〔註275〕汪瑗亦認爲「鸞」可爲「旌旗上之鈴」，亦備一說。聞一多有詳細說明。詳見汪瑗，《楚辭蒙引》，收入吳平，回達強主編，《楚辭文獻集成》第二十七冊，頁19233。

〔註276〕徐煥龍，《屈辭洗髓》。

〔註277〕楊伯峻，《春秋左傳注》下冊，頁1671。

〔註278〕主張「結繩以誓」者，以聞一多之說法最爲詳盡。至於「封泥於繩結」，則是于省吾提出之看法。詳見聞一多，〈離騷解詁乙〉，收入《聞一多全集》（武漢：湖北人民出版社，1994年1月）第五輯，頁320～321。于省吾，《澤螺居楚辭新證》（北京：中華書局，2003年4月）。

「瓊靡」，王逸注「靡」爲「屑」，洪興祖補注「瓊」爲「玉之華」。（頁 61）
則合而言之，「瓊靡」乃「玉石之屑」。在此，屈原準備出發前往西極之地，
尋找理想中的君王；以「玉屑」爲食，照王逸的說法，乃是「延年益壽」
用，已頗有道家服食之意，朱冀云：「猶仙家所謂吸露茹芝，餐玉嚼藥之說
也；一寓大夫自愛其玉，雖造次顛沛必于是。」〔註 279〕此處「瓊」字固然
可釋爲「玉」，然視之爲「仙人之食」亦無妨，如蘇雪林所言：「事實上，
仙人之瓊枝玉靡，亦非眞瓊玉，不過仙境草木百果皆似瓊玉，漬之以玉井
水，則軟可食而已。」〔註 280〕以「瓊玉」比喻「山珍海味」，即呼應屈原
即將前往的西方仙境，亦可表明屈原願以最隆重、豪華的旅資，作爲此行
必得之心志。

9. 旂

〈離騷〉云：

鳳皇翼其承 旂 兮，高翶翔之翼翼。（頁 63）

「旂」，王逸注「旗」，洪興祖補注引《周禮》：「交龍爲旂，熊虎爲旗。」又
引《爾雅》言：「有鈴曰旂。」（頁 63）則「旂」乃是繪有「龍紋」，其上又置
有「鈴」之旗類。而此處「鳳皇翼其承旂」，乃遨遊天際的同時，旂旗之上，
尚有鳳凰垂翼，相與飛翔。其場景略同《韓非子‧十過》中，黃帝出遊之象：
「昔者黃帝合鬼神於西泰山之上，駕象車而六蛟龍，畢方竝鎋，蚩尤居前，
風伯進掃，雨師灑道，虎狼在前，鬼神在後，騰蛇伏地，鳳皇覆上。」〔註 281〕
事實上，這段對皇帝的敘述，描寫手法亦如同屈原遠逝之景，以盛大、隆重
的畫面，鋪陳屈原車乘之壯麗，極其想像之至。而「鳳皇覆上」，可作爲〈離
騷〉中「鳳皇承旂」的註解。

10. 梁

〈離騷〉云：

麾蛟龍使 梁 津兮，詔西皇使涉予。（頁 64）

「梁」，王逸釋「橋」（頁 64），唯此橋乃由「蛟龍」所組合而成，協助屈原渡
過赤水。王逸云：「以蛟龍爲橋，乘之以渡，似周穆王之越海，比黿鼉以爲梁
也。」（頁 64）此處亦可見屈原想像之妙，調動場景的文字能力。

〔註 279〕清‧朱冀，《離騷辯》，收入吳平、回達強主編，《楚辭文獻集成》第十二冊。
〔註 280〕蘇雪林，《楚騷新詁》（臺北：合記圖書出版社，1995 年 1 月），頁 175。
〔註 281〕清，王先愼撰、鍾哲點校，《韓非子集解》，頁 65。

11. 九歌、韶

〈離騷〉云：

　　奏九歌而舞韶兮，聊假日以媮樂。（頁66）

「九歌」，王逸注「禹樂」；而「韶」，王逸注「舜樂」。（頁66）洪興祖補注曰：「《周禮》有九德之歌、九磬之舞。啓樂有《九辯》、《九歌》。」（頁66）則「九歌」與「韶」，皆上古帝王之樂。然屈原於此奏之爲何？姜亮夫云：「此言己安駕徐行，於是旖抑節弭，心神高曠，屬念涵邈，遂奏九歌而舞簫韶，聊假時日，爲此媮樂之事也。」〔註282〕可謂確然，對照前此二次幻遊，屈原此次遠征，不但先前準備妥當，且陣容龐大；再者，一路上並無諸多險阻，暢行之際，不由得心神飛揚，故有奏樂媮樂之舉。

（二）宮室

1. 靈瑣

〈離騷〉云：

　　欲少留此靈瑣兮，日忽忽其將暮。（頁36）

「靈瑣」，王逸注曰：「靈以喻君。瑣，門鏤也，文如連瑣，楚王之省闥也。」（頁37）洪興祖補注引《舊漢儀》曰：「黃門令日暮入對青瑣、丹墀拜。」（頁37）則「靈瑣」在此應指天帝居處之大門，即「縣圃之門」。因靈瑣閉而未開，屈原稍事休息於此。

2. 閶闔

〈離騷〉云：

　　吾令帝閽開關兮，倚閶闔而望予。（頁41）

「閶闔」，王逸與洪興祖皆注爲「天門」。（頁41）《淮南子·原道訓》高誘注：「閶闔，始升天之門也；天門，上帝所居紫微宮門也。」〔註283〕屈原因此次叩天門失敗，而有往後「求女」之舉；而「閶闔」也成爲屈原幻遊世界中的第一重障礙。

3. 瑤臺

〈離騷〉云：

　　望瑤臺之偃蹇兮，見有娀之佚女。（頁45）

〔註282〕姜亮夫，《屈原賦校註》，頁136。
〔註283〕何寧，《淮南子集釋》上冊，頁16。

「瑤臺」，王逸注「瑤」爲「石次玉」（頁45），即等級略差於「玉」之石。則「瑤臺」，乃是由此種「次於玉」之石所飾之臺。古代宮室多修築於高臺上，除防洪水猛獸之侵擾外，亦可防盜賊。〔註284〕

4. 春宮

〈離騷〉云：

　　溘吾遊此 春宮 兮，折瓊枝以繼佩。（頁43）

「春宮」，王逸注「東方青帝宮」（頁43）。就〈離騷〉文理而言，「春宮」應是崑崙神山中的一處宮殿。「春」意指氣候溫和，花草不凋，如《淮南子·墜形》所載：「（昆侖）中有增城九重，其高一萬一千里百一十四步二尺六寸，上有木禾，其脩五尋。珠樹、玉樹、琁樹、不死樹在其西……」〔註285〕則該宮殿植有眾多神樹，終歲不凋而名。

三、自然

（一）植物

1. 扶桑、若木

〈離騷〉云：

　　飲余馬於咸池兮，總余轡乎 扶桑 。折 若木 以拂日兮，聊逍遙以相羊。

　　（頁38）

這裡，屈原提及兩種神話世界的重要植物，皆與「日」有關聯。首先談「扶桑」：《山海經》中有兩處言及「扶桑」：

　　湯谷上有扶桑，十日所浴。在黑齒北，居水中有大木，九日居下枝，一日居上枝。（〈海外東經〉）〔註286〕

　　大荒之中，有山名曰孽搖頵羝，上有扶木，柱三百里，其葉如芥。有谷曰溫源谷，湯谷上有扶木；一日方至，一日方出，皆載于鳥。（〈大荒東經〉）〔註287〕

這兩處「扶桑」，皆位在極東之地，此與「日出」有關，故「扶桑」乃日出之

〔註284〕據趙達夫考證，此處之「瑤臺」乃類似《淮南子》所言「構木爲臺」者，且其形「狹而修曲」者。詳見趙達夫，《屈騷探幽》，頁360。

〔註285〕何寧，《淮南子集釋》上冊，頁323。

〔註286〕晉·郭璞傳，清·郝懿行箋疏，《清琅環仙館刻本山海經箋疏》，頁328～329。

〔註287〕晉·郭璞傳，清·郝懿行箋疏，《清琅環仙館刻本山海經箋疏》，頁403～404。

木應是無誤。結合兩則記載可知：首先，「湯谷」又名「溫源谷」，概取其「溫熱」意；其次，在「湯谷」附近有「大木」，又名「扶桑」，其枝可供「日」憩。「扶桑」樹上的「日」，其運作大致是：「八日」居下枝，而準備出發的「一日」在上枝；而當上枝之「日」由東方出發之際，西方歸來了昨日之「日」，同居下枝之「八日」，合計為「九日」。至於「若木」，《山海經》中亦二見：

> 大荒之中，有衡石山、九陰山、洞野之山。上有赤樹：青葉、赤華。
> 名曰「若木」。（〈大荒北經〉）〔註288〕

> 南海之外，黑水、青水之間，有木名曰「若木」，若水出焉。（〈海內經〉）〔註289〕

依郭璞注，〈大荒北經〉的「若木」，乃「生昆侖西附西極，其華光赤，下照地」者，則此應是屈原所言，與「日」有關之西極之木。然郝懿行箋疏時，卻又提及《說文》所謂「東極若木」〔註290〕。如此一來，則與「日」有關之「若木」，東方與西方各有一株，於義難解；若再加上《山海經・海內經》之南方「若木」，則「若木」一詞共有三義，且方位皆不同。

筆者認為，以屈原行文習慣來看，此處之「若木」不應視為東方之木，否則即與前句之「扶桑」重言；至於南方之木，則與日無甚關聯，自然不需論。如此此處「若木」乃是「日」行至西方，未落下前的休憩之處，與東方「扶桑」遙遙相望。故〈離騷〉此處所言，乃是屈原「將求索以上下」的第一個地點。

依湯炳正所言，「總余轡」應是「車起行時總摯六轡以馭馬」，換言之，屈原出發前在咸池、扶桑處準備，故有「飲馬」之說；其後則追訪太陽，並相與遨遊而至西方若木，然而求索之旅的第一站，尚未有獲即將日落，深怕時光匆匆流逝的屈原，隨即摘取「若木」之枝，想要「逆之而使不得西墜」，自是可以理解。

2. 瓊枝

〈離騷〉云：

> 溘吾遊此春宮兮，折 瓊枝 以繼佩。（頁43）

〔註288〕晉・郭璞傳，清・郝懿行箋疏，《清瑯環仙館刻本山海經箋疏》，頁455～456。

〔註289〕晉・郭璞傳，清・郝懿行箋疏，《清瑯環仙館刻本山海經箋疏》，頁464。

〔註290〕《說文》釋「叒」：「日初出東方湯谷所登榑桑。叒木也。」詳見漢・許慎撰，清・段玉裁注，《說文解字注》，頁272。

折[瓊枝]以爲羞兮，精瓊靡以爲粻。（頁60）

「瓊枝」，〈離騷〉凡二見，然在注解上頗有異：首次出現時，王逸注：「奄然
至青帝之舍，觀萬物始生，皆出於仁義，復折瓊枝以續佩……」（頁43）此處
「瓊枝」蓋「神話植物」之一，如洪興祖補注所引：「南方有鳥，其名爲鳳，
天爲生樹，名曰瓊枝，高百二十仞，大三十圍，以琳琅爲實。」（頁43）該樹
因具神性，故枝莖色潤如玉石般，故有「瓊枝」名。然而第二次出現時，王
逸注：「言我將行，乃折取瓊枝，以爲脯臘，精鑿玉屑，以爲儲糧，飲食香潔，
冀以延年也。」（頁61）在此瓊枝似非植物，而屬於「枝形玉質」的玉石，故
可「精鑿玉屑」，磨成玉粉。

《淮南子・墜形篇》云：「掘昆侖虛以下地，中有增城九重，其高一千里
百一十四步二尺六寸。上有木禾，其脩五尋。珠樹、玉樹、琁樹、不死樹在
其西。」〔註291〕聞一多認爲，這段文字中的「琁樹」又作「璇樹」，「璇」與
「瓊」一字，故瓊枝當是璇樹之枝。又《藝文類聚》引《莊子》逸文載：「吾
聞南方有鳥，其名爲鳳。所居積石千里。天爲生食，其樹名瓊枝。高百仞，
以璆琳琅玕爲實。」〔註292〕據此二則，則瓊枝或生二地，一在崑崙、一在南
方之山。聞一多則認爲《莊子》逸文所稱的「南方瓊枝之樹」，與《淮南子》
所載者同。

然無論如何，此樹之神祕色彩濃厚。因此縱然〈離騷〉二見，眾說紛云，
然該樹之「玉」的特質是不可抹滅的。故屈原於幻遊途中，先是取以爲佩，
以明己志如玉，堅韌又不失溫和；其後更春之精鑿，以玉屑爲糧。在眾多說
法中，蘇雪林採取較爲開放的看法，認爲「亦當如仙人之以瓊玉爲食」。當然，
此說雖仍有再討論的空間，然所拈出的「似瓊玉」說，是可供參考。

（二）動物

1. 神龍：飛龍、八龍、蛟龍、玉虬

〈離騷〉云：

駟[玉虬]以桀鷖兮，溘埃風余上征。（頁35）

爲余駕[飛龍]兮，雜瑤象以爲車。（頁61）

麾[蛟龍]使梁津兮，詔西皇使涉予。（頁64）

〔註291〕何寧撰，《淮南子集釋》（北京：中華書局，1998年10月）上冊，頁322～323。
〔註292〕歐陽詢等撰，《藝文聚類》（臺北：新興書局，1973年7月），頁2311。

駕 八龍 之婉婉兮，載雲旗之委蛇。（頁 65）

關於「虯」與「龍」之分別，王逸注：「有角曰龍，無角曰虯。」（頁 35）則「虯」與「龍」實同類，唯外形上的差異。《說文》釋「龍」：「鱗蟲之長，能幽能明，能細能巨，能短能長。春分而登天，秋分而潛淵。」〔註293〕「龍」的神性在此一敘述中表露無疑，但似乎又與「蛇」類有關，難以分別；〔註294〕又《爾雅翼》曰：

> 龍者，鱗蟲之長。王符言其形有九。頭似蛇，角似鹿，眼似兔，耳似牛，項似蛇，腹似蜃，鱗似鯉，爪似鷹，掌似虎是也。其背有八十一鱗，具九九陽數。其聲如戛銅盤。口旁有鬚髯。頷下有明珠。喉下有逆鱗，頭上有博山，又名尺木。龍無尺木，不能升天，呵氣成雲，既能變水，又能變火。〔註295〕

《爾雅翼》中的「龍」之形象更為奇特、不解，簡直如四不像般難以理解。正因為「龍」的形象實在難明，各代學者普遍提及各自所認為正確的分類；其中，魏人張揖所著之《廣雅》收錄許多早期古訓，其對「龍」的解釋，有許多可參考的面向：

> 有鱗曰蛟龍、有翼曰應龍、有角曰虯龍，無角曰螭（蛇龍）。龍能高能下，能小能巨，能幽能明，能短能長。淵深是藏，和塵同光，介龜也。〔註296〕

這段文字可分為兩個部分，後者「能高能下」等，與《說文》相近，姑且不論；而前者對於「龍」的分類，則較有討論價值。首先，就四類「龍」來看，能充當〈離騷〉中，那飛行於空中的「龍」者，以「有翼」的應龍較有可能，在《淮南子・覽冥訓》中，亦有女媧「服駕應龍，驂青虯」的說法可為證〔註297〕；但是這點尚須解析其餘三種「龍」來獲得證明。

〔註293〕漢・許慎撰，清・段玉裁注，《說文解字注》，頁 582。

〔註294〕此說尚待進一步研究，何新於〈龍的研究〉一文中認為：「無論龍的原始形相（蛇軀），還是典籍所記龍的種類中，都涵有蛇種形相（龍中專有螣蛇一類，見《爾雅》郭璞注）。但另一方面，傳說及文物中所見的龍與蛇的形相又畢竟有極大不同。龍有角有足有巨鱗，而蛇則無之。龍有巨首巨口，而蛇亦無之。在甲骨文中自有蛇神，與龍並不同。」詳見何新，〈龍的研究〉，收入王孝廉編，《神與神話》（臺北：聯經出版事業公司，1988 年 3 月），頁 14。

〔註295〕羅愿撰，洪炎祖釋，《爾雅翼》卷二十八，收入王雲五主編，《叢書集成初編》冊 1148，頁 297～298。

〔註296〕魏・張揖，《廣雅》，收入《叢書集成新編》第三十八冊。

〔註297〕何寧撰，《淮南子集釋》（北京：中華書局，1998 年 10 月）上冊，頁 483。

「蛟」，《說文》釋：「龍屬也。池魚滿三千六百，蛟來爲之長，能率魚而飛去。」〔註298〕此處言及「蛟龍」可「飛」，但考慮到「率魚」一詞，則此「飛」必非眞實的「飛翔」，或可解釋爲「驅魚而飛」。又《山海經・中山經》郭璞注載：「（蛟）似蛇而四腳，小頭細頸，有白癭。大者十數圍，卵如一、二石甕，能吞人。」〔註299〕則「蛟」理應爲「水蛇」之類者。其餘關於「蛟」的記錄甚多，如任昉《述異記》〔註300〕、李時珍《本草綱目》裴淵《廣州記》、王子年《拾遺錄》〔註301〕等敘述上來看，「蛟」都指向「蛇」類動物。

而「螭」，《說文》釋：「若龍而黃，北方謂之地螻。从虫离聲。或云無角曰螭。」〔註302〕何新認爲「地螻」即「土龍」，乃「鼉龍」的一種。〔註303〕《說文》釋「鼉」：「水蟲。似蜥蜴，長丈所，皮可爲鼓。从黽，單聲。」〔註304〕李時珍認爲：「（鼉）性能橫飛，不能上騰。其聲如鼓，夜鳴應更，謂之鼉鼓。亦曰鼉更。俚人聽之以占雨……生卵甚多，至百，亦自食之。南人珍其肉，以爲嫁娶之敬。」李氏所言「能橫飛」卻「不上騰」，證明「螭龍」絕不能飛翔。且由其描述來看，「螭龍」確有幾分類似今日的「鱷魚」。

最後談到「應龍」與「虺龍」。據何新研究：「應」乃金文中之「𧖸」（伯衛父盉）、「𧖸」（樊夫人龍嬴匜）等字，而于省吾最先釋此字爲「嬴」，就字形可看出乃「有翼小飛蟲」，即是今日「蜴」之本字：

> 蜥蜴與龍——鱷魚，在古代語言中是被看作一類的動物。那麼由此，
> 我們也就可以理解爲什麼「有翼曰應龍」、「有角曰虺龍」。原來，在
> 中國存在的蜥蜴類動物中，確實有一種有翼而能飛的。此即飛蜥，

〔註298〕漢・許愼撰，清・段玉裁注，《說文解字注》，頁670。
〔註299〕晉・郭璞傳，清・郝懿行箋疏，《清瑯嬛仙館刻本山海經箋疏》，頁255。
〔註300〕《述異記》載：「蛟乃龍屬。其眉交生，故謂之蛟，有鱗曰蛟龍。」詳見任昉，《述異記》，收入明・程榮校刻，《漢魏叢書》（臺北：新興書局，1970年2月），頁1536。
〔註301〕裴淵《廣州記》載：「蛟，長丈餘，似蛇而有四足。形廣如盾。小頭細頸有白嬰。胸前赭色，背上有斑，脇邊若錦尾，有肉環。大者數圍。其卵亦大，能率魚飛，得鱉可免。」原則上仍是郭璞注《山海經》的說法；至於王子年《拾遺錄》則云：「漢昭帝釣於渭水，得白蛟若蛇。無鱗甲，頭有軟角，牙出唇外。命大官作鮮，食甚美。骨青而肉紫。」詳見明・程榮校刻，《漢魏叢書》，頁1589。
〔註302〕漢・許愼撰，清・段玉裁注，《說文解字注》，頁670。
〔註303〕何新，〈龍的研究〉，收入王孝廉編，《神與神話》，頁56。
〔註304〕漢・許愼撰，清・段玉裁注，《說文解字注》，頁679。

　　屬鬣蜥科（Agamidae）……「黽」在古語言中是爬行動物的通名，
非必指龜。而在蜥蝪屬爬行類動物中，頭部有角質物如「戴勝」者
甚多。〔註305〕

依何氏所說，則〈離騷〉中，屈用乘以為昇天之坐騎，如「飛龍」、「八龍」、
「蛟龍」、「玉虬」等，當是現實生物的變形想像。相較於「虛意象」中諸多
「神話人物」、「神話植物」等，「龍」的形象並無太過「落實」的問題。如同
「神話人物」、「神話植物」等意象，乃是先民根據自然、人事之間的種種「現
實」，加諸個人或是民族的想像，賦予「超越」的性質而來；則此處諸多之「龍」
的形象，乃建立如「鱷魚」、「蜥蝪」等「現實生物」之上，也不無可能。

　　事實上，無論是何種詮釋，都無損於〈離騷〉中，屈原藉由「駟玉虬」、
「駕飛龍」、「麾飛龍」與「駕八龍」等想像，無非在傳達個人於情感、理志，
皆無法妥協於現實痛苦的情境之際，乃有的「超越」表達。故「龍」的意象
早是脫離原始生物性，而成為作者堅持真理、上下求索的神性代表。

2. 神鳥：鷖、鳳皇、鸞皇

〈離騷〉云：

　　駟玉虬以桀 ▢鷖 兮，溘埃風余上征。（頁35）

　　▢鸞皇 為余先戒兮，雷師告余以未具。（頁39）

　　吾令 ▢鳳鳥 飛騰兮，繼之以日夜。（頁40）

　　▢鳳皇 既受詒兮，恐高辛之先我。（頁47）

　　▢鳳皇 翼其承旂兮，高翱翔之翼翼。（頁63）

「鷖」，王逸注為「翳」；而洪興祖補注，引《山海經》所云：「九疑山有五彩
之鳥，飛蔽一鄉。五彩之鳥，翳鳥也。」又「蛇山有鳥，五色，飛蔽日，名
鷖鳥。」（頁36）則「鷖鳥」之名「鷖」，乃取其「蔽鄉」、「蔽日」意而來。
誠然，具有「蔽鄉」、「蔽日」能力的鳥類，其身形可能如同《莊子‧逍遙遊》
中之「大鵬鳥」，「摶扶搖而上者九萬里」〔註306〕般凌空而起；但亦有可能其
身形如凡鳥，只因數量驚人，如郭璞注《山海經》所載漢宣帝時「五色鳥以
萬數」般聲勢浩大。無論是「大鵬鳥」，抑或是「鳥以萬數」，都成功地塑造
出屈原以駟龍為駕、鷖鳥為車，風塵僕僕地遨遊天際的壯盛景象。

〔註305〕何新，〈龍的研究〉，收入王孝廉編，《神與神話》，頁66～73。
〔註306〕清‧郭慶藩集釋，《莊子集釋》，頁4。

　　至於「鳳凰」，在〈離騷〉中又稱爲「鸞凰」、「鳳鳥」。「鸞」，《說文》釋：「赤神靈之精也。赤色、五采、雞形。鳴中五音，頌聲作則至。」〔註307〕又《山海經・西山經》載：「西南三百里曰『女牀之山』，其陽多赤銅，其陰多石涅……有鳥焉，其狀如翟，而五采文，名曰鸞鳥，見則天下安寧。」〔註308〕則「鸞鳥」乃祥瑞的象徵，代表祥和、安寧。與「鳳凰」的關係，或說「像凰鳥」、「多青色」〔註309〕，或說「初生的鳳凰」〔註310〕；總之，在古人想法中，「鸞鳥」乃被視爲「鳳」之屬，應是無誤。至於「鳳凰」，《廣雅・釋鳥》云：「鸐鳳，其雌皇。」〔註311〕又毛享於《詩經・大雅》之〈卷阿〉篇，「鳳凰于飛」句傳曰：「鳳皇，靈鳥，仁瑞也。雄曰鳳，雌曰皇。」則「鳳」與「凰」乃雄雌二別，實爲同類。《廣雅》形容「鳳鳥」乃是集「雞頭」、「燕頷」、「蛇頸」、「龜背」、「魚尾」〔註312〕而成的「神鳥」。

　　在〈離騷〉中，此類神鳥，無論是「鳳」、「凰」，或是與之同屬的「鸞鳥」，主要的功能是作爲屈原與天界溝通、交流的媒介與使者：如「鸞皇爲余先戒兮」、「吾令鳳鳥飛騰兮」，以及「鳳皇翼其承旂兮」等句，其中的「鳳凰」、「鸞鳥」，或是成爲前驅之使者，爲屈原打探消息，或是伴隨著屈原邀遊天際；唯「鳳凰」也是殷人的圖騰象徵。《詩經・商頌》有〈玄鳥〉：「天命玄鳥，降而生商，宅殷土芒芒。」〔註313〕此處「玄鳥」應是「燕」的稱呼，《呂氏春秋》與《史記》對殷商始祖有娀氏女簡狄，以及高辛氏帝等有詳細的介紹；〔註314〕而「燕」在經過神話傳演之後，轉變爲「五彩之鳳鳥」〔註315〕，成爲屈原取

〔註307〕漢・許慎撰，清・段玉裁注，《說文解字注》，頁148。

〔註308〕晉・郭璞傳，清・郝懿行箋疏，《清瑯環仙館刻本山海經箋疏》，頁53～54。

〔註309〕歐陽詢，《藝文類聚》頁2312。

〔註310〕《初學記》引《毛詩草蟲經》：「雄曰鳳，雌曰凰，其雛曰鸞。」詳見唐・徐堅，《初學記》，收入楊家駱主編，《國學名著彙刊》（臺北：鼎文書局，1972年10月），頁723。

〔註311〕魏・張揖，《廣雅》，收入《叢書集成新編》第三十八冊。

〔註312〕魏・張揖，《廣雅》，收入《叢書集成新編》第三十八冊。

〔註313〕屈萬里，《詩經詮釋》，頁622。

〔註314〕《呂氏春秋・音初》載：「有娀氏有二佚女，爲之九成之臺，飲食必以鼓。帝令燕往視之，鳴岩謐隘。二女愛而爭摶之，覆以玉筐；少選，發而視之，燕遺二卵，北飛，遂不反。」而《史記・殷本記》則補充之：「殷契母曰簡狄，有娀氏之女，爲帝嚳次妃。三人行浴，見玄鳥墮其卵，簡狄取吞之，因孕生契。」詳見周・呂不韋撰，清・畢沅校正，《呂氏春秋》，收入《諸子集成新編》新編九，頁9之51～9之52。日本・瀧川龜太郎，《史記會注考證》。

〔註315〕楊寬認爲：「玄鳥爲帝嚳之所命，而五彩之鳳鳥乃帝俊所下友，帝嚳既即帝俊，

材的來源，而有「鳳皇既受詒兮，恐高辛之先我」的說法。〔註316〕

3. 惡禽：鴆、鳩

〈離騷〉云：

　　吾令<u>鴆</u>爲媒兮，<u>鴆</u>告余以不好。雄<u>鳩</u>之鳴逝兮，余猶惡其佻兮。（頁
　46）

「鴆」，王逸注「喻讒賊也」（頁 46）。洪興祖補注引《廣志》曰：「其鳥大如
鴞，紫綠色，有毒，食蛇蝮，雄名運日，雌名陰諧，以其毛歷飲巵則殺人。」
（頁46）若依此說，則「鴆」乃毒惡之鳥，爲何屈原明知之又遣以爲媒？《山
海經》中亦有鴆之說，王泗原分析其差異，認爲「鴆」應有二：一乃食蛇之
毒鳥；一乃食蜚蟲的鴆，無毒〔註317〕；此處所引之鴆鳥應是後者。然雖然已
避開毒鳥，最終仍是失敗。

至於「鳩」，王逸注引《說文》：「鳩，鶻鵃也。」（頁46）《爾雅》注云：
「似山鵲而小，短尾，青黑色，多聲。」以因「鳩」鳥多聲，予人便佞輕佻
之感，故屈原言惡之也。

（三）天文地理

〈離騷〉中，屬於「虛意象」的「天文地理」，就內容而言，明顯較「實
意象」者爲多，且較有條理。屈原在現實生活中坐困愁城，不由得藉助諸多
想像，建構一個足資遨遊、馳騁的虛幻空間，因之汲取眾多神話中的「天文
地理」意象，以爲個人內在心靈的解放，提供無窮盡的想像領域。在此類意

　　則玄鳥之即鳳鳥可見。」又「鳳鳥當即爲玄鳥之神話者……燕色本玄，神話
　　化鳳變爲五彩，亦猶龜本烏色，而《說苑》等書又謂靈龜五色也。」詳見楊
　　寬，〈中國上古史導論〉，收入呂思勉，童書業著，《古史辨》（臺北：明倫書
　　局，1970 年 3 月）第七冊，頁 385～386。
〔註316〕據王夫之統計，鳳鳥在屈原、宋玉賦作中，多與「龍」連文，共 15 見：「或
　　言曰鸞、爲鷖、曰玄鳥，漢以後或曰朱雀。」而代表的涵義大致有六種：一、
　　古傳說中之靈禽，古以爲鳥中王；二、爲殷之先世圖騰，即玄鳥生商之故事
　　傳說；三、媒使、前驅；四、或以形旗幟；五、舞場舞具之一；六、爲死者
　　升天之引導。在〈離騷〉中，「鳳」、「凰」，或是「鸞」等，皆被視爲「媒使、
　　前驅」。
〔註317〕王泗原考證，《山海經·中次八經》有載：「女几之山，其鳥多鴆。」又同文
　　又載：「琴鼓之山，其鳥多鴆。」此二「鴆」應是一物；至於《山海經·中次
　　十一經》載之「瑤碧之山」的鴆鳥，郭璞注曰：「此更一種鳥，非食蛇之鴆也。」
　　則明顯「鴆鳥」有二，以屈原求媒，所派之鴆不應是毒鳥。詳見王泗原，《楚
　　辭校釋》。

象中，可粗分爲「天文」與「地理」兩大類；「天文類」虛意象中，較具代表性者如「羲和」、「望舒」、「雷師」、「豐隆」與「飛廉」；他們不同於實意象中的「日」、「月」、「雷」、「風」等缺乏明顯特色，屈原賦予此等虛意象個性，使之具有人性特徵，成爲屈原幻遊時的絕佳幫手。

　　至於「地理」類虛意象，則以「崑崙」神話世界爲幻遊中心，分爲三個層次，分別代表三次幻遊的地理過程：第一次幻遊，經歷「蒼梧」、「縣圃」、「靈瑣」、「崦嵫」與「咸池」，其結局基本上是令屈原失望的；第二次幻遊，則遊歷「白水」、「閬風」、「高丘」、「窮石」與「洧盤」、「瑤臺」等地，其結局依然無法令人滿意；最後一次幻遊，乃屈原決心遠離楚國，盡情地投身於無盡的時、空之中。其間經歷「崑崙」、「天津」、「赤水」，並遠達「西海」。然而無論如何堅強的意志，當屈原瞥見故鄉楚國時，刹時情感潰堤，終不忍心遠離；故其結局仍是悲傷、無奈的。

　　1. 天文：日、雲、風

　　（1）日

　　〈離騷〉云：

　　　欲少留此靈瑣兮，|日|忽忽其將暮。（頁36）

　　　折若木以拂|日|兮，聊逍遙以相羊。（頁38）

「日」，《說文》釋之：「實也。大昜之精不虧。从○一。象形。凡日之屬皆从日。㊐，古文象形。」〔註318〕許慎由「象形」的角度來詮釋「日」，認爲其中有象，而段玉裁更指出「象中有烏」〔註319〕，賦予「日」更多神性的說法。而在〈離騷〉中，「虛意象」中的日並非全然具備「神性」的呈現，如「日忽忽其將暮」句，其中的「日」乃是「抽象的時間」，屈原眼見時光流逝，本欲稍事休息，卻不由得擔心起來；而「折若木以拂日」句，其中的「日」方才具備「神性」的描述，屈原爲爭取時間，竟幻想可以阻擋「日」的運行，試圖以「若木」障日，使不得過，充分體現屈原在設想場景上的創意。

　　（2）雲霓

　　〈離騷〉云：

_____

〔註318〕漢・許慎撰，清・段玉裁注，《說文解字注》，頁302。
〔註319〕漢・許慎撰，清・段玉裁注，《說文解字注》，頁302。

飄風屯其相離兮，帥 雲霓 而來御。（頁40）

揚 雲霓 之晻靄兮，鳴玉鸞之啾啾。（頁61）

「雲」，《說文》釋之：「山川氣也。从雨，云象回轉之形。凡雲之屬皆从雲。
云，古文省雨。」〔註320〕由此見「雲」本作「云」，乃象「雨氣回轉貌」，是
天上水氣的凝結而成的具象；而「霓」，《說文》段玉裁解釋：「詘曲之虹多青
赤，或有白色者，皆謂之霓。」〔註321〕則古人認爲「雲」、「霓」乃自然界景
象，皆屬水氣作用。而〈離騷〉此處「帥雲霓」句，乃賦予生命力。王逸釋
「雲霓」爲「佞人」，乃誤將「屯其相離」句視爲「不與己和合」。實參考下
文「紛總總其離合兮，斑陸離其上下」，亦僅見「雲霓」等附麗於原之車隊，
並無惡意，反有壯大聲勢之用。故朱熹曰：「望舒、飛廉、鸞鳳、雷師、飄風、
雲霓，但言神靈爲之擁護服役，以見其仗儀威儀之盛耳，初無善惡之分也。」
〔註322〕故「雲霓」之聚合，應是前來相迎，增原氣勢耳。

　　至於「揚雲霓」句，則恢復其自然面貌。朱熹注曰：「雲霓，蓋以爲旂旗
也。」〔註323〕意謂於旗面繪有雲霓之狀；然「雲霓之旗」實未可聯想有何作
用，故不妨視之爲「雲氣」與「虹霓」。朱冀云：「此句寫清晨起程，見雲霓
飛揚天上，朝霧將散未散，日光乍掩乍舒，乃絕妙遠遊天氣也。」〔註324〕屈
原遠征之旅，伴隨著朝日、雲彩、虹霓，車隊穿越其間，使得車鈴啾啾發聲，
象徵遠遊之順利無礙。

　　（3）風

〈離騷〉云：

馹玉虬以桀鷖兮，溘 埃風 余上征。（頁35）

飄風 屯其相離兮，帥雲霓而來御。（頁40）

〈離騷〉中言風有二：「埃風」與「飄風」。「埃風」，乃物體騰起過快，擾動
空氣，而塵埃亦隨之，故有「埃風」之稱；又《莊子・逍遙遊》載：「鵬之徙

〔註320〕漢・許慎撰，清・段玉裁注，《說文解字注》，頁575。
〔註321〕漢・許慎撰，清・段玉裁注，《說文解字注》，頁574。
〔註322〕宋・朱熹，《楚辭辯證》，收入吳平、回達強主編，《楚辭文獻集成》第二十五
　　　　冊，頁18078。
〔註323〕宋・朱熹，《楚辭集注》，收入吳平、回達強主編，《楚辭文獻集成》第三冊，
　　　　頁1793～1794。
〔註324〕清・朱冀，《離騷辯》，收入吳平、回達強主編，《楚辭文獻集成》第十二冊，
　　　　頁8181。

於南冥也，水擊三千里，摶扶搖而上者九萬里……野馬也，塵埃也，生物之以息相吹也。」〔註325〕其中的「野馬」、「塵埃」，正用來形容氣流遊動狀；〈離騷〉此處言屈原以鷺爲車，以虯爲駕，乘風而上，其景況應如《莊子》鵬鳥南飛。至於「飄風」，《說文》釋「飄」爲「回風」〔註326〕，乃「盤旋而起之風」。〈離騷〉此處「飄風屯其相離」，非言「飄風」刁難屈原，而是飄風急迅，附於原之車隊後方，爲之助陣以叩帝閽。〔註327〕

2. 地理

（1）蒼梧、縣圃、崦嵫、咸池

〈離騷〉云：

朝發軔於蒼梧兮，夕余至乎縣圃。（頁36）

吾令羲和弭節兮，望崦嵫而勿迫。（頁37）

飲余馬於咸池兮，總余轡乎扶桑。（頁38）

「蒼梧」，王逸注「舜所葬」（頁36）。《山海經》關於「蒼梧」的記載凡三見：其一在《山海經・海內南經》：「蒼梧之山，帝舜葬于陽，帝丹朱葬于陰。」〔註328〕似蒼梧一帶，除帝舜葬之外，尚有其他帝王。其二在《山海經・大荒南經》：「南海之中，有氾天之山，赤水窮焉。赤水之東，有蒼梧之野，舜與叔均之所葬也。」〔註329〕蒼梧之野葬有「舜」與「叔均」，郭璞曰：「舜巡狩，死於蒼梧而葬之。商均因留，死亦葬焉，基（墓）今在九疑之中。」〔註330〕則「商均」與「丹朱」可能實指一人。其三，《山海經・海內經》：「南方蒼梧之丘，蒼梧之淵，其中有九嶷山，舜之所葬。在長沙零陵界中。」〔註331〕則帝舜葬於「蒼梧」應是無誤。在〈離騷〉中，「蒼梧」乃是屈原遠遊之旅的起始站，標誌著屈原由思想的轉變，進而行動的開展，故自有其價值；再加上帝舜葬於此，增添屈原對於自身美善的肯定，以及理想政治的追求。

「縣圃」，王逸注「崑崙上的神山」（頁36）。《水經注》引《崑崙說》云：

〔註325〕清・王先謙，《莊子集解》，頁1。

〔註326〕漢・許愼撰，清・段玉裁注，《說文解字注》，頁677。

〔註327〕何劍熏認爲「屯」當讀爲「殿」，訓爲「在後」；「離」當訓爲「附」，則全句應是「飄風在後相附著也」。詳見何劍熏，《楚辭今注》，頁29。

〔註328〕晉・郭璞傳，清・郝懿行箋疏，《清瑯環仙館刻本山海經箋疏》，頁338。

〔註329〕晉・郭璞傳，清・郝懿行箋疏，《清瑯環仙館刻本山海經箋疏》，頁409～410。

〔註330〕晉・郭璞傳，清・郝懿行箋疏，《清瑯環仙館刻本山海經箋疏》，頁410。

〔註331〕晉・郭璞傳，清・郝懿行箋疏，《清瑯環仙館刻本山海經箋疏》，頁470。

「崑崙之山三級，下曰樊桐，一名板桐；二曰玄圃，一名閬風；上曰層城，一名天庭。」〔註332〕若「蒼梧」於長沙一帶，則代表屈原在朝夕之間，便由東方遠征西方。關於「崑崙（昆侖）」，《淮南子·墜形訓》有非常立體，並明晰的介紹：「昆侖之丘，或上倍之，是謂涼風之山，登之而不死；或上倍之，是謂懸圃，登之乃靈，能使風雨；或上倍之，乃維上天，登之乃神，是謂太帝之居。」〔註333〕與《水經注》所言相似，《淮南子》中的「崑崙」也是分為三個層次。然居於其中的「縣圃」，究竟有何景致？《山海經·西山經》如此形容：「又西三百二十里，曰槐江之山，丘時之水出焉而北流，注于泑水，其中多嬴母。其上多青雄黃，多藏琅玕、黃金、玉。其陽多丹粟，其陰多采黃金、銀。實惟帝之平圃。」其中「平圃」，郭璞視為「糸圃」，即「縣圃」。〔註334〕由此可見，「縣圃」作為神山崑崙的中途站，乃是一個滿藏珍寶、食物的地方。據《穆天子傳》載：「春山之澤，清水出泉，溫和無風，飛鳥百獸之所飲食，先王之所謂縣圃。」〔註335〕則「縣圃」更是宜於居住，充滿生機的溫和世界；蕭兵形容此若「高懸著的空中花園」，誠然如此。然而，風景宜人，景氣和暢的「縣圃」，並非屈原遠遊的終點，他的目標是上叩帝關。

「崦嵫」，王逸注：「日所入山也，下有蒙水，水中有虞淵。」（頁38）《山海經·西山經》載：「鳥鼠同穴之山……西南三百六十里曰崦嵫之山，其上多丹木。」郭璞注「崦嵫」為「日沒所入山」〔註336〕。這個說法基本上並沒有太多異說，「崦嵫」自古以來，多指太陽落下的山。然另據郭璞注，所謂「鳥鼠同穴之山」有實際地點，位於「隴西首陽縣西南」〔註337〕，經趙逵夫考證，「崦嵫山」即位於今日「嶓冢山」，在漢代「西縣」，並引用甲骨文對「鳥」的形象證明之。〔註338〕此可備一說。〈離騷〉此處，乃是屈原眼見崦嵫在即，希望羲和能夠放慢速度，好讓自己求索上下。

〔註332〕北魏·酈道元，《水經注》，收入《圖書集成初編》，第3005冊，頁27。

〔註333〕何寧撰，《淮南子集釋》（北京：中華書局，1998年10月）上冊，頁328。

〔註334〕晉·郭璞傳，清·郝懿行箋疏，《清瑯環仙館刻本山海經箋疏》，頁68～69。

〔註335〕晉·郭璞注，明·程榮校，《穆天子傳》，收入《漢魏叢書》，頁652。

〔註336〕晉·郭璞傳，清·郝懿行箋疏，《清瑯環仙館刻本山海經箋疏》，頁100。

〔註337〕晉·郭璞傳，清·郝懿行箋疏，《清瑯環仙館刻本山海經箋疏》，頁98。

〔註338〕趙逵夫認為「鳥」在古代神話乃是日象，而據《山海經·大荒東經》所載，日之出入，皆載於鳥鳥。此外，趙氏亦糾正姜亮夫先生對於「崦嵫」之考證，認為「崦山本即嶓冢山，在天水西南，在古代屬西縣之山名。詳見趙逵夫，《屈騷探幽》，頁349～351。

「咸池」，王逸注「日浴處」（頁38）。《淮南子・天文訓》：「日出于暘谷，浴于咸池，拂于扶桑，是謂晨明。」〔註339〕大抵自來即有此說。然據姜亮夫統計：「咸池一名，屈賦有三用，一曰浴處，二星名，三樂名，皆在屈賦中。」〔註340〕則「咸池」之義應依上下文意論之。洪興祖補注即言：「按下文言扶桑，則咸池乃日所浴者也。」（頁38）此說亦見《山海經・海外東經》：「下有湯谷，湯谷上有扶桑，十日所浴。」〔註341〕則「湯谷」即是「咸池」，為日所浴，故郭璞注云：「谷中水熱也。」

屈原第一次幻遊的路線上致如上，在「咸池」稍事休息之後，眼見時光飛逝，意欲力挽之，除「折若木以拂日」外，也趕緊吩咐「望舒」前導，「飛廉」隨後，啓程至天門，而鳳凰為之先使，在雲霓的簇擁之下，屈原的車駕經過一夜一日之後，到達天門前，然而在「帝閽」不配合開關的無奈下，幻遊之旅終告失敗，眼看又是日落之際，不得不重新打算。於是有了第二次的幻遊之旅。

（2）白水、閬風、高丘、窮石、洧盤

〈離騷〉云：

> 朝吾將濟於 白水 兮，登 閬風 而緤馬。（頁42）

> 忽反顧以流涕兮，哀 高丘 之無女。（頁42）

> 夕歸次於 窮石 兮，朝濯髮乎 洧盤 。（頁44）

「白水」，王逸引《淮南子》云：「白水出崑崙之山，飲之不死。」（頁42）今查《淮南子・墜形訓》云：「縣圃、凉風、樊桐在昆侖閶闔之中，是其疏圃。疏圃之池，浸之黃，黃水三周復其原，是謂白水，飲之不死。」〔註342〕其中「疏圃」，亦見於《淮南子・覽冥訓》：「過昆侖之疏圃，飲砥柱之湍瀨。」〔註343〕所謂「湍瀨」，乃清澈的水流相互激盪下，而呈現色白泡沫的景象。洪興祖引《河圖》言：「崑山出五色流水，其白水入中國，名為河也。」（頁

〔註339〕何寧撰，《淮南子集解》，頁233～234。

〔註340〕言「日浴」者，如本例所舉；「星名」者，則見《九歌・少司命》：「與女沐兮咸池，晞女髮兮陽之阿。」；又「樂名」者，如〈遠遊〉：「張咸池奏承雲兮，二女御九韶歌。」詳見宋・洪興祖，《楚辭補注》，頁38、105、263。姜亮夫，《楚辭通故》，收入《姜亮夫全集》第一輯，頁158～160。

〔註341〕晉・郭璞傳，清・郝懿行箋疏，《清瑯嬛仙館刻本山海經箋疏》，頁328。

〔註342〕何寧撰，《淮南子集釋》上冊，頁325。

〔註343〕何寧撰，《淮南子集釋》上冊，頁470。

42）其「五色流水」實不知所指，然「白水」若是黃河，則應指其上游源頭的河水。清潔的「白水」，對照流入中國後的混濁，予人高潔之感，故衍申出「神水」、「飲之不死」之說。

至於「閬風」，王逸注「在崑崙之上」（頁42）。前一節引用《山海經》之說，「玄圃」又名「閬風」；或「閬風」位於「縣圃」之下，又名「涼風」。無論何說，「閬風」皆在崑崙山中。經過前次「叩帝閽」的失敗，屈原並不灰心，試圖找尋方法與天帝接觸。心中設想：待天明之時，渡過黃河源頭的「白水」，直達崑崙山中麓的「閬風」，稍事休息之際，再作打算。然尚未啓行，無意間望見「高丘之無女」，心中湧起一陣悲傷，淚流滿面。

「高丘」，王逸注意指「楚地」，或說乃《高唐賦》所指涉之「高唐之山」（《高唐賦》）；然王逸亦認爲或作「閬風山上」解。（頁42）則「高丘」可能在崑崙山中，或是崑崙山外。就屈原之「朝吾將濟於白水」句來看，則屈原在前次叩關失敗後，便退出崑崙山，否則無由「濟白水」，即「渡黃河源頭」的說法；再者，若言「高丘」爲「楚之高唐山」，則未免指涉過遠，屈原之目力超乎常人。於此，不妨將「高丘」視爲崑崙山外的諸山，雖非神山，但應有可提供屈原協助的神女。然放眼望去，四顧「無女」，一時間屈原無法接受，而紛然流涕。重新振作之後，屈原便開始第二次幻遊之旅，此行目標仍然是與天帝接觸，然明顯地，屈原需要神女們的幫助，故其後先後尋找「宓妃」、「有娀佚女」、「二姚」。

「窮石」，據《淮南子》所載，乃位於「赤水」之東：「赤水出其（按：崑崙）東南陬，西南注南海丹澤之東。赤水之東，弱水出自窮石，至於合黎，餘波入于流沙，絕流沙，南至南海。」〔註344〕據此，「窮石」應是崑崙周圍的高山，至於是否可考，則未明知，部分學者如徐文靖、聞一多、蔣天樞等，皆認爲「窮石」乃「后羿之有窮國」，雖極盡考證之詳，然實不必。〈離騷〉此處所言，乃崑崙週遭之神山名，既已遣蹇修爲媒，然宓妃驕傲，不予理會，逕自前往窮石之「洧盤」沐髮，屈原之求女，初次受挫可知。

「洧盤」，王逸注「水名」，並引《禹大傳》之說：「洧盤之水，出崦嵫之

〔註344〕此處文有錯落，據王引之、何寧考證，原文應是「弱水出其西南陬，絕流沙，南至南海」方是，又何寧引《廣雅·釋水》云：「崑崙虛，赤水出其東南陬，河水出其東北陬，洋水出其西北陬，弱水出其西南陬。河水入東海，三水入南海。」則可作爲「崑崙山脈」諸水流向之參考。詳見何寧撰，《淮南子集釋》上冊，頁325～327。

山。」（頁 45）然《禹大傳》一書，今不知爲何，是否有其書尙值得懷疑，不妨與「窮石」地名同視，皆「神話」之說，前述引王逸注有「下有蒙水，水中有虞淵」句，則「洭盤」或即「蒙水」之「虞淵」，然未可證。

　　屈原第二次幻遊之旅，始自設想，終至失敗。「白水」、「閬風」兩地，屈原並未前往，卻由此生發「求女」之旅，設想及其舉止千迴百轉，首致意「宓妃」，然因之驕傲淫遊，故終告失敗；次求「有娀佚女」，亦因使者之故而告吹；最終求「有虞二姚」，亦因「理弱媒拙」而毀。三次求女的挫折，使得屈原進退失據，一方面「眾女」不可求，則見帝之希望破滅；另一方面，此刻若返楚，則「哲王」仍不能理解屈原苦心。故其後，屈原向靈氛、巫咸求卜，終有「遠逝他方」的決定，遂開啓第三次幻遊。

　　（3）崑崙、天津、流沙、赤水、西海、不周

〈離騷〉云：

　　遵吾道夫 崑崙 兮，路修遠以周流。（頁 61）

　　朝發軔於 天津 兮，夕余至乎西極。（頁 63）

　　忽吾行此 流沙 兮，遵 赤水 而容與。（頁 64）

　　路 不周 以左轉兮，指 西海 以爲期。（頁 64）

「崑崙」，王逸注引《河圖括地象》云：「崑崙在西北，其高萬一千里，上有瓊玉之樹也。」（頁 61）而洪興祖補注廣泛引用《禹本紀》、《河圖》、《水經》、《爾雅》、《山海經》、《十洲記》、《神異經》等書，綜論「崑崙」之事，已甚詳實，在此不論。較值得注意者，乃是屈原前此二次幻遊，皆提及「崑崙」，或是「崑崙」週遭之山水；若前此之幻遊乃是至崑崙山求見天帝而不成，則本次遠遊又何以與崑崙有關？蘇雪林認爲：「並非屈原自他處轉到崑崙，實自崑崙出發，向西進行，以求達於另一廣大之仙境。」〔註345〕觀文後言及「不周」、「西海」，確實屈原遠征之目的絕非同二次幻遊般，僅達於崑崙山，乃有更西之行。崑崙作爲楚文明傳說中的發源地，必是屈原思慕嚮往的地方，姜亮夫即認爲：「每當萬事瓦裂之際，無可奈何之時，必以崑崙爲依歸，自文學形式言，似爲一種浪漫表情之一法，而其所含之實義，與屈子思想心情，及其爲宗子、宗臣、史官之大義，固無乎不在也。」〔註346〕換言之，「崑崙」成

〔註345〕蘇雪林，《楚騷新詁》，頁 177。

〔註346〕姜亮夫，《楚辭通故》，收入《姜亮夫全集》第一輯，頁 251。另關於「崑崙」

為楚文化的精神依歸，彷彿母親般吸引著屈原，有精神上的療救效果。

「天津」，王逸注「東極箕、斗之間」（頁63），則「天津」乃星宿之名。然而若「天津」處極東，何以前此屈原「道夫崑崙」而多此一舉，由西至東，再由東至極西？故游國恩認為王逸之說已有穿鑿之詞，並非作者本意，然游氏對此亦無甚解釋。其實，若屈原以「崑崙」為遠遊之出發點，則「發軔於天津」，不妨將之設想為「崑崙」附近的神話地名，畢竟關於「崑崙」之說法眾多，屈原當時之說法未必能留傳至今，或許屈原當時，「崑崙」附近確有「天津」一指。蘇雪林即認為「天津」乃是「人間渡入天庭之處」，而崑崙正具備此種想像的空間。〔註347〕

「流沙」，王逸注「沙流如水」，並引《尚書》之說：「餘波入于流沙。」（頁64）就王逸之說，似是大漠景象。洪興祖補注則分別引用《山海經》、《尚書》、《博雅》等書說明，或言「沙與水流行」，或是「有沙無水」之說，皆呈顯模糊不清的說法。據董祐誠考證，「流沙」即今日「青海西南北濱戈壁」，於黃河、金沙江、怒江三源之間。此說亦可證明屈原所欲前往者，並非崑崙本身，而是崑崙西方之地。至於「赤水」，洪興祖補注引《博雅》：「崑崙虛，赤水出其東南陬，河水出其東北陬，洋水出其西北陬，弱水出其西南陬。」（頁64）則「赤水」乃發源於「崑崙山」之河，與前說「白水」相似。〈離騷〉此處言屈原快速地到達「流沙」，並沿著「赤水」徘徊不前，或有遨遊之興。

最後到達「不周」，王逸注「崑崙山西北」（頁65）。《山海經·大荒西經》載：「西北海之外，大荒之隅，有山而不合，名曰不周負子，有兩黃獸守之，有水曰寒暑之水，水西有濕山，水東有幕山。有禹攻共工國山。」〔註348〕又《淮南子·墜形訓》：「西北方曰不周之山，曰幽都之門。」〔註349〕綜合前述，可以發現「不周山」乃傳說中「共工撞天柱」有關，故《山海經》言「山有不合」，即不周山之山形有缺。屈原於不周山再轉次轉向朝西，目標在遠處之「西海」，而「西海」為何？王逸未有注，洪興祖補注言漢人張騫渡西海，聞說極西更有海之說。（頁65）然「海」是否真確指涉「海水」，亦或如「居延海」、「青海」等說，實際乃是沙漠？蘇雪林認為西海或可指涉今日之「裏海」

之說，姜氏引董祐誠《水經注圖說》，有極其詳盡的近代考證，並搭配實際地理，極有參考價值。

〔註347〕蘇雪林，《楚騷新詁》，頁180。
〔註348〕晉·郭璞傳，清·郝懿行箋疏，《清琅環仙館刻本山海經箋疏》，頁421。
〔註349〕何寧撰，《淮南子集釋》，頁336。

〔註350〕，或可參考，但不妨視「西海」爲神話中，處於極西之地的地名。

屈原次此遠遊，由「崑崙」出發，經過「天津」啓程，經過「流沙」、「赤水」，稍事遊賞一番，隨即往西方前進，在眾多車駕的追隨下，聲勢顯得浩大無倫，不久後，到達不周山，隨即轉向，朝著約定的地點「西海」前進：車駕千乘、玉軑並馳，又伴有八龍婉婉、雲旗委蛇，一路上屈原頗感「高馳之邈邈」，身心不由得愉快，於是奏《九歌》而舞《韶》，藉以消遣漫長路途。只是在未達目的地前，「忽臨睨夫舊鄉」，對故鄉的眷戀、對故國的赤忱，瞬間噴激而發，連爲之駕車的僕夫，以及駕車之龍馬，亦「蜷局顧而不行」。至此，遠遊之行確定失敗，但並非遭受小人奸佞的讒阻，而是屈原不忍去國的那份心所致。

第三節　〈離騷〉「象」之實、虛對應

承前所論，〈離騷〉取「象」可分爲「實象」與「虛象」，茲以圖表呈現如下：

類　別		實	虛
人物	帝王	一般帝王 賢君聖王 昏君庸主	君王
	后妃		佚女、二姚
	神女		宓妃
	臣屬	古之良臣 古之亂臣 今之佞臣 屈原自比與自喻 親屬、常人、靈巫	羲和、望舒、飛廉、雷師、帝閽、豐隆、下女
器用服飾	交通	輿、車	車、軑、軔、轡、瑤象、玉鸞
	生活	規、矩、繩墨、鑿、枘、筳篿、刀、甌、畝、畦	佩纕、瓊靡、旂、梁、九歌、韶
	服飾	冠、衣、裳、佩、幃、衽、襟	
	宮室		靈瑣、閶闔、瑤臺、春宮

〔註350〕蘇雪林，《楚騷新詁》，頁196。

自然	植物	香草、香木 惡草 靈草	扶桑、若木 瓊枝
	動物	**騏驥**、鷙鳥、封狐、鴆鴆	神龍、神鳥、鴆、鳩
	曆法	攝提、孟陬、庚寅	
	天文	日月、春秋、九天、皇天	日、雲霓、風
	地理	陂、洲、皋、丘、沅湘、九州、九疑	蒼梧、縣圃、崦嵫、咸池、白水、閬風、高丘、窮石、洧盤、崑崙、天津、流沙、赤水、西海、不周

　　比較「實象」與「虛象」，除去人物類中的「后妃」、「神女」，以及器用服飾類中的服飾、宮室，並自然類中的「曆法」屬於「實」或「虛」單獨所有之外，可以發現屈原在取「象」上，有著極相同的設計，但仔細觀察又有不同之處：（一）「人物──帝王」意象而言，「實意象」中包含著「一般」帝王，以及屈原著重描繪的「賢君」、「昏君」兩類意象；然對映「虛意象」，則泛稱爲「君王」意象，其中以「帝」、「西皇」來代表，取意則偏向「賢君」，未有「昏君」意象與之對照。（二）「人物──臣屬」意象而言，「實」意象中可分爲「良臣」、「亂臣」、「佞臣」三大類，以及「屈原自比與自喻」、「親屬、常人、靈巫」等意象；而對照「虛」意象，則除「帝閽」具有「佞臣」意味外，餘者如「羲和」、「望舒」、「飛廉」、「雷師」、「豐隆」等，在幻遊場景中皆是聽命於屈原，與之配合的角色。（三）「器用服飾」部分，無論是「實、虛意象」，皆運用大量的器物。然總體而言，「虛」意象者在器物的材質、裝飾上，是遠勝於「實」意象者。（四）「自然」意象中，除開「天文」、「地理」明顯劃分出天上、人間的不同外；以「植物」、「動物」意象最值得注意。「植物」部分，「實」意象可區分爲「香草（木）」、「惡草」與「靈草」，然主要的對照是「善」與「惡」兩者，代表著兩股勢力的對立；然反映在「虛」意象中，不但取材減少，且全然沒有「惡」的踪跡。「動物」部分，「實」意象亦可分爲「騏驥」、「鷙鳥」等善者，以及「鴆鴆」之惡者；「虛」意象處，亦有「神龍」、「神鳥」之善，與「鴆」、「鳩」之惡的區別。

　　經過以上的對照，可以設想：假若屈原的幻遊場景，代表著屈原借由精神領域，企圖擺脫現實的困頓與不安。則首先，這「幻遊」場景在設計上顯然是成功且完善的，不但具備人間生活的一切，且完整規畫出一套品物的階級來，如有「帝王」、「后妃」、「臣屬」等。這是屈原結合當時已有的各種神

話素材、傳聞，而重新加以塑造成形的個人創作，本身即具有十分的藝術價值。

其次，這「幻遊」場景的設計，嚴格地來說，並未達到屈原「擺脫現實」的目的，現實的不幸，隱然滲入屈原的精神領域，在其中，屈原亦嚐到挫折的苦痛；誠然，更多的是屈原奮鬥不懈的毅力。伴隨著眾多具有神性的人物、器用服飾、自然意象，屈原在「幻遊」世界中有著意氣風發的時刻，但在愛戀楚國的本心上，屈原終究不得不放棄這一切，返回人生現實的困頓與不安。換言之，這種「虛」意象的設計，始終是受到「實」意象的挑戰與影響的，而其間的掙扎與衝突，正是另一層藝術價值。

再者，「實」與「虛」二組意象的關係，並非「輔佐」、「配合」，而是具有同等價值的意象設計。就形式面來看，若依第三章所定立的標準——「實」代表屈原行文中的「現實」場景，而「虛」代表屈原行文中的「虛幻」場景來看，則屈原明顯地將「現實」與「虛幻」視為一體兩面，猶如水中倒影般，兩個不同卻又相似的世界。

陳第於《屈宋古音義》中，曾討論到《楚辭》作品的虛、實問題，提出了自己的看法：

> 〈九章〉、〈卜居〉、〈漁父〉，言其實；〈離騷〉、〈遠遊〉，則虛實半；〈九歌〉，純乎虛者也，如仙人神女，浮游于青雲彩霞之上，若可見若不可見，若可知若不可知，而其深致，又未嘗不可見不可知者也。蓋虛以寓實，實不離虛。其詞藻之妙，操觚摛采者，既模擬而莫之及，而理道之精，通精學古者，將探索而未之到，文而至是，神矣哉，神矣哉。〔註351〕

陳氏在此針對《楚辭》篇章，提出「實」、「虛實半」與「虛」三種藝術手法，然此三者的立足點，或說差異之處則未曾言明。然就陳第對〈九歌〉之「純乎虛」的特色來看，則所謂「虛」，乃是在取象的材料上，以「仙人」、「神女」為主，並非真實生活中的人事物；且所要傳達的情思，又是「可見若不可見，若可知若不可知，而其深致，又未嘗不可見不可知者也」，意即這些「虛」象傳達出一種難以言喻，但確有其實感的「意」。因此陳第視〈九歌〉為「純乎虛」者。廖棟樑如此解釋道：

〔註351〕明·陳第著，康瑞琮點校，《屈宋古音義》（北京：中華書局，2008年）卷二，頁209。

陳第說〈九歌〉是「純乎虛者」，是說此篇不是指的現實中的眞人眞
事，如「君」乃楚王之類的牽強之說，而是以全部虛幻的神話物象
爲基礎，以寄託詩人的主觀願望和理想，讀者雖有理由追索其象徵
意義，但感受到的卻是淒迷隱約、幽渺情深，冥漠恍惚，底蘊難窮。
〔註352〕

由廖氏的詮釋標準，來看陳第在〈離騷〉中的指涉，則可以理解所謂「虛實
半」，乃是〈離騷〉全文在取「象」上，有取材自現實世界者，如前述表格中
的「實象」，在人物類有「帝王」與「臣屬」、器用服飾類有「交通」、「生活」
與「服飾」，以及自然類中有「動、植物」、「曆法」、「天文」、「地理」等現實
存在；亦有取材自虛幻世界者，如表格中的「虛象」，在人物類有神話「帝王」、
「后妃」與「神女」、「臣屬」，在器用服飾類有「交通」、「生活」與「宮室」，
而在自然類同樣有「動、植物」、「天文」與「地理」等幻界想像。然而若機
械性地認爲「虛實半」即是將取「象」內容分爲「虛」、「實」二半，則是忽
略兩者間的有機組合。清人魯筆於《楚辭達》中言道：

（按：〈離騷〉）上半篇前三段，自敘抱道不得於君而不能自己，後
二段論斷前文以自解，是實敘法。下半篇純是無中生有一派幻境，
突出女嬃見責因就重華，因就重華不聞而扣帝閽，因扣帝閽不答而
求女，因求女不遇而問卜鬼神，因問卜鬼神不合而去國，因去國懷
鄉不堪而盡命。一路趕出，都作空中樓閣，是虛寫法。〔註353〕

姑不論魯筆對〈離騷〉的分段是否正確。而純就其「下半篇純是無中生有一
派幻境」一語來看，「無中生有」凸出了「虛」與「實」的相互依存關係。就
魯氏其後所謂「女嬃」、「重華」直至「問卜鬼神」等說法來看，「無中生有」
一詞不能解釋爲「由空無幻生眾多意象」，若是可以毫無依憑的「空」，生化
出許多「有」來，明顯不合人類思維活動的過程；故「無中生有」的「無」，
應是指「虛」，「虛中生有」即是「虛」可以反映出「實有」，即人們設想的場
景、意象等等，皆可反映出眞實世界的部分或全體。

故回到本文取「象」的「實」、「虛」問題上，陳第對〈離騷〉的評語「虛
實半」，除了點出〈離騷〉文本中的取「象」有其「虛幻」與「眞實」的成分

〔註352〕廖棟樑，《倫理・歷史・藝術：古代楚辭學的建構》（臺北：里仁書局，2008
　　　　年9月），頁288。
〔註353〕清・魯筆，《楚辭達》，收入吳平、回達強主編，《楚辭文獻集成》第十冊，頁
　　　　7219、7221。

外，兩者間亦是「虛以寓實，實不離虛」般的彼此呼應。換言之，屈原面對現實生活中的諸多不堪，在窮愁之極的情況下，開展了連番的「幻遊」場景，示圖在其中撫慰現失的創傷。然而就〈離騷〉一文來看，這種療癒的企圖，最終仍以失敗收場。故在意象的呈現上，屈原塑造了兩個相近似的世界，而「實」世界中的意象，往往處於對立、衝突的狀態；「虛」世界中的意象，則傾向於正面、光明的理想，但總有不安的潛藏因子，在最關鍵的時刻摧毀這種理想；可以說，在意象的形成上，「虛」與「實」，是彼此的另一種詮釋、解說。

第四章　〈離騷〉主要意象的形成（二）
——以「意」區分

　　經過第三章的探討後，可得知屈原創作〈離騷〉之際，在「意象」設計中，對於「象」的取擇與形成，有其深刻且豐富的體會。然而，眾多「象」的陳列，其目的終究在於「意」的傳遞。而〈離騷〉所要傳達的「意」為何？乃是第四章所要凸顯的主題。

　　誠如第二章所言，「象」與「意」之間，有著密不可分的共生關係，容或在「意象的認識」過程中，「象」的發掘遠早於「意」的揭示，然「象」的彰顯之際，「意」便蘊藏其中。故接著「象」的探討後，本章的目的主要是由「意」的角度，從〈離騷〉文本逆向溯源，展現屈原於文所透露的「情感」（或稱「情」）與「理智」（或稱「理」）。然而在處理〈離騷〉中的「情」與「理」前，首先要了解兩者的定義與彼此的關係，以利於其後解析〈離騷〉文本。以下首先介紹構成「意」的「情、理」因素，兩者的思想來源以及定義。

第一節　「情」、「理」之定義

　　關於藝術創作，特別在中國文學中，頗有悠遠歷史的「詩」體裁中，「情」與「理」的定位問題，早在先秦時代便屢次提及：由最初《尚書・舜典》所言及之「詩言志」說法〔註1〕，到孔子認為「詩」足以「興、觀、群、怨」的

〔註 1〕　《尚書・舜典》載：「帝曰：『夔，命汝典樂，教冑子。直而溫，寬而栗，剛而無虐，簡而無傲。詩言志，歌永言，聲依永，律和聲。八音克諧，無相奪倫，神人以和。』」雖說上述文字未必真為「舜」所言者，然而亦可證明「詩

情感表達，終至於《樂記》中明白地展示藝術作品的創生，必然牽涉到情感勃發。由這條線索來看，構成「意」的「情」與「理」，在古代的藝術認識過程上，其順序應是由「理」而「情」的。李澤厚、劉綱紀曾簡要地介紹這個認識過程：

> 在古代，「詩言志」是和祭祀、典禮、慶功、戰爭、政治、外交等等活動直接聯繫在一起的。所謂「言志」的「志」，包含著對重大的社會政治歷史事件和行動所發表的要求、命令、看法、評論，具有極嚴肅的意義，個人情感抒發的成分非常少，詩是被當作政治歷史的重要文獻來看待的。到了春秋時期，隨著理性精神的高漲，個體對自身人格的獨立性、主動性的認識的覺醒，孔子提出了《詩》「可以興，可以觀，可以群，可以怨」的思想，開始看到了詩所具有的抒發個體情感的作用。……《樂記》在中國美學史上第一次明確而充分地闡述了藝術同情感表現的密切關係，但它是針對同情感表現有著直接明顯聯繫的「樂」而言，並沒有把詩也明確地同情感表現聯繫起來，儘管詩和樂在古代分不開。〔註2〕

在李氏、劉氏的認知中，「詩言志」中的「志」，其內涵是隨著時代的演進而逐漸由「理」至「理、情」不分的過程。然而在《樂記》產生的戰國晚期，這種「理、情」互相涵攝的情況尚不明顯，普遍來說，當時的「言志」說，「儘管也包含了情感的表現，主要還是以『載道』和『記事』為根本目的。」〔註3〕亦即，「詩言志」在屈原生活的那段時代中，仍然以「理」作為最重要的元素。

　　然而上述說法雖然解決了「言志」說的「理」層面，然此皆是先秦「儒家」系統的文藝美學論，與屈原之關聯為何？關於此點，先秦諸子著作，以及歷史書籍早已證實：在屈原當時，甚或更早之前，楚國便已積極地吸收中原文化，如《左傳》載楚國君臣引用《詩》為外交辭令，又《孟子》載陳良「悅周公、仲尼之道，北學於中國」等說法，皆足以證明屈原生活的時代，北方的禮樂教化是大行於楚的。就以〈離騷〉而言，屈原對堯舜禹湯等帝王

言志」的說法，在孔子之前或已存在。詳見唐·孔穎達等，《尚書正義》，收入清·阮元，《重刊宋本十三經注疏附校勘記》第一冊，頁46。

〔註2〕李澤厚、劉綱等主編，《四部刊要中國美學史》（臺北：漢京文化事業公司，2004年3月）第一卷下冊，頁674。

〔註3〕賦予「言志」說「情」與「理」互攝者，需待至西漢時期，在《詩》大序中方才標示。詳見李澤厚、劉綱等主編，《四部刊要中國美學史》第一卷上冊，頁407。

的仰慕之情，亦可看出屈原受到中原文化的影響。如此，自然可以相信屈原對於「言志」理論，是有一定程度的理解。

　　至此，可以確認的是：屈原於〈離騷〉中的意象設計，確實包含著「理智」──即「意」的層面。然而在言「情」的學說尚未被確立之前，〈離騷〉中，對於意象的「情感」層面又該如何確立？這一部分則有待楚國文化的養分。劉勰看到了楚文化對〈離騷〉的影響，進而指出：

> 其陳堯舜之耿介，稱湯武之祗敬，典誥之體也；譏桀紂之猖披，傷羿澆之顛隕，規諷旨也；虯龍以喻君子，雲蜺以譬讒邪，比興之義也；每一顧而掩涕，嘆君門之九重，忠怨之辭也。〔註4〕

劉勰這段敘述中，容或對於諸多意象的分類尚不夠精確、全面。且站在儒家立場進行評論，但卻點出〈離騷〉一文中，屬於創作情感的部分，即「每一顧而掩涕，嘆君門之九重，忠怨之辭也。」換言之，屈原的「理」，集中表現在判斷「君之賢、昏」與「臣之忠、邪」之上；而屈原的「情」，則集中表現在對於君王、家國的熱愛，從而引申之「忠」、「怨」之情。

　　至此，屈原創作的「意象」中，對於構成「意」的「理」與「情」，其脈絡與發展歷程皆有了清楚的呈現，以下即針對「理」與「情」兩個層面，從「意」的角度來分析〈離騷〉意象的形成。

第二節　理意象

　　屈原的「理」意象，與現實環境有很大的關係。特別是面對國際局勢日漸複雜，楚國國力衰弱的外在局面；再伴隨楚國朝廷內部，改革派與保守派的彼此鬥爭，導致政事不穩的內在局面交互作用下。深諳治國之法的屈原，秉持個人「天生美善」，以及對楚國的熱情，決心貢獻己力，而致力於「美政理想」的實現。對於自身的肯定，以及國事的遠見，兩者正是構成屈原「理」意象的支柱，以下即分論之。

一、天生美善

（一）世系家庭

〈離騷〉起首，屈原自述先祖之盛德與偉大，自稱「帝高陽」之後裔。

〔註4〕梁·劉勰著，周振甫注，《文心雕龍注釋·辨騷》，頁63～64。

在第三章中曾經介紹：「帝高陽」乃「顓頊」有天下後的稱號。而依《史記》所言，屈原的遠祖「帝高陽」乃是一位「有謀知事」的先知型人物，並且懂得法象天地，養育人才，制定了許多禮義與教化規範，無論在道德或是能力上，皆堪稱是「明君聖主」。屈原視以為祖，既代表著優良血統的繼承與聯結。

而這種繼承與聯結，落實在屈原的名、字之上：「皇覽揆余初度兮，肇錫余以嘉名。名余曰正則兮，字余曰靈均。」（頁5）其父見屈原秉持先祖美善，又誕生於吉時吉日，故為之命名「正則」，字「靈均」。誠然，屈原名「平」字「原」，已是無誤之說，「正則」、「靈均」則屬「緣飾之詞」、「隱喻之詞」可知。〔註5〕然此隱喻之詞，隱含著「平正可法」、「養物均調」的美義（頁5），正與「天」、「地」同德。如此盛贊之情加諸身上，便是期待屈原能成為頂天立地的人才。屈原明白這點，故少年時期的屈原寫下〈橘頌〉，作為個人心志的表徵：

> 嗟爾幼志，有以異兮，獨立不遷，豈不可喜兮？深固難徙，廓其無
> 求兮，蘇世獨立，橫而不流兮。（頁231）

屈原之「異」志，表現在「獨立不遷」、「深固難徙」、「蘇世獨立」，這些正是屈原熱愛楚國，願意為之奉獻熱情的證明。

（二）博聞彊志

除天生秉性之美，屈原在成長的過程中，努力充實自我。舉凡天文地理、歷史神話、自然博物等，皆是屈原學習的對象，而第三章所論，僅〈離騷〉一文，即可證明屈原對於所學的知識，是能了然於心並且融會貫通的。這些學識、見解，成為日後屈原登上政治舞臺，嶄露頭角的憑資：

> （屈原）為楚懷王左徒。博聞彊志，明於治亂，嫺於辭令。入則與王
> 圖議國事，以出號令；出則接遇賓客，應對諸侯。王甚任之。〔註6〕

「左徒」，乃戰國時代楚國朝廷負責協助政事，以及專職外交事務的重要工作。〔註7〕屈原以他博學多聞，便給的口才，為國政貢獻良多，故楚懷王初期

〔註5〕 洪邁《容齋隨筆》：「所謂『靈均』者，釋『平』之義，以為緣飾詞章耳。」而姜亮夫則認為此乃「小名小字」之說。游國恩則認為辭賦之體本文學創作，屈原以「正則」、「靈均」隱喻其名、字，亦無不可。詳見姜亮夫，《楚辭通故》第二輯，收入《姜亮夫全集》第二冊，頁405。游國恩，《離騷纂義》，頁23。

〔註6〕 日本・瀧川龜太郎，《史記會注考證》，頁983。

〔註7〕 「左徒」的說法十分多樣：如郭沫若認為「左徒」乃次於令尹、或為令尹的副職；而姜亮夫認為「左徒」應是春秋以來的「莫敖」；又或視之為「左史」，

是十分欣賞屈原，或是與之論政，付諸實踐；或是負責外交活動，與國際人士應對，屈原皆能勝任，故博得懷王的重視。而屈原之所以如此盡心於國事，又與之「品格」之美有關。

（三）品格卓絕

屈原在品格上的卓越，是綜合「家世血統」與「博識多學」兩者而來。其出生血統，即說明屈原擁有「公正無私」、「廣厚善德」的人品；由此，蕭兵進一步認為，屈原是具備著「中和」美德：

古人的「名」或「字」都不是隨便瞎起的，它們的意義總是相對應的，或相反或相成。原、平、正則、靈均四者是相應的，可圖解如下：

其核心義蘊卻是「中」。〔註8〕

確實，從〈離騷〉：「指九天以為正兮，唯靈脩之故也。」（頁12）、「皇天無私阿兮，覽民德焉錯輔。」（頁33）〈惜誦〉：「所作忠而言之兮，指蒼天以為正。」（頁172）來看，屈原一方面承認「天」的絕對性，但一方面又重視「人」的主體性，此正體現「天人平衡」的「中和」哲學。除此之外，屈原的「品格」亦體現在〈離騷〉開首處，屈原自述世系、祖考、生時、名字的背後動機，據陳怡良師研究，此種行文方式，代表屈原有「不忘本、不辱先祖與胸懷大志」之意味，而順此，亦可明白屈原有「血濃於水、家國一體之認同，個人生命與民族生命相結合之覺醒」的愛國情操。〔註9〕

是史官的一種；又段熙仲從令尹之下有「左尹」、「右尹」的情形來看，認為有「司徒」一職，其下應有「左徒」之官；而裘錫圭則就湖北隨縣「曾侯乙墓竹簡」，認為是「左𡉘徒」；湯炳正則視「左徒」即「登徒」，是一個官職有兩種不同的簡稱；趙逵夫認為「左徒」是中原國家所謂的「大行人」。依次詳見郭沫若，《屈原研究》，頁17。姜亮夫，〈史記屈原列傳疏證〉，收入於《姜亮夫全集》第八冊，頁5～7。段熙仲，〈左徒新解〉，收入《南京師範學院學報》，1964年1期。裘錫圭，〈談談隨縣曾侯乙墓的文字資料〉，收入《文物》，1979年第7期。湯炳正，〈左徒與左𡉘〉，收入《屈賦新探》，頁56。趙逵夫，《屈原與他的時代》，頁124～126。

〔註8〕蕭兵，《楚辭與美學》（臺北：文津出版社，2000年1月），頁289。

〔註9〕陳怡良師，〈屈原的審美觀及〈離騷〉的「奇」、「艷」之美〉，收入《屈騷審美與修辭》，頁68～73。

理解上述三點後，再來看〈離騷〉中的幾段文字，便不覺得詫異：「扈江離與辟芷兮，紉秋蘭以爲佩。」「朝搴阰之木蘭兮，夕攬洲之宿莽。」「製芰荷以爲衣兮，集芙蓉以爲裳。」「高余冠之岌岌兮，長余佩之陸離。」屈原重視外在修飾，在衣著服飾，甚至冠帽，都是屈原整飾的對象。這種對外在美的審美要求，可溯源至「天生美善」的理性肯定上。

二、美政理想

屈原的「美政理想」，可說是「天生美善」的外延。〈離騷〉云：「既莫足以與爲美政兮，吾將從彭咸所居。」（頁 67）此言置於〈離騷〉全文之末，透露出屈原對於文中，所傳達的諸多「美政理想」挫敗後的無奈。而〈離騷〉一文傳達的「美政」理想，約可分爲三個層面：重視法治、安民爲本、一統天下。

（一）重視法治

《史記》載屈原曾爲懷王造憲令：

> 屈平屬草稿未定，上官大夫見而欲奪之，屈平不與。因讒之曰：「王使屈平爲令，眾莫不知。每一令出，平伐其功，以爲『非我莫能爲』也。王怒而疏屈平。〔註10〕

《楚辭・惜往日》有言：「惜往日之曾信兮，受命詔以昭詩。奉先功以照下兮，明法度之嫌疑。」（頁 222）即是屈原自身紀錄這段「造憲令」的回憶，其目的在於「奉先功」、「明法度」，換言之，「憲令」即是「法令」之謂。《韓非子・定法》曰：「法者，憲令著於官府，刑罰必於民心，賞存乎慎法，而罰加乎姦令者也。……臣無法則亂於下，此不可一無，皆帝王之具也。」〔註11〕即「憲令」乃是帝王控制臣下、百姓的工具，具體效果在於「賞」、「罰」二事，而終極目標在於「止下之亂」，防止臣民作亂，危害帝王之治。由此見得，屈原造憲令之事，必定有益於懷王，也直接授權於懷王，必是十分「機密」的活動，故《史記》載「眾莫不知」，然而此事仍舊被上官大夫察覺，縱使未能得知「憲令」之內容爲何，也利用懷王「好功名」的心理，散布不利屈原的謠言，故《楚辭・惜往日》又言：「祕密事之載心兮，雖過失猶弗治，心純厖而不泄兮，遭讒人而嫉之。君含怒而待臣兮，不清澈其然否。」（頁 222～223）一方是小人讒佞，一方是王無考實，最終屈原得到的不是國治民阜，而是「離

〔註10〕 日本・瀧川龜太郎，《史記會注考證》，頁 983。
〔註11〕 清・王先愼撰，鍾哲點校，《韓非子集解》，頁 397。

謗見尤」。

從上述史實來看，屈原重視「法治」的政治傾向，是面對楚國朝政的不堪、無法，經過縝密的思考後，所得到的結論。在〈離騷〉中，屈原「法治」理想是藉由形象化的描寫而來：「固時俗之工巧兮，偭規矩而改錯。背繩墨以追曲兮，競周容以爲度。」（頁 21）猶如第三章所論，「規矩」、「繩墨」即是「法度」之意，而這「法度」的要求，不只是限制廣大平民百姓，對於世族大臣亦有利益上的監控，這也是爲何上官大夫亟於了解「憲令」內容，甚至不惜「奪稿」的原因〔註12〕。這種對臣、民嚴加管控的作法，乃是戰國時期，秦國所以強大的主要原因，亦是法家思想的精髓。然其根本，乃出於「安民爲本」的思想上。

（二）安民爲本

對於常人而言，楚國文化普遍是帶有「巫」的風格，似乎對「人」並不是十分的重視。然而事實上，楚國政治一向有著以國家、百姓爲主體的思想。《國語・楚語》載：「夫從政者，以庇民也。民多曠也，而我居富焉，是勤民以自封，死無日矣！」誠然，這種「重視人民」的論點，仍出於維護貴族權益的考量，然至少是走向這條思想道路上的。又如《國語》中記載伍舉與楚靈王於章華臺上的對話，亦透露出此種思考邏輯：

> 臣聞國君服寵以爲美，安民以爲樂，聽德以爲聰，致遠以爲明；不
> 聞其以土木之崇高彤縷爲美，而以金石匏竹之昌大囂庶爲樂；不聞
> 其以觀大視侈淫色以爲明，而以察清濁爲聰。

「安民」、「聽德」、「致遠」，這些政治主張在春秋時期以來，便不斷地出現在楚國的政治訴求中，而屈原雖身處戰國諸強鬥爭的時代，仍繼承此種以民爲重的政治想法。如〈離騷〉：「皇天無私阿兮，覽民德焉錯輔。夫維聖哲以茂行兮，苟得用此下土。」此種在「皇天」之下，直接繫之以「人民」的思想，正是承繼自「天視自我民視，天聽自我民聽」〔註13〕、「民者，神之主」〔註14〕等人民本位的思想。

〔註12〕關於「奪稿」之說，或言「奪之以先睹爲快，有所因應」；或謂「奪」乃「改變」義，如《論語・子罕》：「三軍可奪帥也，匹夫不可奪志。」此處採前者所說，畢竟屈原所造之「憲令」，不可能任由他人搶奪、更改的。

〔註13〕唐・孔穎達等，《尚書正義》，收入清・阮元，《重刊宋本十三經注疏附校勘記》第一冊，頁 155。

〔註14〕楊伯峻編，《春秋左傳注》上冊，頁 382。

　　而由此出發，即是強調在位者的治理能力，故屈原重視當權者的道德、能力。此種思想於〈離騷〉中更爲鮮明：「昔三后之純粹兮，固眾芳之所在」、「彼堯舜之耿介兮，既遵道而得路」、「何桀紂之猖披兮，夫唯捷徑以窘步」等，以前賢爲例，申說身爲國君的理想美德與能力，除了反映懷王之不堪之外，尚且呈現屈原對於爲政者的高標準。陳怡良師也認爲：

　　　儒家認爲「有德在位」，「以德服人者者王」，國君只有行仁政，才能
　　　得人心，且是「法先王」的，因而在屈原作品中，不斷的提到先聖
　　　先王如堯舜禹湯的治國經驗。〔註15〕

強調在位者「有德」、「以德服人」，確實有著眼於「人心」，即「百姓心」的思想內涵在，故屈原列舉「三后」、「堯」、「舜」、「禹」、「湯」、「文王」、「武王」、「武丁」與「齊桓」等眾多明君，因爲他們施政上，皆能作到「有德」、「安民」的境界。而這種高標準的要求，同樣出現在「爲人臣」者的訴求中，故〈離騷〉列舉一長串古來明君、賢臣際合相遇之事：「說操築於傅巖兮，武丁用而不疑」、「呂望之鼓刀兮，遭周文而得舉」、「寧戚之謳歌兮，齊桓聞以該輔」等。也因此屈原付出許多心力在培植後進人才上，期待日後能爲政治革新增添新血。

　　（三）一統天下

　　在屈原的「美政」理想中，「一統天下」乃是其最後的目標。春秋戰國以來，封建制度不斷瓦解，列國在長年彼此爭戰的過程中，帶給天下許多痛苦。也是處於此種紛擾中，各國國君皆以「王天下」爲終極目標，亦是諸子百家討論的重心。張崇琛認爲：

　　　不管是儒家的孟子、法家的韓非，還是陰陽家的鄒衍，也不管各家
　　　的主張和措施如何，他們的目的都十分明確，那就是要統一中國。
　　　與此同時，好稱「三強」的秦、楚、齊三國的有眼光的政治家們，
　　　也在思考統一中國的大略。〔註16〕

這正是楚國在屈原時代的政治現實。在此現實的合理要求下，屈原身爲楚國的重臣，不可能沒有「王天下」的政治思考。其實，在〈離騷〉中亦可見到屈原以天下爲一家的思想，如屈原自敘身世，由「帝高陽」談起，「高陽」即「顓頊」，爲黃帝之孫，而黃帝乃華夏民族共同的先祖。由此出發，縱然楚國

〔註15〕陳怡良師，《屈騷審美與修辭》，頁36。
〔註16〕張崇琛，《楚辭文化探微》（北京：新華出版社，1993年12月），頁37。

融合南方「蠻族」的文化，在屈原時代，已與北方諸國有極大的不同，但仍無妨於屈原「一統天下」的政治取向。畢竟，楚國宗室、文化等傳統，在屈原的心裡，亦是華夏文明的一支。

　　故除屈原自述先祖，對於歷史長河中的諸多人物意象，亦傾向擇取中原民族共同的記憶：如堯、舜、禹、湯等人物，以及伊尹、皋陶、傅說、呂望、寧戚等；而地理意象的取擇上，足跡亦不限於「楚」一地，而帶有楚民族由西北至東南的民族文化印記。陳怡良師認為：

> 楚文化的形成，根據出土文物，或文獻資料，知道楚文化主流，是
> 來自華夏文化，可說楚人、楚文化都淵源於中原。〔註17〕

而張正明亦指出：

> 楚國在政治上結夷夏為一體的進程，也是它在文化上熔夷夏於一爐
> 的進程。隨著夷夏文化的相互激盪，楚文化到了它的茁長期。〔註18〕

蕭兵更認為，楚文化自發展開始，即與中原文化密不可分：

> 大概在傳說時代，起於西北黃土高原的楚王族先開始南下，並且在
> 東方夷人文化區盤桓了很久，到熊繹時才折向西南，到荊山地區、
> 鄂西的沮漳河域，篳路藍縷，以啓山林，而且繼續不斷地接受中原
> 先進文明的啓迪與影響。〔註19〕

由上述諸學者的討論，可以確認楚國的文化歷史中，是有著鮮明且強烈的「華夏民族」認同感。加上身為楚人的自信，屈原對於楚國「一統天下」，是有著深切的期許。也因為這樣的「美政」思想，屈原在投身政治活動，積極進行政治革新；然而卻面對許多打擊，無論是奸佞的進讒，或是君王的懷疑，長久下來，皆使得充滿理想的屈原痛苦不堪，從而產生強烈的情感渲洩，此即以下所論之「情意象」。

第三節　情意象

　　《史記・屈原賈生列傳》云：「屈平疾王聽之不聰也，讒諂之蔽明也，邪曲之害公也，方正之不容也，故憂愁幽思而作〈離騷〉。」〔註20〕司馬遷以史

〔註17〕陳怡良師，《屈騷審美與修辭》，頁34。
〔註18〕張正明，《楚文化史》（上海：上海人民出版社，1987年8月），頁41。
〔註19〕蕭兵，《楚文化與美學》（台北：文津出版社，2000年1月），頁194。
〔註20〕日本・瀧川龜太郎，《史記會注考證》，頁983。

家敏銳的觀察力，注意到屈原於〈離騷〉中，不斷地揭露現實的諸多不堪：「王之不聰」、「讒諂蔽明」、「邪曲害公」與「方正不容」。而環繞於這些醜陋現實的，是屈原深刻的「憂愁」，因為「憂愁」，他時而「恐懼」；因為「憂愁」，他時而「悲哀」。「恐懼」之際，屈原努力尋找解脫的方法，甚至進入虛幻的精神領域，以求取內心的平靜；然屈原畢竟是人，有著人的無力感，故「憂愁」至極，屈原偶有「悲哀」的喟嘆，眼見百事蕭條，詩人卻無力改變什麼。而人的情感是交互影響的，如同屈原，在「恐」與「悲」相互糾纏之下，產生以「怨」為主體的審美特徵，而綜合三者，即是所「罹」之「憂」，亦是〈離騷〉之名所由來。以下即就〈離騷〉中之「恐」、「悲」兩種「情」，以及相互衝擊之下所產生之「怨」予以探析。

一、恐

「恐」，或說「恐懼」，是人類面對無法理解的種種現象，從而產生的心理反應。「恐懼」的對象，可以粗略分為「有形體」與「無形體」兩類，前者如具象化的妖、怪；後者如內心抽象的思考、感覺，而無論何者，皆需透過「想像」與「聯想」兩種思維能力。經過「想像」與「聯想」的「有形體之恐懼」，可以〈招魂〉中，屈原所鋪陳之四方怪物為例，常人無法解釋而奇形怪狀的生物，成為屈原招喚懷王之魂魄歸來的憑資；而經過「想像」與「聯想」的「無形體之恐懼」，則見於〈離騷〉中，多以「恐」、「難」等文字為主體，直陳屈原個人的恐懼情緒。以下即將屈原所面對的種種「無形體之恐懼」，分為「時不待」、「國不興」「君不悟」、「名不立」與「人不樹」五個面向討論。

（一）恐時不待

〈離騷〉云：

> 汩余若將不及兮，恐年歲之不吾與。（頁8）

> 惟草木之零落兮，恐美人之遲暮。（頁8）

> 恐鵜鴂之先鳴兮，使夫百草為之不芳。（頁55）

承前，屈原對於楚國政治的革新，有著強烈的要求。主要原因即是國際政治的現實要求，以及個人對於美善的一貫堅持所致。然而因上官大夫的讒言，致使懷王「怒而疏屈平」；此事對於屈原，不只是個人政治生涯的重大打擊，亦是楚國改革的一大挫折。戰國晚期，各國無不進行政治上的革新，楚國亦然；於屈原之前，楚悼王時代，楚國便進行了一次重要的政治改革，主持人

是吳起，《史記‧孫子、吳起列傳》載：

> 楚悼王素聞起賢，至則相楚。明法審令，捐不急之官，廢公族疏遠
> 者，以撫養戰鬪之士。要在強兵，破馳說之言縱橫者。於是南平百
> 越、北并陳蔡、卻三晉、西伐秦，諸侯患楚之強。故楚之貴戚盡欲
> 害吳起，及悼王死，宗室大臣作亂而攻吳起，吳起走之王尸而伏之，
> 擊起之徒，因射刺吳起，并中悼王。〔註21〕

由此而論，吳起的政治改革，最主要的成效在於軍事，並且獲取十分顯著的
成果，一時之間，楚國成為諸侯所懼怕的對象。然而軍事上的成績，並未為
吳起帶來好運；吳起的政治改革想必是觸及貴族世胄的權利，也因此「楚之
貴戚盡欲害吳起」，隨著楚悼王的崩殂，吳起也死於貴族的手下。這段歷史，
屈原不可能不明白，進行政治改革是多麼的危險。相較於吳起，屈原的下場
僅是「見疏於懷王」，主要原因即在於屈原的政治改革，並未開始執行，貴族
世胄們，自然無需花費太多精神致屈原於死地。但也正是改革未行，即被迫
遠離權力核心，屈原對於「時間」特別敏感，因為他明白，沒有政治上的改
革，楚國勢將淪落強權的俎上肉，只有待宰的命運。故〈離騷〉中，屈原不
時提及「恐年歲之不吾與」、「恐美人之遲暮」、「恐鵜鴂之先鳴」，此皆反映屈
原懼怕老之將至，再無能力為國奔波、為君效勞，故希望趁著年富力壯之時，
努力奮發，為國效力。

（二）恐國不興

　　豈余身之憚殃兮，恐皇輿之敗績。（頁11）

承前所論，屈原對於楚國的熱愛，表現在對於「家世血統」的自我肯定上。
由屈原青年時期的作品〈橘頌〉來看，屈原就楚地特有之「橘」寄託個人情
志，其中即可見到屈原對楚國的忠愛之情：「受命不遷，生南國兮。深固難徙，
更壹志兮。」（頁230）以及「獨立不遷，豈不可喜兮？深固難徙，廓其無求
兮。」（頁231）

　　屈原愛國之心，乃是日後推動政治改革的內部因素。而外部因素，則不
得不就楚國於戰國中期的現實處境談起。自魏惠王遷都大梁開始，諸候之間
的爭戰越演越烈，伴隨而來的，除兵戎相見的戰場交鋒外，更顯而易見的便
是政治場上的權謀較勁。合縱、連橫成為策士們遊說各國君主的中心主張。
國際政治的詭譎，稍一不慎，即可能造成國力的消長。面對此一變局，屈原

〔註21〕日本‧瀧川龜太郎，《史記會注考證》，頁847。

明白楚國的機會，乃在於政治上的革新，然而革新之路在奸小的掣肘下，不但走得跌跌撞撞，終至失敗；與懷王的關係亦降至冰點，漸行漸遠。然而屈原並不在意自身的榮辱，故以反詰的問句道：「豈余身之憚殃兮？」王逸注「憚」為「難」，即「畏難」意；屈原置個人死生於度外，所害怕的在於「皇輿」之盛衰與否，「皇輿」借指「楚國」，而這種偉大的情操，為屈原帶來「愛國詩人」的美稱。

（三）恐君不悟

〈離騷〉云：

> 余既不<u>難</u>夫離別兮，傷靈脩之數化。（頁13）

據《史記》所載，屈原任官不久，便深受懷王重視，除「與王圖議國事」而出號令，且代表懷王與外國賓客對答外，更受懷王委託，設計一套有利於楚國強盛的「憲令」。誠然，屈原天生內美，足以擔任此重責大任；然而，懷王堅定地支持與信任，更是屈原得以放手一搏的主要因素。也因此，在屈原心中，至少在初期，懷王是頗有機會成就大事業的君王，然屈原忽略懷王個性上最大的缺點——反復無常；事實上，懷王其實並非如此的值得屈原寄望。《史記·屈原賈生列傳》載：

> 屈平既絀，其後秦欲伐齊，齊與楚從親，惠王患之，乃令張儀詳去秦，厚幣委質事楚……楚懷王貪而信張儀，遂絕齊，使使如秦受地。張儀詐之曰：「儀與王約六里，不聞六百里。」楚使怒去，歸告懷王。懷王怒，大興師伐秦。秦發兵擊之，大破楚師於丹……懷王乃悉發國中兵以深入擊秦，戰於藍田。魏聞之，襲楚至鄧。楚兵懼，自秦歸。而齊竟怒不救楚，楚大困。
>
> 明年，秦割漢中地與楚以和。楚王曰：「不願得地，願得張儀而甘心焉。……（張儀）如楚，又因厚幣用事者臣靳尚，而設詭辯於王之寵姬鄭袖。懷王竟聽鄭袖，復釋去張儀。是時屈平既疏，不復在位，使於齊。顧反，諫懷王曰：「何不殺張儀？」懷王悔，追張儀，不及。[註22]

首先，是屈原因上官大夫之讒言，懷王怒而疏遠之，改革之路因而中斷；其次，懷王受張儀之計所騙，與齊國斷絕同盟關係，致使懷王與秦的關係緊張

〔註22〕日本·瀧川龜太郎，《史記會注考證》，頁984。

起來，此時的屈原又重新受到重用，擔任聯齊特使，屈原此際或重新燃起對懷王的期待，然事後證實，懷王在寵姬鄭袖的妖言下，釋去秦相張儀；然在屈原的質疑之下，懷王又悔，然事已不成，張儀遂成功地玩弄懷王於掌心。在司馬遷的紀錄中，只見懷王或因貪財，或因怒火中燒，而不斷地改變心志，這種對事沒有定見的個性，遂成為秦相張儀玩弄楚國的絕佳優勢，而此亦足以說明懷王「數化」，其來有自。

因上官大夫之故，屈原的美政理想一時間受到阻礙，被迫離開懷王，離開權力核心；屈原原本可以不用擔心，因為當初「憲令」之造，畢竟是懷王授意屈原為之，只要懷王堅持，終會使屈原回到身邊，繼續未竟之大業，故屈原言「不難夫離別」，是有其道理所在。但最令屈原擔心害怕的事情，即懷王的「數化」──不能堅持初衷，最終仍舊一一發生，屈原此後不但未能回到權力核心，與懷王共同開創楚國未來，甚至得面對懷王被囚而不能歸國的痛苦。

（四）恐名不立

〈離騷〉云：

老冉冉其將至兮，恐脩名之不立。（頁 16）

「脩名」即「美名」，與世俗所謂之「名」，有絕大之差異。人們對「脩名」的追求，早在《論語》中，孔子便有所主張：「君子疾沒世而名不稱焉。」〔註23〕而《左傳・襄公二十四年》亦言：「大上有立德，其次有立功，其次有立言……此之謂三不朽。」〔註24〕屈原重視身為君子，必須流傳名聲於後的自我追求，而屈原對於「立德」、「立功」、「立言」三者，容或皆期許能夠達成，然三者中，仍以「立德」為屈原最重要的課題。故〈離騷〉亦言：「民生各有所樂兮，余獨好脩以為常。雖體解吾猶未變兮，豈余心之可懲？」（頁25）「民生」即人生，人生在世，各有好惡；在「好」方面，甚至有時赴湯蹈火，在所不辭，而屈原對於「好脩」的追求，是遠超過對「生命」的。事實上，屈原作品中，以「脩」組合之詞彙，據陳怡良師之統計，即有三十處，而〈離騷〉一文便佔有十八次之多，足見屈原對於「好脩」的自我要求：

「脩」在屈原作品中，除有修飾美潔之意義外，實際更有美善德操

〔註23〕魏・何晏注，宋・邢昺疏，《論語注疏》，收入清・阮元，《重刊宋本十三經注疏附校勘記》第八冊，頁 140。

〔註24〕楊伯峻編著，《春秋左傳注》下冊，頁 1088。

之寓義在，惟〈離騷〉中，屈原稱懷王爲「靈修」，「修」雖仍釋爲
「美」，名字表面有讚美意，然屈原在此乃是運用「寓名法」，今世
所謂「特稱」，正話反説，褒稱貶用，予以反諷，是別有用法，則另
當別論。〔註25〕

換言之，屈原之「好修」，是包含著所有能夠「進德修業」的諸多行止，如蘇
雪林所所言：「凡學問、德行、忠君愛國之心，守死善道之志，靡不總括；而
其愛美好潔之特殊德操，亦總括在。」〔註26〕屈原更是運用大量自然景物，
特別是具有香氛者，將其形象姿色，鋪陳爲屈原「好修」的象徵，故〈離騷〉
中，蘭、蕙、留夷、揭車、杜衡、芳芷、茝、薜荔、菌桂、胡繩等香草、香
木不斷出現，即是「好修爲常」的具體反映。此皆可證屈原對於「名不立」
的渴求以及擔憂。

（五）恐人不樹

鳳皇既受詒兮，[恐]高辛之先我。（頁47）

理弱而媒拙兮，[恐]導言之不固。（頁48）

惟此黨人之不諒兮，[恐]嫉妒而折之。（頁56）

任何成功的政治改革，必須仰賴眾多具有高尚道德，與各別專長的人才；回
首歷史，「三后」之所以「純粹」，正是因「眾芳」故，因此屈原「滋蘭之九
畹兮，又樹蕙之百畝。畦留夷與揭車兮，雜杜衡與芳芷」，在人才的培育上，
下了一番苦心，期待「枝葉峻茂」之際，可拔擢以助改革工作。與此同時，
屈原仍不斷「好修爲常」，期許自身道德的完善，一方面「立己」，爲國著想，
更重要的是「立人」，此乃屈原人格美的重要理念。

然而事與願違，屈原政治上的困挫，竟使人才培育的工作告終，更甚者，
「昔日之芳草」，竟率而成「今日之蕭艾」，屈原明瞭，此乃「莫好脩之害」。
現實情況的無奈，使得屈原轉向虛幻精神世界求索，尋找同樣「好脩爲常」
的志趣相投之士，遂出現三次「求女」之旅；所謂「求女」，意在追求志同道
合之「好脩之士」，屈原將之具體化爲「宓妃」、「有娀佚女」、「有虞二姚」。

「宓妃」乃神女，出洛水之濱，有著清新脫俗的氣質，恰如洛水般滋養
生民，外在的美善，或許代表其內在的「好脩」之美，故屈原求見之。然實
際接觸後，方才明瞭，宓妃「雖信美而無禮」，其外在之美善，與其內德不

〔註25〕陳怡良師，《屈騷審美與修辭》，頁73～76。
〔註26〕蘇雪林，〈離騷歌疏證〉，收入《楚騷新詁》，頁103。

符。宓妃不僅態度「驕傲」，且鎮日「康樂」、「淫游」，完全不符合屈原「好脩爲常」的要求，故「棄違而改求」；至於「有娀佚女」與「有虞二姚」，兩者乃后妃，具有「創生殷商」與「輔佐中興」的美德，較之「宓妃」，確實具有「好脩」之內美。然而屈原一則錯失時機，「恐高辛之先我」；一則所託非人，「恐導言之不固」，此番求索的失敗，竟與現實的挫折相同，不由得屈原灰心喪志。

既然向外求索不成，則屈原返回現實，力求於己之「好脩」；然而，面對現實環境日益惡劣，黨人攻勢愈顯無理，屈原深有「恐嫉妒而折之」的感受；復見昔日之志同道合者，轉而投入黨人陣營，屈原心理更明白：「求女」之旅未應結束，遂繼續展開壯盛且充滿奇想的遠逝之旅。

二、哀

「哀」，或說「悲」。《說文》釋「悲」：「痛也。从心，非聲。」段玉裁注云：「悲者，痛之上騰者也。」〔註27〕蓋傷痛之餘，致心緒不寧，有無可奈何之感。就〈離騷〉而言，「恐」情緒的生發，多由於事態逐漸嚴重，雖未致無可挽回的地步，然若再不處理，恐真有「無可回天」的遺憾發生；換言之，屈原的「恐」，多針對未成定論而「尚有可爲」的現實而起，其後多伴隨著重燃的希望與具體的行動。然而，縱然有再多的希望，大聲疾呼之餘，面對現實的不堪，屈原又總有「孤臣無力可回天」的無奈，此時充塞內心的，便不是「恐」，而是「哀」。「哀」的情感多是面對處境「無可消解」時而生，故實與「恐」有著密切的關聯。以下即就「人生多艱」、「同道難尋」、「至親不諒」、「風俗澆薄」與「報國無門」等角度探討。

（一）哀人生多艱

〈離騷〉云：

　　長太息以掩涕兮，哀民生之多艱。（頁19）

　　曾歔欷余鬱邑兮，哀朕時之不當。（頁34）

此處「哀民生」與「哀朕時」，皆注意於人生錯忤之多，理想難以實現的心情。所謂「哀民生」，王逸誤解道：「哀念萬民受命而生。」（頁19）關連前後文，言及「不周於今」，「好脩姱以鞿羈」，皆圍繞於政治理想的失意上，此處所嘆息而掩涕之「民生」，應解釋爲「人生」，即屈原個人的人生遭遇方是。汪瑗

〔註27〕東漢・許慎撰，清・段玉裁注，《說文解字注》，頁512。

道:「哀人生之多艱與終不察夫人心,人字是屈原自謂也。」〔註28〕錢澄之則謂:「太息掩涕,承上文來,言已甘一死而已,如斯民生何?」〔註29〕此即「民生」為「人生」之謂者。「哀朕時」與「哀民生」意近,皆是屈原回顧個人理想,而深感道之不行的苦痛。也因此這「悲」情之生,正關聯到「時不立」、「國不興」、「君不悟」、「名不立」與「人不樹」之上。正是因為諸多恐懼,一一成真,國事如麻,存亡之機稍縱即逝,而國君卻於此刻疏遠屈原,如何不因之有「悲」,悲人生際遇之乖舛、哀無可挽回之錯誤。

(二)哀同道難尋

雖萎絕其亦何傷兮,哀眾芳之蕪穢。(頁 15)

忽反顧以流涕兮,哀高丘之無女。(頁 42)

「人才」問題,始終是屈原美政理想的核心問題。故前此曾言及「恐才不得」一事;然此事終究成真,故悲哀隨之而來。面對曾經「滋蘭之九畹」、「樹蕙之百畝」、「畦留夷揭車」、「雜杜衡與芳芷」等用心培育的人才,期望與己志同道合、勠力為國。然而事實說明:人才易失難得,更甚者或轉而攻擊屈原,此即所謂「眾芳蕪穢」的悲哀。王邦采謂:

若曰冀其峻茂者,吾之素志也;今即見疏不用,則吾不能終畝,必皆萎病以至絕落;雖不過棄我前勞,亦何傷害;所哀者,眾芳易失難得,而今一任荒蕪,勢且轉芳為穢,言外隱然有國步斯頻之痛!〔註30〕

所謂「國步斯頻之痛」,即暗示當時有一批屈原曾著意提拔者,不僅背棄所學,更加入黨人的行列,此事今日已不可考。此等對「志遷」的哀痛,亦反映於幻遊場景——「哀高丘之無女」中。

「無女」乃相對於「求女」而來,謂「無志同道合」者。承第三章所言,「求女」乃屈原「叩帝閽」失敗之後,既無法陳己志,遂展開對「志同道合」者的追尋。然啟程之際,卻「哀高丘之無女」,似為以下的三次求女,蒙上一層陰影。在現實中,屈原已痛於「眾芳蕪穢」;而幻遊世界中,又哀嘆於

〔註28〕明・汪瑗,《楚辭集解》,收入吳平、回達強主編,《楚辭文獻集成》第二十六冊,頁 18990。

〔註29〕清・錢澄之,《屈詁》,收入吳平、回達強主編,《楚辭文獻集成》第九冊,頁 6422。

〔註30〕清・王邦采,《離騷彙訂》,收入吳平、回達強主編,《楚辭文獻集成》第十二冊,頁 8359~8360。

「無女」的可能；足見屈原對於無同道相助，國事將淪落黨人手中的憂心與害怕。

（三）哀至親不諒

在〈離騷〉中，屈原的「悲」未必從字面可知，有時藉由事件的生發過程表達出內心的「悲」。在屈原作品中，鮮少對身邊的親人有所著墨，此一方面，乃因作品多以「時政之興廢」爲描寫對象外；另一方面則可能是屈原之親人，對其「至死未悔」的決心無法理解，遂使屈原煢煢獨立於人世之誤解中。

「女嬃」，作爲〈離騷〉中，僅次於「皇考」之角色外，第二重要的人物。就第三章所論，「女嬃」實爲原之姊，眼見親弟弟糾結於政局之紛擾中，仍執著於「好脩」、「美政」的理想，致使個人苦痛，亦使旁人不能諒解，遂「申申而詈」，訓斥此之不智之舉：「曰鯀婞直以亡身兮，終然殀乎羽之野。汝何博謇而好脩兮，紛獨有此姱節。」（頁 26）一句「何博謇而好脩」的反問，刺激著屈原敏感的心思；誠然，「女嬃」的出發點是來自於親人之間的關懷，但顯然，屈原之姊並不能體會他的初衷。屈原秉持家國優良的傳統美德，倘不能用於當治之世，則雖多亦何爲？在此可以儒家「知其不可而爲之」（《論語·憲問》）〔註31〕的精神來看待屈原的處世觀；更何況，楚之國政，尚未到達「不可爲」的絕境，那屈原又何可以棄之不顧，任由時局崩解？「女嬃」不能理解這種承繼於歷史、社會的責任與自許，故責備屈原「判獨離而不服」、「何煢獨而不予聽」，「獨」字正說明屈原理想不行的困窘，若旁人不解，則於屈原亦無所傷；唯若至親不諒，方是難以承受的孤寂。

對於屈原其時是否已成家立業，難以確解；然就此後「就重華而敶詞」來看，想必縱然妻小跟隨，至親相伴，屈原是真的孤立於當世，無人知曉，唯有與古代聖賢交往，方能一吐胸中塊壘。

〔註31〕關於屈原對於儒、道之間的「仕、隱」問題，可以參考韓學宏所論：「雖然在取法列聖上，（按：屈原）與儒家法先王之人物多所重疊，但在出處的態度上，雖然與儒家都是積極用世的典型，但與儒家『道仕』不同的是，屈原將出仕視爲爲國爲民的畢生職責，責無旁貸，不容逃避。」故此處雖以「知其不可而爲之」來論屈原，但還原屈原用心，實與儒者有所不一致。詳見韓學宏，〈由離騷看屈原出處仕隱之糾結〉，《臺北技術學院學報》第 30 之 2 期，1997 年 9 月，頁 327。

（四）哀風俗澆薄

前述至親不諒，屈原或可與同道者向伴，完成己願；然擔心的是「舉世皆濁」，將無由實現理想，僅能遠逝求合，離開眷戀的故鄉，而屈原正不幸地面臨此種難題。

〈離騷〉曰：「世幽昧以眩曜兮，孰云察余之善惡」（頁50～51），足見屈原面對的困境，「幽昧」謂「愚闇」，「愚闇」之人所在多有，但當此等皆「眩曜」以惑眾，則「眾口鑠金」、「三人成虎」，對屈原理想的實現，造成更大的阻礙。而這一切惑眾之舉，實是「黨人」所致，奸佞之讒言不只可以惑君王，亦能愚下民。於是「戶服艾以盈要」、「謂幽蘭不可佩」，善惡價值在此刻完全混淆，或是「蘇糞壤以充幃」，或謂「申椒其不芳」。這種本末倒置的社會氛圍，是屈原決心遠逝的關鍵，也是國政敗壞的後果。如〈卜居〉所言：「世溷濁而不清，蟬翼為重，千鈞為輕，黃鐘毀棄，瓦釜雷鳴。」（頁 272）社會的風俗有賴上位者的引導，但可怕的是上位者亦若此，放任「讒人高張」，使「賢士無名」，這豈是有志之士可居之所？屈原以遠逝之旅，向社會作了無聲的抗議，然充斥其間者，無非是更多的悲痛與無奈。

（五）哀報國無門

「報國」，是屈原念茲在茲，是屈原對家國民生的承諾，亦是個人「好脩」的終極目標。然而報國之路處處受阻，這並非屈原個人能力所侷，而是現實的土壤種不出理想的花朵。

屈原有志於改革，極積地「乘騏驥以馳騁」，奔走幸勞，但得到的是「荃不察余之中情」，以及「信讒以為怒」的難堪；在〈離騷〉中，屈原屢次提及國君的昏昧不明：「傷靈脩之數化」、「怨靈脩之浩蕩」、「哲王又不悟」；古往今來，有識之士無不「學得文武藝，賣與帝王家」，更何況以皇室宗族血緣之親，屈原更是對於楚國國事有份責任，而在「帝王」昏庸的情況下，縱然有多少熱情，亦是不得重用。再者，黨人、俗人價值觀的錯誤與混淆，更加深「報國無門」的痛苦。

而此一痛苦，亦反映在屈原的幻遊、遠逝之旅中：三次求女，總是中途受挫，或使者不善言辭，或對象不盡如意；遠逝征途，在一片富麗之中，偏是窮愁之舉，寫得熱鬧，實是淒涼。〔註32〕現實與虛幻，皆處處受阻，人生

〔註32〕朱冀言：「極淒涼之中，偏寫得極熱鬧；極窮愁之中，偏寫得極富麗。」詳見馬茂元總主編，楊金鼎分冊主編，《楚辭評論資料選》，摘錄清‧朱冀《離騷

如此，能不感傷、悲痛？

三、怨

屈原於〈惜誦〉曾言「發憤以抒情」（頁172），此即「發憤賦詩」的文學理論。〔註33〕「憤」乃是構成屈原創作中，另一明顯的「情感」表徵。《淮南子》道：「人之性，心有憂喪則悲，悲則哀，哀斯憤，憤斯怒，怒則動，動則手足不靜。」〔註34〕此說對人性情感的討論，雖未能全面，但亦指出：根基於「悲」之上，是可以形塑「憤」、「怒」的強烈情感。換言之，以〈離騷〉而言，屈原情緒的發展，或是因面對情勢之不堪，而先有「恐」之情緒，其後明白於此無以救之而「悲」，然屈原秉持優良血統，終非以「逃避」為解決方式的人，故「發憤而抒情」。「憤」未到達「怒」的程度，故可謂之「怨而不怒」；在此，可以更精確地析出「怨」字，以表現屈原所謂「憤」之情感。〔註35〕

然而，在〈離騷〉中，屈原之「怨」並非明白地以其字表示，而是透過「悲劇」的情節來鋪陳。在中國的文學、美學歷史中，並未如同西方學者般，提出關於「悲劇」的理論原則；〔註36〕但「怨」字的審美表現，實則在內容上與西方美學家的「悲劇」說法屬於同一審美範疇。〔註37〕以下即就「怨奸佞蔽美」、「怨忠而被疏」與「怨美政成空」幾個面向討論。

（一）怨奸佞蔽美

在〈離騷〉中，奸佞的陰影自始自終籠罩著屈原，「好蔽美而嫉妒」一語道出奸佞的嫉妒與迫害。

事實上，屈原之所以不斷地遭受奸小的攻擊，有幾個原因：其一，屈原

辯》評語，頁309～310。

〔註33〕陳怡良師，《屈騷審美與修辭》，頁66。

〔註34〕何寧撰，《淮南子集釋》中冊，頁599。

〔註35〕陳怡良師認為：「憤」雖然比「怒」層次低，然比「悲、哀」高，更見有力，對照屈原「發憤以抒情」的美學觀點，可以了解詩人之感情性質與強度。詳見陳怡良師，《屈騷審美與修辭》，頁67。

〔註36〕陳逸根認為：〈離騷〉雖然不是嚴格意義上的悲劇，但卻有著悲劇性主題，與具備悲劇英雄之性格的主角。詳見陳逸根，〈論離騷之悲劇快感〉，《東方人文學誌》第7卷第1期，2008年3月，頁21～40。

〔註37〕陳有昇，〈試論屈原賦之「怨」的思想內容和藝術特色——中國古典悲劇初探〉，收錄於朱光潛、宗白華等著，《中國古代美學藝術論》（臺北：木鐸出版社，1985年9月），頁144。

青年時期的突出，雖然使他受到懷王的信任，但也遭來黨人的排擠；其二，屈原之政治改革，以及外交策略，對於朝中當權之昭、景二氏，以及依附之黨羽，深感憂慮，特別是當權者皆是既得利益之徒，屈原在懷王寵妃鄭袖、子蘭、靳尚等人的聯合攻擊下，自然有志難伸；其三，外國勢力的界入，亦成為屈原遭受奸佞排斥的主因。其中最主要的人物乃秦相張儀。其時，屈原以職務之便，主張加強齊楚友好的關係，而此一結盟不利於秦國勢力東進，故張儀以相國之尊，親自前往楚國，遊說、賄賂朝廷重臣，如上官大夫靳尚、子蘭，以及夫人鄭袖，此一干人等早視屈原為眼中釘，此際有外國勢力界入，更是任意毀謗。其四，以屈原「蘇世獨立」的性格，視黨人為禍首，早是誓不兩立，〈懷沙〉有言：「夫惟黨人之鄙固兮，羌不知余之所臧。」（頁 210）反映屈原對小人的不屑與不齒。以上種種原因，構成屈原遭迫害的原因。而屈原終被疏遠，徒留「怨恨」。

（二）怨忠而被疏

〈離騷〉一文中，或許不見屈原所謂之「忠」，然就〈惜誦〉謂「所作忠而言之兮」（頁 172）、「竭忠誠以事君兮」（頁 174）、「思君其莫我忠兮」（頁 175）、「忠何罪以遇罰兮」（頁 176）、「吾聞作忠以造怨兮」（頁 180）等語來看，亦可間接得知屈原對一己之忠心，而遭受疏遠之懲罰，有著強烈的不解與怨恨。

（三）怨美政成空

〈離騷〉的「怨」，表現在屈原進步的美政理想，要求政治的改革：

　　乘騏驥以馳騁兮，來吾道夫先路。（頁 9）

　　忽奔走以先後兮，及前王之踵武。（頁 12）

在〈離騷〉中，屈原反覆地表示願意為國效勞，效法前賢聖君，輔佐國君、引領國家到正確的道路上。而此一堅定的理想，在遭遇強大的反對勢力後，屈原容或痛苦哀傷，但仍舊堅持下去；換言之，屈原知道悲慘的下場將會發生：

　　雖不周於今之人兮，願依彭咸之遺則。（頁 18）

　　雖體解吾猶未變兮，豈余心之可懲。（頁 25）

但屈原在經過反思之後，仍舊堅持自己的信念，縱然終究走向死亡，屈原也要選擇同前賢「彭咸」般的人生道路，為正義而亡。這種不斷地戰鬥精神，

縱使知道自己將要遭受巨大苦難，甚至無止盡的挫敗，仍舊臨危不懼的心，即是一種「悲劇」性格、一種「怨」的具體表現。誠然，這其間屈原的心理，仍不時地徘徊在「希望」與「懷疑」的道路上，但每當屈原受到挑戰，而有所懷疑之後，必定重整信念，肯定自身的抉擇。

作為「悲劇」要素的另一條件，乃是主角所繫心者，並非個人之存亡，而是家國之興衰。故韓愈言：「楚，大國也，其亡也，以屈原鳴。」（〈韓愈‧送孟東野序〉）這種犧牲奉獻的熱心，乃是「悲劇」的另一要素；換言之，屈原之「怨」，非個人之「怨」，而是為當時的社會、家國而「怨」。

第四節　〈離騷〉意、象的繫聯

經過上述的討論，我們對於〈離騷〉的個別「象」與「意」，有著基本的認識與理解：就前者而言，可粗分為「實」象與「虛」象，其下又各自開展出複雜的體系；就後者而言，可就「理」與「情」兩個向度分析，了解屈原對於「天生美善」與「美政理想」的理性堅持，以及在現實衝擊下所迸生的「恐」與「哀」、「怨」等情感反應。

李元洛曾言：「意在象中，因象悟意。」又言「有象無意或有意無象都是不可取的，而應該是象中見意」。換言之，從欣賞的角度而言，「象」是作品與讀者的中介。〔註38〕然而，「象」與「意」的關係不是一對一的，陳滿銘曾言：「有一象多意、一意多象的情形。」〔註39〕而考察〈離騷〉一文，則可以發現「一意多象」的對應方式，乃是最為鮮明且凸出者。而此一特色，可稱之為「意象群」概念，即用以表現相似情意的多種個別意象；〔註40〕該情意在眾多個別意象的不斷強化之下，達到「鮮明」、「凸出」的效果，且成為作品中最為核心的情意。這種概念，其實早在千年以前便受到文學家普遍地採用，而進行文學鑑賞時，亦成為論者注重的焦點，故以下首先介紹歷代文論學者，對於〈離騷〉中「一意多象」，即「意象群」的幾種看法；其後則介紹〈離騷〉中幾類較為鮮明的意象群。

〔註38〕李元洛，《詩美學》，頁173。
〔註39〕陳滿銘，〈語文能力與辭章研究——以「多」、「二」、「一（○）」的螺旋結構作考察〉，收入國立臺灣師範大學《國文學報》第36期，頁88。
〔註40〕所謂「意象群」，指的是出現在眾多不同的篇章中，用以表現類似情意的多種意象。詳見凌欣欣，《初唐詩歌中季節之研究》（臺北：文津出版社，1997年7月），頁47。

一、意象群概念的成形

對於〈離騷〉「象」與「意」的對應，早在西漢時期便有所討論，如劉安曾言：

> 其文約，其辭微，其志潔，其行廉，其稱文小而其指極大，舉類邇
> 而見義遠。其志潔，故其稱物芳；其行廉，故死而不容自疏。〔註41〕

西漢淮南王劉安，已注意到〈離騷〉中，「意念」與「物象」之間的關聯，「稱文小」與「舉類邇」代表〈離騷〉中種種「物象」的「文」與「類」；「其指」與「見義」便是此一「物象」背後所代表的「意念」。雖然未使用「意」與「象」，但實已反映意象之間的關係。其後王逸亦有所探究，言曰：

> 〈離騷〉之文，依《詩》取義，引類譬諭，故善鳥香草，以配忠貞；
> 惡禽臭物，以比讒佞；靈修美人，以媲於君；宓妃佚女，以譬賢臣；
> 虬龍鸞鳳，以托君子；飄風雲霓，以爲小人。其詞溫而雅，其義皎
> 而朗。〔註42〕

王逸這段對〈離騷〉在「象」與「意」方面的評析，除了理論上的說明，亦標舉各種實例證之。理論上，王逸以「譬諭」來說明「象」與「意」之間的聯繫原理，並且直指《詩》作爲此一原理的源頭。實證上，則以「善鳥香草」、「惡禽臭物」、「靈修美人」、「宓妃佚女」、「虬龍鸞鳳」、「飄風雲霓」等等爲「象」，依次與「忠貞」、「讒佞」、「聖君」、「賢臣」、「君子」、「小人」之「意」，相互搭配、說明。王逸這段序文，也因爲闡釋清楚明白，被後代許多學者引以爲說明〈離騷〉意象的學理與表現。

到了劉勰，以文學批評的角度重新詮釋屈騷的「象」與「意」的對應，發現：言「堯舜」則有「耿介」意、稱「湯武」即指「祗敬」，此乃就正面稱美而論；反面規諷者如譏「桀紂」之「猖披」之態、痛心「羿澆」之「顛隕」；至於〈離騷〉多以「虬龍」比喻「君子」、「雲蜺」比喻「讒邪」等。此皆指出，劉勰如何認知〈離騷〉在「象」與「意」兩者間的關聯。文中認爲，屈原引用「堯舜」乃有意於表達「耿介」之情志；而稱「湯武」乃反映出屈原對於「明君」的尊敬與嚮往；反過來說，談到「桀紂」，則是語帶譏諷地表現

〔註41〕湯炳正認爲，西漢淮南王劉安曾著《離騷傳》，其後部分文字被纂入司馬遷《史記》中，故今日所見《史記·屈原列傳》實雜有劉安作品。詳見湯炳正，〈屈原列傳理惑〉，收入《屈賦新探》（臺北：貫雅文化，1991年2月），頁1～10。

〔註42〕宋·洪興祖，《楚辭補注》，頁3。

出個人好惡，而選擇「羿」與「澆」，則象徵著屈原對於人才的隕落的悲傷。再者，如屈原以「虬龍」喻君子、「雲蜺」譬「讒邪」等等，此皆說明劉勰對於〈離騷〉在「象」、「意」對應觀念的掌握與認知。

　　從「意象的形成」來看，最首要關切者，應是「意」與「象」如何對應。事實上，一件優秀的文學創作，不應該僅是「一對一」式的對應關係，而是能體現創作主體在「聯想」、「想像」等基礎上，賦予更多的可能。故解析〈離騷〉意與象的關係，實可著眼於「一意多象」與「一象多意」上，唯「一象多意」的產生，往往需要經過漫長的文化積累，方能豐富其內涵；就〈離騷〉在意與象的設計上，較值得探究者應以「一意多象」為主，正如前述古代學者之探討，亦著眼於此。以下即擇取屈原於〈離騷〉中，屈原再三強調之「天生美善」、「美政理想」意象群為討論對象。

二、〈離騷〉意象群分析

（一）天生美善意象群

　　屈原對自身美善的肯定，在〈離騷〉的開首便充分地表達出來，故「天生美善」成為〈離騷〉鮮明的意象群之一。就與之繫聯的「象」來分析，「實意象」中，「人物」類有「屈原自比與自喻」，是其主要的取材對象；而「自然」類中，「植物」中的秋蘭、幽蘭、蘭皋、木蘭，以及芷、椒、蕙、江離、宿莽與秋菊、木根、薜荔、芰荷、芙蓉等「香草香木」，亦可比附屈原的「美善」；至於「動物」類中的「鷙鳥」意象，亦可傳達屈原個人特質；而「曆法、天文與地理」類中的「攝提」、「孟陬」與「庚寅」等，也間接傳達此種美善。再就「虛意象」而論，以「自然」類較能表現「天生美善」的自信，如「植物」中的扶桑、若木、瓊枝，以及「動物」中的「神龍」、「神鳥」子類，皆間接傳達屈原對個人品格上的特出。茲以表格呈現如下：

意	象			
	關聯程度	類別	子類	
			實	虛
天生美善	最密切	人物	屈原自比與自喻	苗裔、正則、靈均、美人	

	次密切	自然	植物	秋蘭、幽蘭、蘭皋、木蘭、芷、椒、蕙、江離、宿莽、秋菊、木根、薜荔、芰荷、芙蓉	扶桑、若木、瓊枝
			動物	鷙鳥	神龍、神鳥
	最疏遠	曆法、天文與地理	曆法	攝提、孟陬、庚寅	

從此表得知，屈原對於自我「世系家庭」的尊崇，最直接地表現在選用的「象」之上，如以「苗裔」直承高陽氏，表現其個人的自信與自許；而「正則」與「靈均」的「天、地、人」取意，更加豐富「天生美善」的哲學意義；而「美人」一詞，則直截明白地傳達屈原對個人的喜愛。故「實意象」的「屈原自比與自喻」，可說是屈原對自我認知，最強而有力的告白，故與「天生美善」的關聯程度最高。其次則是「實、虛意象」中的「自然」類，無論是「植物」或是「動物」，屈原皆能擷取最具代表性的「象」來傳達對個人獨特的品格、超群的能力；特別是「虛意象」中的「植物」與「動物」，藉調動神話世界的角色，來凸顯個人品德的高遠，是十分有創意的手法。至於「最疏遠」的「曆法」類意象，雖然較難直接繫聯到「天生美善」上，但以出生的時機來襯托個人的獨特，亦是少見的取象方式。

以上乃是以「意」為核心，來討論「象」的運用手法。若單看「意」的部分，其實尚可注意「理」與「情」的關聯。以「天生美善」而言，亦可與「恐時不待」、「恐名不立」等「恐懼」情緒，以及「哀風俗澆薄」、「怨忠而被疏」的「悲、怨」情緒相呼應。

（二）美政理想意象群

〈離騷〉一文中，最為鮮明的意象群應是「美政理想」。以此為核心，可以發現所繫聯之意象十分多樣：單以「實意象」而言，「人物」類中的「君王」子類（包含一般帝王、賢君聖王，以及昏君庸主）皆與之聯繫；而「人物」類中的「臣屬」子類（包含古之良臣、古之亂臣、今之佞臣）亦與此有關。至於「實意象」中，不具生命力的「器用服飾」類，亦有與「美政理想」關聯者，如「器用」子類中的「規矩、繩墨」即是。此外，「自然」類中的「植物」子類（包含蘭、芷、椒、蕙、荃、江離、留夷、揭車、杜衡、申椒、菌

桂等香草香木，以及茅、蕭、艾、椒、薋、菉、葹等惡草）與「美政理想」
的關聯性，雖不比前此「人物」類之密切，但仍間接得到聯繫。而「自然」
類中的「動物」子類（包含騏驥、鷙鳥），以及「曆法、天文與地理」子類（皇
天、九洲）等，則在某種層度上，與前此諸類形成龐雜的「美政理想」體系。
若再加入「虛意象」的部分，則「美政理想意象群」可以表格整理如下：

意	象				
	關聯程度	類　別	子　類		
			實		虛
美政理想	最密切	人物	君王	一般帝王：顓頊、高辛、有娀、有虞 賢君聖王：三后、堯、舜、湯、禹、少康、文王、武王、武丁、齊桓 昏君庸主：啓、羿、澆、桀、后辛、靈脩、哲王	帝、西皇
			臣屬	古之良臣：蹇脩、彭咸、鯀、咎繇、摯、傅說、呂望、甯戚 古之亂臣：五子、浞 今之佞臣：黨人、眾女、眾	佚女、二姚、宓妃、羲和、望舒、飛廉、雷師、帝閽、豐隆、下女
	次密切	自然	植物	香草香木：蘭、芷、椒、蕙、荃、江離、留夷、揭車、杜衡、申椒、菌桂 惡草：茅、蕭、艾、椒、薋、菉、葹	（詳見注 43）
			動物	騏驥、鷙鳥	
	次疏遠	器用服飾	器用	規矩、繩墨	
	最疏遠	自然	天文地理	皇天、九州	

　　上述表格可以很明顯地看出，「意」作為核心成分，其旁圍繞諸多「象」，形成「核心——外圍」的關係，此即所謂「異質同構」：「意」與「象」雖然異質，可經由「同構」而產生互動。

　　然「同構」的過程中，「核心成分」（意）與「外圍成分」（象）在繫聯上是有著些許不一樣的地方：隨著取材類型的不同，屈原創造出具有層次感的「意象群」體系。如上表所示，依照「外圍成分」與「核心成分」的密切程度來看，最能直接表現「美政理想」的意象群，無論是「實意象」或「虛意象」，「人物」類中的「君王」與「臣屬」兩子類是最密切的；其次，則屬於「自然」類中的「植物」與「動物」兩子類；再次，則是「器用服飾」中的「器用」子類，以及關係最遠的「自然」類中的「曆法、天文與地理」子類。〔註43〕

　　首先談論與「美政理想」最密切的「人物」類。對屈原而言，「美政理想」有很大的部分涉及「安民為本」的想法，承前所論，由「安民」、「聽德」、「致遠」等想法出發，處於戰國爭戰不定的時代中，必定強調在位者的治理能力；而與「在位者」同等重要的即是「人才」、「良臣」的輔佐。是故，無論是身為「君王」或是「臣屬」，「人」始終是「美政理想」的關鍵所在。因而，對屈原而言，與「美政理想」最直接、密切的意象取擇，便是古往今來、上天下地的諸多「人物」。以數量而言，「君王」類共計廿三位、「臣屬」類計廿二位，總計屈原運用四十五位「人物」，來傳達「美政理想」的中心要求。

　　再論「次密切」的「自然」類。這部分取擇的主要是「實意象」中的「植物」與「動物」兩子類。以前者而言，「植物」類的取擇上，並非全數運用於核心成分的呼應上〔註44〕：如「蘭」中，僅有言及「蘭芷變而不芳兮」以及「余以蘭為可恃兮」、「覽椒蘭其若茲兮」等句，可視為與「美政理想」有關

〔註43〕「虛意象」中，僅有「人物」類的意象較明顯地切合「美政理想」的要求。其他如「器用宮室」、「自然」類等，在筆者看來，則是受到「神話題材」的影響，在意象的取擇上，主要的功能反而多在「塑造幻遊的場景」，以容納〈離騷〉行文中，屈原的種種活動。容或「場景的塑造」，其最終目的仍指向於「美政理想」的追求，但畢竟關聯程度已經稀釋過多，需要十分的聯想力才能夠詮釋清楚。因此，在此表中，「虛意象」與「美政理想」的繫聯，僅取「人物」一類。

〔註44〕以下列舉之「蘭」、「芷」等植物，在「意」、「象」的繫聯上，即屬於「一象多意」，然此等例子在〈離騷〉中仍不夠多樣，較難釐析出特色，故本論文僅論「一意多象」的部分。

者；「芷（茝）」中，則僅有「雜杜衡與芳芷」、「豈維紉夫蕙茝」與「蘭芷變而不芳兮」可如此看待。至於「椒」意象，則僅取「椒專佞以慢慆兮」、「覽椒蘭其若茲兮」與「美政理想」呼應；至於「蕙」、「荃」、「江離」、「留夷」等，亦是如此，暫且不列。這種取擇的手法，其實運用了「直陳比興」的修辭藝術〔註45〕。陳怡良師是如此評價〈離騷〉的比興手法：

> 《詩經》中運用比興手法創作，僅爲附屬，而爲客體之技法，有其
> 單純性與獨體性，然非屬主要。而《楚辭》則大量運用比興手法創
> 作，擴大其使用範圍，使比興之運用，由客體走向主體，由窄狹拓
> 爲廣大，此即由變化而爲獨創，不僅可使文句化俗爲雅，且可使意
> 境臻於高格。〔註46〕

此段敘述中，拈出《楚辭》，亦及〈離騷〉在「意」與「象」上的獨特之處：由客體走向主體，意即「比興」的運用，成爲屈原創作的主要技巧。就〈離騷〉的「意象」運用而言，「蘭」、「芷」等植物，具有傳達〈離騷〉中心思想的功能，間接地成爲「美政理想」的代言意象。與「實、虛意象」中的「人物」相比，雖然少了明確的特點，但也因爲少了明確，多了暗示，在閱讀過程中，可獲得更多的聯想空間與審美特質，這亦是「植物」類的「象」所具有的審美價值。

　　至於「實意象」中的「器用服飾」，其中「器用」類的「規矩」、「繩墨」，亦可繫聯到「美政理想」的核心上。它同樣運用了「比興」的手法，但因暗示的對象是抽象的「重視法治」，故相較前此諸意象，屬於「次疏遠」者，在傳達「美政理想」的重要性來看，是較爲遙遠的。而「實意象」中的「自然」類，「曆法、天文與地理」中的「皇天」、「九州」則是與「美政理想」在繫聯上，最爲疏遠者。這是因爲「皇天」、「九州」是著眼於「統一天下」的理想而論，屬於屈原「美政理想」的最終呈現，在實現的進程上尚有很長的路要走，故關係最疏。

　　以上皆是以「意」爲主，來討論「象」的不同運用與經營。意即以「美政理想」爲核心，討論諸多意象，如「君王」、「臣屬」、「植物」、「動物」等

〔註45〕嚴格來説，「比」與「興」有其區別：「比是以彼事物比作此事物，爲類似之聯想，而興則以彼事物，由聯想而引起此一事物，爲接近之聯想，非直接作比。」然後世因其較難區別，故往往比興連稱。詳見王靜芝，《詩經通釋》（臺北：輔仁大學文學院，1981 年 10 月），頁 16。

〔註46〕陳怡良師，《屈騷審美與修辭》，頁 170。

等的運用特色，以呈現「意」與「象」的繫聯。但若單就「意」來討論，其實尚可注意到「美政理想」與「恐」、「哀」、「怨」等情感的呼應。畢竟「美政理想」的「理」，與「恐、哀、怨」的「情」，彼此間是互為因果的存在著。

至此，從整體的觀點看待「美政理想意象群」，不得不佩服屈原在「意」與「象」的經營上，建構了如此龐大與複雜的有機整體，不但取「象」上有「虛」、「實」的分別，亦存在類型上的多樣；而與之相應的「意」，表面上僅有「美政理想」，但藉由「象」的取擇，可以發現其中亦有層次地差別：「安民為本」的要求為上，其次則是「重視法治」、「一統天下」。再者，「意」涵攝「理」，亦包括「情」，則以「美政理想」為主的諸多「象」，亦關聯到「恐」、「哀」、「怨」等情緒的傳達。

縱觀前面所談論的「天生內美」、「美政理想」意象群，最明顯的感受，即是其中複雜的繫聯關係，但就鑑賞角度而言，這些複雜感受，並不減損讀者審美的感受，其中的原理為何？這部分可以歐陽周、顧建華、宋凡聖等學者對「多樣」與「統一」的觀點得到解釋：

> 所謂統一，是指各個部分在形式上的某些共同特徵，以及它們之間的某種關聯、呼應、襯托、協調的關係。也就是說，各個部分都要服從整體的要求，為整體的和諧、一致服務。〔註47〕

依此而言，「各個部分」即是「多樣」，如同「意象群」中的「象」；然此諸多「象」，是服從於「整體」，即是「統一」，如同「意象群」中的「意」。故閱讀〈離騷〉時，若能掌握其中的「意」，即能明瞭屈原取「象」的原因、背景，而不致有「支離破碎、雜辭無章」的感受；而反過來說，讀者亦因如此豐富、變化的取「象」，而不致對其指涉的「意」，產生「枯燥、刻板與單調」的感想。「意」與「象」之間，在彼此相互繫聯的過程中，為彼此體現存在的價值，也成為〈離騷〉作為屈原最重要的自傳體創作，最值得探討的部分。

〔註47〕歐陽周、顧建華、宋凡聖，《美學新編》，頁80～81。

第五章 〈離騷〉意象的組織

　　經過第三、四章的分析與介紹，可以得知〈離騷〉在「個別意象的形成上」，著重在「虛」與「實」的對立與統一，這是從「象」的角度入手，屈原建構出「現實」與「虛幻」的兩個世界，彼此互相呼應；而就「意」的角度來看，「理」與「情」的相互影響，使之成爲〈離騷〉意象形成的重要源頭，它標識屈原由個人「內美」到「外美」的理性肯定，從而發展出「美政」的理想，而此一理想與現實衝撞之後，卻帶給屈原沉重的壓力，具體化爲「恐」與「悲」兩種情緒，充斥在〈離騷〉一文中。

　　然而，這些討論皆著眼於「個別意象」的形成之上。而屈原對〈離騷〉意象的經營，決非以「堆疊意象」、「傳達情志」即可，而是在創作的過程中組織眾多「個別意象」，賦予邏輯思考，以成章成文。也因此，探討〈離騷〉意象的「組織」，乃是接下來必須處理的重要論題。

第一節　篇章邏輯相關理論

一、章法

　　傳統上評賞文藝之美，切入角度有二：「形式」與「內容」。人之有感於內，必定形諸於外。「有感於內」，乃是指人們面對自然或人世的種種紛呈，產生於內心的情緒；而所謂「形諸於外」，即是藉由音樂、舞蹈、文字等等媒介，將己有之情緒表達在外。此一「內」一「外」，在文學欣賞的範疇中，即是「形式」與「內容」的不同領域。陳望道《美學概論》中有言：「從形式和

內容上看，又可分作形式美和內容美。」〔註1〕，文藝欣賞即由此而生。

在文藝美學的領域中，「形式」與「內容」究竟孰重孰輕？實難有論斷。誠然，任何文藝作品之價值，「內容」佔有極大的分量，但「世界上不可能有無形式的內容」〔註2〕，故兩者之間應是持平並重。然而，作為萬物之靈之「人」，縱有先天、後天環境的種種差異，但生理構造與機制乃是基本相同的，因此「人們的心理結構和心理活動的規律，也就會有或多或少的共同之處。……這一點，尤其突出地反映在對形式美的欣賞方面。」〔註3〕，換言之，「可能與人們的常識相反：形式比內容更具體、更深刻、更豐富、更高級。形式階段是文學創作的更高的階段。」〔註4〕

然而，「章法」與「形式」、「內容」的關係為何？陳滿銘解釋：「所謂的章法，是指文章構成的型態而言，也就是將句子組合成節段，由節段組合成整篇的一種方式。」〔註5〕而仇小屏師則進一步將「章法」定義為處理「篇章中意象的邏輯關係。」〔註6〕所謂「意象」與「邏輯關係」，即是「章法」所處理的「內容材料」與「組織形式」。當然，此乃粗略的說法，文藝作品的「內容」與「形式」其實是相輔相成的，仇小屏師如此分析：

> 篇章結構含縱、橫兩向，縱向結構指的是「情」、「理」（偏於意象中的「意」）、「景」、「事」（偏於意象中的「象」），所涉及的是篇章的內容；橫向結構處理的則是存在於意象之間的深層的邏輯條理，這些條理歸納出來之後就是章法。〔註7〕

〔註1〕陳望道，《美學概論》（臺北：文鏡文化公司，1984年12月），頁6。

〔註2〕杜書瀛，《文藝創作美學綱要》（遼寧：遼寧人民出版社，1987年8月），頁65。

〔註3〕鄭廉明、陳淑英編輯，《美學百題》（臺北：丹青圖書出版，1987年），頁100。

〔註4〕如此論點並非以貶底文藝作品的「內容」，來達到提高「形式」的目的；而是在強調：一位偉大的作家，在創作之際，除了將個人的理想與人格精神，灌注於作品之內，更應該能藉由形式的完美塑造，將此等內在精神精確地呈現出來。而讀者方能夠面對此一精心於內容與形式之作品，得到與創作者相應的共鳴。詳見杜書瀛，《文藝創作美學綱要》（遼寧：遼寧人民出版社，1987年8月），頁66。

〔註5〕陳滿銘，《章法學新裁》（臺北：萬卷樓圖書公司，2001年1月），頁21。

〔註6〕仇小屏師，〈論篇章意象之系統——以古典詩詞為考察對象〉，《文與哲》（高雄：文與哲編輯委員會，國立中山大學中國文學系，2005年12月），頁186。

〔註7〕此種論點已見於《文心雕龍‧情采》：「故情者，文之經，辭者，理之緯：經正而後緯成，理定而後辭暢，此立文之本源也。」其中的「情」、「辭」即今日章法學所謂「意象」與「邏輯條理」。清代桐城派之「言有物」、「言有序」

是故，章法所統攝者乃是「形式」與「內容」的整體架構，並非單純就「形式」進行賞析，而是同時考量作品的「內容」。

　　運用章法學研究成果，可以準確地處理「廣義（整體）意象」組織架構中的邏輯關係。其中的「縱向結構」是由「情」、「理」、「景」、「事」等「狹義（個別）意象」組成；而「橫向結構」代表的是由這些「狹義（個別）意象」，彼此組織、架構出來的深層邏輯條理，亦即「章法」〔註8〕。藉由這種「狹義（個別）意象」與「章法」組織的縱、橫結合，「廣義（整體）意象」的組織架構因此呈現，而以「篇」、「章」為對象的意象討論便有其立論的基礎。

二、移位與轉位

　　所謂「移位」或「轉位」，其方式皆是藉由聯想或想像，來連接起意象，此間的差異在於：「移位」是以合乎秩序的方式達成意象的連結，而「轉位」是以富於變化的方式達成。無論是「移位」或是「轉位」，其標誌的皆是一種「力」的變化。以「移位」來看，所謂「合乎秩序」，以及其中「力」的變化，可以王菊生的說明了解：

> 兩個點‧‧並置，開始有了延續相繼和重複，出現了前後的發展過程。同時兩個點和點之間的空隙有了間隔和持續，實與虛、沒與現、前與後、左與右的矛盾差異對比變化，因此具有了節奏感。〔註9〕

王氏所言的「節奏感」，即是「力」的變化，也是美感的來源。而「轉位」所

　　亦屬之。詳見劉勰，《文心雕龍》（臺北：里仁書局，2001 年 9 月初版），頁 599～600。

〔註 8〕目前歸納出來的章法有 40 多種，仇小屏師說：「（章法）用在「篇」或「章」（節、段），都可以擔負組織材料情意、形成層次之作用。此四十餘種章法類型為今昔法、久暫法、快慢法、遠近法、內外法、前後法、左右法、高低法、大小法、視角變換法、時空交錯法、狀態變化法、知覺轉換法、本末法、淺深法、因果法、眾寡法、並列法、情景法、論敘法、泛具法、空間的虛實法、時間的虛實法、假設與事實法、虛構與真實法、凡目法、詳略法、賓主法、正反法、立破法、抑揚法、問答法、平側法、縱收法、張弛法、插敘法、補敘法、偏全法、點染法、天人法、圖底法、敲擊法等。」而配合各種章法單元的排列組合，章法事實上可發展達近兩百種。詳見仇小屏師，《篇章意象論——以古典詩詞為考察範圍》（臺北：萬卷樓圖書公司，2006 年 10 月），頁 283。

〔註 9〕王菊生，《造型藝術原理》（哈爾濱：黑龍江美術出版社，2000 年 3 月），頁 225～226。

帶來「力」的變化，在美感上自然較「移位」來得豐富。若將此一理論應用
到章法單元，則又可以帶出「原型」與「變型」的文學現象。

　　所謂「原型」，即是順向的「移位」，以常見的「因果」章法來看，其「原
型」即是「因──果」，即初始的章法結構，最貼合原始的邏輯思考；至於「變
型」，則包括逆向的「移位」，以及順向、逆向的「轉位」，同樣以「因果」章
法來看，逆向的「移位」，即是「果──因」，而順向、逆向的「轉位」，則是
「因──果──因」與「果──因──果」。不論是「原型」或是「變型」，
章法單元藉由「移位」與「轉位」的變化，呈現出不同的「力」的變化，也
帶來不同的美感。這種美感，陳滿銘以「剛」與「柔」來稱呼：

> 「移位」與「轉位」是使結構形秩序與變化的主要因素。它們與剛
> 柔之互動有關，可對應於哲學，在古代的哲學典籍裡，找到它們的
> 動力來源。

所謂「古代的哲學典籍」，指的乃是《易經》以及《老子》。誠如《周易・繫辭
上》所闡發的剛、柔相生的說法，陽推陰，陰至極而變陽；柔推剛，則剛又化
為柔。這種美感效果在〈離騷〉中的呈現，將在本文第六章時再深入討論。

三、對比與調和

　　前述「移位與轉位」談的是意象如何連結的觀念，然而所連結的「意象」
與「意象」之間，彼此可能是對比，或是調和的。「對比」與「調和」是形塑
美感的兩個基本類型。夏放說：

> 從構成形式美的物質材料的總體關係來說，最基本的規律是多樣的
> 統一。平時所謂的和諧美，意即是多樣的統一……多樣的統一包括
> 兩種基本類型：一種是多種非對立因素相互聯繫的統一，形成一種
> 不太顯著的變化，謂之調和式統一；一種是各種對立因素之間的相
> 反相成，對立造成和諧，形成對立式統一。〔註10〕

就已歸納的眾多章法而言，如正反法、立破法、抑揚法、張弛法等，彼此是
呈現對立的關係；而賓主法、淺深法、凡目法等，則呈現調和的關係。在「篇
章意象」的大架構之下，這些或具「對立」關係，或具「調和」關係的章法
架構，將賦予整體的文學創作，豐富又有變化的美感。而同樣的，這種美感
亦可歸諸於「剛」、「柔」之上，在此暫且不予分析，而列入第六章時討論。

〔註10〕夏放，《美學：苦惱的追求》（福州：海峽文藝出版社，1988 年 5 月），頁 108。

第二節 〈離騷〉意象組織分析

欲論〈離騷〉的意象架構,必先呈現〈離騷〉的篇章結構。而歷代學者對此多有所論,較早且著名的結構討論,以朱熹《楚辭集注》為先,朱熹探四句一節的分段方式分為九十三節,而注家多循此發展各自結構;此後如錢杲之《離騷集傳》將之分為十四節、陳第《屈宋古音義》分為七節、陳本禮《屈辭精義》分為十節,而戴震《屈原賦注》分為十段、屈復《楚辭新註》分五段,王邦采《離騷彙訂》分為三大段,張惠言《楚辭十二家鈔》分為九節、方廷珪《文選集成》分為六段、曾國藩《經史百家雜鈔》分為十段、日人兒島獻吉郎《毛詩楚辭考》分為五段、陸侃如《中國詩史》分為二大段等等。

而〈離騷〉結構的討論,之所以如此龐雜,原因之一,或如陳怡良師謂「沒有考慮到〈離騷〉本身特性」〔註11〕所致。事實上,〈離騷〉與戰國時代楚地音樂有關。「楚地音樂」或謂「楚聲」,宋人黃伯思以「悲壯頓挫,或韻或否者」形容。然而常人論「楚聲」,多以「楚人朗誦楚辭時所特有的聲調」視之〔註12〕,但據王錫三的研究,「屈原作品都是按照楚聲楚調寫成的,並且都能按照楚音調來唱誦」,〔註13〕此論雖仍有探討的空間,然〈離騷〉受楚地樂調的影響的看法,是可以成立的,故陳鐘凡認為《楚辭》「可歌且符六義,實與三百篇無異,其不同者,音節章句已耳。」〔註14〕此皆說明〈離騷〉一文,在本質上與音樂有密切的關係。而《史記》謂〈離騷〉:「其存君興國,而欲反覆之,一篇之中,三致志焉。」〔註15〕所謂「三致志」,具有「一唱三歎」的音樂節奏,順此分析〈離騷〉結構,則以王邦采「三大段」的說法為是,復參照陳怡良師之研究,則〈離騷〉此一自傳式長詩,其各大段分界如後:首段,自「帝高陽之苗裔兮」起,至「豈余心之可懲」為止,計一百二十八句,三十二小節;次段,自「女嬃之嬋媛兮」起,至「余焉能忍與此終

〔註11〕陳怡良師,〈離騷的建築結構及其藝術成就〉,收入《屈原文學論集》,頁101。
〔註12〕黃耀堃,〈楚樂新探〉,收入《國文天地》第8卷12期(1993年5月),頁26。
〔註13〕王錫三引《左傳・襄公十八年》:「師曠曰:『吾驟歌北風,又歌南風。南風不競,多死聲,楚必無功。』」推論,認為「死聲」應指具楚地色彩的地方音樂。詳見王錫三,〈試論屈原騷賦與楚地聲樂之關係〉,收入《天津師大學報(社科版)》第3期(1992年),頁79。
〔註14〕陳鐘凡,〈周代南北文學之比較〉,收入《陳鐘凡論文集》(上海:上海古籍出版社,1993年8月),頁328。
〔註15〕日本・瀧川龜太郎,《史記會注考證》,頁984。

古」止，亦爲一百二十八句，三十二小節；末段，自「索藑茅以筳篿兮」起，至「吾將從彭咸之所居」止，正文一百一十二句，二十八小節，外加「亂辭」之清唱終曲，每句爲一節，四句四節，合之亦爲二十二小節。〔註16〕將〈離騷〉篇末之「亂辭」亦列入三大段中；而亦有不將「亂辭」列入者，如汪瑗之說，以另立一節視之：

> （瑗按）《論語》曰關雎之亂。註曰：「亂者，樂之卒章也。」《樂記》曰：「復亂以武治亂之相。」註曰：「亂者，卒章之節。」屈子之所謂亂者，蓋倣於此。然既以爲亂者，乃一篇歸宿指要之所在。則此四言者，實〈離騷〉之樞紐也。〔註17〕

依汪氏所言，「亂辭」部分乃是〈離騷〉一文的結穴處，指出屈原於〈離騷〉中，「美政」理想的幻滅，與決心維護此一理想的勇氣。由第四章的分析可知，「美政」理想乃是屈原意象的核心成分，源自個人「內美」的自信，而擴張成爲對楚國的一分承諾，屈原的「恐懼」與「悲哀」亦由此而來。故「亂辭」或可有另立一節的必要，以彰顯〈離騷〉中心主題。

故〈離騷〉一文，可分爲「正文──亂辭」兩大部分，兩者呈現「目──凡」的結構：

```
        ┌ 先：「帝高陽之苗裔兮」至「豈余心之可懲」
   目（正文）┤ 中：「女嬃之嬋媛兮」至「余焉能忍與此終古」
        └ 後：「索藑茅以筳篿兮」至「蜷局顧而不行」

   凡（亂辭）──「亂曰」至「吾將從彭咸之所居」
```

「目」即「條分」，乃相對於「凡」之「總括」而來。由前述討論可知，〈離騷〉一文所要表達的，乃是面對「美政之不行」，屈原有意以死自誓。此一理念可視爲〈離騷〉之「總括」，即「凡」，貫穿〈離騷〉全文；而「亂辭」之前，屈原「三致志」的往復，即是〈離騷〉之「條分」，即「目」，細說造

〔註16〕陳怡良師，〈離騷的建築結構及其藝術成就〉，收入《屈原文學論集》，頁101～102。

〔註17〕明・汪瑗，《楚辭集解》，收入吳平、回達強主編，《楚辭文獻集成》第四冊，頁2902。

成屈原秉持內美，施以美政，卻處處掣肘的心路歷程。此外，「正文」部分，則可析爲三大段，呈現「先——中——後」的時間軌跡，說明〈離騷〉作爲屈原「自傳體」的呈現，是藉由一順序式的自我剖析而來。以下分析，將依此一架構，細部分析〈離騷〉各段內文之「意象架構」。

一、目（正文）

（一）先：「帝高陽之苗裔兮」至「豈余心之可懲」

〈離騷〉正文之第一大段，主要在寫個人「罹憂」的背景。全段計三十二節，一百二十八句，所敘述的內容十分龐雜，但卻是全文之基石，有其重要的地位。觀此大段，即可理解其後屈原穿梭虛實、求索天地的緣由。依所述內容，可分爲「因——果」〔註18〕兩大主軸，相較於〈離騷〉全文的意象架構，則此處所言乃下圖中方框的範圍：

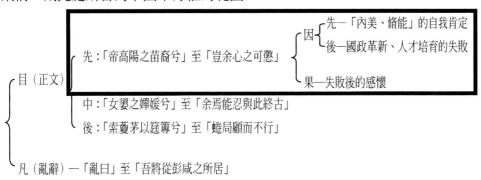

就「先」而言，其下之「因」，乃始自「帝高陽之苗裔兮」，終至「願依彭咸之遺則」止，主要敘述屈原在自信「內美」的前提下，決心「脩能」，而施之於楚國國政之上，即「美政」之理想；而此一「美政」內涵，基本上又可析爲兩大主軸，即「國政革新」與「人才培育」兩項工作：前者，屈原訴求的對象乃是「楚懷王」；而後者，屈原以「比喻」的手法，將對象設定爲眾

〔註18〕「因果」邏輯是十分普遍的思維方式，古人或謂之「推原」。有探究事件之「原因」與「結果」的用意。仇小屏師說道：「『因爲……所以……』的構句方式是十分常見的；相反地，由『所以』至『因爲』的情形也有；甚至『因爲』與『所以』多次交互出現的情況也屢見不鮮。」故「因果」的架構，亦可能出現「果因」、「因果因」、「果因果」的思維邏輯。詳見仇小屏師，《篇章結構類型論》，頁 178。

家香草、香木。然無論何者，其結果皆是挫折、落空。也因此一挫敗，引發屈原的感懷，即「果」的部分。

「果」者，始自「長太息而掩涕兮」，終至「豈余心之可懲」。在「美政」理想與現實衝撞後，屈原感受到莫大的無力；悲怨之餘，面對此一不可逆的結局，屈原反求諸己，再次肯定「美政」理想的合理、正確性，從而發出「亦余心之所善，雖九死其猶未悔」、「雖體解吾猶未變兮，豈余心之可懲」的千古名言，呼應開首的「內美」、「脩能」說。以下首先解析「因」的部分。

1. 因：「帝高陽之苗裔兮」至「願依彭咸之遺則」

這一部分，屈原從個人身世談起，並述及現實的挫敗。前者與後者之間，亦呈現「先──後」的時間關係，此種以「順序」思考而有的創作，最符合事物本身的自然規律，使讀者容易接受，〔註 19〕也是「自傳體」最常見的寫作模式。

（1）先

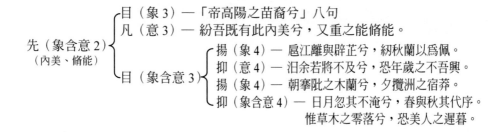

屈原以「目──凡──目」的手法，述說天生優良的身世、傳承。「目──凡──目」的呈現，乃是「凡目」邏輯的變體；仇小屏師特別提到，「凡目」邏輯會涉及「軌數多寡」的問題：

> 所謂軌數，是指「凡」與「目」的內容都可以區分爲幾部分，彼此緊密呼應。例如單軌者，就是「將主要內容凝爲一軌，以貫穿節、段或全文的一種方式」；雙軌者，就是「將平列或有主從關係的重要內容析爲兩軌，以貫穿節、段或全文的一個方式」……軌數越多，

〔註19〕張紅雨認爲：「順向，是人們美感情緒正常發展的類型。……合乎規律的東西就是美的，就是真的。」詳見張紅雨，《寫作美學》（高雄：麗文文化公司，1996 年 10 月），頁 350。

代表所要統整的材料增多，篇幅通常隨之擴增。〔註20〕

依此說，則上述「目——凡——目」中，「凡」分爲兩軌，適恰統領前後之「目」。意即屈原述說世系時，主要關注的焦點是「紛吾既有此內美兮，又重之以脩能」：「內美」對照前此之「帝高陽之苗裔兮」等八句，細數先祖「帝高陽」以來，直到「皇考」賜嘉名於屈原自身爲止，這一部分可以「既有此內美」統攝；而「脩能」則引領其後文字，由「扈江離與辟芷兮」，一直到「恐美人之遲暮」爲止，相較於論述「內美」時的毫不遲疑，屈原面對「脩能」的課題時，在情緒上是不斷在「揚」與「抑」之間轉折往復，其間不斷說到「對時光流逝的恐懼」，如「恐年歲之不吾與」、「恐美人之遲暮」等。這正反映出屈原時有「脩能不及，猶恐失之」的極積進取心；誠然，縱有天生再好的美善資質，若不能時時存養、擴充，終無法開創出成功境界的，故屈原時時謹記「自身的修養」，以防道德的淪落、功業的沉淪。

這一部分的意象架構，明顯是「以意領象」，以「理、情」的意志爲主，化爲一連串的「事象」，而其中「揚——抑——揚——抑」的往復變化，在文勢上造成一起一伏的波瀾，讀者開卷之際，除感受到屈原個人的自我肯定外，亦發掘屈原較爲感性的情、理的起伏。而這種「抑揚頓挫」的筆法，具有「韻律和輕快之美」〔註21〕，在穩定中多點變化。以下繼而論「後」的意象架構。

（2）後

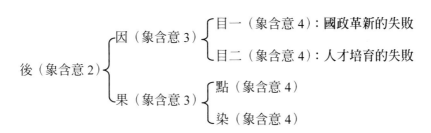

屈原既然領受「內美」與「脩能」之益，以其熱愛家國的心理，必定「達則兼善天下」，付諸實行。也因此屈原滿懷理想，「乘騏驥以馳騁兮，來吾道夫先路」，一派純眞的理想主義風貌，躍然紙上。此後，屈原努力於「國政革新」，與「人才培育」上，兩者乃屈原「美政」的核心政策，目的即是「一統

〔註20〕仇小屛師，《篇章結構類型論》，頁275。
〔註21〕程兆熊，《美學與美化》（臺北：明文書局，1987年10月），頁8。

天下」。然「早歲哪知世事艱」，在政壇嶄露頭角、受到重用後，屈原方才明瞭現實所帶來的衝擊有多大。在意象架構中，「國政革新」與「人才培育」所帶來的衝擊是「因」；而這份衝擊，迫使屈原再次確認自我「內美」、「脩能」的價值，此即是「果」。以下則分為「後——因」與「後——果」兩層次討論。

甲、後——因

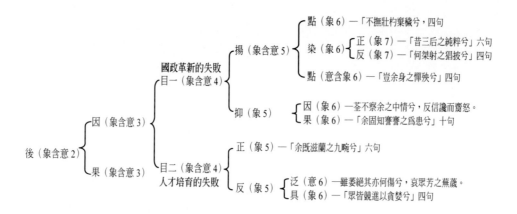

A、國政革新的失敗

「懷王」之善變、易怒的個性，是導致屈原「目一」，即「國政革新」失敗的主要原因；畢竟，為王者倘若沉穩冷靜，眾「黨人」自當無機可乘，在王前散播不利屈原的謠言。然而事實不然，「懷王」易怒、善變，相信「黨人」的讒言，疏遠屈原；面對此一變故，屈原並不憤怒，既然身為人臣，「主文譎諫」的態度是必須且必要的。屈原以曲折的手法勸戒「懷王」，本著「導夫先路」的熱情，屈原一一細數歷代王者之「成」、「敗」，期待於「正——反」對比中，王能領悟正確的道路。而這些勸戒，並非屈原有所圖，而是「恐皇輿之敗績」，害怕國家無法走上興復的路途上。至此，屈原的情調是昂揚的，他堅信「懷王」終會回頭，故依然「忽奔走以先後兮，及前王之踵武」。屈原這段熱情的自白，乃是採用「點——染——點」的邏輯思考。「點染」原用於繪畫的基本技巧：「點」指時、空的一個落足點，用以敘事、寫景、抒情或說理的引子；而「染」則敘事、寫景、抒情、說理的主體。〔註22〕對照上述說明，則屈原的熱情是「點」，對懷王的「歷史勸戒」才是重心，因為「來者猶可追」，

〔註22〕仇小屏師，〈論幾種特殊的章法〉，收入《篇章結構類型論》，頁455。

時猶未晚，一切仍大有可爲。

然而，屈原的這份努力是白費心力，在「黨人」不斷毀謗屈原的情形下，「荃不察余之中情兮，反信讒而齌怒」，「懷王」終究走上歷史錯誤的一方。相較於先前的昂揚，此刻的屈原是無比的失落，情調轉爲「鬱抑」。此刻，屈原能做的只有重申個人初心的眞、誠：「余固知謇謇之爲患兮，忍而不能舍也。指九天以爲正兮，夫唯靈脩之故也。」屈原對於家國、君王的一片赤誠是不容懷疑的，他並不害怕與王疏遠，他害怕的是「靈脩之數化」，若懷王長此以往，國家的前途是值得憂慮的，而這正是屈原所不願面對的。

B、人才培育的失敗

苦心栽培的後進人才，因不能自持而變節，更甚者，君子變而爲小人後，反過來加入「黨人」陣營，攻擊屈原，這正是「目二」，即失敗的「人才培育」所要描寫的內容。本小段是以「正──反」的邏輯思維來組織意象。所謂「正反」，即是採用「對比的原理」運用於文章寫作上，故亦被稱爲「對比法」、「對照法」。陳滿銘認爲：正反法即是將不同的兩種材料並列起來，作成強烈的對比，藉反面的材料襯托出正面的意思，以增強主旨的說服力與感染力。〔註 23〕對照〈離騷〉此處，屈原以形象化的手法寫出「滋」、「樹」、「畦」、「雜」等苦心，目的乃是「冀枝葉之峻茂兮，願竢時乎吾將刈」，人才的培育過程雖然章苦，但成功之後的果實絕對甜美，此乃屈原「美政」理想的目標，故可視之爲「正」；只是這些後進，無法自持好脩，故紛紛「萎絕」，使屈原感到「哀傷」，而變節者的言行究竟爲何，此處以「泛──具」手法呈現。泛寫處，屈原點出「萎絕」、「哀傷」之意；而具寫處，則細數墮落者的可怖事象：「衆皆競進以貪婪兮，憑不猒乎求索。羌內恕己以量人兮，各興心而嫉妒。」無論「泛寫」或「具寫」，皆是從「反」的角度出發。〔註 24〕

〔註 23〕陳滿銘，《詩詞新論》（臺北：萬卷樓圖書公司，1994 年 6 月），頁 58。
〔註 24〕關於「泛具」的邏輯，陳滿銘說：「詞章是用以表情達意的，通常爲了要加強表情達意的效果，以觸生更大的感染力，則非借助於具體的情事、景物或特殊的狀況不可。而專事描述具體的情事、景物或特殊狀況的，我們特稱爲具寫法；至於泛泛地敘寫抽象情意或一般狀況的，則稱作泛寫法。」由此定義來看，「泛具」思維與「凡目」思維有相似之處，仇小屏師亦注意到，依此定義，則「幾乎所有『主─客』互動時種種紛繁的變化，化爲文字寫成詞章，就會形成泛具法」，故特別定義：將極具特色的「情─理」互動與「論─敘」互動劃入「凡目」邏輯中；而「論─景」、「情─敘」互動，

乙、後──果

後（象含意 2）
- 因（象含意 3）
  - 目一（象含意 4）：國政革新的失敗
  - 目二（象含意 4）：人才培育的失敗
- 果（象含意 3）
  - 點（象含意 4）──「忽馳騖以追逐兮」四句
  - 染（象含意 4）──「朝飲木蘭之墜露兮」十二句

　　本節討論「後──果」。有了前此在「國政」、「人才」兩方面的挫敗之「因」後，屈原身心俱疲，一時間難以接受，遂迸發許多感懷之「果」；這部分的感懷是採取「點──染」的敘事邏輯。

　　首先，面對此一挫折，屈原說道：「忽馳騖以追逐兮，非余心之所急。」此乃承繼自先前對於變節人士醜陋情態的描寫，屈原表明自己絕不會做出此類汲汲於名利的事，隨即指出他真正的恐懼：「老冉冉其將至兮，恐脩名之不立。」所謂「脩名」，是聯結到〈離騷〉開首，對於自身世系的「內美」與「好脩」之上。陳怡良師曾云：

> 屈原深知外在修飾易，內在修飾難，古人亦感嘆人之心靈，欲求毫
> 無塵污，實非易事……故屈原於內外修潔上，絲毫不放鬆自己，以
> 求德操品性，達於至善至美之層次，使身心內外，潔淨無瑕，通體
> 明亮剔透，充滿聖賢之睿智與完美。〔註25〕

由此角度回顧前文，可以說：屈原的「內美」與「好脩」乃類儒者所謂「內聖之學」；而具體之「美政」理想，則是「外王事業」。「內聖」是可以開展出「外王」的境界。唯當「外王」事業阻絕不通，屈原返而內省，培養「內聖」之美，也因此〈離騷〉此處，屈原在遭受現實連番的挫敗後，轉而重新檢視內心，再次肯定自我的美質。既然「恐脩名不立」，則努力脩業為要；屈原接

以及單純的「情、理、景、事」各自的「泛─具」互動，皆劃入「泛具」
邏輯。這樣仔細的分類，皆是為了更精準地分析文章，是有其必要的。詳
見陳滿銘，〈談詞章的兩種作法──泛寫與具寫〉，收入《國文教學論叢續
編》（臺北：萬卷樓圖書公司，1998 年 3 月），頁 445；仇小屏師，《篇章結
構類型論》，頁 227。

〔註25〕陳怡良師，〈屈原的狂熱與執著〉，收入《屈原文學論集》，頁 34。

著以形象化的描寫，藉諸多香草、香木的不斷鋪陳，賦予「好脩」具體的畫面；而最終，屈原肯定地道出個人面對挫折時的態度：「謇吾法夫前脩兮，非世俗之所服。雖不周於今之人兮，願依彭咸之遺則。」此刻的屈原，似乎已預測到未來所面對的政治現實，是難以達成其「美政」理想，在此一前提下，屈原下定決心：縱然理想未能實現，亦求問心無愧！「彭咸」乃歷史人物中，具「好脩」之賢者，在屈原的心中，他是效法的典範，提供屈原在面對困境時，應有的堅決態度。

2. 果：「長太息以掩涕兮」至「豈余心之可懲」

前此，屈原雖然有了「依彭咸之遺則」的領悟，然而屈原畢竟擇善固執，對於「美政」之不行，仍是抱著憾恨的心情，於此不能忘懷得失。也因此，在前「因」的抑揚起伏之後，屈原趨於冷靜，檢視自己的傷口，此即是「果」所呈現的風貌。

此部分的行文邏輯，仍是以「因——果」手法呈現：「因」者乃屈原自我療癒，並聚焦於失敗的禍首，即「懷王」與「黨人」，表達絕不因此放棄的意志；「果」處則總結第一大段，藉「復脩初服」之舉動，傳達「雖體解吾猶未變兮，豈余心之可懲」的堅定思想。其架構如下所示：

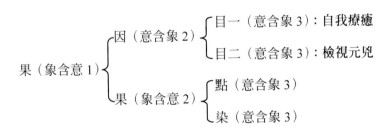

在「果」之下的「因」，分為「目一」與「目二」兩個並列的子項。「目一」主要是屈原自我對話，回顧前此不幸之遭遇，並予以治療，重新肯定自我之人生價值；「目二」則是屈原直指「美政」失敗的原兇，即「懷王」與「黨人」，述說兩者帶給自我的傷害，而在一番自我檢視之後，屈原表明決不同流合汙的意志。

（1）因

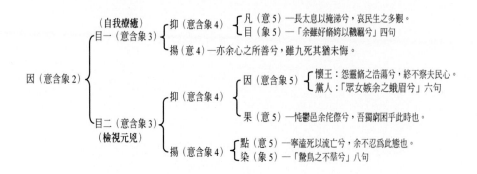

　　承前所論，本段落乃是屈原檢視過往，並提出自我要求的心路歷程。在經過前述「美政」理想的失落之後，屈原在此發出「哀民生之多艱」的喟嘆，深刻反映屈原對人世困蹇的不解與無奈之情，此乃「凡」；緊接著道出自己被疏遠的經過，「謇朝誶而夕替」說明了政局變化之速，此乃「目」。一「凡」一「目」構成了鬱抑的情調，故歸於「抑」之下。這慘痛的回顧，並非屈原的懦弱，而是屈原自我的治療，唯有面對現實，方有繼續堅持的可能；故隨後，屈原明白地宣示：「亦余心之所善兮，雖九死其猶未悔」，「美政」的失敗並非本質的不善，屈原知道這些主張，是本之於良善的立意，故縱使因此「九死」，亦不改變對正義事業的初衷。在此，情調昂揚，故統攝於「揚」的邏輯思維下，而這「抑──揚」之間，組成「目一」的架構。

　　有了「九死未悔」的意志，屈原剝開「傷口」，檢視「懷王」與「黨人」之作為，此即「目二」。在此，仍是先「抑」後「揚」的邏輯。面對懷王之「浩蕩」、「不察民心」，以及黨人「謠啄」、「善淫」，屈原無法平靜，情調自然沉寂，進而發出「吾獨窮困乎此時」的痛語。然屈原隨即振作，明白表示「不忍為此態」的決心，如同「鷙鳥」天性「不羣」，又如「方圓」不能周合，「抑志」而活，是違背屈原人生所遵循的價值，唯有堅持天性美善、清白之志，方是聖人所為。

　　在「因」的大段落中，屈原的情感是不斷地起伏變化，「目一」、「目二」的「抑──揚」架構，正反映屈原在自我開解的過程中，內心的掙扎與奮鬥。也是在此一心路歷程下，屈原領悟到，縱然政治的環境如此的汙濁，對於與生俱來的人格美善，是不容些許妥協的，由此開展出「果」的領悟。

　　（2）果

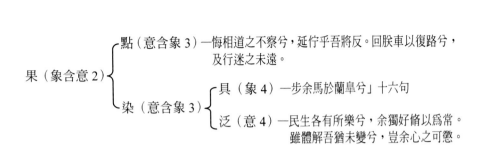

在「果」中，屈原體認到，處在昏暗的政治環境中，面對懷王不改，黨人環伺，所能做的唯有「退脩初服」。游國恩認為此乃屈原「潔身遠遊，以避罪尤」〔註26〕的心態表現，帶有「隱退」的思想；然縱有離朝適野的想法，屈原依舊「荷衣蓉裳」、「高冠長佩」，不改其對「內美」、「好脩」的初衷。這種對人格美的堅持，不因窮達而有異，故最末，屈原道：「民生各有所樂兮，余獨好脩以為常。雖體解吾猶未變兮，豈余心之可懲。」以「好脩」為常，是說明屈原「獨立不遷」的終身信念，就算是面對「體解」的威脅，也是不改其志。此處的行文邏輯以「點——染」為主；而渲染之處，又分為「具——泛」邏輯架構。最末的「泛」寫，乃是屈原對於第一大段的總結。

（二）中：「女嬃之嬋媛兮」至「余焉能忍與此終古」

〈離騷〉第二大段，描寫屈原在女嬃的責備之下，再度回顧歷史君王成敗，進而在向舜帝陳詞的背景下，進入幻遊世界。第二大段承前第一大段末，屈原宣示自我「決不改變初衷」的用心而來，其姊女嬃擔憂屈原長此以往，恐將受害，故苦勸屈原稍加抑心屈志以求活；屈原面對親情呼喚，不知如何，遂向舜帝陳辭，並回溯歷史君主成敗故實，肯定自身美善價值。心中一番激騰後，由歷史返回現實，卻又墮入「時不我予」的感傷中，遂開展「幻遊」場景，由精神層面的追求，企圖彌補現實的缺憾。

「幻遊」場景分為二個部分：叩帝閽、求女。前者乃屈原欲訴志於天帝處，然遭遇帝閽無禮阻隔，事遂不成；後者乃屈原透過比興手法，描寫三次求女（宓妃、有娀佚女、有虞二姚）的經過，三次求索竟因各種錯誤，皆告失敗。

依內容所述，分大段可分為「實——虛」兩個子部；於〈離騷〉架構中的討論位置如下：

〔註26〕游國恩，《離騷纂義》，頁177。

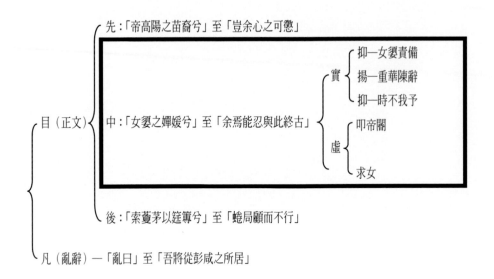

在意象的「實──虛」架構上,前者可分為「抑──揚──抑」的轉折,分別代表屈原面對女嬃責備時的低落情感,以及其後屈原自我開解時的抑揚、熱烈,但隨即理解今日道之不行的感慨;後者則以並烈的二個子題呈現。以下即就第二大段進行意象架構的分析。

1. 實:「女嬃之嬋媛兮」至「霑余襟之浪浪」

(1) 抑:女嬃之數責

本節以「點──染」架構形成:

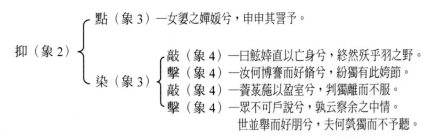

在架構上,此節並不複雜,純粹將各類「象」以「點──染」手法帶出。而其「意」在言外,要表現的是女嬃無法理解屈原堅持「獨善」的用意,而稍以規勸,冀屈原至少能「抑心屈志」,不要表現得如此明顯。「染」部分,是以「敲──擊」手法呈現,所謂「敲──擊」,乃是「側寫──正寫」的手法,仇小屏師認為:當運用不同事以表達同類情感時,藉「敲」加以引渡或

旁推，來呼應「擊」的部分。〔註 27〕在此節的「染」部分，女嬃用意在於勸屈原「莫詧博而好脩」，並提醒屈原「眾不可戶說兮」；然畢竟是親人勸戒，在口吻上不宜如此直接，故總是先「旁敲」，藉「鯀」、「薋菉葹」來暗示，再進而提出確切的懇求。

（2）揚：向重華陳辭

此節以「點——染——點」的手法呈現：

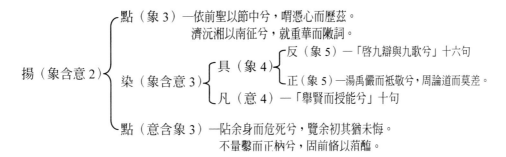

本段承前，面對親人的勸說，屈原發現「世無知己」，於是抱己之道以求聖人之知，冀求從歷史之中得到安慰。如汪瑗所謂「不合於今必合於古之意」〔註 28〕，然何以選擇「舜」為抒發對象，則或許屈原聽其姊之言，而認為自己就如同「鯀」般，因「婞直」而遭舜誅殛，遂有向舜陳辭，以表白心跡之意。

陳辭的主要內容以「目——凡」架構呈現。屈原以歸納的手法，將歷代君王成敗羅列於眼前，然似乎「成少敗多」，「啓」、「羿」、「浞」、「澆」、「桀」、「紂」皆歷史上縱情享樂、殘暴逞民的國君；而「湯、禹」、「周文王、武王」則與之對立，成為理想國君的代言人。承前所言，女嬃勸屈原稍從時俗，故屈原向重華表達心志，然傳達的內容則聚焦於「君王」身上，似與女嬃從「人臣」角度出發有很大的差異。事實上，屈原「揚」部分之所以全以「君王」為敘述對象，乃是用意於「致君堯舜」的基礎上，故雖然「言臣」、「言君」若兩事，然在「凡」處，屈原以「孰非義而可用兮，孰非善而可服」總結，足見屈原所論，可包含「君」、「臣」二者之說。

而陳辭最後，屈原回顧自身。「固前脩以菹醢」與「固前聖以節中兮」遙

〔註 27〕仇小屏師，〈論幾種特殊的章法〉，收入《篇章結構類型論》，頁 473。
〔註 28〕明・汪瑗，《楚辭集解》，收入吳平、回達強，《楚辭文獻集成》第四冊，頁 2752。

相呼應，表達出屈原在女嬃之責備、就舜而陳辭的思索後，再次確認自身的價值與意義。然價值的肯定，仍是在「事功的要求」下成形，自然屈原隨即注意到「時不我予」的無奈。

（3）抑：哀時之不當

本節以「因──果」關係架構意象：

抑（意含象2）─ 曾歔欷余鬱邑兮，哀朕時之不當。攬茹蕙以掩涕兮，霑余襟之浪浪。

承第四章所論，屈原對於「時間」有份深沉的恐懼感。在此，「哀朕時之不當」乃是詩人與環境衝突之下，所迸發的強烈情感。王逸注「曾」為「層」（頁34），有加重之意，屈原除了悲傷個人遭遇外，所謂「時之不當」，當有另一層對國計民生的擔憂。

2. 盧：「跪敷衽以陳辭兮」至「余焉能忍與此終古」

（1）目一：叩帝閽

本節以「因──果」的架構呈現：

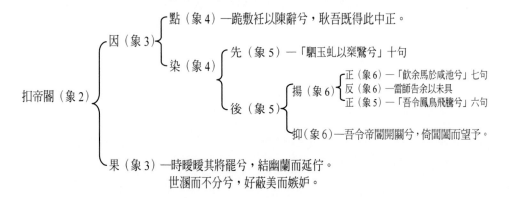

「因──果」架構是描述事件最直接的手法，除了標示出時間的進行外，更是強化事件發生的因素。前此，屈原向舜帝陳辭，期許能夠獲得舜帝的認同，然「既陳畢而舜無答詞」〔註29〕，以屈原第一大段中，努力調解個人理想與現實的衝突，不斷地重申個人美善的人格特質來看，屈原在此雖然未得

〔註29〕明・汪瑗，《楚辭集解》，收入吳平、回達強主編，《楚辭文獻集成》第四冊，頁2783。

舜帝之答語，但可想見屈原必定認為：冥冥之中，舜帝深有以許之。這種對個人價值的認同，必定強化屈原自我認知。在此可以見到的是「耿吾得此中正」，正與前此陳辭中，屈原「依前聖以節中」、「固前脩之菹醢」相呼應，唯一「實」一「虛」；在虛幻場景中，屈原彷彿化身超凡聖者，竟有遊天之本領，遂開啟「叩天闔」之旅。

　　以上「跪敷衽以陳辭兮，耿吾既得此中正」為「點」，帶出以下對叩求天際的「染」。渲染部分，屈原騁其巧思，將各種「虛意象」加以組合，形成富有浪漫想像特色的場景。「染」部分依發生順序分為「先──後」；屈原乘玉虬鷖鳥，上征乎風雲之間，在短暫的白晝時光內，由東方之蒼梧，到達西方之縣圃。本欲稍事休息，然眼見時光將盡，羲和將落，遂飛騰天地之間，「上下以求索」。這一部分僅可視為屈原幻遊的開場，「上下求索」總結前段旅程，而開啟以下叩帝闔之旅。而由「求索」的需求到「帝闔」的拒絕，可以得知，從一開始的駕玉虬、乘鷖鳥，到帝闔的拒關，其目的在於「天帝」，唯「天帝」者何，尚需進一步分析。

　　與「先」部分屈原馳騁的想像相比，「後」部分，屈原正式出發以「叩帝」，後者的力度與想像密度更為強烈。不但屈原可「折若木以拂日」，與日相拒；又彷彿有著神界之力，命令「望舒」為之先驅、「飛廉」為之殿後、「鷖鳥」擔任遠征主力、帥領「雲霓」為之助勢等，此皆證明屈原對於「叩帝」一事的重視。其間唯「雷師」以「準備未及」之理由，為氣勢盛大的隊伍，增加些許不安。因而在此以「正──反──正」來反映此一畫面，「反」雖然為叩帝之旅增添陰影，但整體氣氛是「昂揚」的；故「正──反──正」架構又統攝於「揚」中。

　　此行的結局，因帝闔「倚閶闔而望予」告終，屈原發出喟歎：「時曖曖其將罷兮，結幽蘭而延佇。世溷濁而不分兮，好蔽美而嫉妒。」此處為幻遊之「果」，其「象外之意」進而分明：「世溷濁」、「好蔽美」，不就是屈原在第一大段所遭遇到的種種挫折？「懷王」不解屈原的忠心，而「黨人」處處中傷，於是明白屈原此處的「幻遊」，乃是反映第一大段的人生歷程。王邦采云：

　　　　大夫之意，以天帝喻楚王，王為黨人所蔽，溷濁蔽美，一歎，蓋歎
　　　　楚也，認定此意，自無錯鑄。〔註30〕

─────────────

〔註30〕清・王邦采，《離騷彙訂》，收入吳平、回達強主編，《楚辭文獻集成》第十二
　　　　冊，頁8455～8456。

王氏之說可謂明晰。此處「楚王」即是「懷王」，與「黨人」共同組成了第一大段的核心。在此屈原上下求索，依然無法忘懷，而遙相呼應。「叩帝閽」之旅在意象的架構上，除前述分析外，尚可注意到全段落皆以「象」爲之，縱使最後點出「果」，然其「意」畢竟是在「象」外，屈原以「敘述性」的語句說出，至於背後的「情、理」，則需讀者結合第一大段方能明白。

（2）目二：求女

本節同樣以「因——果」架構而成：

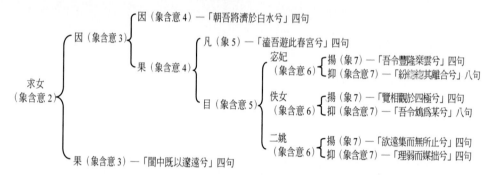

相較於「叩帝閽」之旅，本節的「求女」過程更爲曲折，情緒轉折也更爲強烈。繼「叩帝閽」不成之後，屈原轉向「求女」之旅。「求女」乃在追尋與屈原「志同道合」的賢士；林雲銘謂：「因求見帝而不得，意謂知我之人，竟無可求索矣，然豈無類我之人，可取以相配，免我爲煢獨乎？故有求女一著。」〔註31〕既然謁帝不成，不妨尋求德行與我相近者，爲通君王之側，此乃遠因；近因則是屈原感嘆「高丘無女」。此乃是「因」部分下，又分爲「因——果」之故。

因「高丘無女」，屈原上下求索，「相下女之可詒」，遂發現「宓妃」、「佚女」、「二姚」踪跡，遂開展一段充滿想像力的追尋場景。首先是「宓妃」，屈原命令「豐隆」乘雲，確認「宓妃」所在後，派出「謇脩」代爲傳達美意，然接近後方才知曉，「宓妃」不但自戀自持，且態度驕傲無禮，傳聞中美麗的女神，竟然是好康娛淫逸的女子，屈原不得不「棄違改求」，另尋佳人；其次，屈原注意到「有娀佚女」，「佚女」乃殷商始祖的母親，能夠作爲開創者之母，

〔註31〕清·林雲銘，《楚辭燈》，收入吳平、回達強主編，《楚辭文獻集成》第十一冊，頁 7395～7396。

想必是於德有體，誠然符合屈原對「好脩」的要求，故派出「鴆鳥」爲媒，然所託非人，讓高辛氏搶先一步，一次美好的機會又告失敗；最終，發現未出嫁的「二姚」，懷想歷史上，「二姚」適少康，遂成就夏之中興，想必亦是持家有方的美好婦人。然此方遣媒相邀，竟又是能力不足，且不善傳遞消息，當然第三次求女，亦以失敗收場。接連三次打擊，屈原心灰意冷，情懷憤懣。遂有「焉能忍與此終古」的強烈不滿，帶著憾恨，面對「閨中邃遠」、「哲王不悟」，命運之神的捉弄，確實讓屈原飽嚐辛酸。自己六神無主、前途茫茫，只好問卜，求神指示。於焉展開「靈氛」、「巫咸」的一番對答。

縱觀「求汝」之「果」部分，屈原以「凡——目」邏輯架構諸多意象。而各次「求女」中，情緒總是先揚後抑，連續的「揚——抑——揚——抑——揚——抑」，正象徵屈原一次次的「希望——失望」，悲憤的情思亦更加濃厚。由此角度來看最末四句，方能體會到屈原對於「與之終古」，強烈的「不能」與「不可」要求。

（三）後：「索藑茅以筵篿兮」至「蜷局顧而不行」

陳本禮云：「焉能忍，結上開下，由其不能忍而與之終古，所以初卜之於靈氛，再決之於巫咸，終歸之於遠逝，爲後文起頂過峽，以下靈氛、巫咸、遠逝，平列三段，如天外三峰，高矗雲表，使之望之無際，極之不窮，測之莫知其所止也。」〔註32〕〈離騷〉第三大段，如陳氏所言，由前此之「焉能忍」，下開一番新氣象：靈氛、巫咸、遠逝，此三部分即是構成本大段的主要內容，如下圖框線指示處：

〔註32〕清・陳本禮，《屈辭精義》，收入吳平、回達強主編，《楚辭文獻集成》第十五冊，頁 10318。

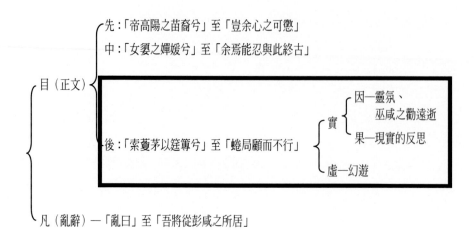

　　本大段依內容亦分為「實──虛」手法。「實」部分乃是屈原求教「靈氛」、「巫咸」；在此之前，屈原經過多次情緒上的打擊，現實世界如此，連幻遊世界亦然，人生之路的狹窄，非常人所能明白。屈原於此或有遠逝之想，然去國懷鄉之情，終究有著羈絆，故屈原面對有始以來的大課題，向「靈氛」、「巫咸」求教，冀望得到解救。此處皆以「實筆」為之，容或「靈氛」、「巫咸」身分不明，但不能否能的是楚地巫俗的存在事實。經過解惑，屈原仍有疑慮，然回顧現實政治場上的種種惡情，再加上忽忽遲暮，屈原明白，待在楚國是難有正義可言，遂有「幻遊」之舉。

　　「幻遊」之舉，乃成幻遊仙鄉之旅，即以「虛」筆為之，這是屈原為人生困頓所開拓的消解方式。遠逝的目的是西方美人，西方乃是楚國遠祖曾經遷徙過的文化路徑，在遠古的國度中，應該有著與屈原相同理想、目標的君、臣。此「虛」部文筆華麗，想像多采，遠勝前二次之幻遊場景。以下即分「實」、「虛」二部討論。

1. 實：「索藑茅以筳篿兮」至「周流觀乎上下」

（1）因──靈氛、巫咸之勸遠逝

本節意象的架構如圖：

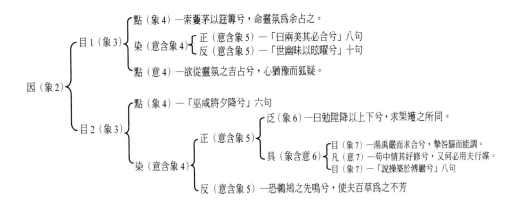

　　本節以屈原向「靈氛」、「巫咸」請教為主，兩者平列，分為「目一」、「目二」。而請教的過程皆以「點——染」邏輯為之，乃是根據事件的脈絡而來。首先「目一」中，屈原向「靈氛」請教前途，雖然答句以一連串的問句為之，然而細察，此皆以「激問」的手法表達，換言之，「靈氛」是鼓勵屈原「遠逝而無狐疑」、不需「懷乎故宇」，因此這部分可視為「正」，即傳達出屈原遠逝的初衷；其後「靈氛」從「反」的角度出發，針對時俗之惑，「黨人獨異」、「幽蘭不可佩」、「糞壤充幃」等警句，提醒屈原現實的不堪。在這一「正」一「反」的對照下，屈原心中的似有定見，然去臣事異族，並非屈原的天性，故仍究懷疑，故又再請教「巫咸」。

　　「巫咸」較之「靈氛」，在占卜的技巧上更為高明，不用卜筮，而以「降神」的方法為之，此即「目二」。同樣的「點——染」手法，將事件的脈絡清楚地描繪出來；首先是「降神」現場的描述：「百神翳其備降兮，九疑繽其並迎。皇剡剡其揚靈兮，告余以吉故。」時屈原於九嶷山，乃大舜所葬之處，天空間出現眾多神靈，孔蓋翠旍；而九嶷一帶的眾神，也歡迎佳賓的到來，神靈的交會，在屈原筆下顯得熱情，卻有神祕。其後，降神成功，「巫咸」揚眉瞬目，娓娓道來，開啟以下的「染」。「染」的部分同樣以「正——反」手法陳列，天地間之神祇，皆不欲直接指示屈原，故正反相呈，由屈原自己決定；又或神祇們知曉屈原心意已定，故正反並陳。相較於「靈氛」從現況著手，「巫咸」則由歷史過往發揮，列舉一系列「君臣應合」的故實，以「泛——具」的邏輯，提醒屈原：「苟中情其好修兮，又何必用夫行媒。」意謂著「君臣遇合」乃是君、臣雙方彼此條件相符，並時機成熟的情況下才可能發生，此乃「具寫」中的「凡」，為

說明這個道理，「巫咸」舉出許多古往今來的「聖君賢相」來說明。此即「目——凡——目」的邏輯呈現。這番道理隱約對照到懷王、頃襄王兩位國君，與屈原之間的關係：正因為兩者「矩𤩍不同」，縱使行媒之言，終難以調和。朱冀即云：

> （按：「苟中情」二句）承上言而況士果好脩，則身有伊皋之德，九
> 州之大，豈必無同德之君，同德自孚，又何必用旁人之作合乎？言
> 外隱然見得楚王矩𤩍不同，縱有行媒，終難調合。〔註33〕

由此而發，則「巫咸」所勸，遠較「靈氛」更進一層，朱氏所言，正指出「巫咸」一番話的核心。「九州」必有同德之君，「遠逝」將有其必要，以上屬於「正」面的勸說；此後，「巫咸」提醒屈原「年歲未央」等問題，要屈原儘快決定去向，此乃「反」面立說。

(2) 果——現實的反思

經過「靈氛」與「巫咸」的勉逝之語，屈原認真的看待週遭的一切：「黨人」會放過屈原，以及其他的「有志之士」嗎？如果「黨人」不能排除，那麼「懷王」、「頃襄王」等國君，將不可能接受屈原的理想，國家更不可能強盛。那麼留在楚國的意義又在哪裡？此間屈原運用「反——正」邏輯陳列意象：

$$果（象含意2）\begin{cases} 反（象含意3）-「何瓊佩之偃蹇兮」十八句 \\ \\ 反（象3）-「惟茲佩之可貴兮」八句 \end{cases}$$

很明顯地，屈原考慮較多的是「反」面的部分，特別對於「黨人」的阻擾，培植人才的衰敗。長達十八句的苦思，激起的是屈原前此諸多的不堪，無論在現實政壇，或神靈世界，「黨人」們的壓迫太過強大，屈原在這塊土地上難以成就其「美政」，留下來便沒有意義。於是屈原趨向「正」面思考，以為「及余飾之方壯兮，周流觀乎上下」，掌握有為之時去追尋理想的國境。

〔註33〕清・朱冀，《離騷辯》，收入吳平、回達強主編，《楚辭文獻集成》第十二冊，頁8158。

2. 虛：「靈氛既告余以吉占兮」至「蜷局顧而不行」

〈離騷〉全文最後一節，乃屈原的「遠逝」，以「點——染」手法鋪陳：

虛（象含意1）
- 點（象2）—靈氛既告余以吉占兮，歷吉日乎吾將行。
- 染（象含意2）
  - 揚（象含意3）—「折瓊枝以爲羞兮」三十句
  - 抑（象含意3）—陟陞皇之赫戲兮，忽臨睨夫舊鄉。
    僕夫悲余馬懷兮，蜷局顧而不行。

　　前者以「靈氛既告余以吉占兮，歷吉日乎吾將行」，宣示屈原的遠逝正式展開；後者則以「揚——抑」手法鋪陳，特別是「揚」的部分，屈原運用想像力，鋪寫了長達三十句的精采場景，涵蓋了飲食、交通、娛樂；其中又以「交通」方面的描述特別仔細，除了座駕的精美外，對於行駛的路線，屈原都給予極大程度的描寫，在手法上與前述二次幻遊相似，但精緻度不相上下，甚至更爲凸出；而這不只在物件的描繪上，更是在情調的變換上，屈原此次遠逝之旅，心情是頗爲愉快的。也因此，除了與先前相同地召喚鷥鳥、虬龍爲之先導；屈原更超越神明，指揮「西皇」爲之引導，連屈原皆以「神高馳之邈邈」，來形容此次遠逝的高亢心緒。

　　然而此等鋪墊，乃是爲了最終主題的回歸：「陟陞皇之赫戲兮，忽臨睨夫舊鄉。僕夫悲余馬懷兮，蜷局顧而不行。」僅是「忽」睨舊鄉，僕從、虬馬竟然一時間失去活力，「蜷局顧而不行」，如此身爲主人的屈原難道不然？前此之「昂揚」愈盛，此處之「抑鬱」愈深；前此情緒愈亢奮，此處之哀傷愈重，此乃屈原「抑揚」邏輯運用地最成功的段落。

二、凡（亂辭）

　　總結上述「先——中——後」三大段爲「目」，屈原於文末的「亂辭」，即「凡」處，則點明〈離騷〉全文的重心所在：「已矣哉，國無人莫我知兮，又何懷乎故都？既莫足與爲美政兮，吾將從彭咸之所居。」（頁67）這段話恰可分爲兩個層次：

```
    ┌ 點─已矣哉。
    │
    │        ┌ 因 ┌ 目1（好脩）─國無人莫我知兮，又何懷乎故都？
    │ 染 ┤    └ 目2（美政）─既莫足與為美政兮
    │        │
    └        └ 果─吾將從彭咸之所居。
```

　　首先以「已矣哉」之歎息開端，引出下文。其後則加以渲染，然角度有二：「好脩」與「美政」，即「好脩美善」的無人認同，以及「美政理想」的難以實現。換言之，屈原在〈離騷〉文中所有衝突、對抗，恐懼與哀傷等，皆源自於「好脩」與「美政」的自我設定；而此二者，與文首之「紛吾既有此內美兮，又重之以脩能」相互呼應，「好脩」即「內美」；「美政」即「脩能」〔註34〕。如此前後緊密的照應，將〈離騷〉全文穿成一有機的長篇敘事自傳，反映屈原內心深處的情志，可謂十分精密的寫作手法。

第三節　〈離騷〉意象架構之設計

　　所謂「意象的架構」旨在討論意象如何由小單元架構為大單元，即「意象材料如何組織」的問題。〔註35〕而承第二章所言，由於學者們對於意象組織的分類情況，難有一定的標準，故本文以近年來發展成熟的「章法學」理

〔註34〕王逸注曰：「我獨懷德不見用者，以楚國無有賢人知我忠信之故。」言下之意，「莫我知」所重者於「個人道德的脩習」，即是文首「好脩」；而後又云：「言世之君無道，不足與共行美德、施善政者，故我將自沈汨淵，從彭咸而居處也。」則屈原之所以從彭咸，最根本的因素在於「好脩」與「美政」之不得、不行。詳見宋‧洪興祖，《楚辭補注》，頁68。

〔註35〕所謂「小」與「大」的關係，並非簡單地解釋為「個別意象」架構為「篇章意象」，如此將會予人「個別意象」即「小單元」、「篇章意象」為「大單元」。為此，仇小屏師提出「分意象」與「總意象」的概念，以解決意象層級的指稱困擾：因為分意象組成總意象、總意象由分意象組成，所以除了全篇必然是最大的總意象、詞語必然是最小的分意象外，其他意象要斷定是屬於總意象還是分意象，須視此意象與其相關意象的層級高低而定，也因此所處理的範圍就可大可小。以上所言，本文在討論意象架構時，除了〈離騷〉全文乃最大的「總意象」外，與之相較，其下的各意象，無論層級多深、單位多小，皆可視為「分意象」。也因此以下分析時，將由最大的「總意象」入手，逐一排列各層「分意象」的架構方式，以顯示出完整的意象架構。詳見仇小屏師，《篇章意象論──以古典詩詞為考察範圍》，頁59。

論，作爲分析〈離騷〉意象架構的基礎。

　　承第一節所示，〈離騷〉意象架構可分爲「目──凡」兩大部分；而其中「目」的部分乃〈離騷〉正文，又可分爲「先──中──後」三大段落。在揭示各大段落的意象架構圖前，必須說明：意象架構分析的層次，有「簡要」與「細緻」的差異。意即在「不同層級」的架構間，有著「多」、「寡」等橫向差別；或於「單一層級」的架構內，有著「簡單」與「多樣」的縱向變化。

　　這種差異可能存在於「篇章」與「篇章」之間，如〈離騷〉與〈招魂〉，明顯可看出〈離騷〉的意象架構是遠比〈招魂〉細緻的；但這種差異更可能存在於「單一篇章」內，如〈離騷〉一文中，三大段落的意象架構設計，明顯是第二大段最爲細緻，第一大段次之，而第三大段最爲簡要。造成這種現象的原因，乃是創作主體在「意」的傳達上，有著「情、理」表現的強弱；以及在「象」的呈現上，有著「景、事」取材的多寡。有此一了解後，方能理解〈離騷〉各大段落在意象架構上，何以有著「簡要」與「細緻」的不同表現。首先呈現第一大段的意象架構圖：

第2層　第3層　第4層　第5層　第6層　　第7層　　第8層　第9層

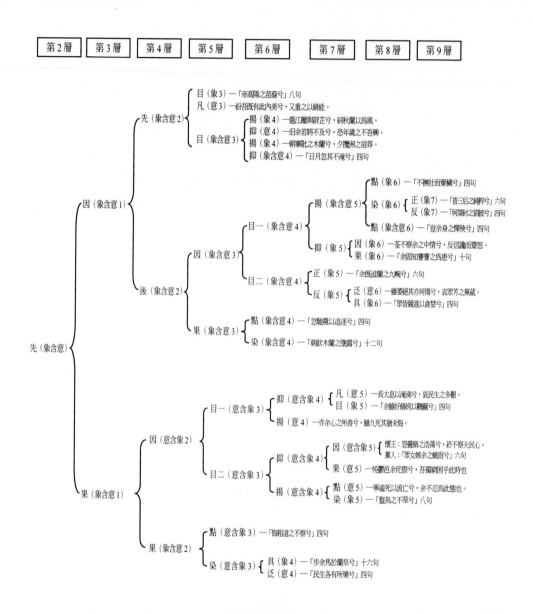

　　除去最大的「目──凡」總意象架構後，「目」中的第一大段，在架構圖的橫向設計方面，最深可達到九個層級，透露出屈原在第一大段中，運用十分多樣的「意」與「象」，且描述的主題亦十分的多樣；而在縱向設計方面，若不論「第2層」的「先」，則可發現在回顧人生前半段的生涯時，屈原多以「因果」、「先後」、「凡目」、「點染」等普遍在「力」的呈現上，趨於「調和」架構者爲主；而在「力」上趨於「對比」者，多出現在「第 6 層」之後。此

外尚可發現，屈原在自述家世身平的部分（即圖表中，「先」──「因」──「先」的位置），在「力」的表現上有著較爲強烈的波動，如第 5 層以「目凡目」、第 6 層以「抑揚抑揚」的架構呈現。說明屈原在敘述此過往時，情緒波動較爲強烈。以下呈現第二大段的意象架構圖：

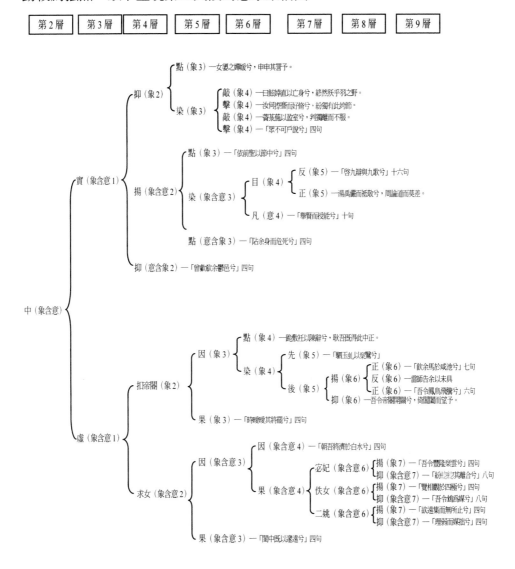

相較於第一大段，第二大段的意象架構圖明顯「簡要」許多，這主要是因爲描述的主題較前者爲少，集中在「女嬃與屈原的互動」，以及「二次幻遊」場景上；且前者爲「實寫」，後者爲「虛寫」。可以注意的是：「實寫」處以「抑

——揚——抑」，此一「力」的呈現上趨於「對比」的方式，來統攝其後諸多意象。且其後第5層的「點——染——點」，以及第6層的「敲——擊——敲——擊」，在力的表現上皆顯的強烈許多；至於「虛寫」處則直到第8層後，方出現「正——反」、「揚——抑」等「力」表現較爲強烈的架構。此與一般認知中，「面對現實場景」，創作主體多利用理性溫和思考、面對虛幻場景多以感性激情思維」的觀點有著明顯的不同。以下再論第三大段：

第2層	第3層	第4層	第5層	第6層	第7層	第8層	第9層

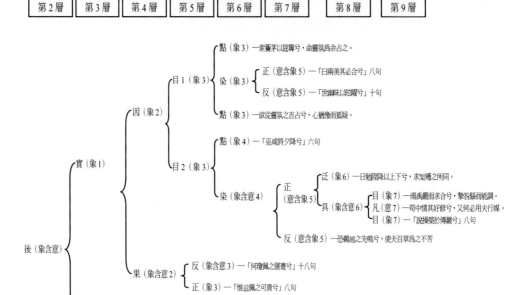

比起第一、二大段，第三大段的意象架構圖，顯得更爲清晰簡明。但在橫向的意象層級上，並不因此而減少，仍然是九個層級。這代表第三大段在題材的選擇上更爲集中。對照〈離騷〉，此一大段落旨在描寫屈原與「靈氛、巫咸」的對話，及其後出發的「遠逝」之旅。同樣以「實——虛」架構統攝其後的意象材料，本段的情緒變化不若前二大段，在經過現實衝擊與幻遊挫折後，屈原的理性成分增加，對於自身的未來更爲清楚明瞭。在「力」的表現上較爲強烈者，如「實寫」部分的第6層出現過「點——染——點」、第9層出現過「目——凡——目」的架構；至於「虛寫」部分，以「揚——抑」

架構作爲〈離騷〉全文的結尾，暗示著屈原最終一次情感的頓挫。

統計三大段落在意象架構時，所運用的章法結構，可以整理如下的情形：

	第一大段	第二大段	第三大段
第2層	先中後		
第3層	因果	實虛	實虛
第4層	先後、因果	抑揚	因果、點染
第5層	凡目、因果、點染	點染、因果	正反、抑揚
第6層	抑揚、點染、泛具	敲擊、凡目、點染、因果	點染
第7層	抑揚、正反、凡目、因果、點染	正反、先後、凡目	正反
第8層	點染、因果、泛具	抑揚	泛具
第9層	正反	正反、抑揚	凡目
調和	15	10	7
對比	4	5	3

由上表可發現，無論是第一大段，或是二、三大段，普遍運用屬於「調和」性質的章法，如「因果」、「先後」、「凡目」、「點染」、「泛具」、「實虛」與「敲擊」；而屬於「對比」性質者，則僅有「正反」與「抑揚」，且集中出現在第二大段。另在「調和」類的章法架構中，以「因果」架構最常見，達到七次之多；而「對比」類者，則以「抑揚」爲主。如此的架構傾向，提示出三點意義，可作爲〈離騷〉意象架構的特點：

首先，〈離騷〉作爲屈原長篇自傳詩作，表達的情意以「怨」爲主，然無論是各大段落，或是「正文」全部，在意象架構的運用上，是以「調和」類佔多數，說明屈原之「怨」，並非狂放毫不節制的，是具備「溫柔平和」的特性在內。班固引淮南王劉安敘《離騷傳》：

> 以《國風》好色而不淫，《小雅》怨誹而不亂，若〈離騷〉者，可謂兼之。〔註36〕

此說乃是承認〈離騷〉具備《小雅》之「怨誹」，但不流於「淫亂」。由〈離騷〉意象的架構來看，更可以清楚地說明此種「怨誹不亂」的特質。

〔註36〕宋·洪興祖，《楚辭補注》，頁72。

其次，就最常取用的「因果」、「先後」、「凡目」、「點染」架構來看，〈離騷〉充分具備「自傳體裁」的幾項要求：（一）強調「情、理」與「景、事」描述上的發生順序。如「因果」與「先後」架構，皆重視「規律」，有助於釐清前因後果，與先後次序。這正是「自傳體」求清楚明確的寫作原則。（二）重視「演繹、分析」的能力。如「凡目」架構，以「目」來演繹分析，從而統整為「凡」；又「點染」架構，以「點」為敘述的引子，從而導引出其後的鋪陳，此皆需要「演繹、分析」能力的運用。此點亦是「自傳體」要求敘事完備的寫作原則。

最後，則是純就「意象架構」切入，〈離騷〉成功地做到：在豐富的「意象」素材基礎上，架構出富有「深度」與「廣度」的巨作。所謂「深度」，即是「意象架構」層級之深，達到「第9層」，表示屈原思維能力的多層次美感；而所謂「廣度」，則是「意象架構」方式的多樣，如有「凡目」架構，亦有「目凡目」的變化；「抑揚」架構，亦可以出現「揚抑揚抑」的變化；「點染」架構，亦可以出現「點染點」的改變。此皆說明一位偉大的文藝創作者，在掌握「意象」材料，與架構這些材料上，能夠達到「豐富」、「多樣」的美學效果。而〈離騷〉正是其中的代表作。

第六章 〈離騷〉意象的統合

　　所謂「意象」的統合，旨在探究文學作品的整體意象，故「主旨」與「綱領」乃成為分析的焦點。因為二者能貫串起所有個別意象，進而形成整體意象。劉勰於《文心雕龍》中道：

> 篇之彪炳，章無疵也；章之明靡，句無玷也；句之清英，字不妄也。
> 振本而末從，知一而萬畢矣。〔註1〕

此段敘述，可作為「意象統合」理論的基礎。劉勰認為，欲求「篇之彪炳」，則必須斟酌於「章」、「句」、「字」之「無疵」、「無玷」、「不妄」的要求上；以〈離騷〉觀之，意謂著欲求〈離騷〉全文之統合無碍，則必須要求意象在「架構」、「形成」與「表現」上，注重「謀篇」、「結段」、「鍊字」等要求。然劉勰文末又提醒：「振本而末從，知一而萬畢」，意謂除了注意「末」與「萬」等「章、句、字」，或是「架構、形成、表現」等外，尚需明白「本」與「一」，即「篇」，或說是「統合」的重要性。此一敘述說明劉勰已能注意到篇章「統合」的層面，也就是注意到「主旨」與「綱領」的面向。

　　這種對於「主旨」或「綱領」的重視，可以從「創作」、「鑑賞」兩個層面論述。陳滿銘認為：

> 由於「創作」乃由「意」而「象」，靠的是先天（先驗）自然而然的能力，這多半是不自覺的；而「批評」（按：即「鑑賞」）則由「象」而「意」，靠的是後天研究所推得的結果，用科學的方法分析作品，自覺地將先天（先驗）自然而然的能力予以確定。因此「創作」是先天能力的順向發揮、「批評」是後天研究的逆向（歸根）努力，兩

〔註1〕南朝梁・劉勰著，周振甫注，《文心雕龍注釋》，頁647。

者可說是互動而不能分割的。〔註2〕

換言之，在經過前述針對〈離騷〉之意象的「形成」、「架構」等討論後，必須從「統合」的角度回扣，以對〈離騷〉的意象組織有徹上徹下的理解。這種先由「象」而「意」的鑑賞，即是「多、二、一（○）」的螺旋結構。陳滿銘又解釋：

> 就辭章而言，這種「多、二、一（○）」螺旋結構，主要涉及「章法」。而所有的章法及其所形成之結構，都可由四大律加以統合，即「秩序」、「變化」、「聯貫」（局部）和「統一」（整體）。其中「秩序」、「變化」與「聯貫」三者，主要著重於個別材料（景與事）之布置，以梳理各種章法結構，重在分析思維；而「統一」則主要著眼於情、理或統合材料，凝成主旨或綱領，以貫穿全篇，重在綜合思維。〔註3〕

此處所言之「個別材料（景與事）之布置」，實是本文所論之「意象的形成」與「意象的架構」，而「情、理或統合材料，凝成主旨或綱領」，則是接下來所要談的「意象的統合」。故以下首論〈離騷〉的綱領與主旨，再論〈離騷〉意象統合所具有的美感特色。

第一節　〈離騷〉的主旨與綱領

所謂「綱領」，乃是「統貫材料的意脈」，且必有呈現的過程，意即文學創作之綱領，必定於文中留下痕跡，即所謂「軌」。仇小屏師認為，作品的綱領，即「軌」數的多寡，乃依據貫串材料的意脈數目多寡而分：

> 因為一軌就統領起一組意象，因此當篇章中出現三軌及三軌以上的綱領，這就表示所統領起來的個別意象較多，通常篇幅也會比較長。
> 〔註4〕

意即以〈離騷〉此一長篇巨構而言，其綱領必定不只一軌。至於綱領與主旨的關係為何？則可由仇小屏師對「雙軌式綱領」的定義得知：

〔註2〕陳滿銘，〈語文能力與辭章研究——以「多」、「二」、「一（○）」的螺旋結構作考察〉，收錄於陳滿銘，《辭章學十論》（臺北：里仁書局，2006年5月），頁24。

〔註3〕陳滿銘，〈層次邏輯系統論——以哲學與文學作對應考察〉，收錄於陳滿銘，《辭章學十論》，頁81～82。

〔註4〕仇小屏師，《篇章意象論——以古典詩詞為考察範圍》，頁337。

所謂雙軌式綱領，那是指辭章中材料分成兩大類在鋪陳，因此材料的意脈也就呈現兩軌在延展。因此與單軌式綱領比較起來，雙軌式綱領可以統領起比較豐富的材料；而且更重要的是：因為材料可以分成兩大類，而這兩大類的材料之所以可以會合在一首詩篇中，並且共同表現出主旨，那是因為這兩大類的材料彼此之間有某種聯繫，而且相輔相成。〔註5〕

換言之，對於「多軌式綱領」的作品，其「綱領」的組合，即可透視「主旨」所在。然「主旨」有「顯隱」之別，以〈離騷〉而言，「亂辭」處即可視為全文之結穴，意即「主旨」所在。故以下首先指出〈離騷〉主旨所在，再以此為出發點，說明貫穿全文之「意脈」，即「綱領」，以見兩者間相互呼應的關係。

一、〈離騷〉的主旨

　　誠如第五章所示，〈離騷〉一文可分為「正文」與「亂辭」兩個部分，而前者為「目」，後者為「凡」，此即說明〈離騷〉一文之亂辭，實是「一篇歸宿指要之所在」〔註6〕。也因此了解「亂辭」所言，可以得知屈原創作〈離騷〉最主要的用心。今錄「亂辭」之意象架構於後，以茲討論：

$$
\left\{
\begin{array}{l}
點（正文）—已矣哉 \\
染
\left\{
\begin{array}{l}
因
\left\{
\begin{array}{l}
目1（好脩）—國無人莫我知兮，又何懷乎故都？ \\
目2（美政）—既莫足與為美政兮
\end{array}
\right. \\
果—吾將從彭咸之所居。
\end{array}
\right.
\end{array}
\right.
$$

「亂辭」以「點——染」為架構。「點」乃發端語，可省略不論。重心在於「染」之架構；「染」以「因——果」呈現，「因」又分為「目1」與「目2」。「目1」謂：「國無人莫我知兮，又何懷乎故都？」王逸注曰：「屈原言已矣，我獨懷德不見用者，以楚國無有賢人知我忠信之故，自傷之詞。」（頁68）意謂屈原在楚，無賢能之士知曉其忠信美德；所謂「無有賢人」，意指涉「人才培育的失敗」，而「忠信美德」乃根基於「內美好脩」的自我肯定上。故此處已含攝綱領中的「內美好脩」與「人才培育」。

〔註5〕仇小屏師，《篇章意象論——以古典詩詞為考察範圍》，頁343。
〔註6〕清・汪瑗，《楚辭集解》，收入吳平、回達強主編，《楚辭文獻集成》第四冊，頁2902。

另「目 2」指出「莫足以爲美政」，則明確地指出「國政改革」之要求，由此則「內美好脩」與「美政理想」二綱領已相互呼應，構成〈離騷〉主旨的一部分；而就「果」而言，「吾將從彭咸之所居」，王逸釋之：「言時世之君無道，不足與共行美德、施善政者，故我將自沉汨淵，從彭咸而居處也。」（頁68）正說明屈原「九死未悔」，堅守善道的原則，亦符合綱領所示。故〈離騷〉一文之主旨，誠如陳怡良師所言：「遠逝既不忍，報國又無門，只有孤注一擲，即以死報國一途。詩人終在絕望中，再強調欲了結珍貴之生命，而跟隨彭咸所居。」〔註7〕由此可見〈離騷〉一文之「主旨」與「綱領」之關係，以及彼此涵攝的狀況。以下再論綱領。

二、〈離騷〉的綱領

對於〈離騷〉文字所要傳達的訊息，常人總謂難以理析。王邦采於《離騷彙訂‧自序》中明言：「最難讀者，莫如〈離騷〉一篇。」〔註8〕又林雲銘亦稱之「忽起忽伏，忽斷忽續」〔註9〕、劉熙載謂之「變幻瑰異，眩其重複」〔註10〕，似乎〈離騷〉全然無可尋之跡象。事實上，諸家雖稱〈離騷〉難讀，但亦領悟此中的奧妙。〈離騷〉一文的綱領，意即「意脈」，事實上可由「正文」之第一大段得知。就第五章論及〈離騷〉意象架構時，便可知曉〈離騷〉以「內美好脩」、「美政理想」，以及「九死未悔」之用心貫穿全文；換言之，此三者即是〈離騷〉全文之意脈，不只呈現於第一大段中，亦貫穿第二、第三大段。以下即解析之。

（一）綱領一：內美好脩

自〈離騷〉開首所言：「帝高陽之苗裔兮」至「恐美人之遲暮」止，乃是屈原自述生平之美善，以及脩能之必要。此一主題可統稱爲「內美好脩」，在其後的文字敘述中，亦不斷地出現。如就第一大段之中段，即可見「朝飲木蘭之墜露兮，夕餐秋菊之落英」之敘述，是對個人美善的再次提醒，又其後「擥木根以結茝兮，貫薜荔之落蕊。矯菌桂以紉蕙兮，索胡繩之纚纚。」則

〔註7〕陳怡良師，《屈騷審美與修辭》，頁 164。
〔註8〕清‧王邦采，《離騷彙訂》，收入吳平、回達強主編，《楚辭文獻集成》第十二冊，頁 8285。
〔註9〕清‧王邦采，《離騷彙訂》，收入吳平、回達強主編，《楚辭文獻集成》第十二冊，頁 8285。
〔註10〕清‧劉熙載，《藝概‧文概》，收錄於馬茂元總主編，楊金鼎分冊主編，《楚辭評論資料選》（臺北：長安出版社，1988 年 9 月），頁 339。

以眾多芳草、芳木爲己之「內美好脩」予以形象化；而第一大段之末，自「步余馬於蘭皋兮」以至於「余獨好脩以爲常」則是明白地點出「好脩」之必要，並歸結於「內美」之質。

再以第二大段爲例，女嬃責備屈原「好脩」一番「汝何博謇而好脩兮，紛獨有此姱節」的反詰，實是由「反面」襯托出屈原的「內美」；再者，其後第一次幻遊時，「駟玉虬以乘鷖兮」，以玉虬、鷖鳥爲坐騎，亦是凸出個人「美善」之質；其後叩帝閽不行，言「世溷濁而不分兮，好蔽美而嫉妒」之語，亦是間接襯托屈原自身之「美善」，亦兼及「好脩」之意。第二次幻遊亦然，折「瓊枝」以爲佩，以及「世溷濁而嫉賢兮，好蔽美而稱惡」的感悟，皆旨於個人「內美好脩」之上。

至於第三大段，在靈氛、巫咸之卜後，屈原回首過往，己身猶如「瓊佩之偃蹇」、「芳菲菲而難虧」、「芬至今猶未沬」等語，亦是強調個人「內美好脩」；而第三次幻遊遠征，以「瓊枝」爲飾、「瓊靡」爲粻、「飛龍」爲駕、「瑤象」爲車，並「鳳凰」伴隨、「西皇」之協助、「九歌」之奏等等，無不間接襯托出屈原個人的「內美好脩」。故由此而論，「內美好脩」確爲〈離騷〉一文之意脈，可作爲綱領之一。

（二）綱領二：美政理想

承第五章所示，〈離騷〉一文透露之「美政理想」，可分爲兩個部分：其一爲「國政改革」，與國君之支持與否有關；其二爲「人才培育」，與「黨人」之從中作梗有關。

就「國政改革」而言，此一意脈實是〈離騷〉全文最主要的題材。就第一大段而言，「彼堯舜之耿介兮，旣遵道而得路。何桀紂之猖披兮，夫唯捷徑以窘步」的對照，意在國君效法前賢之得道，莫圖捷徑而窘步；其後，「恐皇輿之敗績」、「荃不察余之中情」、「傷靈脩之數化」、「怨靈脩之浩蕩」等語，無不著意於國君之德，而放眼於國政之成敗上。至於第二大段中，接連列舉「啓」、「羿」、「浞」、「澆」、「夏桀」與「后辛」等亡國之君，以及「湯禹」、「周文王、武王」等興國之君，亦是聚焦於「國政改革」之上，期待國君能效法前人之作爲。第三大段中，則再度提及「湯禹」、「武丁」、「周文王」、「齊桓公」等賢君，其意亦明。

就「人才培育」而言，亦是〈離騷〉最常言及之題材。第一大段中，以「三后」之際乃「眾芳」、「申椒」、「菌桂」與「蕙茞」並起之時，其中便帶

有「培育人才」的意圖；其後又謂「滋蘭」、「樹蕙」、「留夷」、「揭車」、「杜衡」與「芳芷」等芳草、芳木，亦是以比興手法賦予「人才」形象面貌。第二大段中，則以「帝閽之拒」，以及三次「求女」之旅，暗示「志同道合」者的追尋有其困難，亦間接說明「黨人」勢力之大，以及「人才」之難得。第三大段中，則以「咎繇」、「伊尹」、「傅說」、「呂望」與「甯戚」等賢士，受到國君重用爲例，說明君臣遇合，「人才」的重要性不言可喻。其後屈原痛心「昔日之芳草」爲「今日之蕭艾」、「以蘭爲可恃」卻「無實而容長」、又「椒」、「樧」之干進務入，皆是說明「人才」在黨人影響之下，紛紛「萎絕」的不堪場面。

（三）綱領三：九死未悔

面對現實挫敗，又無可奈何之際，屈原除了重申「內美好脩」外，也強調「至死不悔」的堅毅告白。如第一大段中的「願依彭咸之遺則」、「寧溘死以流亡」、「雖體解吾猶未變」；以及第二大段中的「阽余身而危死兮，覽余初其猶未悔」、「懷朕情而不發兮，余焉能忍與此終古」，皆重申此一信念。此皆說明屈原早已抱著「寧死不改其貞」的心態，來面對最終的悲劇。

結合「主旨」與「綱領」，可以清楚地了解〈離騷〉行文之邏輯思考；若將此視爲「骨幹」，則第三章所論及之諸多意象，則是配合此「骨幹」的「筋肉」，〈離騷〉猶如人體，繁複中有著秩序，而秩序乃因「主旨」與「綱領」的確立。以下討論其美感效果。

第二節　〈離騷〉意象統合的美感

克萊夫・貝爾於《藝術》中說道：

> 藝術品中的每一個形式，都得有審美的意味，而且每一個形式也都得成爲一個意味的整體的一個組成部分，因爲，按照一般情況，把各個部分結合成爲一個整體的價值，要比各部分相加之和的價值大得多。〔註11〕

此說透露出「一個意味的整體」的價值，是遠大於「各個部分」的價值。雖然此論對象在於「藝術作品」，如繪畫、雕刻等，但運用於文學創作上亦是如

〔註11〕英國・Clive Bell（克萊夫・貝爾）著，薛華譯，《藝術》（南京：江蘇教育出版社，2005 年 5 月），頁 155。

此，而配合「多、二、一（○）」螺旋結構理論，更可以體現此一美學觀點的
正確性。本文由「意象的形成」，論及「意象的架構」，從而談到「移位與轉
位」、「原型與變型」、「秩序與變化」，以及「對比與調和」等現象，此即標示
出「多、二、一（○）」中的「多」（「移位與轉位」、「原型與變型」、「秩序與
變化」），亦標示出「二」（「對比與調和」），意即「剛」、「柔」，或說是「陰」、
「陽」之間的二元對待，最終達至「一（○）」，即「主旨、綱領」，以及「韻
律」。在這一系列的螺旋理論中，「意象」的統合注意於「一（○）」之上，意
即「主旨、綱領」與「韻律」的呈現，藉此來表示〈離騷〉意象統合的美感。
故以下首論「主旨與綱領」之美感，再論〈離騷〉全文之韻律美。

一、主旨與綱領之美

　　承前所論，「意象統合」所關注的焦點之一，在於「主旨」與「綱領」。「綱
領」統攝起眾多材料，形成意脈，猶如串起諸多珍珠之「鍊繩」；而「主旨」
猶如珍珠項鍊的用意，即以「裝飾」為目的。落實到〈離騷〉全文，以三條
意脈──內美好脩、美政理想、至死無悔的用心統攝起各自紛繁的「意象材
料」；更進一步彼此相互組合，以凸顯〈離騷〉主旨：在美政理想終究不行之
下，唯有秉持內美好脩之德，追隨前賢腳步，至死無悔。

　　事實上，〈離騷〉意象的統合美學，即表現在上述對「主旨」與「綱領」
的探討之中，即所謂「繁多的統一」。陳望道從「形式原理」的角度討論此一
美學問題：

> 所謂形式原理，即是繁多的統一。……我們覺得美的對象，最好一
> 面有著鮮明的統一，同時構成它的要素又是異常的繁多。卻又不是
> 甚麼統一，與否定了統一的繁多相並列，而是統一即現在繁多的要
> 素之中的。如此，則所謂有機的統一就成立。能夠「統一為繁多的
> 統一，而繁多又為統一的分化」。既沒有統一的流弊的單調板滯，也
> 沒有繁多的流弊的厭煩與雜亂。所以古來所公認的形式原理，就是
> 所謂繁多的統一，或譯為多樣的統一，亦稱變化的統一。〔註12〕

此處所言之「鮮明的統一」，即是「主旨與綱領」；而「構成的要素」即是各
種意象材料，這些材料不但在形成上各有各的特色，而且彼此架構的方式亦
不同，故謂之「異常的繁多」。而美感即產生於此，乍看之下，各種意象材料

〔註12〕陳望道，《美學概論》，頁77～78。

似無關聯、邏輯可尋；然細細品味，又可發現這些似無關聯的意象材料，是統攝於不同的「意脈」線索之下，「意脈」乃「綱領」，不同的「綱領」又組合形成「主旨」。審美感受於焉成形，此即「繁多的統一」。

落實於〈離騷〉，則一方面讀者欣賞其中意象的紛繁多樣美，又領受各種架構意象的手法，若僅以此「繁多」的一面爲欣賞對象，忽略〈離騷〉意象的統合，則或有如林雲銘所謂「無首無尾，無端無緒，將千古奇忠，所爲日月爭光奇文，謬加千層霧障，幻成迷陣」〔註13〕的困擾；然若由「統一」處著手，掌握「主旨」與「綱領」，則前此之「幻成迷陣」，轉瞬間「綱舉目張」，紛然羅列於眼前，而不覺亂無章法。然由「繁多」處入手易，由「統一」處入手難；故林雲銘指出，唯有「尋出頭緒，分出段落」〔註14〕，方能理解〈離騷〉用心之所在，而所謂「頭緒」與「段落」，指的即是「主旨（綱領）」，以及「意象架構」二者。

事實上，若以「多、二、一（○）」螺旋理論，來理解〈離騷〉意象上之「繁多的統一」，將更爲明晰：

（一）「多」

指涉「意象的形成」，包括意象如何分類：如「人物意象」、「器用服飾意象」以及「自然意象」，又或者是「神話人物」、「神話器用」、「神話自然」意象等等；以及此諸多意象如何對應：如「實、虛對應」、「一象多意」、「一意多象」等；而「意象的架構」亦屬之：如「正文」與「亂辭」的「目──凡」架構，以及「正文」之下的三大段落「先──中──後」，及其下複雜的分意象架構。

（二）「二」

所謂「二」，乃是〈離騷〉主要成分的「陽、陰」趨向，或說「剛、柔」趨向；由於〈離騷〉的主要成分（即「正文」）實是「三致志焉」（司馬遷語），故針對「正文」內的三大段落，在「剛、柔」趨向上的分析，將可以解析出「剛中帶柔」，或是「柔中帶剛」，更可能是「剛柔並濟」的趨向。〔註15〕而不論何種，此「剛」、「柔」的相生相成，即是「二」的展現。

〔註13〕清・林雲銘，《楚辭燈・序》，收入吳平、回達強主編，《楚辭文獻集成》第十一冊，頁7346。

〔註14〕清・林雲銘，《楚辭燈》，收入吳平、回達強主編，《楚辭文獻集成》第十一冊，頁7409。

〔註15〕關於螺旋結構的「二」，其詳細討論將於本論文末，討論〈離騷〉的風格美時，一併分析。

（三）「一」

所謂「一」，則是〈離騷〉之「主旨」與「綱領」。「綱領」有三：內美好脩、美政理想、至死不悔；「主旨」則結合三綱領，表現屈原在「內美好脩」、「美政理想」皆不行於世的情形下，仍表現出「至死不悔」的強烈意願。

上述由「多」而「一」的審美過程，體現的正是由「秩序、變化」（多）、「聯貫」（二）而「統一」（一）的審美效果，即「多樣的統一」；反言之，若由「一」而「多」，即「統一」（一）、「聯貫」（二），直至「秩序、變化」（多），亦凸顯「統一的多樣」。審美享受即在這「多樣的統一」與「統一的多樣」中達成。

二、〈離騷〉的風格之美

前述「多、二、一（○）」螺旋結構，與本論文對〈離騷〉意象的諸多方面的討論，加以搭配、解釋，清楚地呈現本論文由〈離騷〉之「多」，到〈離騷〉之「二」與「一」的詮釋過程。然對於螺旋結構中的「○」，則尚未明指。事實上，「○」的原理，若運用於文學作品如〈離騷〉者，則指涉的是作品的「風格」，此即以下所欲討論者。

所謂「風格」，或說是「作風」、「風貌」、「格調」，無論何種稱呼，風格作爲「各種特點的綜合表現」是無庸置疑的。這種表現存在於多種現象，如有建築風格、雕塑風格、音樂風格、服裝設計風格、藝術風格與文學風格等等。〔註 16〕傳統上論及「文學風格」，以曹丕之〈典論論文〉，以及劉勰《文心雕龍》爲專論之始，而其中所論，乃是作家風格、作品風格或辭章風格；以作品風格爲例，多僅就整體爲對象探析，較少分爲內容與形式而論；也因此，從文法、修辭和章法等角度度來推究者，更爲少見，或可說是付之闕如。〔註 17〕本單元處理〈離騷〉風格之美，所運用的理論基礎，乃是第二章中，所曾論及之「章法架構的移位與轉位」；而討論對象，則以第五章所解析之〈離騷〉意象架構爲主。

「移位」與「轉位」，落實於章法單元（如「正」與「反」、「因」與「果」等）上，單元間的互動可歸納出「原型」與「變型」兩種不同的情況。以「正反」章法爲例，依章法單元的「移位」與「轉位」來看，可以形成「原

〔註 16〕黎運漢，《漢語風格學》（廣州：廣東教育出版社，2000 年 2 月），頁 3。
〔註 17〕陳滿銘，〈論辭章風格中剛柔成分之量化〉，收入《辭章學十論》，頁 428～429。

型」——即順向的「正——反」架構；以及「變型」——即含有逆向的「反
——正」架構、順逆向的「正——反——正」與「反——正——反」等架
構。伴隨此一現象而來的「力」，也因「原型」與「變型」的表現，有著多
樣的變化；而「力」的表現，則牽涉到「對比」與「調和」兩種美感的呈
現；由此可更進一步地聯繫到「剛」、「柔」風格的表現。以下，即先行介
紹種種由「移位與轉位」所衍生而來的重要理論，如「力」與「剛柔」的
觀念，以及「剛柔」如何量化等問題；其次，便以上述理論，針對〈離騷〉
「正文」各大段落進行分析，以得出其「剛、柔」趨向；最終，則指出此
一「剛、柔」趨向的變化，具備「激越與冷凝」之美，以及心緒上的「希
望與絕望」歷程。

（一）理論介紹

1. 力

如第二章所論，「力」的展現可由章法單元的「移位」與「轉位」現象得
知：所謂移位，就是經由聯想或想像，以合乎秩序的方式連結起意象；而轉
位，則是經由聯想或想像，以富於變化的方式聯結意象。如「由今至昔」與
「由昔至今」兩種架構，是以合乎秩序的方式連結「今」與「昔」章法單元；
而「今——昔——今」與「昔——今——昔」或更為變化的「今——昔——
今——昔……」與「昔——今——昔——今……」等皆是以富於變化的方式
聯結。然而，「力」的展現所要傳達的意義究竟為何？從自然界來看，王秀雄
認為：

> 自然界所常看到的視覺動勢，乃是物理的力量所作運動、膨脹、收
> 縮，或者動植物在營其生長過程中，所遺留下來的痕跡。……海洋
> 每遇到狂風暴雨時，所造成之怒濤，其力動性之曲線，乃是狂風與
> 地球引力互相作用之結果。海灘上富有節奏感之沙波，亦是海波來
> 回反覆地掃掃所造成之外貌。……其成長過程及物理運動（生命力
> 與動勢），會栩栩如生地感動我們。〔註18〕

王氏以視覺為基礎，藉大海的波動為例，說明波濤往覆所形成的「力動性曲
線」，即「力」的展現，對於人類而言，是有著「生命力」與「動勢」，可以
感動、觸發人類的美感知覺。而章法架構所形成的「力」，亦是建立在章法單

〔註18〕王秀雄，《美術心理學》（臺北：三信出版社，1975 年 8 月），頁 315。

元的往覆，即「運動」的形態，其形態即是「移位」與「轉位」。順此，又可分類出「原型」架構的「順向移位」（如先今後昔），以及「變型」架構的「逆向移位」（如先昔後今）、「順、逆向之轉位」（如今昔今、昔今昔）。藉由章法單元以不同方式的聯結，展現多樣且豐富的架構，則可以形成「秩序」與「變化」、「對比」與「調和」的美感效應。更重要的是：

> 這些美感都不是各自獨立的，而是在同一篇作品中起著交互的作用，渾融成一個整體。〔註19〕

正因爲章法單元的架構有著「力」的展現，再加上章法架構彼此之間又可以形成不同的「力」，則層層推進，最終影響、形塑篇章所具有的「力」，從而「渾融成一個整體」，此即本章所欲討論之重心。然而，在進行討論前，尚有一點需要注意，即這些「力」的展現、以及「秩序──變化」、「對比──調和」等美感，最終將以何種面貌表現？亦即這些現象最終可導致何種「美學觀點」？在此，則提出「剛」、「柔」的美學觀以回應。

2. 剛、柔

「剛」、「柔」的美學觀點是由章法架構的「對比」、「調和」而來。「對比」與「調和」是造成美感的基本元素，然面對架構龐大如〈離騷〉者，如何解析「對比」與「調和」是有其難度的。誠然，在章法架構的安排下，已可以掌握其中的奧妙，然不可否認的是，篇章所牽涉到的「對比」與「調和」十分複雜。以人類的認知發展來看，對不同內容的辯證判斷，其正確率由高至低，依次是「主要與次要」方面的正確率最高、接著爲「內因與外因」方面、「現象與本質」方面，以及「部分與整體」方面；最終，亦即判斷率最低者，乃是「對立與統一」的內容判斷。〔註20〕

之所以有如此的認知困難，在於「對比」與「統一」會產生「張力」。仇小屏師表示：「文學作品中所呈現的各種現象，都爲了表現某一個主題（這主題通常稱之爲情意或主旨），並因而產生出『張力』。」〔註21〕依楊匡漢所言，則稱之爲「張力結構」，此一結構的呈現，傳達創作者內在情緒力。〔註22〕此種「張力」或「張力結構」，可以「剛」、「柔」來表現：

〔註19〕仇小屏師，《篇章意象結構論──以古典詩詞爲考察範圍》，頁399～400。
〔註20〕王耘、葉忠根、林崇德，《小學生心理學》（臺北：五南圖書公司，1998年10月），頁168。
〔註21〕仇小屏師，《篇章意象論──以古典詩詞爲考察範圍》，頁418。
〔註22〕楊匡漢，《詩學心裁》（西安：陝西人民出版社，1995年7月），頁225。

剛柔在藝術領域中，最重要的意義在於它成為兩大美學風格的代名
詞。這就是陽剛之美與陰柔之美。〔註23〕

此一美學觀的哲學源頭，可追溯至《易傳》中，《說卦》謂：

昔者聖人之作易也，將以順性命之理。是以立天之道，曰陰與陽；
立地之道，曰柔與剛；立人之道，曰仁與義。兼三才而兩之。〔註24〕

於此，《易傳》以「天地人」三才，搭配「陰陽」、「柔剛」、「仁義」，即從哲
學角度將「柔」與「陰」、「仁」；「剛」與「陽」、「義」相提並論，賦予美學
思考的空間。這種思考到了清代的姚鼐，在其〈覆魯絜非書〉中有著更清楚
的詮釋：

文者，天地之精英，而陰陽剛柔之發也。……得於陽與剛之美者，
則其文如霆，如電，如長風之出谷，如崇山峻崖，如決大川，如奔
騏驥；其光也，如杲日，如火，如金鏐鐵；其於人也，如馮高視遠，
如君而朝萬眾，如鼓萬勇士而戰之。其得於陰與柔之美者，則其文
如升初日，如清風，如雲，如霞，如煙，如幽林曲澗，如淪，如漾，
如珠玉之輝，如鴻鵠之鳴而入廖廓；其於人也，漻乎其如嘆，邈乎
其如有思，暖乎其如喜，愀乎其如悲。

姚鼐將文章風格分為「陽剛」和「陰柔」，並且用了相應的許多具體形容，「陽
剛」者取霆、電之「疾」，取長風之「迅」，取山崖之「高」，取大川之「壯」；
而「陰柔」者取初日之「溫和」，取清風之「徐」，取雲霞之「潤」等等，確
實形象化地表現了「剛」、「柔」之間的不同，以及其中的美感。然就如仇小
屏所言：「陽剛」、「陰柔」的分法，只是從章法（結構）的觀點出發，來作一
個大略的分類，並不是說某種作品在章法（結構）上呈現某種型態，就是「純
陽剛」或是「純陰柔」；因為這還牽涉到各種型態的相互搭配，以及形式內容
的相互適應等等問題。〔註25〕換言之，面對〈離騷〉意象架構的表現，應理
解到由「力」的展現到「剛柔」風格的確立，需由各層級的章法單元、架構
一一整理、推進，而非僅由文字內容的表述來斷定。而要做到這一點，尚必
須處理「剛柔」風格量化的問題。

〔註23〕陳望衡，《中國古典美學史》（長沙：湖南教育出版社，1998年8月），頁184。
〔註24〕魏・王弼、晉・韓康伯注，唐・孔穎達疏，《周易正義》，收入清・阮元，《重
刊宋本十三經注疏附校勘記》第一冊，頁183。
〔註25〕仇小屏師，《篇章意象論——以古典詩詞為考察範圍》，頁422。

3.「剛柔」之量化

雖然「剛」、「柔」的美學觀，主要是以「篇章」爲討論對象。但事實上，章法單元即其架構方式，亦可發掘出「剛」、「柔」的特色；如同前述引用《易傳・說卦》，陰陽剛柔充斥於「天地人」間，既然「篇章」可以「剛柔」視之，則「章法單元」以及其架構，當然可以「剛柔」對待。

而就「章法單元」本身之陰陽、剛柔來看，由於所有章法，無論是調和性或對比性的，都以「一陰一陽」對待而形成，所以每一章法本身即自成陰陽、剛柔。大抵而論，屬於本、先、靜、低、內、小、近等，屬於「陰」、「柔」；屬於末、後、動、高、外、大、遠等，爲「陽」爲「剛」。如此以「陰陽」或「剛柔」來看，所有以「陰陽二元」爲基礎而形成的章（篇）法，皆可辨別它們的陰陽或剛柔。〔註26〕如「本末」架構，以「本」爲陰爲柔、「末」爲陽爲剛；「虛實」架構，以「虛」爲陰爲柔、「實」爲陽爲剛；「賓主」架構，以「主」爲陰爲柔、「賓」爲陽爲剛；「正反」架構，以「正」爲陰爲柔、「反」爲陽爲剛；「因果」架構，以「因」爲陰爲柔、「果」爲陽爲剛；「先後」架構，以「先」爲陰爲柔、「後」爲陽爲剛；「凡目」架構，以「凡」爲陰爲柔、「目」爲陽爲剛；「抑揚」架構，以「抑」爲陰爲柔、「揚」爲陽爲剛；「點染」架構，以「點」爲陰爲柔、「染」爲陽爲剛；「泛具」架構，以「泛」爲陰爲柔、「具」爲陽爲剛；「敲擊」架構，以「敲」爲陰爲柔、「擊」爲陽爲剛。

再者，「章法」架構本身亦有「調和」與「對比」之差異，亦有「陰柔」與「陽剛」的不同。如就已知數十種章法而言，除「正反」、「抑揚」、「立破」、「詳略」等較容易形成「對比」外，多數章法，如「先後」、「因果」、「虛實」、「凡目」、「泛具」、「點染」等則容易形成「調和」。若再考量前述所論，章法單元在「移位」與「轉位」時，呈現之「順向移位與轉位」、「逆向轉位」等「力」的變化，亦能帶出「剛柔」效果來看，則可根據以下幾項條件，約略推算出一篇作品，其「剛柔」成分的比例，亦即「剛柔」的量化。陳滿銘認爲條件如下：〔註27〕

（一）除判別「章法單元」之陰陽外，以起始者取「力」之數爲「1」（倍）、終末者取「力」之數爲「2」（倍）。

〔註26〕陳滿銘，〈論辭章格中剛柔成分之量化〉，收入《辭章學十論》，頁430。

〔註27〕以下所列之五點原則，用詞上稍加調整，以符合本論文之要求。詳見陳滿銘，〈論辭風格中剛柔成分之變化〉，收入《辭章學十論》，頁433。

（二）將「章法架構」方式，屬於「調和」者取「力」數為「1」（倍）、「對比」者取「力」之數為「2」（倍）。

（三）將（按：章法單元之運動）「順向移位」取「力」之數為「1」（倍）、「逆向移位」取「力」之數為「2」（倍）、「順、逆向之轉位」取「力」之數為「3」（倍）；而「順、逆向之轉位」中，轉向「陽」者取「力」之數為「1」（倍）、轉向「陰」者取「力」之數為「2」（倍）。

（四）將處於章法架構中，居於「層級數字最大者」，取「力」之數為「1」（倍），並依「層級數字」之遞減，而取「力」之數依次為「2」、「3」（倍）……。

接著即以上述四點為基礎，以第五章所分析之各大段章法架構為對象，逐一解析出各大段在「力」的量化結果，最終呈現〈離騷〉風格之「剛柔」比例。

（二）〈離騷〉意象架構中「力」的展現

承前述，無論是「力」的探討，亦或「對比與調和」的觀點，最終目的乃是揭示作品主旨所呈現的美感；若以「多、二、一（○）」螺旋理論來看，所謂「主旨所呈現的美感」，即是「○」所代表的意義。這種美感可以用或是「剛」、「柔」來表達。〔註 28〕但作品並非「純剛」或「純柔」，其間必定有著不同的「節奏」存在。在造型藝術中，「節奏」的觀念中有所謂「複雜節奏」：

> 複雜節奏的特點是：要麼是節奏的矛盾對比內容多樣豐富，如對稱的蝴蝶；要麼是節奏的重複延續過程變化多樣，如清明上河圖長卷；要麼是節奏的矛盾對比內容和延續過程形式均複雜多樣，如米開朗基羅的繪畫「最後的審判」等等。〔註29〕

既然複雜結構如此紛雜，則必須掌握其中的「主節奏」：

> 凡稍微複雜一點的節奏必分主節奏與次節奏。如果無主節奏，就會

〔註28〕此處「○」之「剛」、「柔」，與前述說明「主旨與綱領之美」時，以螺旋理論之「二」者，有所不同。前述螺旋理論之「二」，乃由「主結構」，即〈離騷〉「正文」之第一大段為代表；然此處「主旨與綱領之美」所論之「剛」、「柔」，除了「主結構」外，亦須討論第二、三大段。

〔註29〕王菊生，《造型藝術原理》，頁 232。

發生節奏的混亂和模糊不清的毛病。造型藝術形象一般由多種形象
與各種形象要素構成，各種形象和形象要素都可能形成各自的節
奏，如不經過組織，互相間的干擾就會使各自形成的節奏互相抵消，
不能引起節奏感受。造型藝術必須著眼於主要結構關係和主要形象
所塑造的主節奏，就如音樂裡的主旋律一樣，以此爲主節奏分層次
地安排各種次節奏。〔註30〕

對照文學作品，這種「複雜節奏」、「主次節奏」的觀點，適足以運用在〈離
騷〉作品的分析上。〈離騷〉就章法架構而言，確實呈現「複雜」、「多樣」的
特點；而若要釐清其中的「力」、「剛柔」等美感，必須找出「主、次節奏」。
依陳滿銘所言：

主、次之區分，則是取決於「主要的情意（亦即主旨）」，與主要情
意相關密切者，是「主結構」，與主要情意的關係不是非常密切者，
爲「次結構」。〔註31〕

就〈離騷〉文本來看，主要情意乃歸結於「美政理想的失落」。而全文「三致
志焉」（《史記・屈原賈生列傳》語），除「亂辭」外，在「正文」中，三大段
落的安排，實際上皆由「第一大段」的述懷所引申而來，故第一大段可視爲
「主節奏」的典型；然討論〈離騷〉風格之美，需要更爲全面的分析，故以
下乃就「正文」中三大段落爲對象，解析〈離騷〉在「力」與「剛柔」上的
呈現，配合「主旨」與「綱領」，以形塑全文風格的過程。

1. 第一大段

爲求精準地聚焦於「章法架構」上，以下將簡化第五章中，對〈離騷〉「正
文」之各大段落所作的意象架構表，並略去原文，僅留下「章法單元」架構。
如此將更方便進行「力」的探析。首先是第一大段之架構：

〔註30〕 王菊生，《造型藝術原理》，頁234～244。
〔註31〕 陳滿銘，《章法學綜論》（臺北：萬卷樓圖書公司，2004年6月）頁338～341。
之所以取決於「主要的情意」，乃因爲「移位」、「轉位」的不同，所造成的章
法現象有趨於「秩序」或趨於「變化」的差別，因而或偏於「陰柔」，或偏於
「陽剛」；而且因爲統整起來的材料有別，所以「聯貫」有偏向於「對比」者，
也有偏向於「調和」者，前者趨於「陰柔」，後者趨於「陽剛」，前述這些複
雜的因素就造成了「繁多」，但是它們都是向主要情意（主旨）匯歸，這就是
「統一」。

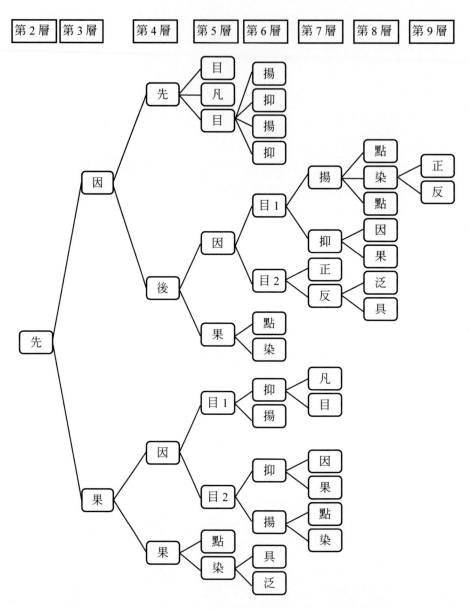

依照前述之「剛柔之量化」之規則，首先必須由「層級數字大」者處理。則「第9層」僅有「正反」架構，「正」屬「陰」、「反」屬「陽」；而「正」取數「1」、「反」取數「2」。又，「正反」架構乃是趨向「對比」，故「正」、「反」之取數各自乘以「2」。再者，「正反」乃是「順向移位」，故再各自乘以「1」。且因爲「正反」架構居於「層級數字最大」者，故再各自乘以「1」。如此，則「第9層」之「正反」架構，其「陰──陽」取數的總和爲「陰2──陽4」。

再論「第 8 層」。此層級有「點染點」、「因果」、「泛具」三種架構；「點染點」中，「點」屬於「陰」、「染」屬於「陽」，故「點──染──點」之取數爲「1～2～1」。其次，「點染點」架構乃趨向「調和」，故各個取數再乘以「1」。而後，「點染點」乃「順、逆向轉位」，故各個取數再乘以「3」；且由於「點染點」之轉位，最終轉向「點」，即「陰」者，故各個取數再乘以「2」。最後，因此一架構位於「第8層」，較「第9層」高一級，故各個取數可再乘以「2」。如此，則「第 8 層」之「點染點」架構，其「陰──陽」取數的總和爲「陰 24──陽 24」。

以上述方式爲例，再論「第 8 層」之「因果」、「泛具」架構，則其「陰──陽」取數的總和各自爲「陰 2──陽 4」、「陰 2──陽 4」。則總計「第 8 層」中，「點染點」、「因果」與「泛具」之「陰陽」取數和爲「陰 28──陽 32」。

而「第 7 層」計有「揚抑」、「正反」、「凡目」、「因果」與「點染」五種架構，其「陰──陽」取數，依照前述之規則計算，分別是「陰 24──陽 12」、「陰 6──陽 12」、「陰 3──陽 6」、「陰 3──陽 6」與「陰 3──陽 6」。則「第 7 層」之「陰陽」取數和爲「陰 39──陽 42」。

同理，「第 6 層」計有「揚抑揚抑」、「目 1 目 2」、「點染」、「抑揚」與「具泛」等架構。除開「目 1 目 2」乃是並列結構，「陰──陽」取數上並不需分辨，餘者如「揚抑揚抑」架構之取數爲「陰 64──陽 32」、「點染」架構之取數爲「陰 4──陽 8」、「抑揚」架構有二，故合計取數爲「陰 16──陽 32」、「具泛」架構之取數爲「陰 16──陽 8」。合計「第 6 層」之「陰陽」取數爲「陰 100──陽 80」。

「第 5 層」有「目凡目」、「因果」、「目 1 目 2」、「點染」等架構。同理，「目 1 目 2」乃是並列結構，不予計算；餘者如「目凡目」架構之「陰──陽」取數爲「陰 30──陽 30」、「因果」架構之取數爲「陰 5──陽 10」、「點染」架構之取數爲「陰 5──陽 10」。計「第 5 層」之「陰陽」取數爲「陰 40──陽 50」。

而「第 4 層」僅有「先後」、「因果」兩架構。其「陰──陽」取數分別是「陰 6──陽 12」、「陰 6──陽 12」，總計爲「陰 12──陽 24」。同理，「第 3 層」僅是「因果」，「陰──陽」取數乃是「陰 7──陽 14」。

綜合〈離騷〉之「正文」第一大段，在「陰陽」定量的分析，則可以下

表呈現：

第2層	第3層	第4層	第5層	第6層	第7層	第8層	第9層
陰 228 陽 246	陰 7 陽 14	陰 12 陽 24	陰 40 陽 50	陰 100 陽 80	陰 39 陽 42	陰 28 陽 32	陰 2 陽 4

由此可知，〈離騷〉之「正文」第一大段，作為「主節奏」的典型，在「陰——陽」，即「柔——剛」的定量分析上，是「剛」略多於「柔」，故可謂之「剛中帶柔」的風格。此結果一方面可作為螺旋結構中，「二」所代表的「剛柔」趨向外；更說明〈離騷〉之「正文」，第一大段的整體風格乃是「剛中帶柔」。以下亦討論「正文」第二、三大段。

2. 第二大段

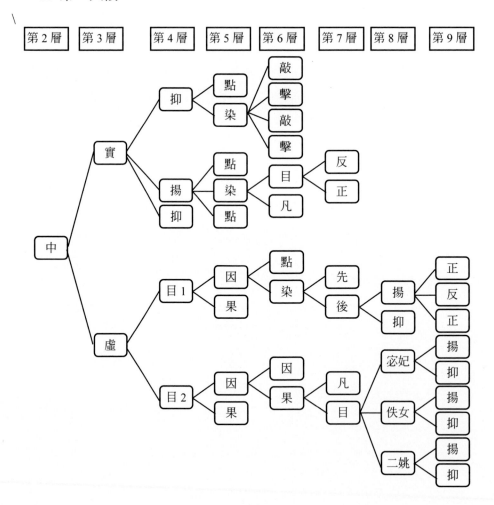

　　首先就「第 9 層」來看，計有「正反正」架構一組、「揚抑」架構三組，其「陰──陽」之取數，依前述規則計算，則分別是「陰 24──陽 24」、「陰 8──陽 4」、「陰 8──陽 4」、「陰 8──陽 4」。則第二大段之「第 9 層」意象架構之「陰陽」取數和為「陰 48──陽 36」。

　　其次，「第 8 層」計有「揚抑」架構一組，與「宓妃、佚女、二姚」並列者，由於並列視同「目 1──目 2──目 3」之關係，故「陰──陽」取數上並無差異，將不予計算。也因此僅就「揚抑」架構來看，其「陰陽」取數和為「陰 16──陽 8」。

　　至於「第 7 層」，有「反正」、「先後」、「凡目」三架構，其「陰陽」取數分別是「陰 24──陽 12」、「陰 3──陽 6」、「陰 3──陽 6」。故總計「陰──陽」取數為「陰 30──陽 30」。

　　「第 6 層」則有「敲擊」二組、「目凡」、「點染」與「因果」架構，其「陰陽」取數分別是「陰 8──陽 16」二組、「陰 16──陽 8」、「陰 4──陽 8」、「陰 4──陽 8」。則總計「第 6 層」之「陰──陽」取數總和為「陰 40──陽 56」。

　　回到「第 5 層」，計有「點染」、「點染點」架構，以及「因果」架構二組，其「陰陽」取數分別是「陰 5──陽 10」、「陰 60──陽 60」，以及「陰 5──陽 10」共二組。則「第 5 層」之「陰──陽」取數和為「陰 70──陽 80」。

　　至「第 4 層」，有「抑揚抑」架構與「目 1 目 2」並列架構，除去後者不論，則「第 4 層」之「陰──陽」取數和為「陰 144──陽 144」。來到最後的「第 3 層」，僅有「實虛」架構。則其「陰──陽」取數和乃是「陰 28──陽 14」。

　　綜合〈離騷〉之「正文」第二大段，在「陰陽」定量的分析，有以下的表現：

第 2 層	第 3 層	第 4 層	第 5 層	第 6 層	第 7 層	第 8 層	第 9 層
陰 376 陽 368	陰 28 陽 14	陰 144 陽 144	陰 70 陽 80	陰 40 陽 56	陰 30 陽 30	陰 16 陽 8	陰 48 陽 36

　　由此表可知，〈離騷〉之「正文」第二大段，在「柔──剛」的定量分析上，可以說是「並濟」的局面，兩者相差甚微，無法以「柔中帶剛」為結論，

故第二大段的風格應是「剛柔並濟」。以下再論第三大段。

3. 第三大段

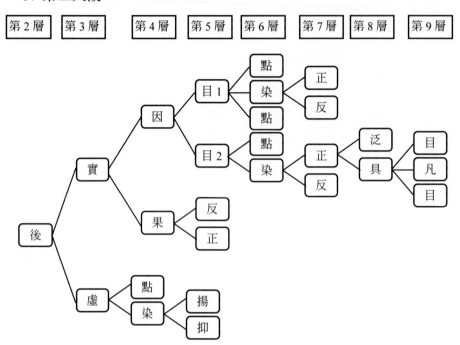

就第三大段的「第9層」來看，「目凡目」的架構，在「陰──陽」取數上應是「陰 12──陽 12」。而「第 8 層」的「泛具」架構，應是「陰 2──陽 4」。至於「第 7 層」的二組「正反」架構，其「陰──陽」取數應為「陰 12──陽 24」。「第 6 層」的「點染點」與「點染」架構，取數分別為「陰 48──陽 48」、「陰 4──陽 8」，故其取數和為「陰 52──陽 56」。至於「第 5 層」，除去「目 1 目 2」的並列架構不論，餘者「反正」、「揚抑」架構，在「陰──陽」取數上，各是「陰 40──陽 20」與「陰 40──陽 20」，故「第 5 層」之取數總和為「陰 80──陽 40」。

而「第 4 層」有「因果」、「點染」架構，其取數各為「陰 6──陽 12」、「陰 6──陽 12」，因此「第 4 層」取數和為「陰 12──陽 24」。最後「第 3 層」僅有「實虛」架構，其取數為「陰 28──陽 14」。綜合〈離騷〉之「正文」第三大段，其「陰陽」定量分析應如下表：

第 2 層	第 3 層	第 4 層	第 5 層	第 6 層	第 7 層	第 8 層	第 9 層
陰 198	陰 28	陰 12	陰 80	陰 52	陰 12	陰 2	陰 12

陽 174	陽 14	陽 24	陽 40	陽 56	陽 24	陽 4	陽 12

由此表得知，〈離騷〉「正文」的第三大段，在「柔——剛」的定量分析上，是明顯地呈現「柔中帶剛」的風格。

結合對三大段落的定量分析，發現佔〈離騷〉最主要的「正文」部分具有以下幾點特色：（一）就取數的總和大小來看，第二大段乃是「正文」風格成形的「核心」。意即討論〈離騷〉全文的風格，必須以第二大段為主，第一、三大段為輔。（二）從取數的總和大小來看，亦可知屈原情緒的「激越」與「冷凝」，即「剛柔」變化的波動幅度，以第二大段最為明顯，其次為第一大段，而第三大段則最為平穩。（三）由三大段落的「剛柔」分析，可以知道屈原的情感，是從一開始的「希望」，到發覺理想與現實衝突的「失望」，至最終領悟現實殘酷的「絕望」。

上述第一點，可視為前述說明〈離騷〉意象，與「多、二、一（〇）」螺旋結構中的「二」的補充說明；意即要了解〈離騷〉的「剛、柔」趨向，可視「核心」段落的第二大段為主要的參考。至於上述第二、三點，則將於以下對「〈離騷〉之風格特色」一節中說明。

（三）〈離騷〉之風格特色

1.「剛與柔」變化下的「激越與冷凝」

倘若結合〈離騷〉之「意象內容」與「力度變化」來看，我們可以發現整篇〈離騷〉，在意象架構上是以第二大段為核心，在「激越」與「冷凝」所形成的張力之下，不斷地往覆；而同時，屈原的情感亦不斷地隨之擺盪。

而「激越」作為「力」展現的描述用詞，指的是章法單元不斷地處於「轉位」、「變型」，或者是「對立」等架構，在「力」的呈現上持續累積、蓄勢，終於到達最為緊繃的高點而言。而這段蓄勢的過程，或許時有和緩的態勢，但並不妨礙這逐漸強烈的趨勢。與「激越」相反，「冷凝」作為「力」展現的用語，乃是指涉章法單元不斷處於「移位」、「原型」，或者「調和」的架構，「力」的呈現上持續處於弱化、遞減，終而達到鬆弛的低點。這段遞減的過程中，時或有所激昂，但並不妨礙這逐漸弱化的趨勢。若以「剛」、「柔」的觀點來看，則「激越」屬於「剛之極致」，「冷凝」屬於「柔之極致」。

雖說〈離騷〉「正文」的第二大段，乃是得知全文「剛柔」趨向的主要參考對象。然若要確立〈離騷〉全文的「風格」表現，則必須更仔細地，以〈離

騷〉「正文」中的三大段落爲對象，逐一解析出其「剛柔」的變化，以及其間具有的「激越」與「冷凝」等特點。

（1）第一大段

以〈離騷〉第一大段而言（即「先——因」部分），開場乃是屈原就個人天生「內美與好脩」加強敘述。此一階段的「力」，呈現的即是「蓄勢」初期，在言及「內美」之時，氣氛尚且平穩，畢竟對自身美好優良的血統傳承，是根植於理性的認知，在情緒上尙縱有昂揚，但並失於濫情。而隨之而來的「脩能」之說，則稍微多了些起伏，「抑揚抑揚」的往覆，屈原心境隱約動盪，尤其在「恐年歲之不吾興」與「恐美人之遲暮」的自我告白下，更爲明顯。對照章法架構，以「凡」爲核心，前此之「目」（「帝高陽之苗裔兮」等八句）娓娓道來，不急不徐；後此之「目」（「扈江離與辟芷兮」等十句）則不安的情緒漫延。

其後，屈原回首「美政」理想的施現與挫敗。這階段則的「力」，呈現較複雜的往覆與起伏，越發往「激越」的方向累積。承接前此之「來吾道夫先路」的自信，屈原引列歷代得道與失道之君主，表明個人爲國爲家之用心。此刻在「力」的呈現上是昂揚向上的，情感是高亢的，「豈余身之憚殃兮」等四句表現出作者基於天生優良的條件，相信必能輔佐君王，引領楚國走向康莊大道，此處乃是第一個「激越」高點，「力」的展現達到最大化。但隨即陡落，「荃不察余之中情兮」等十二句，表現屈原對改革失敗的痛心；但衰落是爲了再起，緊接著屈原回憶起「人才培育」的用心，此刻情緒又漸昂揚，展現的「力」又持續強化，至「冀枝葉之峻茂兮，願竢時乎吾將刈」達到最高點，這是第二個「激越」高點。然與前此相同，隨即屈原想起黨人的破壞，人才不能自持的悲哀，展現的「力」又呈衰落。

前述可視爲〈離騷〉第一大段的「激越」部分；以下隨即進入「冷凝」的描寫（即「先——果」部分）。

屈原檢視過往，試圖自我療傷，首先發出「長太息以掩涕兮，哀民生之多艱」的喟嘆，「力」的展現瞬間下落至「冷凝」低點：一「長」字、「掩」字、「哀」字，無不表現屈原傷心至極的無奈與痛苦。緊接著，屈原訴說這難堪的經過，「余雖好脩姱以鞿羈兮」等四句，「力」的展現又呈現平穩之勢，但了無生氣。直到「雖九死其猶未悔」句，「力」又隨即「昂揚」。然不久，屈原檢視原兇，好不容易稍微昂揚的力度，又隨即衰落：一方面屈原怨恨「懷

王」；另一方面則責怪「黨人」之誤國，在「因果」架構下，此時「力」的展現又趨於平穩，在悲傷的氛圍中訴說個人與家國的不幸。緊接著，屈原再度昂揚，自我惕勵，發出「寧溘死以流亡兮，余不忍為此態也」的疾呼，並以「鷙鳥不羣」的告白，強調絕不因此一挫敗而屈從世俗。接著屈原以平穩的語氣，描述將「回車復路」，此刻「力」的展現又趨向昂揚，直到「豈余心之可懲」而止。

若將上述「力」的變化以圖表呈現，則可以發現：兩次「激越」的高點，與兩次「冷凝」的低點，所形成的曲線變化，正是〈離騷〉之所以吸引讀者的原因：

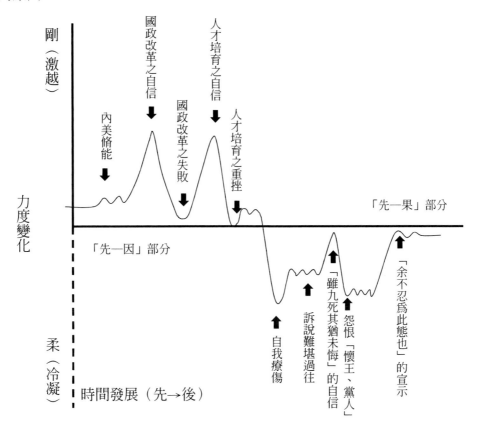

表中的「縱軸」代表「力度」的高低，意即「激越」與「冷凝」，乃是「剛」的兩種極致表現，處其平衡者，則是「柔」的表現；而「橫軸」代表敘述的「時間發展」；而「曲線」則是〈離騷〉第一大段的「力度的變化」。圖中明

顯可見兩個「激越的高點」，以及兩個「冷凝的低點」；分別是「國政改革之自信」與「人才培育之自信」，以及「自我療傷」與「怨恨懷王、黨人」。就曲線本身而言，這種忽高忽低的所產生的「變化」，正是〈離騷〉意象架構的美感來源，亦是吸引讀者的地方。陳望道說：

> 人類心理卻都愛好富於變化的刺激，大抵喚取意識須變化，保持意識的覺醒狀態也是需要變化的。若刺激過於齊一無變化，意識對它便將有了滯鈍、停息的傾向。在意識的這一根本性質上，反覆的形式實有顯然的弱點。反覆到底不外是同一（縱非嚴格的同一，也是異常的近似）狀態之齊一地刺激著我們的事。反覆過度，意識對於本刺激也便逐漸滯鈍停息起來，移向那有變化有起伏的別一刺激去的趨勢。〔註32〕

從心理學的角度來看，「力度」的起伏不定，正是創生美感的重要關鍵。而兩次「激越」之高點、低點，更是　引、激發讀者，想像解事件發展的可能。此謂之「最富於孕育性的頃刻」。所謂「頃刻」，乃是指涉動作發展至頂點的前一瞬間，即包含過去、亦暗示未來，是以能令觀賞者具有「最大想像之空間」。〔註33〕此種運用於繪畫、雕刻的美學觀點，亦可運用於文學創作。換言之，在〈離騷〉的第一大段，讀者除感受到「力度」的起伏所帶來的變化美感外，亦於兩次「激越」與兩次「冷凝」之處，獲得「最富孕育性或最大情意量」〔註34〕的審美感受，促使讀者跟隨屈原的自述，設想高（低）點後的發展為何？是　喪、痛苦，抑或自勵、奮發？此種審美情緒的變化與創作主體同時激昂、低迴，並從而得到美感享受。這正是〈離騷〉在意象架構上，最為特殊之「力」的展現。

　　而對照前述對〈離騷〉「正文」第一大段的定量分析來看，其「剛中帶柔」的風格亦可由此一曲線確認：在「先──因」部分，由「內美脩能」到「人才培育的重挫」階段，情緒不斷地在翻騰、起伏，然無論是多強烈的變化，終究處於「剛」的風格中；其後在「先──果」處，由「自我療傷」到「怨恨懷王、黨人」階段，情緒顯得低沉，雖然亦是時而亢奮、時而消沉，但終究處於「柔」的風格中。而關鍵處在最末尾，言及「不忍為此態」處，情感再度昂揚，雖然「力」的變化尚不足以視為「剛」，但不中亦不遠矣。由「正

〔註32〕歐陽周、顧建華、宋凡聖，《美學概論》，頁63～64。
〔註33〕編輯部譯，《西方美學名著引論》（臺北：木鐸出版社，1990年9月），頁94。
〔註34〕仇小屏師，《篇章意象論──以古典詩詞為考察範圍》，頁394。

文」第一大段末尾處的轉折來看，在「力」的趨向上是種暗示，暗示朝著「剛」
的方向發展。此正可說明何以〈離騷〉「正文」第一大段的風格，乃是「剛中
帶柔」，而非「剛柔並濟」，或是「柔中帶剛」。

（2）第二大段

第二大段基本上可分爲「實」、「虛」兩個部分，前者始於「女嬃責備」，
中經「重華陳辭」，最終明瞭「時不我予」的現實，進而生發出後者之「幻遊」；
後者則分爲「叩帝閽」之不行，與三次「求女」的求索。

首先就「實」部分來看，在「力」的展現上，明顯地呈現「抑——揚—
—抑」的轉折。「抑」之由來，實是女嬃之責備。女嬃作爲至親，卻無法明白
屈原的理想，反而要求屈原「抑心屈志」；在「眾人皆醉」之際，不妨「
」， 狂度日實非屈原所願。從親人的口中說出，對屈原而言，不啻於一
次打擊。承接第一大段之末，「力」的趨向本有逐漸昂揚的可能，但經女嬃一
席勸勉，情緒又顯低沉。但經過第一大段的沉潛、深思，屈原似乎明白衝擊
是不可避免的，故隨即「求古之意」，向歷史中尋求安慰，遂開啓向「重華陳
辭」的期待心情；此刻在「力」的表現上，從低沉轉向高昂，屈原似有意將
胸中塊壘一洩而出。但這段趨向「剛」的力度，並非完全沒有起伏的，因屈
原在訴說過程中，以「反——正」的角度，批判自古以來的君主：「啓」、「羿」、
「浞」、「澆」、「桀」、「紂」的殘暴，使屈原痛心；而「湯、禹」、「周文王、
武王」的用心，又鼓舞著屈原。故最終再次肯定自我價值，並進一步地宣示，
寧可玉碎，不可瓦全，苟活於是非不分、道之不行的世界。至此，「力」的展
現維持在昂揚的狀態下。然遷客騷人敏感的心靈，又籠罩在痛苦中：「道之不
行」畢竟不是屈原所要的，「哀朕時之不當」的壓力又襲 而來，力度在上急
轉直下，到達「冷凝」的極點：「攬茹蕙以掩涕兮，霑余襟之浪浪」，在淚水
中，屈原的精神脫離了現實，進入「虛幻」的神祕世界。

其後「虛」的部分，始於「叩帝閽」而終於「求女」的失敗。淚水澆不
息屈原的鬥志，在精神世界中，他彷彿化身爲馳騁天、人二界的神人「溘埃
風余上征」。此際在「力」的展現上，又脫離「實」之末段那「淚眼婆 」的
低沉樣貌，展現了詩人勇敢追求的決心與毅力。時間總是與屈原爲帝，在天
界中，屈原不時注意到「日忽忽其將暮」的窘迫，甚至爲此而「拂日」。總算
在最短的時間內，屈原到達天帝住所的大門，這段旅程雖然承受極大的壓力，
但也可以看出屈原指揮若定的堅毅神態，充滿了浪漫幻想的元素，在「力」

的展現上是「昂揚」、「激越」的。然雄健的氣勢在「帝閽」的刻意阻　下中
挫，屈原方明白：天上與人間一樣，皆有著「好蔽美而嫉妒」的奸佞小人，
在破壞屈原的理想。

　　求見天帝受阻，在頃刻間，屈原似乎不知如何是好，在低落的情緒趨使
下，又望見「高丘之無女」，情調更為底沉。而天無絕人之理，更何況在精神
世界中的屈原，並非平凡人物。因此「求女」之旅遂行，只是三次的追求，
皆以「昂揚」自信的情調出發，「低沉」落漠的失望結束。在此「力」的展現
變化，在不斷的波動起伏中隨著時間前進。終於，屈原放棄了這段求索，發
出「焉能忍與此終古」的呼告！

　　若將上述「力」的變化以圖表呈現，則可以描繪如下的曲線：

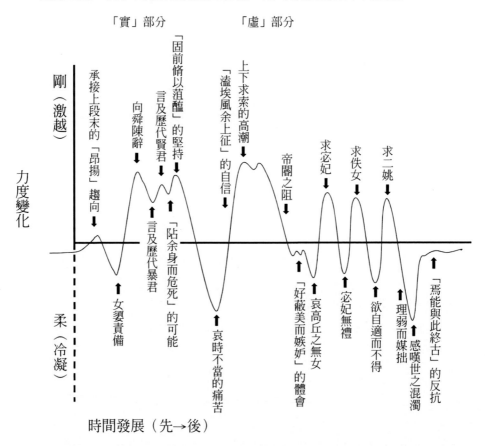

　　由此表來看，第二大段在「力」的展現上，出現更多次的轉折，幾乎是
一場景一變化，上下往復，將情緒的「剛柔」凸顯地十分強烈。而各轉折的

極點，即「激越」與「冷凝」處，則　引出更多想像空間，讀者於此，不免有迷惘不知所以的感受；再加上屈原此段設計出「實」、「虛」的意象材料，讀者更覺「端緒難尋」（林銘雲語），迷失於屈原所築的情感迷宮中。

而對照〈離騷〉「正文」第二大段的定量分析來看，可以確定本大段確為「正文」中的「主結構」、「核心結構」，雖然「激越」與「冷凝」不斷往復出現，但事實上，兩者所產生的「剛」、「柔」力度，是足以相互抵消的。這就是屈原在撰寫〈離騷〉時的巧妙之處：縱使情感奔騰起伏不已，然終究歸於安定。讀者一方面享受到強烈的波動所帶來的情緒變化，但整體來說，這種起伏並不使人　動、不安，反而有著「怨而不怒」、「哀而不傷」的平衡效果。作為「主結構」而言，這種效果主導〈離騷〉全文的風格。

（3）第三大段

第三大段同樣可分為「實」、「虛」兩個部分。在經歷前兩個段落的　遭打擊後，屈原身心俱疲，遂前往問卜，以明瞭人生進路的方向。並展開〈離騷〉全文最壯闊的「遠逝」幻遊之旅。

首先就「實」而言，承前第二段的變化起伏，在情感的力度上，屈原顯得較為平和。但這種「平和」是處於低落的情感中，然其中亦有著些許的「正——反」起伏，只是不甚明顯。此處乃是「靈氛」為屈原解惑；而惑之未解，屈原仍究無法確定己志所向；故遂又尋訪「巫咸」。「巫咸」的回答與「靈氛」相類，但舉出更多古代聖君賢相遇合的例子，彷彿說中屈原內心所念，故在力度的表現上較為強烈。隨後，屈原回顧投身政壇以來，面對「黨人」的攻擊，以及「群芳」之變節，世事紛雜而是非不分，屈原對此的感受越趨強烈，終使他作出「周流觀乎上下」的決定。於此處，「力」的展現達到高峰，前此的種種思考，猶如蓄勢般地強化此一決心。

其後進入「虛」的部分。至此，「力」的展現發展至高點，並持續蓄勢，屈原運用豐富的想像力，鋪寫長達三十句的天上場面，涵蓋飲食、交通以及娛樂種種層面，「力」的發展在高亢中穩定維持著，屈原以「神高馳之邈邈」形容。然令人驚訝的是，至「正文」最末，屈原戲劇性地以「忽臨舊鄉」的驚鴻一瞥，竟使僕夫、車騎無法前行，紛紛「蜷局」而悲傷；從極熱情激昂的力度頂點，墜入無底的深淵。

若將上述「力」的變化以圖表呈現，則可以描繪如下的曲線：

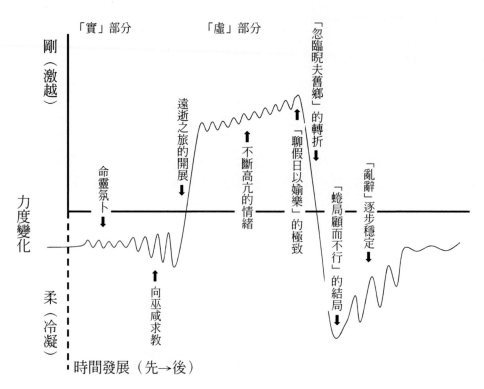

由此表來看，〈離騷〉「正文」第三大段，在「力」的展現上，多數是處於「柔」的力度變化裡，唯一不同的是「遠逝之旅」的階段，屈原馳騁於想像的世界中，與眾多神話人物、神話自然交流，型塑一位極富自信與才華的大人物。而令人激賞的兩次大規模的力度變化，即一前一後包　住「遠逝之旅」，使閱讀評賞上，有著驚人的情感享受。

2. 希望至絕望的心路歷程

前文曾論及，無論是「力」的展現，或是「剛」、「柔」的節奏變化，其意旨皆歸向於「主要情意」；換言之，這些變化的節奏，實是代表創作主體的「情意」變化。故從情意角度出發，在「正文」第一大段中，屈原是由發端的自信，走向「激越」的高點；再陡然落向「冷凝」的低點，再逐步回復。而此種情意的轉變，實是「希望」至「絕望」的心路歷程；在「正文」第二大段中，這種「希望」至「絕望」的歷程依然，但過程中有著更爲強烈的起伏、跌　，使第二大段成爲最具戲劇效果與張力的部分，足以視之爲〈離騷〉「正文」的主結構；至於第三大段，在「力」的變化，不若前二段，然高張的「遠逝之旅」，以及前後低沉的心情對照，同樣構成「希望」、「失望」與「絕

望」的歷程，成爲第三大段最精采之處。陳怡良師曾分析〈離騷〉所反映之「屈原生命歷程」，得出以下的結論：

> 〈離騷〉在結構上與詩人創作心緒上之最大特色，是迴環往復，三
> 大段正代表著屈原三次感情之大動盪，每段均以希望始，中經失望，
> 後經絕望終，自希冀再造盛世，完成美政理想之希望始，中經連連
> 挫折，使其愈感眾濁獨清，眾醉獨醒之悲痛，而生清白死直，溘死
> 流亡之念頭。續生幻覺，在幻境中，再生希望，上下求索，然而仍
> 因濁世蔽美稱惡，致求索成空，最後又生遠逝求合之希望，卻因時
> 俗變易，而失望……。〔註35〕

陳怡良師所謂「希望」、「失望」與「絕望」，以第一大段的「力度變化」圖表爲例：「希望」處，乃是屈原肯定自我內美與脩能之際，進而期許能夠發展「美政」理想；而「失望」的產生，即是屈原遭遇懷王疏遠，與黨人從中阻撓，從而生發喟嘆之際；而「絕望」者，乃是屈原回顧從頭，發現竟無容身之處，所能把握者，唯有不變的「內美」，然而縱使如此，亦無法拯救家國百姓於幽昧道路上。

事實上，這三個段落彼此間何嘗不是一種「希望」、「失望」與「絕望」的歷程？第一大段中，屈原初次領受現實的衝擊與壓迫，但基本上仍懷藏著「希望」，否則，何以迸發出其後的文字？再者，第二大段則可視爲「失望」，此處屈原再度面臨打擊，且激烈程度遠遠超過第一大段，試想，前此好不容易建立的信心，在此刻能不崩解、衰敗？更何況，當屈原 入「虛」世界中，企求解救之道時，卻仍舊不能擺脫現實的悲慘下場，如此說來，不稱第二大段爲「失望」之旅，又該如何解釋？而第三大段整體上，屈原是處於劣勢的，前兩個段落已帶給屈原太多的傷痕，他無能反擊，僅能藉想像力的昇華，在精神的虛幻世界，譜寫最爲精采，也最爲悲傷的終曲。如此說來，第三大段亦是「絕望」的代名詞。

太史公曾言：「其存君興國而欲反覆之，一篇之中，三致志焉。」〔註36〕這是對屈原在〈離騷〉中所表現之「忠君愛國」的心志，最大的贊美，也是最佳的詮釋。而就上述的分析來看，這「三致志」不只是單純的「重複」，而是一次比一次艱困，一次比一次低沉。

〔註35〕陳怡良師，《屈騷審美與修辭》，頁164。
〔註36〕日本‧瀧川龜太郎，《史記會注考證》，頁984。

第三節　〈離騷〉風格之綜合探討

　　由前此對〈離騷〉風格，以「意象統合」的角度切入，得到對於作品「剛柔」風格的比例，以及針對此一風格，而在「勢」方面的變化，以及此一變化與創作主體情感上的相應情況。然而，猶如本論文前言所論：研究方法與時俱進，伴隨而來的必定是研究視角的突破。然而，對於文學領域而言，研究視角的突破固然重要，但傳統理論的回顧不能偏廢；也因此，本節擬結合兩者，嘗試將前述之「模式探討」〔註37〕之成果，與傳統「直觀理論」〔註38〕作一比較，以「創新」證明「傳統」，亦以「傳統」肯定「創新」，達到兩者互證的目的。

　　回顧傳統文論對〈離騷〉文風的評價，以劉勰的說法最爲全面，後世許多評論乃由此而來：

> 故〈騷經〉〈九章〉，朗麗以哀志；……故能氣往轢古，辭來切今，
> 驚采絕豔，難與並能矣。〔註39〕

劉勰這段文字，全面地以文學欣賞的角度，評賞〈離騷〉所具有的文學特色，拈出「朗麗以哀志」的評價。所謂「朗麗」，乃是指「文辭運用」所形成的風格；而這種文辭風格，是用以陳述屈原之「哀志」。〔註40〕然而，何謂「朗麗」？

〔註37〕 此處所謂「模式探討」，即針對本章第二節所論及之「定量分析」。詳細的分析理論可參考陳滿銘，〈篇章風格論——以直觀表現與模式探討作對應考察〉，《中國學術年刊》第三十二期（春季號），2010 年 3 月。

〔註38〕 所謂「直觀表現」，乃是傳統文論所慣用的評論方式。而本論文所運用之「剛柔」說法，其正式使用乃出自清人姚鼐之〈復魯絜非書〉，但溯其源流，實可追尋至魏晉時期，曹丕之〈典論論文〉與劉勰之〈文心雕龍〉；由此開始，對於「風格」概念的探討，便成爲文論的主題。此後如南朝‧梁‧鍾嶸的《詩品》、唐‧司空圖的《二十四詩品》，以及宋人嚴羽的《滄浪詩話》等，其中所談的風格，就有與「剛」、「柔」相接近或類似者，直到明末清初的黃宗羲，其〈縮齋文集序〉中，實以「剛柔」觀念進行討論，但仍舊未標明。也因此，周振甫對於清人姚鼐明示「剛柔」風格，有如下的評斷：「姚鼐把各種不同風格的稱謂，作了高度的概括，概括爲陽剛、陰柔兩大類。像雄渾、勁健、豪放、壯麗等都歸入陽剛類；含蓄、委曲、淡雅、高遠、飄逸等都可歸入陰柔類。」因此，本論文之「剛柔」討論，實可與傳統文論相互接軌。詳見周振甫，《文學風格例話‧序》（上海：上海教育出版社，2005 年 5 月），頁 12。

〔註39〕 梁‧劉勰著，周振甫注，《文心雕龍注釋》，頁 64。

〔註40〕 陳怡良師云：「屈原之創作，乃運用『奇』與『華』之表現手法，即以華美豔麗之藝術形式，來抒寫其「哀志」、「傷情」。」詳見陳怡良師，《屈騷審美與修辭》，頁 90。

如何達成「驚采絕豔」的特點？此處卻未明言。再如《文心雕龍・時序》篇
又言：

> 屈平聯藻於日月，宋玉交彩於風雲。觀其豔説，則籠罩《雅》《頌》，
>
> 故知煒燁之奇意，出乎縱橫之詭俗也。〔註41〕

此處劉勰所言，應可作爲「朗麗以哀志」的註腳。所謂「朗麗」，乃關聯於「縱
橫之詭俗」，「縱橫」之言以雄壯爲佳，故劉勰以「聯藻於日月」來形容此種
「雄壯」的特點；換言之，〈離騷〉之文辭運用，所透露出的「朗麗」風格，
是偏向「陽剛」者，故劉勰又以「豔説」形容之。然而「陽剛」之言辭，所
要表達的卻是「哀志」，這就形成劉勰所謂「驚采絕豔」、「詭」、「奇」等種種
形容。畢竟「哀志」原偏於「陰柔」，但卻以「朗麗」之「陽剛」予以表現，
怎麼不奇、不詭呢？明人胡應麟於《詩藪・內編》中，提及屈原作品之特色：

> 屈原氏興，以瑰奇浩瀚之才，屬縱橫艱大之運，因牢騷愁怨之感，
>
> 著沉雄偉博之辭。上陳天道，下悉人情，中稽物理，旁引廣譬，具
>
> 綱兼維，文辭巨麗，體製宏深，興寄超遠，百代而下，才人學士，
>
> 追之莫逮，取之不窮，史謂爭光日月，詎不信夫。〔註42〕

胡氏以更爲全面的角度，包含時代背景、作家處境，以及作品文辭等角度，
予楚騷等更詳盡的評論。所謂「沉雄偉博」，同樣指出劉勰所點出的「奇」、「詭」
之處：「沉」者乃因「哀志」；「雄」者乃就「辭采」，而「偉博」則點出無論
「哀志」，抑或「辭采」，皆非淺薄之作，而有一定的深度。也因此，屈原作
品的風格可以「沉雄偉博」形容，在「剛柔」的分析上，就是「剛柔並陳」。

　　就前文所分析來看，〈離騷〉架構中的「目」，乃是全文重心所在，可分
爲三大段。今摘錄各段之「定量分析」於下：

層級 陰陽	第一大段	第二大段	第三大段	總合
陰	228	376	198	802
陽	246	368	174	788
陰／陽比例	48／52	51／49	53／47	50／50

〔註41〕梁・劉勰著，周振甫注，《文心雕龍注釋》，頁813。
〔註42〕周振甫，《文學風格例話》，頁81。

　　由上表得知，〈離騷〉一文在定量分析上，「陰」與「陽」的比例約略處於「50／50」之間；換言之，其文勢之「剛」、「柔」風格，呈現的乃是「剛柔並陳」的情況，確實可與「沉雄博偉」的說法可相互映證。

第七章　結　論

　　陳怡良師曾言：「〈離騷〉正如一棟美輪美奐之偉大建築，其間有波瀾起伏、紆曲迴環處，如同一有機之藝術生命體。」〔註1〕綜觀〈離騷〉意象統合的特色，不得不佩服屈原創作時的巧思：無論就意象的「形成」與「組織」，以及對「力」的經營、「剛柔」的安排，並創作主體的情感發展，皆體現屈原之作爲中國最偉大的浪漫主義詩人，所具備的心血、才識與智慧、學問。

　　劉勰於《文心雕龍‧辯騷》曾言：「自〈風〉、〈雅〉寢聲，莫或描緒，奇文鬱起，其〈離騷〉哉。」〔註2〕而宋人吳仁傑亦道：「〈離騷〉之文，多怪怪奇奇，亦非鑿空置辭，實本之《山經》。」〔註3〕〈離騷〉一文之「奇」，似是歷來鑑賞者所公認者；陳怡良師認爲：奇是奇異、奇特之意，亦是不平凡、非常而有高超傑出之意。以創作方式而言，代表一種特殊之表現手法。若針對詩文之內容而言，則是指偏離正統，不循常道，完全是獨闢蹊徑，自成一格，所謂「出奇制勝，自成高格」，古人或稱之爲「變」，今人則稱之爲「奇」。〔註4〕而就本論文「〈離騷〉意象論」來看，確實在以下幾點體現出這種「奇」之特點：（一）立意奇：〈離騷〉全文之中心主旨乃在表明心跡，即秉持天生內美，期許自我完成美政理想，九死不悔。然若走至此絕境，實非屈原所願。因此，表面上屈原創作〈離騷〉之動機，乃是「發憤抒情」，但誠如陳怡良師所言，這其中必定有意「諷諫」、「怨刺」〔註5〕，畢竟自身之死事小，國家之亡事大。倘楚王覺醒，救國家於危亡之際，此方爲坦途，方是創作〈離騷〉

〔註1〕陳怡良師，《離騷審美與修辭》，頁163。
〔註2〕梁‧劉勰著，周振甫注，《文心雕龍注釋》，頁63。
〔註3〕宋‧吳仁傑，《離騷草木疏‧跋》（臺北：商務印書館，1979年3月），頁47。
〔註4〕陳怡良師，《屈騷審美與修辭》，頁91。
〔註5〕陳怡良師，《屈騷審美與修辭》，頁94。

最積極的目的。（二）取材奇：〈離騷〉取材之廣、之多，不但包羅人事間可見之事物，亦跨越歷史，來往古今，將歷史中曾經存在之人、事，取為己用，若以改造，形成〈離騷〉獨特的意象手法，也啟迪後人。更甚者，屈原在兩千多年前，即生發「超現實」的幻遊歷程，採用眾多「虛意象」，將神話題材變造，隨意調動。（三）結構奇：〈離騷〉在意象組織上，亦體現「奇」之精神。陳怡良師評之為「迴環往復」，此非一般之「重複」可比擬；表面上是三個段落不斷地重複，然而實際上卻有著截然不同的組織手法，亦形成不同的美感效果。（四）風格奇：〈離騷〉以豔美之詞藻，述說沉鬱之哀志，在「剛柔」矛盾之中，迸發出諧調風格，予人奇異之感。故陳本禮曾言道：「其思若湧泉，筆若遊龍，又若蜃樓海市，倏起倏滅，不但自寫沉鬱，更可為數千年來，孤臣孽子，凡不得於其君者，痛洒性天血淚。」〔註6〕風格上的奇詭，凸顯屈原那至性至情的血淚，以及背後強烈的情感。

　　本論文以「廣義意象」學為基礎，就〈離騷〉一文中的「意象」，由「形成」到「架構」；再由「架構」到「統合」，層層論述，由小見大，將〈離騷〉一文中的「意象」材料，與屈原運用材料使的背景心理，作了全面的介紹與分析，而得出以下幾點結論。

　　第一，本論文釐清「意」與「象」之間的關聯。「意象」理論淵遠流長，然究竟「意」、「象」彼此間的互動，以及歷史脈絡要如何界定，成為本論文首要結決的目標。經過分析，可知「意」、「象」雖然代表著不同的理論，有其不同的學說定義，但從人類的神經醫學來看，所謂的「象」，乃恆常受到「意」的約束與干涉。故所謂全然客觀，無人為干涉的「象」是不可能存在的。所有的「象」皆經過人腦自覺，或不自覺的選擇、汰取。然而，對「意」與「象」的認識與了解，則是先「象」後「意」，人們藉由對「象」的逐漸重視，發掘出「意」的存在。故本論文解析〈離騷〉意象的形成時，乃順著此種歷史脈絡，先揭示「象」的內涵，再討論「意」。

　　第二，本論文詳細詮釋〈離騷〉取「象」的種類，以及其中「實虛對應」的特色。〈離騷〉對「象」的取擇與運用，自古以來即是文學評論者討論的對象。本論文以「實」與「虛」為分類標準，分別解析出各自所具有的「象」。就「實」象而言，屈原廣泛地採用古往今來、南北四方的「象」，並結合個人

〔註 6〕清・陳本禮箋注，《屈辭精義》（臺北：廣文書局，1971 年 12 月），卷一，頁1。

對此眾多「象」的知識，巧妙地構築出充滿「人物」、「器用」與「自然」的文學天地。「人物」包含古今君王、臣子；「器用」則擷取當時常見之器具、衣飾等，反映出二千多年前，中國進步的手工業技術；至於「自然」之「物」，則表現屈原對草木花朵的廣泛知識，單就「蘭」而言，即有「幽蘭」、「蘭草」、「木蘭」、「蘭皋」等分別。而無論是「人物」或「自然」，屈原在取象上皆注意到「正」、「反」對比的手法，「君王」有堯、舜，便有桀、紂與之對照；「臣子」有鯀、彭咸，便有浞、澆與之對比；至於「花草」，有「香木香草」，便有「惡草臭物」與之對映。

　　而就「虛」象的設計來看，此乃〈離騷〉特出的地方。「虛」象中可以如同「實」象具備「人物」、「器用宮室」與「自然」三大類別；而此三大類別除各自呈現「正」、「反」對映外，又可與「實」象彼此參照。從而了解屈原內心的各種渴求、哀樂。

　　第三，本論文就〈離騷〉取「意」之法，仔細介紹屈原在「理」與「情」的不同面貌。就「意象」學說而言，其「象」始終受到「意」的干涉與介入；而就〈離騷〉而言，其諸多「象」的材料，亦受到「意」的約束而沈取。對屈原來說，表現於〈離騷〉中的「意」，可分為「理」與「情」兩個方面。前者乃包含「天生美善」的自我肯定，以及「美政理想」的積極追求；後者則以「悲」、「哀」之情，並統合而成為「怨」的表現。然而對此「怨」情，屈原並不任其放肆奔流，而是能作到「哀而不怨」、「怨而不怒」的雅正層次。此外，就「象」與「意」而言，兩者的呼應亦是〈離騷〉的一大特點，故本論文擇取「天生美善」與「美政理想」兩意象群為例，說明屈原為凸顯此「意」，選取何種「象」來因應。

　　第四，本論文從「邏輯思維」的角度切入，剖析〈離騷〉的意象材料如何「組織」。得知作為屈原自傳體長篇詩歌，〈離騷〉可視為「正文」與「亂辭」兩大部分。前者又可析為「三大段落」，每一段落是情感發展的一個完整階段，三大段落即形成如太史公所謂「三致志焉」的三次情感發展。而用以傳達情感的「意象」材料，屈原普遍以帶有「調和」性質的邏輯思維架構起來，如「因果」、「泛具」、「點染」、「凡目」等架構方式，除暗示〈離騷〉整體之風格的趨向外，亦可證明屈原在〈離騷〉創作上，情感的表達不流於放肆的「怨而不怒」特點。

　　第五，從「意象統合」的角度出發，本論文完整揭示〈離騷〉一文的主

旨與綱領，以及〈離騷〉整體的風格，確立「剛柔並濟」實爲屈原創作〈離騷〉的最主要特點。其間論述「主旨」與「綱領」的關係，確立〈離騷〉確實是結構嚴謹、前後呼應的鴻篇巨製；此外，亦從「陰──陽」定量分析入手，確立〈離騷〉「柔──剛」風格的呈現，隨著不同的段落有不同的表現。其中，以「正文」之第二大段爲主體，引領〈離騷〉全文風格的走向，並且由「剛柔」的力度變化，標示出「激越與冷凝」的創作特色，並且依此來體會屈原在〈離騷〉文字的開展中，有著「希望」至「失望」，進而「絕望」的三種情感階段。最後，並就定量分析所得之結果，與傳統文論作一比較、應證，以結合創新與傳統，賦予〈離騷〉意象論更具深度的觀點。

主要參考書目

一、專書

(一) 楚辭類

1. 〔宋〕朱熹,《楚辭集注》,收入吳平,回達強主編,《楚辭文獻集成》(揚州:廣陵書社,2008 年 8 月)第四冊。

2. 〔宋〕朱熹,《楚辭辯證》,收入楊家駱主編,《中國學術名著·楚辭注六種》(臺北:世界書局,1978 年 3 月)

3. 〔宋〕吳仁傑,《離騷草木疏》(臺北:臺灣商務,1979 年)

4. 〔宋〕洪興祖,《楚辭補注》(臺北:臺灣學生書局,2004 年 1 月)

5. 〔明〕汪瑗,《楚辭集解》,收入吳平、回達強主編,《楚辭文獻集成》(揚州:廣陵書社,2008 年 8 月)第四冊。

6. 〔明〕汪瑗,《楚辭蒙引》,收入吳平、回達強主編,《楚辭文獻集成》(揚州:廣陵書社,2008 年 8 月)第二十六冊。

7. 〔明〕黃文煥,《楚辭聽直》,收入吳平,回達強主編,《楚辭文獻集成》(揚州:廣陵書社,2008 年 8 月)第七冊。

8. 〔清〕王夫之,《楚辭通釋》,收入吳平,回達強主編,《楚辭文獻集成》第十冊。

9. 〔清〕王邦采,《離騷彙訂》,收入吳平,回達強主編,《楚辭文獻集成》(揚州:廣陵書社,2008 年 8 月)第十二冊。

10. 〔清〕王樹柟,《離騷注》,收入吳平,回達強主編,《楚辭文獻集成》(揚州:廣陵書社,2008 年 8 月)第十七冊。

11. 〔清〕王闓運,《楚辭釋》,收入吳平,回達強主編,《楚辭文獻集成》(揚州:廣陵書社,2008 年 8 月)第十七冊。

12. 〔清〕朱冀,《離騷辯》,收入吳平,回達強主編,《楚辭文獻集成》(揚州:廣陵書社,2008 年 8 月)第十二冊。

13. 〔清〕朱駿聲，《楚辭賦補注》，收入吳平，回達強主編，《楚辭文獻集成》（揚州：廣陵書社，2008 年 8 月）第十六冊。

14. 〔清〕朱駿聲，《離騷賦》，收入吳平、回達強主編，《楚辭文獻集成》（揚州：廣陵書社，2008 年 8 月）第十六冊。

15. 〔清〕李陳玉，《楚辭箋注》，收入吳平，回達強主編，《楚辭文獻集成》（揚州：廣陵書社，2008 年 8 月）第八冊。

16. 〔清〕周拱辰，《離騷拾細》，收入吳平，回達強主編，《楚辭文獻集成》（揚州：廣陵書社，2008 年 8 月）第八冊。

17. 〔清〕林雲銘，《楚辭燈》，收入吳平、回達強主編，《楚辭文獻集成》（揚州：廣陵書社，2008 年 8 月）第十一冊。

18. 〔清〕俞樾，《讀楚辭》，收入吳平，回達強主編，《楚辭文獻集成》（揚州：廣陵書社，2008 年 8 月）第卅冊。

19. 〔清〕紀昀等，《集部・楚辭類》，《武英殿本四庫全書總目提要》（臺北：台灣商務，1983 年 10 月）

20. 〔清〕胡濬源，《楚辭新註求確》，收入吳平，回達強主編，《楚辭文獻集成》（揚州：廣陵書社，2008 年 8 月）第十七冊。

21. 〔清〕陳本禮，《屈辭精義》，收入吳平、回達強主編，《楚辭文獻集成》（揚州：廣陵書社，2008 年 8 月）第十五冊。

22. 〔清〕陳遠新，《屈子說志》，收入文清閣編，《楚辭要籍選刊》（北京：北京燕山出版社，2008 年 10 月）第 10 冊。

23. 〔清〕蔣驥，《山帶閣注楚辭》（臺北：宏業書局，1972 年 11 月）

24. 〔清〕魯筆，《楚辭達》，收入吳平，回達強主編，《楚辭文獻集成》（揚州：廣陵書社，2008 年 8 月）第十冊。

25. 〔清〕錢杲之，《離騷集傳》，收入吳平，回達強主編，《楚辭文獻集成》（揚州：廣陵書社，2008 年 8 月）第四冊。

26. 〔清〕錢澄之，《屈詁》，收入吳平，回達強主編，《楚辭文獻集成》（揚州：廣陵書社，2008 年 8 月）第九冊。

27. 〔清〕戴震，《屈原賦注初稿》，收入吳平、回達強主編，《楚辭文獻集成》（揚州：廣陵書社，2008 年 8 月）第十四冊。

28. 于省吾，《澤螺居楚辭新證》（北京：中華書局，2003 年 4 月）

29. 王泗原，《楚辭校釋》（北京：人民教育出版社，1996 年 4 月）

30. 何劍勳，《楚辭新詁》（成都：巴蜀書社出版發行，1994 年 11 月）

31. 周秉高，《楚辭原物》（呼和浩特：內蒙古大學出版社，2009 年 9 月）

32. 姜亮夫，《屈原賦校註》（臺北：華正書局，1974 年 7 月）

33. 姜亮夫，《楚辭書目五種・總目》（臺北：明倫出版社，1971 年）

34. 姜亮夫，《楚辭通故》，收入《姜亮夫全集》（昆明：雲南人民出版社，2002年10月）

35. 姜亮夫，《楚辭學論文集》，收入《姜亮夫全集》（昆明：雲南人民出版社，2002年10月）第八冊。

36. 馬茂元，《楚辭選》（北京：人民文學出版社，1980年4月）

37. 馬茂元總主編，楊金鼎分冊主編，《楚辭評論資料選》。

38. 張崇琛，《楚辭文化探微》（北京：新華出版社，1993年12月）

39. 郭沫若，《屈原研究》（成都：群益出版社，1942年5月）

40. 陳怡良，《屈原文學論集》（臺北：文津出版社，2002年9月）

41. 陳怡良，《屈騷審美與修辭》（臺北：國立編譯館，2008年10月）

42. 游國恩，《離騷纂義》（臺北：新文豐出版公司，1982年3月）

43. 湯炳正，《屈賦新探》（臺北：貫雅文化，1991年2月）

44. 廖棟樑，《倫理‧歷史‧藝術：古代楚辭學的建構》（臺北：里仁書局，2008年9月）

45. 趙逵夫，《屈原與他的時代》（北京：人民文學出版社，1996年8月）

46. 趙逵夫，《屈騷探幽》（成都：巴蜀書社，2004年4月）

47. 劉永濟，《屈賦音注詳解》（臺北：崧高書社股份有限公司，1985年5月）

48. 蔣天樞，《楚辭校釋》（上海：上海古籍出版社，1989年11月）

49. 蕭兵，《楚辭新探》（天津：天津古籍出版社，1988年12月）

50. 蕭兵，《楚辭與美學》（臺北：文津出版社，2000年1月）

51. 譚家斌，《屈原問題綜論》（長沙：湖北人民出版社，2006年5月）

52. 蘇雪林，《楚騷新註》（臺北：合記圖書出版社，1995年1月）

（二）意象（章法）、美學教育類

1. 仇小屏，《篇章意象論——以古典詩詞爲考察範圍》（臺北：萬卷樓圖書公司，2006年10月）

2. 王立，《中國古代文學十大主題——原型與流變》（臺北：文史哲出版社，1994年7月）

3. 王立，《心靈的圖景——文學意象的主題史研究》（上海：學林出版社，1999年2月）

4. 王秀雄，《美術心理學》（臺北：三信出版社，1975年8月）

5. 王長俊，《詩歌意象學》（合肥：安徽文藝出版社，2000年8月）

6. 王耘、葉忠根、林崇德，《小學生心理學》（臺北：五南圖書公司，1998年10月）

7. 王菊生，《造型藝術原理》（哈爾濱：黑龍江美術出版社，2000 年 3 月）

8. 朱光潛、宗白華等著，《中國古代美學藝術論》（臺北：木鐸出版社，1985 年 9 月）

9. 吳功正，《中國文學美學》（南京：江蘇教育出版社，2001 年 9 月）

10. 吳曉，《意象符號與情感空間——詩學新解》（北京：中國社會科學出版社，1993 年 4 月）

11. 吳曉，《詩歌與人生——意象符與情感空間》（臺北：書林出版，1995 年 3 月）

12. 李元洛，《詩美學》（臺北：東大圖書公司，2007 年 7 月）

13. 李湘，《詩經名物意象探析》（臺北：萬卷樓圖書公司，1999 年 7 月）

14. 杜書瀛，《文藝創作美學綱要》（遼寧：遼寧人民出版社，1987 年 8 月）

15. 汪裕雄，《意象探源》（合肥：安徽教育出版社，1996 年 4 月）

16. 周元，《小學語文教育學》（上海：華東師範大學出版社，1992 年 10 月）

17. 胡有清，《文藝學論綱》（南京：南京大學出版社，1992 年 4 月）

18. 凌欣欣，《初唐詩歌中季節之研究》（臺北：文津出版社，1997 年 7 月）

19. 夏放，《美學：苦惱的追求》（福州：海峽文藝出版社，1988 年 5 月）

20. 張紅雨，《寫作美學》（高雄：麗文文化事業公司，1996 年 10 月）

21. 清・顧龍振，《詩學指南》（臺北：廣文書局，1973 年）

22. 莊嚴、章鑄，《中國詩歌美學史》（長春：吉林大學出版社，1994 年 10 月）

23. 陳望道，《美學概論》（臺北：文鏡文化公司，1984 年 12 月）

24. 陳望衡，《中國古典美學史》（長沙，湖南教育，1998 年 8 初版）

25. 陳植鍔，《詩歌意象論》（秦皇島：中國社會科學出版社，1990 年 8 月）

26. 陳滿銘，《章法學新裁》（臺北：萬卷樓圖書公司，2001 年 1 月）

27. 陳滿銘，《章法學綜論》（臺北：萬卷樓圖書公司，2006 年 11 月）

28. 陳滿銘，《意象學廣論》（臺北：萬卷樓圖書公司，2006 年 11 月）

29. 陳滿銘，《辭章學十論》（臺北：里仁書局，2006 年 5 月）

30. 陳銘，《說詩：中國古典詩詞美學三味》（臺北：未來書城公司，2004 年 2 月）

31. 陳慶輝，《中國詩學》（臺北：文史哲出版社，1994 年 12 月）

32. 彭聃齡，《普通心理學》（北京：北京師範大學出版社，2001 年 5 月）

33. 程兆熊，《美學與美化》（臺北：明文書局，1987 年 10 月）

34. 童慶炳，《中國古代心理詩學與美學》（臺北：萬卷樓圖書公司，1994 年 8 月）

35. 黃永武，《中國詩學——設計篇》（臺北：巨流圖書公司，1999 年 9 月）

36. 黃慶萱，《修辭學》（臺北：三民書局，2002 年 10 月）

37. 楊匡漢，《詩學心裁》（西安：陝西人民出版社，1995 年 7 月）

38. 楊辛、甘霖，《美學原理新編》（北京：北京大學出版社，1997 年 5 月）

39. 楊春時，《藝術符號與解釋》（北京：人民文學出版社，1989 年 12 月）

40. 劉兆吉主編，《文藝心理學綱要》（重慶：西南師範大學出版社，1992 年 7 月）

41. 劉雪春，《實用漢語邏輯》（合肥，安徽教育出版社，2003 年 9 月）

42. 編輯部譯，《西方美學名著引論》（臺北：木鐸出版社，1990 年 9 月）

43. 鄭廉明、陳淑英編輯，《美學百題》（臺北：丹青圖書出版，1987 年）

44. 英國·Clive Bell（克萊夫·貝爾）著，薛華譯，《藝術》（南京：江蘇教育出版社，2005 年 5 月）

（三）其他類

1. 〔周〕呂不韋撰，清·畢沅校正，《呂氏春秋》，收入《諸子集成新編》新編九。

2. 〔周〕孫武注，漢·魏武帝注，《孫子》，收入《叢書集成初編》（北京：中華書局，1985 年）第 935 冊。

3. 〔漢〕班固，《白虎通》，收入《百子全書》（臺北：古今文化出版社，1963 年 9 月）第 14 冊。

4. 〔漢〕班固撰，唐·顏師古注，《漢書補注》（臺北：藝文印書館，1972 年）

5. 〔漢〕高誘注，《戰國策》（臺北：藝文印書館，2009 年 11 月）

6. 〔漢〕許慎撰，清·段玉裁注，《說文解字注》（臺北：天工書局，1996 年 9 月）

7. 〔漢〕趙岐注，宋·孫奭疏，《孟子注疏》，收入清·阮元，《重刊宋本十三經注疏附校勘記》第八冊。

8. 〔漢〕劉向撰，石光瑛校釋，《新序校釋》（北京：中華書局，2001 年 1 月）

9. 〔漢〕劉熙，《釋名》，收入《叢書集成初編》（北京：中華書局，1985 年）第 1151 冊。

10. 〔漢〕鄭元注，唐·賈公彥疏，《周禮注疏》，收入清·阮元，《重刊宋本十三經注疏附校勘記》第三冊。

11. 〔魏〕何晏注，宋·邢昺疏，《論語注疏》，收入清·阮元，《重刊宋本十三經注疏附校勘記》（臺北：藝文印書館股份有限公司，2007 年 8 月）第

八冊。

12. 〔魏〕張揖，《廣雅》，收入《叢書集成新編》第三十八冊。

13. 〔魏〕酈道元，《水經注》，收入《叢書集成初編》（北京：中華書局，1991年）第 3006 冊。

14. 〔晉〕郭璞注，宋‧邢昺疏，《爾雅注疏》，收入清‧阮元，《重刊宋本十三經注疏附校勘記》第八冊。

15. 〔晉〕郭璞傳，清‧郝懿行箋疏，《清琅環仙館刻本山海經箋疏》（臺北：漢京文化事業有限公司，1983 年 1 月）

16. 〔晉〕葛洪，《抱朴子‧內篇》卷十一，收入《四部備要‧子部》（臺北：中華書局，1981 年 6 月）第 420 冊。

17. 〔晉〕摯虞，《文章流別志論》，收入嚴一萍編，《叢書集成續編》（臺北：藝文出版，1970 年）影印本第 16 冊。

18. 〔南朝‧梁〕宗懍，《荊楚歲時紀》，收入《叢書集成初編》（北京：中華書局，1991 年）第 3025 冊。

19. 〔南朝‧梁〕劉勰著，周振甫注，《文心雕龍注釋》（臺北：里仁書局，2001年 9 月）

20. 〔南朝‧梁〕蕭統撰，唐‧李善注，《昭明文選》（臺北：文化圖書公司，1975 年）卷 60。

21. 〔後魏〕賈思勰，《齊民要術》，收入國悟石主編，《四庫全書精華》（北京：國際文化出版公司，1995 年 4 月）第二十三冊。

22. 〔唐〕孔穎達等，《周易正義》，收入清‧阮元，《重刊宋本十三經注疏附校勘記》第一冊（臺北：藝文印書館，1993 年 9 月）

23. 〔唐〕孔穎達等，《尚書正義》，收入清‧阮元，《重刊宋本十三經注疏附校勘記》第一冊（臺北：藝文印書館，1993 年 9 月）

24. 〔唐〕孔穎達等，《儀禮注疏》，收入清‧阮元，《重刊宋本十三經注疏附校勘記》第四冊。

25. 〔唐〕孔穎達等，《禮記正義》，收入清‧阮元，《重刊宋本十三經注疏附校勘記》第五冊。

26. 〔唐〕司空圖著，翁寧娜編，《二十四詩品‧縝密》（臺北：金楓出版公司，1987 年 6 月）

27. 〔唐〕白居易，《白氏長慶集》，收入王雲五主編，《四部叢刊初編》（臺北：臺灣商務，1967 年）卷四十五。

28. 〔唐〕徐堅，《初學記》，收入楊家駱主編，《國學名著彙刊》（臺北：鼎文書局，1972 年 10 月）

29. 〔唐〕陳藏器，《本草拾遺輯釋》（合肥：安徽科學技術社，2002 年 7 月）

30. 〔宋〕史繩祖,《學齋佔畢》（北京：中華書局,1985 年）

31. 〔宋〕范曄撰,清・王先謙集解,《後漢書集解》（臺北：新文豐出版公司,1975 年 3 月）

32. 〔宋〕唐慎微,《重修政和證類本草》,收入王雲五主編,《四部叢刊正編》（臺北：臺灣商務印書館,1979 年 11 月）第二十冊。

33. 〔宋〕晁補之,《雞肋集》卷 36,任繼愈、傅璇琮主編,《文津閣四庫全書》（北京：商務印書館,2005 年）第 373 冊。

34. 〔明〕方孝孺,《遜志齋集》卷 15,王雲五主編,《四部叢刊初編縮本》（臺北：臺灣商務,1963 年）。

35. 〔明〕朱浙,《天馬山房遺稿》。王雲五主編,《四庫全書珍本》（臺北：臺灣商務,1973 年）

36. 〔明〕宋濂,《文憲集》卷 3,《明代基本史料叢刊・奏摺卷》（北京：中華書局,2004 年）

37. 〔明〕李時珍,《本草綱目》卷十四,收入任繼愈、傅璇琮總主編,《文津閣四庫全書》（北京：商務印書館,2005 年）第二五六冊。

38. 〔明〕凌雲翰,《柘軒集》卷 4,王雲五主編,《四庫全書珍本》（臺北：臺灣商務,1981 年）

39. 〔明〕陳第著,康瑞琮點校,《屈宋古音義》（北京：中華書局,2008 年）

40. 〔明〕鄭真,《滎陽外史集》卷 12,《景印文淵閣四庫全書・集部》第 173 冊（臺北：臺灣商務,1983 年）

41. 〔清〕方東樹,《昭昧詹言》（臺北：漢京文化事業,1985 年 9 月）

42. 〔清〕方時軒著,羅振常校,《樹蕙編》,收入《叢書集成續編》（臺北：新文豐出版社,1991 年 6 月）第 83 冊。

43. 〔清〕王先謙撰,《荀子集解》（濟南：山東友誼書社,1994 年 6 月）

44. 〔清〕王先謙撰,《莊子集解》（北京：中華書局,2008 年 4 月）

45. 〔清〕王先謙撰,鍾哲點校,《韓非子集解》（北京：中華書局,2009 年 2 月）

46. 〔清〕王念孫、王引之,《讀書雜志餘編》,收入吳平,回達強主編,《楚辭文獻集成》（揚州：廣陵書社,2008 年 8 月）第卅冊。

47. 〔清〕朱珔,《文選集釋》卷十八,收入《選學叢書》（臺北：廣文書局,1966 年）第三冊。

48. 〔清〕沈德潛,《說詩晬語》,收錄於《續修四庫全書・集部・詩文評類》1701 冊（上海：上海古籍出版社,2002 年 3 月）

49. 〔清〕阮元校勘,《十三經注疏・儀禮》（臺北：大化書局,1982 年 10 月）上冊。

50. 〔清〕孫詒讓，《墨子閒詁》，收入楊家駱主編，《增補中國思想名著》（臺北：世界書局，1969 年 11 月）第 16 冊。

51. 〔清〕徐文靖，《管城碩記》，收入清・永瑢、紀昀等編，《景印文淵閣四庫全書》第 861 冊（臺北：臺灣商務印書館，1986 年 3 月）

52. 〔清〕梁啓超，《要集題解及其讀法・楚辭》，《飲冰室合集》（上海：中華書局，1941 年）

53. 〔清〕郭慶藩集釋，《莊子集釋》（臺北：貫雅文化公司，1991 年 9 月）

54. 〔清〕陳逢衡撰，《竹書紀年集證》卷十，收入《續修四庫全書》（上海：上海古籍出版社，2002 年 3 月）第 335 冊。

55. 〔清〕董祐誠，《水經注圖說殘彙》。

56. 〔清〕劉夢鵬，《屈子章句》，收入吳平、回達強主編，《楚辭文獻集成》（揚州：廣陵書社，2008 年 8 月）第二十七冊。

57. 〔清〕劉熙載，《藝概・文概》，收錄於馬茂元總主編，楊金鼎分冊主編，《楚辭評論資料選》（臺北：長安出版社，1988 年 9 月）

58. 于光華編，《評注昭明文選》（臺北：學海出版社，1981 年 9 月）

59. 中國科學院植物研究所主編，《中國高等植物圖鑑》（北京：科學出版社，1976 年）

60. 任昉，《述異記》，收入明・程榮校刻，《漢魏叢書》（臺北：新興書局，1970 年 2 月）

61. 朱駿聲，《說文通訓定聲》（臺北：藝文印書館，1966 年 7 月）

62. 何新，〈龍的研究〉，收入王孝廉編，《神與神話》（臺北：聯經出版事業公司，1988 年 3 月）

63. 何寧撰，《淮南子集釋》（北京：中華書局，1998 年 10 月）

64. 余敦康，〈從《易經》到《易傳》〉，收錄於《中國哲學》第 7 輯（北京：三聯書店，1982 年）

65. 李澤厚、劉綱等主編，《四部刊要中國美學史》（臺北：漢京文化事業公司，2004 年 3 月）

66. 沈從文，《中國古代服飾研究》（上海：上海書店出版社，2005 年 4 月）

67. 屈萬里，《詩經詮釋》（臺北：聯經出版公司，1999 年 4 月）

68. 洛書主編，《周易全書》（北京：團結出版社，1998 年 10 月）

69. 唐圭璋，《唐宋辭鑑賞集成》（臺北：五南圖書出版公司，1991 年 6 月）

70. 袁珂，《中國神話傳說》（臺北：里仁書局，1987 年 9 月）

71. 馬峰燕，〈九州的劃分及其歷史意義〉，《甘肅農業》（2006 年 12 月）第 12 期，頁 188～189。

72. 張少康，《中國古代文學創作論》（臺北：文史哲出版社，1991 年 6 月）

73. 張正明，《楚文化史》（上海：上海人民出版社，1987 年 8 月）

74. 張行言、王其超編，《荷花》（上海：上海科學技術出版發行，1999 年 1 月）

75. 張政烺，〈試釋周初青銅器銘文中的易卦〉，《張政烺文史論集》（北京：中華書局，2004 年 4 月）

76. 許維遹撰，《呂氏春秋集釋》（北京：中華書局，2009 年 9 月）

77. 郭沫若，《卜辭通纂·世系》（台南：國立成功大學歷史語言研究所，甲骨學研究藏書，無版權、頁碼）

78. 郭沫若，《兩周金文辭大系圖錄考釋》（二），收錄於《郭沫若全集·考古編》第 8 卷（北京：科學出版社，2002 年 10 月）

79. 章炳麟，《菿漢閒話》，收入《章氏叢書》（臺北：世界書局，1982 年 4 月）

80. 塞莫·薩基著，潘恩典譯，《腦內藝術館——探索大腦的審美功能》（臺北：商周出版社，2001 年 7 月）

81. 楊伯峻編，《春秋左傳注》（高雄：復文圖書出版社，1991 年 9 月）

82. 楊寬，〈中國上古史導論〉，收入呂思勉，童書業著，《古史辨》（臺北：明倫書局，1970 年 3 月）第七冊。

83. 溫洪隆注譯，《新譯戰國策》（臺北：三民書局，2004 年 8 月）

84. 賈祖璋、賈祖珊，《中國植物圖鑑》（臺北：開明書局，1937 年 5 月）

85. 鄒逸麟，《中國歷史地理概述》（上海：上海世紀出版有限公司，2008 年 1 月）

86. 臺灣開明書店編譯部編，《老子正詁》（臺北：臺灣開明書店，1996 年 7 月）

87. 歐陽詢等撰，《藝文聚類》（臺北：新興書局，1973 年 7 月）

88. 編輯部編，《易經集成》第 149 卷（臺北：成文出版社，1976 年）

89. 蔡守湘主編，《歷代詩話論詩經楚辭》（武漢：武漢出版社，1991 年 6 月）

90. 蔡景康編選，《明代文論選》（北京：人民文學出版社，1993 年 9 月）

91. 黎翔鳳撰，梁運華整理，《管子校注》（北京：中華書局，2004 年 6 月）

92. 羅振玉，《殷虛書契考釋·殷中卷》（臺北：藝文印書館，1981 年 3 月）

93. 羅愿撰，洪炎祖釋，《爾雅翼》卷二十八，收入王雲五主編，《叢書集成初編》冊 1148。

94. 日·大林太良著，林相泰、賈福水譯，《神話學入門》（北京：中國民間文藝出版社，1988 年）

95. 日·瀧川龜太郎，《史記會註考證·屈原賈生列傳》（臺北：宏業書局，1994 年 9 月）

二、學位論文

1. 宣釘奎,《楚辭神話之分類及其相關神話研究》(臺北:國立臺灣大學),1983 年 5 月。

2. 陳妙華,《從山海經楚辭看草木與文學的關係》(臺北:中國文化大學),1986 年 6 月。

3. 陳佳君,《辭章意象形成論》(臺北:國立臺灣師範大學),2004 年。

4. 陳秋吟,《屈賦意象研究》(高雄:國立中山大學),1997 年 6 月。

5. 游麗芳,《屈賦草木研究》(新竹:玄奘大學),2006 年 6 月。

6. 黃志高,《六十年來之楚辭學》(臺北:國立臺灣師範大學),1977 年 6 月。

三、期刊論文

1. 王宇信,〈西周甲骨述論〉,收錄於胡厚宣主編,《甲骨文與殷商史》第二輯(上海:上海古籍出版社,1986 年 6 月)

2. 王宇信、楊寶成,〈殷墟象坑和「殷人服象」的再探討〉,收錄於胡厚宣等編,《甲骨探史錄》(北京:三聯書店,1982 年 9 月)

3. 王錫三,〈試論屈原騷賦與楚地聲樂之關係〉,收入《天津師大學報(社科版)》第 3 期(1992 年)

4. 李欣倫,〈離騷中恐字內涵探析〉,《東方人文學誌》第 2 卷第 3 期,2003 年 9 月,頁 17〜40。

5. 汪寧生,〈八卦起源〉,收錄於《民族考古學論集》(北京:文物出版社,1989 年 1 月)

6. 姜亮夫,〈史記屈原列傳疏證〉,收入於《姜亮夫全集》第八冊(昆明:雲南人民出版社,2002 年 10 月)

7. 段熙仲,〈左徒新解〉,收入《南京師範學院學報》(1964 年)

8. 胡韞玉,〈離騷補釋〉,收入王雲五主編,《景印國粹學報舊刊全集》(臺北:臺灣商務印書館,1974 年 9 月)

9. 唐蘭,〈在甲骨金文中所見的一種已經遺失的中國古代文字〉圖一,《考古學報》第 2 期(1957 年)

10. 陳怡良,〈〈離騷〉「落英」、「彭咸」析疑〉,收入《成大中文學報》第 4 期,1995 年,頁 54〜61。

11. 陳怡良,〈鄉野傳奇——屈原后裔出現于臺灣彰化之謎〉,收入《閩台文化交流》(福建:漳州師範學院)總第 19 期(2009 年 3 月)。

12. 陳逸根,〈論離騷之悲劇快感〉,《東方人文學誌》第 7 卷第 1 期(2008 年 3 月)頁 21〜40。

13. 陳滿銘,〈以「構」連結成「軌」之三種類型——以格式塔「異質同構」

說切入作考察，《國文天地》22 卷 7 期，2006 年 12 月，頁 86～93。

14. 陳滿銘，〈意、象互動論——以「一意多象」與「一象多意」為考察範圍〉，《文與哲》，（2007 年 12 月），頁 435～480。

15. 陳滿銘，〈語文能力與辭章研究——以「多」、「二」、「一（○）」的螺旋結構作考察〉，《台灣師範大學國文學報》第 36 期。

16. 陳滿銘，〈篇章風格論——以直觀表現與模式探索作對應考察〉，《中國學術年刊》第 32 期（春季號），（2010 年 3 月），頁 129～166。

17. 陳滿銘，〈論章法結構之方法論系統——歸本於《周易》與《老子》作考察〉，《國立臺灣師範大學國文學報》第 46 期，（2009 年 12 月），頁 61～94。

18. 陳滿銘，〈論意象之統合——以辭章之主題與風格為範圍作探討〉，《文與哲》第 15 期，（2009 年 12 月），頁 1～32。

19. 陳鐘凡，〈周代南北文學之比較〉，收入《陳鐘凡論文集》（上海：上海古籍出版社，1993 年 8 月）

20. 游國恩，〈楚辭女性中心論〉，《游國恩學術論文集》（北京：中華書局，1989 年 1 月）

21. 黃耀堃，〈楚樂新探〉，收入《國文天地》第 8 卷 12 期（1993 年 5 月）

22. 裘錫圭，〈談談隨縣曾侯乙墓的文字資料〉，收入《文物》第 7 期（1979 年）

23. 聞一多，〈離騷解詁乙〉，收入孫黨伯、袁謇正主編，《聞一多全集》第五冊（武漢：湖北人民出版社，1994 年 1 月）

24. 慧超，〈論甲骨占卜的發展歷程及卜骨特點〉，《華夏考古》第 1 期（2006 年）

25. 薛乃文，〈從離騷中的草木意象論屈原之人格精神〉，《東方人文學誌》第 6 卷第 3 期，2007 年 9 月，頁 83～106。

26. 韓學宏，〈由離騷看屈原出處仕隱之糾結〉，《臺北技術學院學報》第 30 之 2 期，（1997 年 9 月），頁 317～333。